그림으로 보는 중국연극사

그림으로 보는

중국연극사

中 國 戲 劇 圖 史

랴오번 지음 | 권용호 옮김

연극유물로 중국연극사를 새롭게 써온
랴오번廖奔의 또 다른 역작

學古房

저자서문

13년 전인 2002년 6월에 나는 한 차례 한국을 여행할 기회가 있었다. 당시 나는 경복궁을 이리저리 걸어보았고 강화도에서는 깊은 생각에 잠겨보았다. 그리고 서울과 수원 화성에서 연극을 보고, 복잡하게 얽혀있는 한국과 중국의 역사와 문화에 큰 흥미가 생겼다.

2007년에는 나의 졸저 ≪중국고대극장의 역사≫가 한국에서 출간되었다. 당시 나는 양국의 문화교류에 나름대로 일조했다는 사실에 너무 기뻤다.

2008년 5월에 나는 다시 한국을 찾았다. 이번에는 조금 더 멀리 갔다. 나는 서울에서 경주까지 돌며 불국사·석굴암·문무대왕 수중왕릉을 비롯한 성균관의 문묘와 청계천의 매력에 빠져들었다.

그때 한국의 학자 한 분이 나에게 나의 저서인 ≪중국고대극장의 역사≫에서 힌트를 얻어 한국의 극장사를 쓰고 출간했다는 사실을 알려주었다. 나는 문화적으로 이런 영향을 주었다는 것이 무척이나 기뻤다.

지금 나의 졸저 ≪그림으로 보는 중국연극사≫도 곧 한국어 출간을 앞두고 있다. 비록 한국어판을 내가 알아보지는 못하지만 나의 한국 친구들과 더 많은 독자 여러분들이 이 책을 읽을 것이라고 믿는다.

나는 한국의 아름다운 미래를 축복하고, 한중 양국의 우정이 영원하길 축복한다.

랴오번(廖奔)
2015년 4월 26일 북경에서

역자 서문

 본서(원제 ≪中國戲劇圖史≫)는 1996년 중국 하남교육출판사(河南教育出版社)에서 화보 형태로 출간된 적이 있다. 당시 1,300여장에 달하는 연극 관련 유물사진을 수록하여 상당한 학술적 가치를 지니고 있었다. 그러나 겨우 몇 백부 정도만 발행되었던 관계로 많은 사람들이 이 책을 접할 수 없었다. 그러던 중 2011년 본서의 가치에 주목한 중국 인민문학출판사에서 일반 독자들도 쉽게 볼 수 있도록 축약본의 형태로 출간한 것이 바로 이 책이다.

 본서의 가장 큰 특징은 문헌과 유물이라는 두 측면에서 중국 연극사를 조망한 점이다. 특히 연극유물에 입각한 서술은 문헌연구의 부족한 점을 보충하여 중국 연극사의 서술영역을 크게 확장했다는 평가를 받고 있다. 게다가 책에 수록된 근 300장의 유물사진들도 저자의 연구를 뒷받침하며 중국 연극사의 변천과정을 생생하게 보여주고 있다. 이렇게 많은 사진들을 수록한 중국연극 관련 저술은 지금까지도 찾아보기 어려울 정도이다. 이점에서 이 책은 국내 독자들에게 중국 연극사를 새롭게 인식하는 계기를 마련해줄 것으로 기대된다.

 저자 랴오번(廖奔) 선생은 2002년과 2008년에 한국을 두 차례 방문하여 한국의 중국 연극 연구자들과 많은 교류를 가졌고, 한국문화에도 큰 관심을 가진 학자이다. 그는 기존 문헌연구의 한계를 벗어나 연극유물에 입각하여 중국 연극사를 새로이 서술해왔다. 그의 ≪중국고대극장사(中國古代劇場史)≫(1997)와 ≪중국희곡발전사(中國戲曲發展史)≫(2000)는 그의 연구 성과를 집약적으로 보여주는 대표적인 성과물이다. 특히 ≪중국고대극장사≫는 우리나라에서 ≪중국 고대극장의 역사≫(솔 출판사, 2007)라는 제목으로 출간되어 큰 반향을 불러일으켰다. 그의 견해는 많은 사람들에 의해 수용되고 지금도 이러한 견해를 따라 많은 연구가 진행되고 있다는 점에서 그의 학술계에 대한 위상과 공헌을 충분히 짐작해볼 수 있다.

역자는 2000년 초반에 ≪송원희곡사(宋元戲曲史)≫와 ≪중국역대곡률논선(中國歷代曲律論選)≫을 내면서 학고방의 하운근 사장님을 알게 되었다. 이런 인연으로 이 책의 번역이라는 막중한 임무를 맡게 되었다. 중국연극을 공부했다고는 하나 중국연극 특유의 용어라든지 건축용어・민속 기예 등이 많이 나와 번역과정에서 큰 애를 먹었다. 사실 역자의 학식이나 번역솜씨로나 이 책을 제대로 번역해낸다는 것이 역부족이었음을 고백하지 않을 수 없다. 그럼에도 믿고 맡겨주신 하운근 사장님께 감사드린다. 이 책의 번역으로 출판사와 사장님의 명예에 누가 되지 않았으면 하는 바람이 간절하다.

또 한 가지 밝히고 싶은 것은 이 책의 번역과정에서 ≪중국 고대극장의 역사≫와 중복되는 부분이 상당부분 있어 이를 참고했음을 밝힌다.

권용호 삼가 씀

목 차

제2장 송원宋元 시기   89

제3장 명·청시기   189

일러두기

1   본서는 랴오번(廖奔)의 ≪중국희극도사(中國戱劇圖史)≫(2012년, 인민문학출판사)를 한국어로 번역한 것임.

2   저자주석과 역자주석은 가독성을 위해 매 장의 뒤쪽에 미주 형태로 넣었음. 역자주석의 경우는 " [옮긴이] "라고 표시를 해두었음.

3   번역문은 원문에서 크게 벗어나지 않는 부분에서 해석하려고 노력했으나 어떤 부분은 충분한 이해를 돕기 위해 알기 쉽게 풀어 놓기도 했음.

들어가는 말

과학적인 중국 연극사 연구는 20세기 초에 시작되었다. 왕궈웨이(王國維; 1877~1927)에서 아오키 마사루(靑木正兒; 1887~1964)와 저우이바이(周貽白; 1900~1977)를 거쳐 다시 후대의 많은 학자들에 이르기까지 세대를 아우르는 연구로 중국 연극사의 흐름은 갈수록 분명해졌다. 그러나 무대예술인 연극은 시간과 공간의 제약을 받고, 문학작품처럼 문자의 형태로 전해질 수 없다(극본만이 그 수량을 채울 수 있으나 극본은 연극에서 일부분만 차지할 뿐 전부는 아니다). 때문에 연극의 시기별 모습에 가까이 다가가려면 다른 방법을 찾아야 한다. 여기서 우리는 연극유물에 주의하게 된다.

중국연극은 오랜 발전 과정에서 자신만의 자취를 도처에 남겼다. 중국연극의 구조·표현 방법·사회적 기능 등은 구체적이고 생동적인 형태로 농축되어 자신만의 역사유물이 되었다. 그것은 시대와 시간을 따라 변하고 쌓여갔다. 이렇게 꾸준히 조금씩 나아간 것이 연극의 역사를 이루었다.

연극 활동은 늘 민간의 제사·장례·경사 등과 관련 있기 때문에 연극유물은 대부분 무덤장식·신묘건축과 장식·거실장식과 민간예술에서 나타난다. 그 형식은 아주 풍부하고 다채롭다. 이를 싣는 매개는 비단그림·벽화·화상전(畵像磚)·화상석(畵像石)·점토인형·그림·나무조각(木彫)·벽돌조각(磚彫)·석각·판각·연화·흙 인형·도자기·전지(剪紙)·자수와 고대의 희대(戲臺) 등이 포함된다. 시기별로 문화와 민속이 다르기 때문에 각 시기의 연극유물이 형성된 상황도 다르다. 때문에 유물도 단계성을 띤다. 그리고 이들 연극유물의 형태와 내용으로 연극의 발전맥락을 분명하게 볼 수 있다.

고대 연극 발전과정에서 이들 역사유물은 거의 주의를 받지 못했다. 20세기 특히 20세기 80년대 이후로 고고학적 발굴과 사회단체의 조사로 고대 문화의 상당부분이 드러나면서 연극유물도 점차 더 많이 연구에 이용되고 있다. 이는 오늘날 연극연구에 상당한 편리함을 가져다주었다.

여기서는 연극유물사의 시기구분에 대해 말하고자 한다.

우선 중국 연극사의 단계성을 보자. 중국연극은 최초의 발생에서 형태상의 성숙을 거쳐 사회 각 계층으로 깊이 파고들어 중국문화에서 가장 중요한 일부분이 되었다. 그 궤적은 아주 분명하게 세 단계로 나눌 수 있다. 처음에 중국 원시연극은 원시인의 점(占)으로 신과 교감하려는 관념과 그 의식에서 유래했다. 세속의 오락에 들어온 후로는 오랫동안 일정한 고사성을 갖춘 의태(擬態)공연, 즉 초기 연극의 수준에 머물렀다. 한대에서 당대까지가 여기에 속한다. 송대 이후 사회와 예술이 발달하면서 중국연극은 질적인 변화를 겪는데, 즉 시·노래·춤·대사·분장 등을 종합적으로 운용하여 인생을 이야기하는 공연예술이 되었다. 동양적 의의를 갖고 있는 연극양식인 희곡은 최초로 송·원 희문(戲文)과 잡극(雜劇)에서 구현되었다. 정형화된 중국 희곡은 명·청시기 전국적으로 유행하면서 다른 지역과 방언의 작용으로 도처에서 다른 형태를 파생시키고 변화를 거듭하면서 지역문화와 공존하는 모습을 보였다. 이로 수많은 지방 연극들이 나타났으며 동시에 이들은 세속문화의 저층까지 깊이 파고들어 중국 연극문화의 큰 장관을 이루었다.

이와 더불어 중국연극발전의 역사가 우리에게 남긴 유물자료들은 비록 역사와 관련은 있지만 각 시기별로 구체적이고 생동적인 인식자료이자 내용과 형식상에서 이 세 시기의 시기별 특징을 보여준다.

이런 인식에 근거해 본서는 중국연극역사를 선진에서 당·오대, 송·금·원과 명·청 세 시기로 나누어 서술한다.

선진(先秦)에서 당(唐)·오대(五代) 시기

1. 개 술

　발생학의 관점에 봤을 때, 연극의 기원은 원시인류가 부락에서 행한 종교 의식과 가무에서 찾을 수 있다. 일반적으로 연극은 모방에서 기원했다고 생각한다. 문자·음악·시가를 만들지 못했던 초창기의 원시부족은 모방으로 원시 무언극과 의식무도를 만들었다. 사상의 외재부호로써 행위는 언어보다 훨씬 더 직접적이다. 모방의 동기는 원시종교의식에 종속된다. 예를 들어 점(占)으로 신과 교감하려는 생각은 원시인류에게 모방활동이 자신들의 운명을 바꿀 수 있다는 믿음을 주는 것이다. 이런 생각과 실천의 결과로 나타난 것이 원시 연극이다.

　원시 모방은 점차 의식으로 변했다. 종교성은 날로 퇴색되고, 세속성이 점차 강해졌다. 이로 심미관이 대두되면서 원시 연극에서 초보적인 연극 양식이 나왔다. 종교적 목적에서 행해지던 것이 군주와 귀족을 위해 행해졌다. 이런 초보적인 연극 공연은 중고(中古)시기[2] 이전에는 중요한 사회적 오락 활동이었다. 이들은 고대사회를 따라 오랜 역사적 과정을 지나왔다.

초보적인 연극은 연회 음악의 일부로써 선진시기 왕실귀족의 술자리나 연회에서 나타났다. 그 내용은 아악(雅樂)[3]과 상대되는 속악(俗樂)[4]이었다. 하(夏)·은(殷)·주대(周代)에 속악 공연은 예교(禮敎)의 제약을 받았다. 전국시기 이후 예교가 무너지면서 성행하기 시작했다. 위(魏)나라 문후(文侯; 기원전 472~기원전 396)는 옛 음악을 들으면 자려했고[5], 양나라 혜왕(惠王)은 "세속의 음악만 좋아했다."[6] 아악의 쇠퇴와 속악의 성행은 춤과 음악으로 된 악무연극의 발전과 심미관의 변화를 보여준다.

한나라가 들어서자 전쟁은 끝이 났다. 태평성세가 지속되면서 속악이 흥성했다. 속악의 일부분인 우희(優戱) 즉, 배우들의 놀이도 빠르게 유행했다. 한 문제(文帝) 원정(元鼎) 5년(기원전 112)에 궁정에 악부(樂府)를 관장하는 부서를 두어 놀이·기예·음악을 한 곳에 모아 연회 때 이용했다. 한나라 사람 환담(桓譚; 기원전 23?~50)의 ≪신론(新論)·이사(離事)≫는 "옛날 나는 효성(孝成) 임금 때 악부령(樂府令)으로 있었다. 그때 거느린 놀이꾼·기예인·음악인이 대략 1,000명을 넘었다."[7]라고 했다. 배우들이 한 곳에 모였으니 공연의 질은 필연적으로 크게 향상되었다. 사실도 이러하다. 동한 때 궁정에 또 "황문고취서(黃門鼓吹署)"[8]를 두어 연회 때 쓸 속악을 관장했다. 한대에 궁정연회 때 쓸 음악을 관장할 부서를 둔 것은 한대 속악이 한 곳에 모여 번성할 수 있도록 자극한 중요한 조치였다. 이는 이후로 계속 계승되었다. 초보적인 연극은 이런 역사적 상황에서 부단히 발전했다.

당나라 때는 중원문화가 가장 번창했다. 공연예술도 이에 상응해 활발히 이루어졌다. 당나라 궁정은 십부악(十部樂)[9]을 두어, 전대에 있었던 남북의 악무연극을 망라했고, 서역국가와 민족의 공연성분을 최대한 흡수했다. 당 현종(玄宗) 개원(開元) 2년(714)에 교방(敎坊)[10]과 이원(梨園)[11]을 설치해 옛날 태상시(太常寺)[12]에 소속되었던 배우들의 여러 가지 놀이(倡優雜戱)를 궁정 아악에서 분리해 엄격하지 않은 예술적 울타리에서 독립적이고 자유롭게 발전하도록 했다. 태상시에 속한 악기(樂伎)는 수준에 따라 좌부기(坐部伎)[13]·입부기(立部伎)[14]·보통아악부(普通雅樂部)[15]로 나누어 정기적으로 심사를 진행했다. 좌부기의 수준이 가장 높았다. 이보다 수준이 못한 사람은 입부기로 떨어지고, 여기서 수준이 더 떨어지는 사람은 다시 아악부로

그림으로 보는 중국희극사

떨어졌다.[16] 이런 상황에서 당대는 연극사적으로 두 가지 주목할 만한 현상이 나타났다. 우희에서 많은 극목(劇目)이 나온 것과 배우와 여자 음악인의 가무에서 면모가 일신된 가무희(歌舞戲)가 나온 것이다.

당말(唐末)의 전란과 오대십국(五代十國: 907~960)의 혼란도 연극발전의 추세를 막을 수 없었다. 도리어 현실에 안주하며 지방에 할거하던 나라들이 장안에서만 번성하던 우희를 전국으로 퍼뜨려 발전시켜줌으로써 연극을 보급하는 계기를 만들었다. 이런 국면은 송대 잡극(雜劇)[17]이 흥성하는 계기가 되었다.

2. 연극발전의 맥락

(1) 원시연극

연극은 인류가 자연물이나 자신의 행위성 내지 상징성의 모방에서 기원했다. 다시 말해, 연극은 형태와 상징성을 모방하는 공연에서 기원했다. 이런 모방 행위에서 모방자는 간혹 부분적으로 배역이 되지 더 이상 그 자신이 되지 않는다. 그의 행동은 피모방자의 행위방식의 제한과 제약을 받는다. 이점 때문에 우리는 원시인류의 모방행위를 주목하게 된다. 최초의 모방은 당연히 놀고 모방하는 인류의 천성에서 비롯되었다. 지금으로부터 5~6만 년 전인 구석기 후기에 점(占)으로 신과 교감하고자 하는 신앙이 나타났다. 이것은 인류의 자각과 많은 모방행위들을 가져왔다. 원시인은 "영험한(靈)" 사물을 모방함으로써 사물을 통제할 수 있다고 생각했다. 그래서 모방과정, 즉 "영험함"을 조종하는 과정은 실제생활의 결과를 결정할 수 있었다.

[그림 1] 운남(雲南) 창원(滄源) 수렵 암각화

예를 들면, 원시인들은 늘 수렵과 전쟁을 모방해 수렵과 전쟁이 성공적으로 이루어지길 갈구했다. 그 모방과정에는 행위의 모방과 강렬한 리듬을 가진 가무공연이 관통하고 있다. 이런 빈번하고 목적성이 있는 분장활동을 원시 연극의 추형으로 볼 수 있다. 오늘날 세계 각지의 선사시기 암각화에는 이런 형태와 상징성을 모방하는 초보적인 공연을 아주 많이 볼 수 있다.

[그림 2] 운남 창원 짐승을 모방한 무(巫) 의식 암각화

점으로 신과 교감하여 자연을 통제하려는 시도는 당연히 실패로 돌아간다. 그 결과 원시인류는 "영험함"을 조종하려는 것에서 "영험함"을 경외하고 구걸하게 된다. 이에 신이 나와 대지를 다스린다. 원시 종교는 이로 일어나는 것을 믿으며 자연신숭배·토템숭배·조상숭배 등과 같은 일련의 신앙과 제사들이 나오게 된다. 이런 행위와 함께 신명을 찬송하고 신명의 비위를 맞추는 일과 신의 사적을 찬양하고 모방하는 일이 나타난다. 이 단계의 원시 연극은 신에게 빌고 신을 즐겁게 하는 종교의식 내에 섞여있으며, 그 부속물로써의 면모를 나타낸다. 새나 짐승의 모습으로 분장해 공연하는 것이 그 전형적인 모습이다.

[그림 3] 청해(青海) 대통현(大通縣) 상손가채(上孫家寨)에서 출토된 무도 문양의 채색 도분(陶盆)

사서에는 이와 관련된 신화적 색채를 가진 많은 기록들이 있다. ≪여씨춘추(呂氏春秋)·중하기(仲夏紀)·고악(古樂)≫은 이렇게 기록하고 있다.

제곡(帝嚳)은 사람을 시켜 악기들을 연주하게 했는데, 작은 북을 두드리는 사람도 있고, 종과 경쇠를 치는 사람도 있고, 생황을 부는 사람도 있고, 피리와 저(箎: 피리의 일종)를 연주하는 사람도 있었다. 또 봉황과 꿩에게 음악에 맞춰 춤을 추라고 했다.[18]

여기서 "봉황(鳳鳥)"은 당연히 사람이 분장한 것이다. 또 같은 책에는 이렇게 기록하고 있다.

요(堯)가 임금이 되자 질(質)에게 음악을 지을 것을 명했다. 질은 산림과 계곡의 소리를 모방하여 노래를 지었다. 또 사슴의 가죽을 장군(악기이름)에 씌워 두드리고, 돌을 두드리고 쳐서 상제의 옥경을 모방해 온갖 짐승들을 불러들여 춤추게 했다."[19]

이 기록은 음악과 악기의 기원에 관한 전설이나 이 가운데 당시 서로 다른 금수 토템을 가진 많은 부락들이 요 임금에게 복종했음을 알 수 있다. 이런 현실은 짐승 모습을 모방한 토템분장으로 나타났다. 요의 계승자인 순(舜)에 관해서도 이와 유사한 전설이 있다. ≪상서(尚書)·우서(虞書)·순전(舜典)≫은 이렇게 기록하고 있다.

순 임금이 "기(夔)여! 그대는 악관들을 관리하고……"라고 하자, 기가 "예! 제가 석경을 치고 두드려, 짐승들이 음악을 따라서 춤을 추도록 하겠습니다."라고 대답했다.[20]

또 ≪상서·우서·익직(益稷)≫에도 이렇게 기록하고 있다.

생황과 큰 종을 중간 중간에 불고 치면서, 새와 짐승으로 분장한 사람들이 춤을 추며, 악곡 ≪소소(簫韶)≫가 9번 바뀌면, 봉황으로 분장한 사람들이 짝지어 나와 춤을 춥니다.[21]

이 기록도 순 임금 때 짐승을 모방한 토템공연으로 볼 수 있다. 상고시기의 암각화·도기·동고(銅鼓)를 보면 새나 짐승 분장에 인체가 리듬을 타는 동작이 있는데 이런 유형의 공연일 것이다. 청동기에 많이 보이는 도철(饕餮)[22]의 모습을 한 가면과 다른 짐승 가면들은 이런 토템제사를 행할 때 사용되었을 것이다.

[그림 4] 운남 진녕(晉寧) 석채산(石寨山)에서 출토된 동으로 만든 징 표면의 새 모양 장식

오랫동안 자연신·토템·조상을 숭배하면서 점차 전문적으로 이를 준비하고 집행하는 사람이 생겨났다. 이 사람이 바로 무(巫)이다. 이들은 하늘과 사람을 소통해주는 역할을 했다. 문헌기록으로 알 수 있는 무가 지낸 제사(巫祭)는 은상(殷商; 기원전 1600~기원전 1046)까지 올라갈 수 있다. 그때의 무는 주로 천신을 대신해 일을 계시하는 기능을 수행했지만 복을 빌고 재앙을 쫓는 기능도 많이 수행했다. 점을 치는 무사(巫師)는 제사를 지낼 때 신을 맞이하고 신을 강림하고 신에게 빌고 신을 즐겁게 하는 의식공연을 행해야 했다. 이들 공연은 의태의 성질과 가무의 성질을 갖고 있다. 무는 공연에서 자신이 아닌 그가 모방하는 인물이 되었다. 이때 그는 이미 "대신해서(代)" 배역이 되고, 그 공연에는 연극의 성질이 강하게 나타났다. 때문에 후인들은 늘 무사의 강신 공연을 연극의 기원으로 본다. 전국시기 초나라의 신을 제사지내는 가곡인 ≪초사(楚辭)·구가(九歌)≫에는 당시 신에게 제사지낼 때의 가무와 분장모습을 대략 엿볼 수 있다.

[그림 5] 사천(四川) 광한(廣漢) 삼성퇴(三星堆)에서 출토된 은상(殷商) 때의 청동(靑銅)으로 만든 무인(巫人)의 얼굴

주대에는 전통적인 무제활동에 국가의 필요에 따라 절기·기후·농사 등의 농경문화의

[그림 6] 장사(長沙) 마왕퇴(馬王堆) 1호 서한(西漢) 묘에서 출토된 비단에 그려진 무신도(巫神圖)

요소들을 결합해 세 가지 제의활동, 즉 풍년을 바라는 사제(蜡祭)·역귀를 쫓는 나제(儺祭)·비를 구하는 우제(雩祭)가 행해졌다. 이중 나제의 역귀를 쫓는 과정에서 연극의 성질이 가장 두드러졌다. 역귀를 쫓는 나(儺)는 원시인류가 역병의 신령을 몰아내고자 하는 심리에서 유래했다. 원시 씨족 부락간의 전쟁에서 암시를 받아 만든 신으로 귀신을 쫓거나 악한 사람으로 악귀를 쫓아내는 관념은 원시인류가 귀신을 몰아내거나 역병을 쫓아내는 의식을 싹틔운 기초였다.

나제가 언제 나타났는지 현재로서는 알 길이 없다. 은상의 갑골문에는 "寇"자가 있다. 위성우(于省吾; 1896~1984)는 그 모습은 사람이 창을 잡고 방에서 귀신을 때리는 모습이라고 생각했다.[23] 또 "𢽏"자가 있는데, 궈모뤄(郭末若; 1892~1978)는 "기(魌)"자라고 했다. "기"는 역귀를 쫓는 것을 말한다. 그렇다면 은상시기에 이미 귀신을 때리고 역귀를 쫓는 것과 유사한 활동이 나타난 것이다. "나"의 정자는 원래 "나(儺)"자이다. 동한사람 허신(許愼; 58~147)의 ≪설문해자(說文解字)≫는 "귀신을 보고 놀라는 말이다. 의부는 귀(鬼)이고 성부는 난(難)과 관계있다."[24]라고 풀었다. 청나라 사람 단옥재(段玉裁; 1735~1815)는 이에 주석을 달며 "나(魌)'는 귀신을 보고 놀라는 말이다. 귀신을 보고 놀란 것을 '나(魌)'라고 한다. '나(魌)'는 '내(奈)'와

[그림 7] 사천 비현(郫縣) 신승향(新勝鄕) 동한(東漢) 묘의 석관(石棺) 상의 대나(大儺) 장면

제1장 선진(先秦)에서 당(唐)·오대(五代) 시기

'하(何)'가 합친 소리이다."[25]라고 했다. 그리고 청나라 사람 주준성(朱駿聲; 1788~1885)은 ≪설문통훈정성(說文通訓定聲)≫에서 "이것은 역귀를 쫓아내는 정자이다. 북을 치며 크게 소리를 지르는데, 마치 귀신을 보고 쫓아내는 것 같아서 '나(儺)'라고 한다."[26]라고 했다. 후에 "나(魖)"자는 "나(儺)"자로 대체되었다. 나제에 관한 공식적인 기록은 주나라 이후의 사서에 보인다.

주대 역귀를 몰아내는 의식에 관한 기록을 통해 그 분장과 공연상황을 알 수 있다. ≪주례(周禮)·하관(夏官)·방상씨(方相氏)≫는 이렇게 기록하고 있다.

> 방상씨는 곰 가죽을 뒤집어쓰고, 황금으로 만든 4개의 눈을 붙인 가면을 쓴다. 또 검은
> 웃옷에 붉은 치마를 입고, 창을 잡고 방패를 흔들어댄다. 이때 백관들을 거느리고 나와 나의를
> 거행하는데, 집 안을 뒤지며 역귀를 쫓아낸다.[27]

곰의 모습으로 분장한 방상씨는 병기를 휘두르면서 집안을 수색하는 과정에서 끊임없이 쫓아내고 때리는 상징적이고 모방적인 동작을 행한다. 이런 의식은 이후 나제가 몇천 년 동안 그대로 답습한 고정의식이 된다. 방상씨가 머리에 곰 가죽을 덮어쓰고 흉악한 얼굴에 4개의 황금색 눈을 한 것은 귀신을 놀라게 하기 위해서였다. 사람들은 보통 그 원형은 원시부족의 짐승토템숭배와 연관이 있다고 여긴다. 황제(黃帝)의 토템은 곰이기 때문에 방상씨는 황제와 연관이 있다고 말하는 사람도 있고, 치우(蚩尤)는 전쟁의 신이어서 눈이 흉악하고 무섭기 때문에 치우와 연관이 있다고 말하는 사람도 있다. 동한 사람 장형(張衡; 78~139)의 ≪서경부(西京賦)≫에서 묘사한 역귀를 쫓는 신수(神獸)에 치

[그림 8] "나(儺)"자의 갑골문 조각 탁본

우가 보인다.

> 이에 치우는 도끼를 들고, 몸에 걸친 호랑이 가죽을 흔들거리며, 막아도 역귀들은 순종하지
> 않자, 치우는 이들이 사악한 귀신임을 알았다. 이에 이매(魑魅; 악귀이름)와 망량(罔兩; 악귀이름)은
> 그를 영접할 수 없었다.[28]

학자들마다 의견의 차이는 있으나 역귀를 쫓는 의식이 황제와 치우의 부족전쟁을 모방한
것과 관련이 있다는 점은 일치한다. 역사적으로 역귀를 쫓는 것이 황제에게서 비롯되었다는
전설은 아래 두 가지 기록에서 유래했다. 송나라 사람 나비(羅泌; 1131~1189)의 ≪노사(路史)·후기
오(後紀五)≫는 ≪황제내전(黃帝內傳)≫을 인용해 "황제가 악귀를 쫓기 시작했다."[29]라고 주석을
달았다. 청나라 사람 마숙(馬驌; 1621~1673)은 ≪역사(繹史)≫(권5)에서 ≪장자(莊子)≫ 일문(逸文)을
인용하여 이렇게 말했다.

> 머리가 검어지고 병이 많아지자, 황제는 무함(巫咸)을 세워 그로 하여금 목욕재계하여 아홉
> 개의 구멍을 통하게 했다. 북을 치고 방울을 흔들어 그의 마음을 움직였다. 귀신을 힘들게
> 하려고 빠른 걸음으로 걸어 음양의 기운이 일게 하고, 술을 마시고 파를 먹어 오장을 통하게
> 했다. 또 북을 치며 떠들썩하게 소리쳐서 역귀들을 쫓아냈다.[30]

두 기록 모두 나의가 황제에게서 유래했다고 보고 있다. 당나라의 문헌에서도 이와
유사한 견해들이 보인다. 돈황(敦煌) 권자백(卷子伯) 3552호에서 "역귀를 쫓는 방법은 옛날
헌원씨에서 비롯되었다."[31]라고 한 것이 이를 말한다.

방상씨 외에 한대 나의에는 12신(十二神)이 있었다. 각자 귀신을 쫓는 방법과 물리치는
대상이 있었다. 즉, "갑작(甲作)은 요사한 것을 잡아먹고, 필식(胇胃)은 호랑이를 잡아먹고,
웅백(雄伯)은 도깨비를 잡아먹고, 등간(騰簡)은 불길한 것을 잡아먹고, 남제(攬諸)는 재앙을
주는 것을 잡아먹고, 백기(伯奇)는 꿈을 잡아먹고, 강량(强梁)과 조명(祖明)은 찢어져 죽은

[그림 9] 산동(山東) 기남(沂南) 북채촌(北寨村) 동한 묘의 석각(石刻) 상의 악귀를 쫓는 장면

것과 기생하는 것을 함께 잡아먹고, 위수(委隨)는 건물에 붙은 것을 잡아먹고, 착단(錯斷)은
큰 것을 잡아먹고, 궁기(窮奇)와 등근(騰根)은 독이 있는 것을 함께 잡아먹는다."[32] 12신은
"옷에 털과 뿔이 달린"[33] 분장을 하고, 나의를
할 때 "방상씨와 12마리의 짐승이 춤을 추고,
환호하며 곳곳을 돌아다녔다."[34] 12신의 기원
은 오늘날 이미 알 수 없다. 일반적으로
그들은 맹수가 원형인 사나운 신이었을 것
이라고 본다. 12신이 몰아낸 12악귀의 이름
은 《동경부》에는 위와 다르게 기록되어
있다. 결론은 그들이 12개 부족의 토템을
대표하며 이들 부족 대부분은 황제와 치우
의 전쟁에 참가했다는 것이다. 이 역시 상술
한 나제의식이 황제 때 생겨났다는 추측을
반증한다.

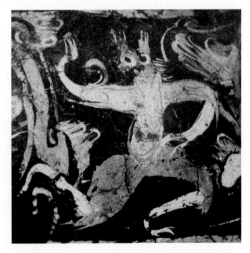

[그림 10] 산서(山西) 혼원(渾源) 필촌(畢村)의 서한
묘에서 출토된 도호(陶壺) 상에 그려진 채색의 기
이한 짐승 그림

그림으로 보는 중국희극사

12신 외에 역귀를 몰아내는 의식에 참가한 또 다른 두 명의 신령으로는 신도(神荼)와 울률(鬱壘)이 있다. 송나라 사람 고승(高承)의 ≪사물기원(事物紀原)≫(권8)은 ≪헌원본기(軒轅本紀)≫를 인용하여 이렇게 말했다.

> 동해의 도삭산(渡索山)에 있는 신 신도와 울률은 악귀를 막아 백성들의 해를 제거해주었기에 악귀를 쫓는 신이 되었다.[35]

이들 신선들도 나의의 기원이 되는 것 같다. 장형의 ≪동경부≫에는 "도삭(度朔; 악귀이름)이 사람들을 아프게 하면 울률로 지키게 한다. 이때 신도는 울률을 돕는데, 울률과 마주하고 갈대로 만든 줄을 잡았다. 눈은 모퉁이 구석을 살피며 남아있는 귀신들을 잡아들인다."[36]라고 했다. 여기에서 이들의 역할은 남아있는 귀신을 찾는 것이다. 후에 신도와 울률은 민간신앙에서 문신(門神)으로 발전한다.

[그림 11] 호북(湖北) 수현(隨縣)에서 출토된 전국(戰國)시기 증후을(曾侯乙) 묘의 내관(內棺)에 칠해진 무신(巫神) 그림

나의를 처음으로 상세하게 기록한 문헌은 ≪후한서(後漢書)·예의지(禮儀志)≫이다. 기록에 따르면, 한대 궁정의 대나(大儺)는 12월 7일 저녁에 행하고, 지휘는 황문령(黃門令)이 맡았다. 중황문(中黃門)과 복야(僕射)가 방상씨와 12신수(神獸)로 분장하고, 10~12세의 황문자제 120명이 진자(侲子)[37]가 되어 도고(鼗鼓)를 친다. 먼저 제왕전(帝王殿) 앞에서 일제히 역귀를 쫓는 노래를 부른 다음 크게 소리를 지르며 궁내를 세 번 수색한다. 횃불을 단문(端門) 밖까지 전하면 기병들이 돌아가면서 주고받아 낙수(洛水)까지 보낸 다음 강에 던져버린다. 이것이 악귀를 몰아내는 완전한 의식으로, 어떤 다른 성분들이 보태지지 않았다. 후대에는 이를 따라 점차 변했다. 수나라 때 나의는 고취령(鼓吹令)이 지휘하였다. 진자로 악인자제 240명을 동원했다. 이중

120명이 도고를 들었고, 120명이 비각(鞞角)을 들었다. 역귀를 몰아낼 때 도고와 비각을 일제히 울려 "방상씨와 12짐승이 되어 춤추고 놀았다."[38] 참가자의 신분변동과 역귀를 몰아내는 과정이 체계적이어서 수대 나의에는 공연성분이 한층 더 강화되었음을 알 수 있다. 당대 나의는 또 변했다. 섣달 그믐날 밤에 행하며, 태상시의 악인이 책임졌다. 방상씨가 "곰 가죽을 덮어쓰고, 붉은 옷을 입던" 것에서 "관과 가면을 쓰고"[39] "곰 가죽 옷을 입었다."[40] 12짐승은 "털과 뿔이 달린 옷을 입는"[41] 것에서 붉은 머리카락을 하고 흰 바탕이 그려진 옷을 입으며 손에는 베로 만든 채찍을 들고 휘둘렀다. 진자는 500명으로 늘어났는데 전원이 가면을 썼다. 또 노래를 지휘하는 사람이 한 명 더해졌다. 나의를 시작할 때 궁정악대가 자신전(紫辰殿) 앞에서 음악을 연주하면, 황제가 크게 연회를 열어 신료들을 접대하고 가족들은 천막위로 올라가 구경했다. 백성들도 들어갈 수 있었다.[42] 당대 궁정의 대나는 이미 악무공연으로 발전했는데, 한 해의 명절을 경축하는 성향이 강해지고 종교성은 약화되었다.

관방의 나의는 연중행사로 진행된 예의활동이었다. 주대의 율령(律令)에 따르면, 나의는 매년 3월·8월과 12월에 거행했다. 한대에 와서는 연말에 1번하는 것으로 바뀌었다. 민간의 나제는 장례를 치르는 상황에서도 언제든 행해졌다. 방상씨의 역할은 역귀를 쫓는 것 외에 장례를 치를 때 악귀를 쫓아내는 것이다. 그래서 ≪주례·하관·방상씨≫는 다음과 같이 말하고 있다.

큰 상을 당하면, 운구가 나아간다. 묘에 도착하면, 구덩이에 들어가 창으로 네 모퉁이를 쳐서 방량(方良; 악귀이름)을 때린다.[43]

고승의 ≪사물기원≫(권9)에는 "≪헌원본기≫는 '제(帝)가 천하를 주유할 때, 원비(元妃) 누조(嫘祖)가 길에서 사망했다. 차비(次妃) 모모(姆媄)로 하여금 지키게 했다. 방상씨를 두었기 때문에 상을 막는 것이라고 할 수 있다. 이것이 그 시작이다."[44]라고 했다. 오늘날 한대 무덤에서는 방상씨와 각종 악신들을 몰아내는 모습을 볼 수 있다.

[그림 12] 산동 기남 북채촌(北寨村) 동한 묘 석각 상의 신수(神獸)가 악귀를 쫓는 그림

방상씨는 곰 가죽을 덮어썼다. 이에 대해 한나라 사람 정현(鄭玄; 127~200)은 《주례·방상씨》에 주석을 달아 "몽(蒙)'은 '덮다'는 의미이다. 곰 가죽을 덮어 쓴 사람이 놀라 역병을 일으키는 귀신들을 때리는 것이다. 지금의 기두(魌頭)와 같다."[45]라고 하여, 그것이 기두(魌頭)와 닮았다고 했다. 《설문해자》는 "기(魌)"자를 "기는 '추하다'는 의미이다. 의부 혈(頁)과 성부 기(其)로 이루어져있다."[46]로 풀었다. 오늘날 사람들은 당대의 기록에 근거해서 방상씨의 분장은 전신에 곰 가죽을 입는다고 말하나 그것은 후대에 변해서 나온 모습이다. 실제로 수대 이전의 방상씨는 기두만 썼다. 기두는 모습이 흉악한 탈이다. 수대 궁정 나의는 주대 전통을 회복하려고 했다. 그중 일부 제도들은 《주례》를 이해하는데 참고할 수 있다. 《수서·예의지》는 방상씨가 "곰 가죽을 머리에 썼다"[47]라고 하며 분명한 근거를 제시하고 있으니, 방상씨는 곰 가죽 탈만 썼을 뿐이다. 방상씨가 쓴 기두는 나름대로 특수했다. 한나라 사람 고유(高誘)가 《회남자(淮南子)·정신훈(精神訓)》의 "기추(魌醜)"라는 말에 주석을

달며 방상씨는 "세상에 드물게 추하다"[48]라고 했는데, 이는 그것이 아주 특별한 모습을 하고 있음을 말해준다. 기두는 사람들에 의해 탈을 착용해야 하는 각종 상황에 사용될 수 있었다. 기두를 가진 사람은 방상씨 뿐만은 아니었다. 척곽(尺郭)도 기두를 썼다. ≪신이경(神異經)≫에는 이런 기록이 있다.

> 동남쪽에 세상을 돌아다니는 사람이 있다. 키는 7장에, 배 둘레는 키와 같다. 머리에는 계부기두(鷄父魁頭)를 쓰고, 붉은 옷을 입고 명주 띠를 한다. 붉은 뱀을 이마에 둘렀으며, 꼬리는 머리까지 닿았다. 마시지 않고 먹지도 않는다. 아침에 악귀 3,000마리를 삼키고, 저녁에는 300마리를 삼킨다. 이 사람은 귀신을 밥으로 삼고, 이슬을 국으로 삼는다. 이 사람을 척곽이라 한다. 어떤 사람은 식사(食邪)라고도 부른다. [49]

척곽은 귀신들이 두려워한 또 다른 악신이다. 사실상 은·주시기에 무제가 마구 행해지면서 숭배한 신과 귀신들이 아주 많아졌다. 기두를 사용해 각종 신과 귀신으로 분장한 것은 아주 보편적인 일이었을 것이다. 후세의 장례의식에서 두 눈을 가진 기두도 방상씨가 귀신을 쫓아내는 것을 돕는 역할로 발전한다. 오늘날 기두가 방상씨라고 여기는 사람도 있지만 사서에서는 분명하게 구분하고 있다. 예를 들어 고승의 ≪사물기원≫(권9)에서 이렇게 말하고 있는 경우이다.

> 송나라의 ≪상장령(喪葬令)≫에는 방상씨와 기두의 구분이 있는데, 모두 그 품계에 맞게 사용한다. 그런데 세상 사람들은 눈이 네 개이면 방상씨이고, 눈이 두 개이면 기두라고 여긴다.[50]

명나라 사람 주국정(朱國禎; 1558~1632)은 ≪용당소품(涌幢小品)≫의 "방상(方相)"에서 대신들이 출상해서 지나가면 "방상씨가 길을 여는데, 4품 이상부터는 모두 눈이 네 개였다."[51]라고 했는데, 그의 시대에는 이미 볼 수 없었다. 이로 보면 옛날에는 4품 이상은 눈이 4개 달린 방상씨를 쓰고, 4품 이하는 눈이 2개 달린 기두를 쓰는 장례식이 있었음을 알 수 있다. 때문에 방상과 기두를 혼동해서는 안 된다.

이후에 원시 연극으로써 나제활동은 오랫동안 전해졌다. 민간에서는 줄곧 근대까지 이어져왔다. 일부 지역의 나제활동은 희곡의 영향으로 연극화 정도가 상당한 나희로 점차 변모했다. 그리고 근대 나희의 가면에서도 여전히 눈이 네 개 달린 방상씨의 모습을 볼 수 있다.

(2) 한·위·육조의 백희(百戲)

종교적 색채를 가진 원시 제사의 악무는 사람들에게 연극관념을 주었다. 악무의 종교적 무술성이 갈수록 약화되어 사람 중심의 오락적 심미관이 점차 생겨났다. 이로 순수한 공연 성질을 가진 초보적인 연극에 가까워졌다.

선진시기 점을 치고 제사를 지낼 때 사용한 가무에서 여악(女樂)이 나왔고, 일상의 오락적인 수요로 배우(優)라는 직업이 생겼다. 뒤를 이어 여악과 우인(優人)의 가무공연에서 점차 초보적인 연극형식이 나타났다. 여악은 노래와 춤을 전문적으로 공연하는 사람들이었다. 출현 시기는 삼대보다 늦지 않을 것이다. 전하는 바에 따르면, 하나라 걸(桀; ?~기원전 1600)의 궁전에는 이미 수많은 여악과 예인들이 있었다고 한다. ≪관자(管子)·경중갑(輕重甲)≫은 이렇게 말하고 있다.

> 옛날 걸 임금 때는 여자 악인이 30,000명이었으며, 아침부터 단문(端門)에서는 떠들썩했는데, 음악소리가 삼구(三衢)까지 들렸다.[52]

우인은 씨족사회에서 분화되어 귀족들을 신나게 해주는 것을 직업으로 삼는 빈천한 사람들이다. 선진시기 여악과 우인을 부르는 명칭은 아주 많았는데, 창(倡)·배(俳)·영(伶)·주유(侏儒)·농인(弄人) 등이 있었다. 이 용어들은 원래 엄격하게 구분하지 않았다. 허신의 ≪설문해자≫는 "우"자를 "노래하고 춤추는 사람이다(倡也)"라고 풀었고, "창"을 "음악하다(樂

[그림 13] 중경(重慶) 아석보산(鵝石堡山) 동한 묘에서 출토된 배우용(俳優俑)

[그림 14] 하남(河南) 낙양(洛陽) 소구(燒溝) 동한 묘에서 출토된 배우용

也"라고 풀었다. 그렇다면 음악(樂)이란 무엇일까? 바로 "오성과 팔음의 총칭(五聲八音總名)"이다. 원래 우와 창은 모두 음악과 관련이 있었다. 즉, 그들은 공연을 직업으로 삼았다. 그래서 ≪사기(史記) · 골계열전(滑稽列傳)≫에는 "배우 맹은 옛 초 땅에서 음악을 한 사람이다."[53]라고 했다. 허신은 또 "배"자를 "장난치다(戱也)"로 풀었고, "영"자를 "희롱하다(弄也)"로 풀었다. "농"의 함의는 "놀다(玩也)"이다. "주유"는 난쟁이로 우인에 충당되어 늘 놀리고 장난치는데 이용되었다. 진(秦)나라의 유명 배우 전(旃)이 난쟁이였다. ≪사기 · 골계열전≫에는 "배우 전은 진나라의 노래하는 난쟁이였다."[54]라고 했다. 그래서 "주유"라는 말은 늘 "우"와 함께 사용되었다. 그래서 ≪관자 · 소광(小匡)≫에서는 "배우와 난쟁이는 앞에 둔다."[55]라고 했다. 정리하면, 우인은 공연으로 사람들을 즐겁게 한 사람들로 장난치고 놀리는 것과 가무를 주로 했다.

진대 이전 우희가 어느 정도로 연극화 되었는지에 대해서는 오늘날 연구가 부족하다. 대부분의 문헌에는 우인들이 국정을 바로잡으려고 재치 있게 풍간하는 내용이 담겨있다. 초나라의 배우 맹이 사람을 천시하고 말(馬)을 귀히 여기는 장왕(莊王; ?~기원전 591)을 풍간한 것이라든지, 진나라의 배우 전이 동산을 넓히려는 시황제(始皇帝; 기원전 259~기원전 210)를 풍간한 것이라든지, 성을 칠하려는 이세(二世)를 풍간한다든지 등의 이야기가 있다. 다만 배우 맹이 초나라의 작고한 승상 손숙오(孫叔敖)로 분장해 사람들을 혼동시킨 다소 과장된 이야기가 있는데, 이는 분장과 실제를 혼란시킨 것이어서 믿을 수 없다.[56] 설사 기록이 사실이라도 원형 모방일 뿐 연극적 내용이나 구성이 부족하다. 이보다 ≪좌전(左傳)·양공28년(襄公二十八年)≫에 나오는 이야기를 주목할 필요가 있다.

진씨(陳氏)와 포씨(鮑氏)의 말을 기르는 사람들이 배우가 되었다. 경씨(慶氏)의 말이 잘 놀라 달아나려고 했다. 병사들은 갑옷을 벗고 말을 묶어두고 술을 마셨다. 또 극을 보면서 어리(魚里)에 이르렀다.[57]

문장의 의미는 분명치 않으나 그래도 이를 통해 민간에서는 일상적인 우희 공연이 있었다는 점(즉, 야인들의 음악)·공연이 후대 사화(社火)의 대오처럼 행진하며 교차한다는 점·공연에 예술성이 있다는 점을 알 수 있다. 다만 공연형식이 분명치 않을 뿐이다. 그러나 일반적으로 봤을 때, 이 우희는 아직 초보적인 단계에 머물러 있다.

[그림 15] 사천 성도(成都) 한대 백희(百戲) 화상전(畫像磚)

제1장 선진(先秦)에서 당(唐)·오대(五代) 시기

한대 우희는 산악(散樂)[58]에 편입되었다. 최초에는 각저희(角抵戲)로 불리다 후에 백희(百戲)로 불렸다. 백희는 진·한의 경제성장과 문화부흥에 힘입어 유행한 새로운 공연양식으로, 한대 공연예술에서 가장 중요하다. 백희는 틀이 완전하게 갖춰진 예술형식이 아니라 스포츠·서커스·마술·오락·놀이·가무 등이 한 곳에 어우러진 것이다. 백희를 구성하는 각 기본적인 공연 단위는 상대적으로 독립되어있다. 피차간에는 실질적인 연관과 제약이 없다. 그들은 다 같이 하나의 느슨한 연맹을 이뤄 공연을 행한다. 임의로 몇 가지 종목들을 넣어서 많든 적든 모두 공연을 할 수 있다. 이 역시 한대 백희문물의 구성이 자율적이고 임의적으로 나타나는 이유이다. 백희의 종목들을 진정으로 하나의 통일된 공연으로 묶는 것은 연악(宴樂), 즉 술자리에서 흥을 돋우기 위한 공연이었다. 연악이란 연회 때 흥을

[그림 16] 하남 밀현(密縣) 타호정(打虎亭) 한나라 묘의 벽화 속 각저(角抵)

돋우는 것이다. ≪좌전·문공4년(文公四年)≫에서 "옛날에는 제후가 정월에 임금을 알현하려고 입조하면, 임금은 연회를 열어 그들의 흥을 돋우어주었다. 이에 ≪담로(湛露)≫시를 지었다."[59]라고 한 것이 이 공연이다. 한대 화상석(畵像石)·화상전(畵像磚)·벽화에서 종종 엄청난 규모의 연악과 백희를 연출하는 장면을 볼 수 있다. 이는 실제 공연모습을 표현한 것이다.

각저희라는 명칭은 진대에 처음으로 보인다. ≪사기·이사열전(李斯列傳)≫에는 "진의 이세는 감천(甘泉)에 있을 때 각저를 하고 놀이를 하는 누각을 세웠다."[60]라고 했다. 응소(應劭, 156?~196)는 ≪사기집해(史記集解)≫에서 이렇게 기록하고 있다.

> 전국시기에는 강무(講武)의 예(禮)를 약간 늘이어 놀이로 삼아 그것을 서로 과시하였는데, 진나라 때에는 "각저"라고 고쳐 불렀다. "각"이란 "재주를 겨룬다."는 의미이다. "저"란 "서로 맞부딪치다"는 의미이다. 이 때문에 "각저"라고 한다.[61]

또 문영(文穎)은 "생각건대, 진나라 때 이 놀이를 각저라고 한 것은 둘씩 맞부딪치어 힘을 겨루기도 하고, 여러 가지 재주와 활쏘기·수레몰이 등을 겨루었기 때문에 각저라고 했다."[62]라고 주석을 달았다. 세 가지 설을 종합하면, 각저희는 전국시기의 군사훈련에서 기원했고, 진나라 때 정식으로 명명된 것임을 알 수 있다. 이에 대해 양(梁)나라 사람 임방(任昉, 460~508)의 ≪술이기(述異記)≫는 다른 견해를 제시하고 있다.

> 진·한 때의 사람들이 말하길, 치우의 귀밑머리는 창검과 같고 머리에는 뿔이 있다. 헌원과 싸울 때 뿔로 사람을 들이 받으면 사람들이 앞으로 나아갈 수 없었다. 지금 기주(冀州)에는 치우희(蚩尤戲)라는 놀이가 있다. 현지 사람들은 삼삼오오 짝을 이루어 머리에 소뿔을 쓰고 서로를 들이 받는다. 한나라 때 나온 각저희는 그 영향을 받은 놀이일 것이다.[63]

임방은 당시 기주의 민간에서 공연된 치우희와 진·한 시기의 치우 관련 신화를 근거로 이렇게 말했다. 이에 근거하면 각저희의 기원을 더 먼 과거로 거슬러 올라 갈 수 있다.

기주 치우희의 소 모양 장식은 상고시기 토템장식의 흔적이다. 소는 치우씨의 토템으로, 최초의 치우희는 황제와 치우 간의 전쟁을 본뜬 공연이었을 것이다. 치우는 신화에서 전쟁의 신이기도 하다. 그래서 전국시기에 이런 전쟁을 본뜬 공연은 군사훈련에 사용되었다. 오늘날 우리가 볼 수 있는 각저희 공연은 야수형상으로만 분장한 것이다.

각저희는 이후 백희로 발전했다. 그 가형(假形) 분장전통도 백희에 의해 계승되었다. 서한 때 궁정에는 백희연출을 담당한 "상인(象人)"이라는 악공이 있었다. 이들의 직책은 각종 가형으로 분장하는 것이었다. ≪한서 · 예의지≫는 궁정 악부기구에 "상종상인 4명(常從象人四人)"과 "진창상인원 3명(秦倡象人員三人)"을 두었다고 했다. 이에 대해 맹강(孟康)은 "상인은 지금의 새우나 사자놀이를 하는 사람과 같다."[64]라고 주석을 달았고, 위소(韋昭; 204~273)는 "가면을 쓴 사람이다."[65]라고 주석을 달았다. 가면을 쓰고 새우나 사자 같은 것으로 분장하는 가형공연은 한대 화상석에서 생동적으로 나타나있다.

[그림 17] 산동 임기(臨沂) 금작산(金雀山) 9호 서한 묘의 비단에 그린 각저 그림

백희에서 가형으로 분장해서 춤추는 부분은 길조의 동물과 새를 비롯한 선녀와 신인들이 모조리 동원되어 오색찬란하고 종잡을 수 없는 아득한 선경(仙境)을 보여준다. 이런 공연은 백희공연에 신비적 색채와 연극적 성질을 더해주었다. 동한 사람 장형이 ≪서경부(西京賦)≫에서 서안(西安)을 묘사한 궁중 공연을 보자.

화산(華山)은 높디 높고, 산과 언덕은 구불구불하네. 신령스런 나무와 풀들, 붉게 차서 드리워져있네. 신선들의 가무놀이 다 모아놓은 듯, 표범이 재롱을 떨고 말곰이 춤을 추며, 백호는 거문고를 타고, 창룡은 피리를 부네. 아황(娥皇)과 여영(女英)이 앉아 목청 높여 노래를 부르니, 그 소리 맑고 아름다운 여운을 남기네. (옛 음악가) 홍애(洪涯)가 일어서서 기악을 지휘하는데, 푹신한 털과 깃으로 몸을 둘렀네……동해의 황공(黃公)은 동으로 만든 칼과 월인(粤人)의 주법으로 백호를 물리치고자 했으나, 끝내 뜻을 이루지 못했네. 좋지 않는 습관을 가지고 미혹되어, 도술이 행해지지 않았네.[66]

설종(薛綜; ?~243)은 여기에 주석을 달며 이렇게 말하고 있다.

[그림 18] 호북(湖北) 강릉(江陵) 진대(秦代) 참빗에 채색으로 그린 각저

(원문의) 선창(仙倡)은 거짓으로 하고 가짜로 나타낸 것인데, 신(神)과 같음을 말한다. "말곰"·"표범"·"곰"·"호랑이"는 모두 가면이다. "홍애"는 삼황(三皇) 때의 예인으로, 배우들이 이 사람에 기탁하여 지은 것으로, 깃털 옷을 입었다. "섬(纖)"은 털이 있는 옷 모양이다.[67]

당나라 사람 이선(李善; ?~689)은 "(원문의) 여홍(女洪)은 순 임금의 두 딸인 아황과 여영이다."[68]라고 했다. 이것은 신화전설 속의 많은 선인과 신수를 모아 행한 가형분장공연이다. 이들 신인과 신수들은 대부분 각자의 이야

기가 있는데, 공연 중에 어느 정도 나타났을 것이다. 뒤쪽의 ≪동해황공≫은 무술(巫術)적인 특성을 갖고 있는 격투 이야기이다. ≪서경잡기(西京雜記)≫에는 이 이야기의 기원을 이렇게 기록하고 있다.

동해에 황공(黃公)이라는 사람이 살고 있었는데 젊었을 때 도술을 부려 뱀과 호랑이들을 제압하고 물리쳤다. 그는 동으로 만든 칼을 찼고, 짙은 홍색 끈으로 머리를 묶었다. 또 일어서서는 운무를 일으켰고, 앉아서는 산하를 만들어냈다. 그는 늙으면서 기력이 쇠잔하였고, 술을 너무 마신 탓에 다시는 그런 도술을 부릴 수 없게 되었다. 진나라 말기, 백호 한 마리가 동해에 나타나자, 황공은 즉시 동으로 만든 칼을 가지고 물리치러 갔다. 도술이 뜻대로 되지 않은 탓에 결국 호랑이에게 잡아먹히고 말았다. 삼보(三輔) 사람들은 이 풍속으로 놀이를 하였다. 한나라의 임금 역시 이를 취해 각저의 놀이로 삼았다.[69]

[그림 19] 산동 제남(濟南) 무영산(無影山) 1호 서한 묘에서 출토된 백희를 공연하는 도용반(陶俑盤)

≪동해황공≫은 완전한 스토리를 갖고 있다. 황공이 주문을 외워 호랑이를 제압하는 것에서 시작하여 황공이 노년에 술을 너무 마시는 바람에 도술을 상실해 호랑이에게 잡아먹히는 것으로 끝난다. 두 명의 배우가 약정된 스토리를 따라 공연한다. 극 속에 대언체(代言體)[70] 형식의 대화가 있다면, 그것은 이미 연극의 기본요소를 갖춘 것이고, 중국연극사상 기록으로 보이는 첫 번째 완전한 연극이 된다.

한대 각저백희에는 부분적으로 연극적인 이야기를 보여주는 가무 소희도 있다. 현재 ≪송사(宋史)·악지(樂志)≫와 ≪악부시집(樂府詩集)≫에 한대의 ≪공막가(公莫歌)≫ 가사 한 편이 전한다. 양공지(楊公驥; 1921~1989) 등의 연구에 따르면, 이 가사는 남녀의 애정을 표현하는 가무소희이고, 공연양식은 건무(巾舞)[71]라는 사실이 밝혀졌다. 한대 출토된 유물에는 자주 남녀가 건무공연을 하는 형상을 볼 수 있는데, 이것의 그 무대 모습일 것으로 추측된다. 이 건무소희와 유사한 것으로는 반무(盤舞) 등이 있다. 가장 두드러진 것이 하남성(河南省) 형양현(滎陽縣) 하왕촌(河王村) 저수지의 한대 묘지에서 출토된 두 동(棟)의 도루(陶樓) 상의 채화(彩畵)이다. 두 동은 모습이 같고, 두 도루의 앞쪽 벽에 각각 화려한 색채의 남녀가 공연하는 그림이 그려져 있다. 첫 번째 그림에서는 등을 드러낸 남자배우가 한 무녀를 쫓으며 놀리자, 무녀가 재빨리 피하면서 큰 접시를 밟고 도약하며 긴 소매를 펄럭이는 것이다. 두 번째 그림은 두 사람이 위치를 바꿔 무녀가 대성통곡하며 몸을 날려 덮치자 남자배우가 급하게 뒤돌아보고 비틀거리며 잽싸게 달아나는 것이다.

[그림 20] 산동 기남 북채촌 동한 묘의 백희 화상석(畫像石)

이 두 그림은 확실히 인간세상의 이야기를 간단하게 보여주면서 일정한 갈등이 있다. 그 구성도 ≪동해황공≫에 근접해 이야기의 시작도 있고 끝도 있다. 사전에 약속된 구성을 따라 진행된다. 이것은 세속생활에서 소재를 취하는 가무소희공연이다, 당연히 그 안에는 반무의 성분도 있다. 이들 공연들은 각저희의 흔적을 갖고 있고, 후대의 답요낭(踏搖娘)이나 소중랑(蘇中郞) 같은 가무소희의 기원이 된다.

[그림 21] 내몽고(內蒙古) 호링게르 동한 묘의 벽화 속 대무(對舞)

한대 이후 위·진·육조에서 수대까지 역대 조정은 백희의 공연항목을 증가시켰다. 북제(北齊)에 와서는 100여종이 넘었는데, 이때서야 명실상부한 "백희"가 되었다. 그러나 그 내용은 나날이 서커스 색채가 더해졌다. 그중에 우희와 가무희는 조금씩 체계를 갖춰 갔지만 당대 이후가 되어서야 다시 대두되면서 크게 발전했다.

[그림 22] 하남 형양(滎陽) 하왕촌(河王村) 동한 때의 도루(陶樓)에 채색으로 그려진 대무(對舞) 모습

(3) 당대의 우희와 가무희

당대의 우희는 새롭게 발전했다. 공연도 잦았고 기록도 많다. 궁정에서 주부(州府) 그리고 민간에까지 그 흔적을 찾을 수 있다. 궁정 교방에서는 유명 배우들이 많이 나왔다. 황번작(黃幡綽)·장야호(張野狐)·이선학(李仙鶴)·조숙도(曹叔度)·유천수(劉泉水)·범전강(範傳康)·상관당경(上官唐卿)·여경천(呂敬遷)·손건(孫乾)·유리병(劉璃甁)·곽외춘(郭外春)·손유웅(孫有熊)·유진(劉眞)·강내(康酒)·이백괴(李百魁)·석보산(石寶山) 등은 ≪악부잡록(樂府雜錄)·배우(俳優)≫에 기록되어있다. 우희 공연은 계층별로 행해졌기 때문에 당시 사람들은 이를 분류했다. 문헌에 언급된 것은 농참군(弄參軍)·농가관(弄假官)·농공자(弄孔子)·농가부인(弄假婦人)·농바라문(弄婆羅門) 5가지이다. 이밖에 같은 방식으로 몇 가지 더 귀납해보면, 농신귀(弄神鬼)과 농삼교(弄三敎) 등이 있다.

[그림 23] 감숙(甘肅) 돈황(敦煌) 막고굴(莫高窟) 당(唐) 156굴(窟) ≪송국부인출행도(宋國夫人出行圖)≫ 벽화 속의 악무잡기(樂舞雜技)

　　농참군은 당대 우희를 대표하는 유형이다. 당시 사회를 구성하는 가장 중요한 계층이었던 관리를 대상으로 하기 때문이다[72]. 단안절은 우인이 농참군을 공연한 시점을 동한에서 찾고 있다. 그에 의하면, 관도령(館陶令) 석탐(石躭)은 뇌물죄를 범했다. 한 화제(和帝; 75~105)는 그의 재능이 아까워 죄를 심판하지 못하고 "연회 때마다 하얀 겹저고리를 입게 하고, 배우들에게 그를 놀리고 욕보이게 하였다. 1년이 지나서 석방해주었다."[73] 그러나 석탐의 관직은 현령이지 참군이 아니었다. 이 실례는 가관희의 기원만 설명할 수 있을 뿐이다. 실질적으로 참군이라는 이 관직을 둔 것은 한말 이후였다. ≪태평어람(太平御覽)≫(권569) "창우(倡優)"는 ≪조서(趙書)≫를 인용하여 이렇게 말하고 있다.

> 석륵(石勒; 274~333)의 참군 주연은 관도령이 되어, 관부의 비단 수 백 필을 잘라 취하였다가 하옥되었지만 팔의(八議)[74]로 사면되었다. 후에 매번 큰 연회가 있으면 배우들을 시켜 머리싸개를 씌우고 금빛 비단으로 만든 홑옷을 입도록 하였다. 배우가 "나리께서는 직급이 무엇이길래 우리 무리에 계시는지요?" 라고 묻자, "나는 본래 관도령을 지냈었네."라고 대답했다. 홑옷을 터시고 "바로 앉으셔서 이것을 가지시고, 나라의 직분으로 돌아가십시오."라고 하여, 웃음거리로 삼았다.[75]

이 기록이 참군희의 정확한 기원일 것이다. 그때는 동진 시기였고, 후조(後趙)의 주연은 석륵의 군사에 참여했다가 현령에 임명되어 이런 창피를 당하는 일을 저질렀다. 처음에 주연 본인이 배우들 속에 들어갔다가 욕을 당하는 대상으로 충당된 것이다. 그는 배역이 아니라 후대 배우가 주연을 대신해 연출하면서 진정한 참군희가 나타났다. 참군희는 당대 궁정과 민간에서 큰 환영을 받았다. 궁정 공연 때는 공주도 봤다.[76] 민간에서는 당나라의 시인 이상은(李商隱; 813~858)이 어린아이의 천진난만한 모습을 묘사한 ≪교아시(驕兒詩)≫ 중의 "갑자기 참군희를 다시 배워, 장단에 맞춰 창골(蒼鶻)[77]을 부르네."[78]에 나타나있다. 이밖에 당나라 사람 범터(范攄)의 ≪운계우의(雲溪友議)≫(권하)의 "염양사(艶陽詞)"에는 절강(浙江)의 한 민간 극단이 "육참군(陸參軍)"을 공연했다는 기록이 있다.

[그림 24] [당] 장회태자(章懷太子) 묘의 벽화 속 난쟁이

이 기록에 의하면, 여자배우 유채춘(劉采春)은 참군 배역을 공연하며 낭만적이고 아름다운 가무를 보여주어 수많은 여인들과 행인들을 매료시켰다고 한다. 이것은 이미 가무희와 결합했음을 보여준다. 송대 이후 참군희는 송 잡극에 들어가 공연에서 아주 중요한 부분이 된다.

[그림 25] 당대의 난쟁이 배우[하남성 박물관 소장]

당대 우희의 연극화 정도는 당나라 무명씨의 ≪옥천자진록(玉泉子眞錄)≫에 나오는 이야기로 설명해 볼 수 있다. 최현(崔鉉)이 회남(淮南)에 있을 때 "일찍이 악공들로 하여금 하인들을 모아 여러 가지 놀이를 가르치도록 했다."[79] 다 가르치고 난 후 최현은 아내 이씨(李氏)와 함께 감상했다. "하인들은 이씨를 시기하고자 하였기 때문에 몇 명의 하인들은 부인의 복장을 하고 나와 부인이니 첩이니 하면서 곁에 줄지어 섰다. 한 하인이 홀을 잡고 혁대를 묶고 공손하게 그 사이에 읍하였다. 음악을 연주하고, 술을 주문하여 풍자하는 의미가 분명해졌음에도, 이씨는 아직 깨닫지 못하고 있었다. 조금 후 놀이가 흥을 더해가자, 모두 이씨가 평상시에 즐겨 했던 일이었다. 이씨는 어느 정도 눈치를 챘지만 그 놀이가 우연의 일치라 여기고 속으로는 감히 그렇게 하지 않을 것이라 생각하며 계속 보았다. 하인들의 뜻은 눈치 채게 하는데 있었으므로 더욱 노골적으로 놀이를 하였다. 이씨가 결국 노하여 '하인 놈들이 감히 무례하구나! 내가 언제 이렇게 하였단 말이더냐!'라고 했다"[80] 이 극은 이미 가정의 일상생활을 나타내고, 등장인물도 처·첩·관리로 여러 명이 된다. 극은 이씨가 평소에 한 일들을 모방했고, 각 배우들 사이에는 분명히 동작과 대사가 있었을 것이다. 이 공연은 오늘날의 짧은 연극과 유사하다. 극에서는 하나의 완전한 생활의 일부분을 보여주는데, 이는 당대 우희의 공통된 특징으로 볼 수 있다.

[그림 26] 신강(新疆) 투르판에서 출토된 당나라의 배우용

당대에는 가무희가 크게 성행했다. 유명한 것으로는 ≪악부잡록≫의 "고가부(鼓架部)"에 수록된 ≪대면(大面)≫·≪발두(鉢頭)≫·≪소중랑≫·≪답요낭≫ 등과 다른 문헌에 보이는 ≪진왕파진악(秦王破陣樂)≫·≪번쾌배군난(樊噲排君難)≫·≪소막차(蘇莫遮)≫·≪환경악(還京樂)≫ 등이 있다. 모두가 초보적인 스토리와 구성에 노래하며 춤추는 특성을 갖고 있다. 이것은 후에 우희와 결합하여 희곡을 형성하는 기초가 된다.

≪대면≫은 가면을 쓰고 하는 극이다. 당나라 사람 최령흠(崔令欽)은 ≪교방기(敎坊記)≫에서 이렇게 말했다.

≪대면≫은 북제에서 유래했다. 난릉왕(蘭陵王) 장공(長恭)은 담이 크고 용맹하였으나 여인의 얼굴이라 여겨 적을 위협하기에 부족하다고 생각했다. 이에 나무를 파서 가면을 만들어 전쟁에 나갈 때마다 썼다. 이로 이 극이 만들어졌다.[81]

내용이 ≪악부잡록≫의 기록과 유사하다. ≪대면≫극은 북제 난릉왕 고장공(高長恭; 514~573) 이 563년 하남 낙양 일대에서 북주(北周)를 물리친 일에서 유래된 듯하다. ≪북제서(北齊書)·난 릉왕왕효관전(蘭陵王王孝瓘傳)≫에는 이 극의 유래를 다음과 같이 기록하고 있다.

돌궐(突厥)이 진양(晉陽)을 침입하자, 장공은 힘을 다해 물리쳤다. 망산(芒山)에서 패하자, 장공은 중군(中軍)이 되어 500명의 기마병을 이끌고 주군(周軍)으로 들어가 마침내 금용성(金墉城) 아래에 이르렀다. 포위되어 아주 위급했음에도 성 위의 사람들이 알아보지 못했다. 장공이 투구를 벗어 얼굴을 드러내자, 궁수들이 내려와 그를 구했고, 이에 크게 승리했다. 무사들 모두 그를 노래하였다. 그때 부른 것이 ≪난릉왕입진곡≫이다.[82]

[그림 27] 북경(北京) 운거사(雲居寺) 당대 탑의 서쪽 안쪽 벽에 부조로 석각된 우희(優戱) 모습

당나라 사람 두우(杜佑; 735~812)의 ≪통전(通典)≫(권146)의 기록은 전반부는 이와 유사하나 후반부는 "제나라 사람들은 이를 장하게 여겨, 이 춤을 만들어 그가 지휘하며 치고 찌르는 모습을 흉내를 냈는데, 이를 ≪난릉왕입진곡≫이라 한다."[63] 라고 했다. 이로 보면, 고장공의 전공을 표창하려고 가무이름을 ≪난릉왕입진곡≫이라 했고, 내용은 난릉왕이 가면을 쓰고 돌진하여 적을 무찌르는 것이며, 공연에는 격투성분이 있어 한대 각저희의 흔적이 남아있음을 알 수 있다.

[그림 28] 서안(西安) 당대 선우정회(鮮于庭誨) 묘에서 출토된 우용(優俑)

[그림 29] 13세기 난릉왕(蘭陵王) 가면[일본(日本) 가마쿠라시(鎌倉市) 쓰루가오카 하치만구우(鶴岡八幡宮) 소장

당나라 사람들도 이 극을 곧바로 ≪난릉왕≫으로 불렀다. ≪전당문(全唐文)≫(권279)에 수록된 정만조(鄭萬釣)의 ≪대국장공주비(代國長公主碑)≫는 무측천(武則天) 때 "기왕(岐王)이 5살 때 위왕(衛王)이 되어 ≪난릉왕≫을 공연했다."[84]라고 했다. ≪난릉왕≫극은 중국에서는 이미 실전되었다. 그러나 일본의 궁정 악무에 보존되어있다. 일본은 수·당 시기 중국의 많은 가무를 배워갔는데, ≪난릉왕≫도 그중의 하나였다. 오늘날 일본의 나라지(奈良寺) 세이소오엔(正倉院)에는 "동사당고악≪난릉왕≫접요(東寺唐古樂≪蘭陵王≫接腰)"라고 서명된 옷 한 벌을 볼 수 있다. 날짜가 "천평 승보 4년 4월 9일(天平勝寶四年四月九日)"로 되어있는데, 이는 당나라 천보(天寶) 11년(752)에 해당된다. 일본은 역대의 ≪난릉왕≫ 가무가면을 64벌을 보존하고 있다. 가장 이른 두 벌에는 1211년(송나라에 해당)이라는 명문이 있다. 이밖에 일본의 고화(古畵) ≪신식고악도(信息古樂圖)≫(약 12세기에 그려졌고, 북송시기에 해당)에도 ≪난릉왕≫이 포함된 당대의 가무 그림들이 그려져 있다.

≪난릉왕≫이 ≪대면≫으로 불린 것은 가면을 쓰고 춤추는 모습이 있기 때문이다. 그러나 실질적으로 ≪대면≫이라는 가면을 쓰고 춤추는 형식은 당대 다른 일부 유명한 가무희 ≪발두≫·≪혼탈(渾脫)≫·≪소막차≫ 등처럼 최초에는 서역에서 전래하였다. 당나라 사람 혜림(慧琳; 433~487)의 ≪일절경음의(一切經音義)≫(권41)는 이렇게 말하고 있다.

≪소막차≫는 이민족인 서융의 말이다. 바르게 말하면 "삽마차(颯麼遮)"라고 한다. 이 극은 본래 서역의 귀자국(龜妓國)에서 유래하였는데, 지금도 이 곡이 있다. 이 나라에는 ≪혼탈≫·≪대면≫·≪발두≫ 같은 것들이 있다. 짐승의 얼굴을 한 것도 있고, 귀신을 본뜬 것도 있는데, 각종 형태의 가면을 만들었다. 어떤 사람은 흙탕물을 지나가는 사람에게 묻히거나 뿌리기도

하고, 어떤 사람은 명주실을 이어 사람을 잡는 것을 놀이로 삼았다. 매년 7월 초에 이 극을 함께 했다. 7일 동안 하고서 그만두었다. 민간풍속으로 전해지면서, 이 놀이로 자주 부정한 것들을 푸닥거리하며 나찰이나 악귀를 몰아내고 사람에게 해가 되는 것들을 먹어버렸다.[85]

[그림 30] 일본 고화(古畵) ≪신식고악도 (信息古樂圖)·발두(拔頭)≫

≪난릉왕입진곡≫은 서역의 ≪대면≫ 형식을 빌려 공연되었고, 회자인구 되어 이를 대신해 쓰임으로써 ≪대면≫의 대표적인 극목이 되었다. ≪소막차≫ 역시 가면극이다. ≪일절경음의≫(권1)는 "……≪소막차≫ 모자는 사람 얼굴에 씌운다. 제 중생들에게 보여주면 놀리고 장난친다."[86]라고 했다. 일본에 있는 옛 ≪소막차≫ 가무 그림도 짐승가면을 쓰고 있을 뿐만 아니라 옛 가면들도 남아있다.

≪발두≫는 귀자에서 전래된 가무희이다. ≪통전≫(권146)에는 "≪발두≫는 서역에서 유래하였다. 호인이 맹수에게 잡아먹히자 그의 아들이 맹수를 찾아 죽이고는, 이 춤으로 그 일을 모방했다"[87]라고 했다. 그 공연상황은 ≪악부잡록≫의 기록을 통해 대략 엿볼 수 있다.

발두: 옛날 어떤 사람의 부친이 호랑이에게서 상처를 입고 사망하자, 그의 아들이 산에 올라가 아버지의 시신을 찾았다. 산에는 여덟 구비가 있었기에 여덟 마디의 곡을 지었다. 놀이하는 사람은 머리를 풀어헤치고 흰 옷을 입으며 우는 모습을 하였는데, 대개 상을 당한 모습이었다.[88]

공연자는 상복을 입은 모양으로 분장해서 노래하고 춤춘다. 또 산을 올라 부친의 시신을 찾는 이야기를 공연한다. 마지막에는 호랑이를 죽여 복수하는 것으로 끝이 난다. 당 헌종(憲宗)

778~820)의 생신일인 "천추절(千秋節)"에 궁정예인 용아(容兒)가 ≪발두≫를 공연했는데, 시인 장호(張祜; 785?~849?)가 이를 보고 이런 시를 남겼다.

금수레가 다투어 내달리고 가슴걸이 한 소를 다그치니, 사람들 웃으며 폐하의 생신이라고만 말하네. 양쪽 길 어귀의 양문(羊門) 안에서는, 발두를 하며 노는 용아를 따라하는 것 같네.[89]

공연이 끝나면 극을 본 사람들은 혼자서 흉내를 내보는데, 시에서는 생동적으로 그려내고 있다.

[그림 31] 17세기 병풍에 채색으로 그린 ≪난릉왕≫ [일본 교토(京都) 다이고지(醍醐寺) 소장]

당대에는 또 술에 취한 남자의 모습을 그린 ≪소중랑≫이라는 유명한 가무희가 있다. 단안절의 ≪악부잡록≫에는 그 기원을 이렇게 기록하고 있다.

> ≪소중랑≫: 후주의 선비인 소파(蘇葩)는 술을 좋아하고 실의에 빠져 있었는데, 자신을 중랑(中郎)이라고 했다. 매번 무대가 있는 곳이면 들어가 혼자 춤을 추곤 했다. 지금 놀이하는 사람은 붉은 비단 옷을 입고 모자를 쓰고 얼굴을 붉게 분장하여 술에 취한 모습을 나타냈다.[90]

[그림 32] 감숙 돈황 막고굴 당 156굴 장의조(張議潮)가 행차하는 그림 속의 무악(舞樂) 모습

이 극은 일본에 전래된 후에 가무 ≪호음주(胡飮酒)≫로 바뀌었다. 이밖에 또 유명한 가무희로는 ≪환경악≫이 있다. 이 가무희는 당 명황(明皇; 685~762)이 천보의 난리를 평정한 후에 사천(四川)에서 장안으로 돌아올 때 궁정 악인 장야호가 연출한 가무이다.[91] 이 극도

마찬가지로 일본에 전래되었다. 일본에 전래된 당대 가무희로는 ≪진왕파진악≫이 또 있다. 이 극은 원래 진왕(秦王) 이세민(李世民; 598~649)의 전공을 칭송하기 위해 만든 것인데, ≪구당서·음악지≫에서는 "태종이 진왕으로 있을 때 사방을 정벌하자 사람들이 진왕이 진을 깬 곡을 불렀다."[92]라고 하였다. 이 가무는 이세민의 명성 때문에 이역으로 전파되었다. 당대 고승 현장(玄奘; 599~664)이 인도에서 불교를 살필 때도 이 무도를 보았다고 한다.[93]

위에서 언급한 ≪대면≫·≪소막차≫·≪발두≫·≪소중랑≫·≪진왕파진악≫ 등은 가무에 치중되어있고 개성적인 분장과 일정한 서사요소가 들어가 있지만 이들이 공연에서 차지하는 비중은 낮았다. 진정으로 연극에 근접한 극목은 ≪답요낭≫이다.

≪교방기≫에는 ≪답요낭≫ 가무의 기원과 공연형태가 아주 상세하게 기록되어있다. 이곳에서 인용해본다.

> ≪답요낭≫: 북제에 소씨 성을 가진 사람이 있었다. 콧등에 부스럼이 있었으며, 실제로 벼슬한 적이 없었음에도 자신을 낭중(郎中)이라고 하였다. 그는 술 마시길 좋아해서, 술에 취할 때마다 부인을 때리는 등 주정이 심했다. 부인은 슬픔을 머금고 이웃 사람들에게 하소연했다. 당시 사람들이 이 일을 공연했다. 남편은 부인의 복장을 하고 천천히 걸어 입장하며 노래를 불렀다. 매 곡조마다 곁에 있던 사람들이 일제히 그와 장단을 맞추며 "춤추며 노래하네 화답하세, 춤추며 노래하는 여인 괴롭네 화답하세"라고 하였다. 춤추고 노래 부르기 때문에 "춤추며 노래하네."라고 했고, 이것으로 억울함을 보여주고 있기 때문에 "괴롭다"라고 말했다. 그녀의 남편이 등장하면 때리고 싸우는 모양을 공연하여, 사람들을 웃기고 즐겁게 하였다.[94]

≪답요낭≫은 술에 취한 남자가 아내를 때리는 이야기를 나타내고 노래를 부르며 춤을 춘다. ≪교방기≫는 이 가무가 당시 민간의 "답요(踏謠)" 형식과 유사해서 ≪답요낭≫이라 한다고 했다. 그런데 ≪답요낭≫을 기록하고 있는 다른 사적들은 이와 다른 견해를 보이고 있다. ≪구당서·음악지≫ 같은 경우는 이렇게 기록하고 있다.

《답요낭》은 수나라 말기에 비롯되었다. 수나라 말기 하내에 사는 용모가 추악하고 술을 좋아하는 어떤 사람이 자신을 낭중이라고 했다. 술에 취하여 집에 돌아오면 꼭 아내를 때렸다. 그의 아내는 아름답고 노래를 잘 불렀는데, 고통스럽고 원망 어린 가사였다. 하삭(河朔) 지방에서 그녀가 내는 소리를 부르고 악기로 연주하고, 그녀 남편의 모습을 형용하였다. 아내는 슬퍼 하소연하며 몸을 흔들었다 멈추었다 하였기 때문에 《답요낭》이라고 하였다.[95]

이곳에서는 《답요낭》의 명칭이 아내가 몸을 움직여 슬픈 마음을 나타낸 것에서 비롯되었다고 하였다. 그러나 이 가무형식에 대한 양자의 기록은 결코 모순되지 않고 서로를 더 잘 보충하고 있다. 다른 점이라면 유래된 시기가 다른 것인데, 하나는 북제라 하고, 하나는 수나라 말기라고 했다. 게다가 후자는 또 이야기가 발생한 곳이 하내라 하고 아울러 이 가무희는 하삭 일대의 민간에서 유행하기 시작했다고 했다. 또한 당나라 사람 위현(韋絢)의 《유빈객가화록(劉賓客嘉話錄)》에서 "호사가들이 가면을 만들어 그 모습을 나타내고 《답요낭》이라고 했다."[96]라고 한 것으로 보아, 《답요낭》 공연에 가면을 쓴 것 같은데 아직 증명되지 않았다. 《답요낭》은 당대 궁정에 편입된 후에 아주 중요한 가무극목이 되었다. 교방에는 "소오노(蘇五奴)의 처 장소낭(張少娘)은 가무에 뛰어났고 미색도 있었으며, 《답요낭》을 잘했다."[97] 심지어 조정대신인 공부상서 장석(張錫)도 《담용낭무(談容娘舞)》를 할 줄 알았다.[98]
교방에서 오랫동안 공연되는 과정에서 《답요낭》의 연출방식은 조금씩 바뀌어갔다. 그래서 최령흠은 "(여인을) 놀리고 저당까지 잡으면서 옛날의 형식을 완전히 잃어버렸다."라고 한탄했다.[99] 《구당서·음악지》에도 "근래 우인들이 그 방식을 상당부분 바꾸었는데 옛날의 형태가 아니었다."[100]라고 했다. 《답요낭》의 민간 연출상황은 당나라 사람 상비월(常非月)의 《영담용낭(咏談容娘)》시에 드러나 있다.

손을 들어 꽃 비녀 매만지고, 몸을 돌려 비단 자리에서 춤추네. 말들은 가는 곳 촘촘하게 둘러싸고, 사람들은 둥글게 무리지어 극을 보네. 조화롭게 일제히 노래하고, 속삭이듯 정을 전하네. 마음이 얼마나 넓은지 모르겠으나, 수많은 근심을 받아내네.[101]

시의 내용으로 가무성분이 더욱 두드러지고 인물의 심리묘사가 섬세해졌음을 추측할 수 있다. 이상의 자료를 통해 ≪답요낭≫은 후대의 가무소희에 가까우며, 특히 가무와 분장 등의 종합적인 공연수단을 이용한 인물의 심리묘사는 아주 새로운 면모였다. ≪답요낭≫은 당대 가무희에서 가장 뛰어난 작품임이 분명하다.

당대 연극은 이미 성숙된 연극의 모습에 다가섰다. 비록 인생의 이야기를 완전하게 나타내지 못하고 일상의 한 단면만 표현한다든지, 음악형식이 아직 체계화되지 못한 것이라든지, 공연의 배역이 이제 막 걸음마 단계에 있다든지 등의 문제가 있지만 중국희곡의 형성에 중요한 걸음을 놓아주었다.

(4) 오대의 우희

오대시기 우희 공연은 당대의 전통을 계승하면서 기형적인 시대적 상황으로 번성했다. 오대십국(五代十國)은 군벌이 혼전을 벌이면서 정권이 계속 바뀌었다. 통치자들은 위급한 상황에서도 나날이 음악에 심취하거나 한쪽 지방에 만족하며 가무를 즐겼다. 때문에 각 지방정권은 많은 우인과 악기(樂伎)를 길렀다. 심지어 배우가 하는 일에 정통한 군주도 있었다. 원나라 사람 연남지암(燕南芝庵)의 ≪창론(唱論)≫에 나오는 "음률에 정통한 다섯 명의 제왕(帝王知音律者五人)"에는 "후당(後唐)의 장종(莊宗)과 남당(南唐)의 이후주(李後主)"[102]가 있다. 예술상의 축복은 정치상의 불행에서 생겨났으니, 이 역시 역사가 만들어낸 아이러니였다.

지방정권들이 할거하면서 우희는 전국적으로 세 곳에서 성행했는데, 중원에 있었던 후당(後唐) · 동남쪽에 있었던 오월(吳越)과 남당(南唐) · 서북쪽에 치우쳐져 있었던 서촉(西蜀)이 이들 지역이다.

후당 장종 이존욱(李存勖; 885-926)은 낙양에 도읍을 세우면서 궁중에는 우희가 성행했다. ≪오대사평화(五代史平話) · 당화(唐話)≫(권하)는 이렇게 기록하고 있다.

후당의 임금은 어려서 음률에 능통했고 배우들의 놀이를 좋아했다. 어떤 때는 스스로 화장을 하여 배우들과 함께 마당에서 춤을 추었다.[103]

[그림 33] 하북(河北) 곡양(曲陽) 영산진(靈山鎭)에서 출토된 후량(後梁) 왕처직(王處直) 묘 속의 연주도

또 유(劉) 황후의 부친 유기(劉耆)로 분장해 "유기의 자루를 지고, 계급(繼岌)에게 모자를 찢게 하고 따르게 하여"[104] 웃음거리로 삼았다. 유명한 "이씨 천하(李天下)"라는 우희의 예도 장종에게서 나왔다.[105] 장종은 매일 우인들과 어울렸다. 결국 우인들이 국정을 농단하면서 나라를 혼란에 빠뜨렸다. 사후에 그의 시체는 악기더미와 함께 불에 탔다.[106]

[그림 34] [남당(南唐)] 이변(李昪) 묘의 우용

중원의 군벌들이 각축을 벌일 때 물자가 풍부한 동남과 서북쪽의 작은 나라들인 오월·남당·서촉 등은 오히려 통치자가 음주가무에 빠져 나라를 패망의 길로 빠뜨렸다.

남당의 전신은 오(吳)로 남경(南京)에 자리 잡고 있었다. 당시 참군희가 성행했기 때문에 정권을 장악하고 있던 서지훈(徐知訓; ?~918)은 어린 군주 양륭연(楊隆演; 897~920)을 압박하여 함께 참군희를 하여 그를 욕보였다. 송나라 사람 구양수(歐陽修; 1007~1072)의 ≪신오대사(新五代史)·오세가(吳世家)≫는 이렇게 기술하고 있다.

서지훈이 권세를 마음대로 부리자, 양륭연은 어리고 겁이 많아 혼자서는 대항할 수 없었다. 그래서 서지훈은 그를 더욱 무시하였다. 일찍이 주루에서 한잔 하며, 배우 고귀경(高貴卿)에게 술시중을 들게 하였는데, 서지훈은 참군이 되고, 양륭연에게는 해진 옷을 입히고 상투를 틀어 창골이 되도록 명령했다.[107]

서지훈의 의형(義兄) 서지고(徐知誥; 888~943)는 오나라를 찬탈해 국호를 남당이라 했는데 평생 우인을 좋아했다. 예를 들어 그는 생전에 우인 신점고(申漸高)를 총애했고, 사후에는 무덤에 우인용(優人俑)을 함께 묻어 왕공의 선례를 열었다.

[그림 35] [오대(五代)] 고굉중(高閎中)의 ≪한희재야연도(韓熙載夜宴圖)≫ 속의 악무

남당은 신점고와 이가명(李家明) 등의 유명한 우인들을 배출했는데 송대 사학자 마령(馬令)의 ≪남당서(南唐書)·담해전(談諧傳)≫에 기록되어있다. 이가명은 한때 남당의 교방부사(教坊副使)를 지냈는데 우희에 뛰어났다. 마령은 그가 연출한 "여러 번 절을 한들 무슨 소용이 있겠는가(何用多拜)"라는 극을 기록해놓고 있다. 이 극은 등장배역이 많고(늙은이·할미·아낙네들 등을 포함해 적어도 5~6명), 장면설정이 커며, 소재도 평민생활을 나타낸 것이어서 이미 송 잡극의 선하를 열었다. 이가명은 한때 중서사인(中書舍人) 한희재(韓熙載; 902~970)의 빈객으로 있다가 그 집안의 연악에 참여했다. 화가 고굉중(顧閎中; 910~980)이 이주(李主)의 명을 받고 밤에 한희재의 저택에 숨어들어가 야연(夜宴)에 기녀들이 춤추는 장면을 그리면서 이가명과 그의 여동생이자 비파기(琵琶伎)와 무기(舞伎)를 겸했던 왕옥산(王屋山)을 함께 그려 넣었다.[108]

오월(吳越)은 강절(江浙)에 있어 중원의 전란에서 더욱 멀었다. 때문에 우희가 발전하는데 지장이 없었다. 1987년 절강성 황암현(黃巖縣) 조제항(潮濟鄕) 조제포촌(潮濟鋪村) 영석사(靈石寺)의 탑 내부에서 발견된 오월국 건덕(乾德) 3년(965년으로, 오월은 송나라의 역법을 따랐음) 전후의 우희 인물이 새겨진 벽돌 6조각이 이를 말해준다.

[그림 36] 절강(浙江) 황암(黃巖) 영석사(靈石寺) 탑의 벽돌에 새긴 오월(吳越)의 연극 공연모습

사천 분지에 있던 서촉도 우희의 중심지였다. 전촉(前蜀) 왕건(王建; 847~918) 묘의 관좌(棺座) 상의 연악악대부조(宴樂樂隊浮雕)는 아주 유명하다. 후촉(後蜀) 맹창(孟昶; 919~965)이 배우에게 미혹되자, 교방부두(敎坊部頭) 손정응(孫廷應)과 왕언홍(王彦洪)이 우희를 하는 척하며 반란을 일으킨 일이 일어났다.[109] 송 건덕 2년(965) 조광윤(趙匡胤; 927~976)이 장수를 보내 촉나라를 치자, 맹창은 그의 아들 현철(玄喆)에게 병사를 거느리고 항전할 것을 명했다. "현철은 성도를 떠났지만 시첩과 악기 그리고 수십 명의 배우들을 데리고 아침부터 저녁까지 장난치고 놀면서도 군사적 업무를 돌보지 않았다."[110] 결국 서촉은 송에 멸망당했다. 송 태조는 전국을 통일한 후 각지에 흩어져 있던 우인들을 모조리 수도 변경(汴京)으로 불러 모았다. 이것은 송 잡극을 흥성시키는 계기가 되었다.

3. 공연장소

(1) 원시단계

종교적인 의식을 모방한 원시인류의 가무는 종교적 분위기와 무술적인 내용의 필요성에 의해 유래되었다. 일반적으로 산림의 공터나 깊은 계곡의 평지처럼 무술적인 분위기를 나타내기에 적합한 자연지형을 골라 거행되었다. 그리고 부근의 깎아지는 암벽에 종교적 의미를 가진 부호와 도형들을 새겨 종교적인 분위기를 띄우는 공간으로 만들었다. 오늘날 볼 수 있는 선사시대의 많은 암각화상의 가무의식장면은 모두 상술한 조건을 갖춘 상태에서 그려진 것이다. 현재 고고학·인류학·미학에서는 선사시대의 암각화에 대해 다음과 같은 공통된 견해가 있다: 암각화는 원시인류가 객관적으로 사물을 만들어 단순하게 그 미학과 문화적 가치를 나타낸 것일 뿐만 아니라 일정한 암각화는 원시사유에서 늘 특정 종교무술활동의 구성성분으로 원시인류의 감각공간에 들어왔다. 때문에 암각화는 늘 특정한 환경에서 제작되었고 이미 발견된 암각화유적으로 봤을 때 도형에 새긴 대상 앞쪽은 왕왕 아주 넓은 땅이어서 사람들이 종교의식을 행하고 종교적 정서를 불러일으키는데 아주 편리했다. 이상의 견해에 의하면, 선사시대 암각화의 가무장면과 원시인류가 종교의식을 거행한 곳은 서로 호응한다.

필자는 신강위구르자치구 호도벽현(呼圖壁縣) 서남쪽의 천산(天山) 깊은 곳에 있는 작아구(雀兒溝)의 생식기 숭배를 보여주는 무도(舞蹈) 암각화를 고찰한 적이 있다. 암각화는 위쪽이 밖으로 기울어진 깎아지는 절벽에 새겨져 있다. 절벽 앞은 산간의 평지였다. 이런 곳에서 종교의식을 거행한다면 원시인들은 강렬한 종교적 체험을 할 수 있었을 것이다. 이 산간의 평지가 바로 수렵시기 원시인류의 공연장이었다.

농경단계의 인류는 산림과 계곡에서 벗어나 경작하기에 적합한 평원이나 구릉에 정착하였다. 농사의 신명에게 제사지낼 때의 모방적 악무활동[111]은 들판에서 행해졌다. 심지어 하나라의 초대 군주 계(啓)가 만든 대형 서사 악무 ≪구소(九韶)≫도 궁궐이 아닌 들판에서 행해졌다. "≪구소≫를 대목(大穆)의 들에서 추었다."[112]라고 한 것이 이것이다. 자연지형을 이용한 이런 공

[그림 37] 신강위구르자치구 호도벽현(呼圖壁縣)의 암각화 상의 의식도

연방식은 기원전 7세기 전후의 진(陳)나라에도 남아있었다. 진나라 백성들은 더위와 추위를 가리지 않고 완구(宛丘)에 모여, 손에 해오라기 깃털을 잡고 북을 치며 춤을 추었다.[113] 완구는 사방이 높고 가운데가 안으로 들어간 "요(凹)"자형 지형으로 천연적인 원형극장이다. 이런 지형을 선택했다는 것은 이미 관중들의 편의를 고려했음을 알 수 있다. 고대 그리스에서 최초로 "요"자형 지형을 이용하여 가무공연을 행한 것과 비슷하다.

(2) 한·위 시기

원시 인류의 모양을 흉내 낸 공
연이 종교에서 예술 그리고 제사에
서 오락으로 바뀌면서 관중이 연극
의 공연대상이 되었다. 당시의 특
정한 관객층은 일반 서민들이 아닌
월등한 사회적 지위를 누렸던 귀족
들이었다. 그래서 최초의 공연장
은 공연을 보는 사람의 편리만을
고려했을 뿐 공연의 필요성은 따지

[그림 38] 하남 남양(南陽) 동한 허아구(許阿瞿) 묘 청당(廳堂)
백희 화상석

지 않았다. 현존하는 한대의 화상전과 화상석을 보면, 당시의 백희연출은 주로 극을 보는
사람의 필요성에 따라 대청·전당의 마당·광장에서 행해졌다.

첫째, 가옥 내의 대청 공연은 귀족 집안의 방과 대청에서 공연된 것이다. 유물에는
천정이나 쳐져있는 휘장이 많이 그려져 있는 것을 볼 수 있다. 이 모두가 공연장이 실내에
있었음을 말한다. 한대에는 관리든
귀족이든 배우를 좋아하고 가무를
즐기면서 호화롭고 사치스러움을
다투었다.

《한서》에는 이와 관련된 기록
이 많이 보인다. 승상 전분(田蚡; ?-기
원전 130) 같은 사람은 "음악·개·
말·논밭·저택을 좋아하고, 배우
와 예인들을 아꼈다."[114] 원후(元后)

[그림 39] 사천 팽현(彭縣) 구척포(九尺鋪)에서 출토된 청당
백희 화상석

때는 "다섯 제후의 자제들이 서로 사치스러움을 다투었다……뒤쪽 정원에 각자 수 십 명의 시첩과 천 여 명의 어린 하인을 두었다. 종과 경쇠를 나열해놓고, 요염한 여인들이 춤을 추며, 배우들이 개와 말처럼 서로 쫓아다니며 놀았다"[115] 또 성제(成帝; 기원전 51~기원전 7) 때에는 "황제의 인척인 다섯 제후와 정릉·부평 같은 외척의 가문은 지나치게 음란하고 사치했는데, 군주와 여악을 다투는 지경에 이르렀다."[116] 이처럼 수많은 배우와 여악들을 소유한 이들 귀족들은 늘 집에서 공연을 관람했다. 한 원제(元帝; 기원전 74~기원전 33) 때 식읍(食邑)이 600호나 되는 장우(張禹; ?~기원전 5)는 "늘 사의관(師宜官)에게 술자리를 마련하고 음악을 준비하게 한 다음 자제들과 즐겼으며"[117], "후당에 들어가 마시고 먹으며 여인들과 상대하고, 배우들은 악기를 연주했다. 악기소리가 너무 곱고 낭랑했으며, 늦은 밤이 되었어야 끝이 났다."[118] 창읍왕(昌邑王)은 한때 "악부의 악기를 대령하고, 창읍의 악인을 끌고 들어와, 북치고 노래하며 배우들의 놀이를 했다."[119] 종실인 유거(劉去)는 "자주 술자리를 마련하여 배우들에게 자리에서 옷을 벗고 놀게 하여 즐거움으로 삼았다."[120] 빈객이 앉아 있는 가운데 배우가 중간에 섞인 이런 대청 공연은 부귀를 과시하는 효과적인 수단이었다. 그래서 귀족들의 묘에서 발굴된 조각품이나 그림에는 이런 내용들을 가장 많이 볼 수 있다. 귀족들만 향락에 빠진 것이 아니었다. 토지를 겸병하고 상업적 이익을 독점해 치부한 많은 "부민(富民)"들도 경쟁적으로 이를 모방했다. 때문에 가정에서도 배우의 놀이가 크게 성행했다. 한나라 사람 환관(桓寬)의 ≪염철론(鹽鐵論)≫은 이런 세태를 잘

[그림 40] 하남 당하(唐河) 침직창(針織廠) 한나라 묘의 청당 속 백희 화상석

기록하고 있다: "요사이 풍속은 다른 사람의 초상을 기회로 삼아 술과 고기를 구하고,

다행히 잠시라도 자리를 차지하면 가무와 배우놀이에 대해 잘하고 못하고를 따지기도 하면서 웃으며 기예를 즐깁니다."[121] "보통 집에서도 손님이 오면 배우들의 멋진 풍악이 있게 마련인데, 하물며 현(縣)의 관리는 어떠하겠습니까?"[122] 부민 가정에서의 공연은 백희 발전에 크게 일조했다.

한·위 백희의 가옥 내의 대청 공연은 실질적으로 야외에서 행해진 원시 무속(巫俗) 공연이 실내로 들어온 후에 나타난 형식이다. ≪상서·상서(商書)·이훈(伊訓)≫에서 상나라 때 "궁중에서 수시로 춤을 추고, 술을 마시며 노래하는 것을 당시 사람들은 무당이나 하는 것이라고 했다."[123]라고 한 것이 시작이다. ≪열녀전(列女傳)≫(권7)은 하나라의 걸은 이미 "배우나 난쟁이 같은 천박한 무리들 중에 기이한 놀이를 잘하는 자들을 거두어 곁에 두고 음란한 음악을 만들었다"[124]라고 했는데, 이 책은 후대에 나왔으므로 여기서는 근거자료로 삼지 않겠다.

둘째, 전당의 마당에서 공연한 것은 실내의 공연을 실외로 옮긴 것으로, 당 앞 계단 아래의 마당이나 대전 앞쪽의 누대에서 행한 공연이다. 이것은 귀족이나 부민들이 집 안에서 백희를 공연한 또 다른 형식이다. 일반적으로 주인과 손님이 당의 가운데 앉아 연회를 하고, 예인들이 정원에서 공연한다. 마당 공연 역시 역사적 유래가 있다. 예를 들면, 상고시기 천자의 필일(八佾)[125] 악무가 바로 궁중의 대전 앞쪽 마당에서 거행되었다. 춘추시기 공자는 대부 계씨(季氏)가 자신의 본분을 넘자 "정원에서 64명을 춤추게 하는 일도 하는 사람이 어떤 일인들 못하겠는가!"[126]라고 비판했다. 한대 이후의 궁정 백희도 늘 대전 앞 정원에서 공연되었다. ≪진서(晉書)·악지(樂志)≫는 후한 시기 궁정의 모습을 이렇게 기록하고 있다.

정월 초하루에 천자께서는 덕양전(德陽殿)에 행차하시어 신하들의 하례를 받으셨다. 서쪽지방에서 온 사자춤이 덕양전 앞에서 벌어지다가, 물을 치더니 비목어로 변하여 퍼덕이고 물을 뱉더니 안개를 뿜어 해를 가리는 것이었다. 이것이 끝이 나자 다시 길이가 8·9장이나 되는 큰 용으로 변해 물에서 나와 노는데, 햇빛을 받아 눈부시게 번쩍거렸다. 또 굵은 비단 줄을 몇 장이나 떨어진 기둥 양쪽에 묶더니 두 여자 예인이 나와 줄 위에 올라가 마주보며 춤을 추는데, 어깨를 스치듯이 지나가면서도 넘어지지 않았다."[127]

[그림 41] 사천 비현 동한 묘의 석관 상에 새겨진 정원(庭院) 속 백희 화상석

이런 8~9장이나 되는 큰 물고기와 수 장 길이의 줄타기 공연을 실내에서 할 수 없었던 까닭에 후한의 황제들은 덕양전 앞마당에서 공연했다. 극을 보는 방식은 앞에서 언급한 화상석에 나타난 그대로이다. 육조 때의 황제들도 이를 계속 모방했다. ≪문헌통고(文獻通考)・산악백희(散樂百戲)≫는 각 조대의 백희종목들을 서술하면서 이들 종목은 "큰 잔치를 할 때 전 앞에서 행했다."[128]라고 하며, 모두 전 앞의 마당에서 공연된 것임을 언급하였다. ≪위서(魏書)・악지≫도 이를 기록하며 당시의 백희공연형식은 "큰 잔치를 할 때 전의 마당에서 행했는데, 진・한의 옛 제도와 같다."[129]라고 했다. ≪수서・음악지≫에는 북주 때에도 여전히 "어룡(魚龍)[130]과 만연(漫衍)[131] 놀이는 늘 전 앞에서 했고, 밤낮을 가리지 않았으며 중단할 줄 몰랐다."[132]라고 기록하고 있다. ≪위서・삼소제기(三少帝紀)≫의 배송지(裵松之; 372~451)의 주석은 ≪위서(魏書)≫를 인용하여 조방(曹芳; 232~274)의 일화를 이렇게 기록하고 있다.

매일 배우 곽회(郭懷)와 원신(袁信) 등을 불러 건시전(建始殿)과 부용전(芙蓉殿) 앞에서 알몸으로 놀도록 하였다……직접 후궁을 데리고 구경했다.[133]

[그림 42] 산동 안구(安丘)의 한대 정원 백희 화상석

[그림 43] 사천 비현 한대 석관 상의 정원 속 백희 화상석

제1장 선진(先秦)에서 당(唐)·오대(五代) 시기

[그림 44] 산동 곡부(曲阜) 구현촌(舊縣村)에서 출토된 한대 지주(地主) 장원(莊園)의 백희 화상석

이로 보면, 대전의 마당공연은 황궁에서 특히 선호한 것 같다.

셋째, 광장공연은 황제나 귀족이 주최하는 공개 공연이다. 한·무제(기원전 156~기원전 87)는 자신의 명성을 과시하려고 광장에서 대형 백희를 공연하는 것을 좋아했다. 예를 들어, 원봉(元封) 3년(기원전 108) 봄에 거행된 백희의 향연은 "300리 이내의 사람들은 모두 보았을"[134] 정도였다. 공연한 곳은 나와 있지 않지만 300리 이내의 사람들이 모두 달려와 볼 정도라면 아무리 큰 집이라도 수용할 수 없었을 것이다. 때문에 광장에서 거행할 수밖에 없었다. 3년 후 무제는 또 한 차례 경사의 백성들을 모아놓고 백희를 공연했다. 이번에는 "여름에 경사의 백성들이 상림의 평락관에서 각저희를 봤다."[135]라고 하여 백희를 공연한 장소를

분명히 밝혔다. 평락관(平樂館)은 평락관(平樂觀)이라고도 하며, 한대 장안(長安)의 미앙궁(未央宮) 안에 있는 누각이다. 청나라 사람 고조우(顧祖禹; 1632~1692)는 《독사방여기요(讀史方輿紀要)》에서 《괄지지(括地志)》를 인용해 "관은 미앙궁에 있으며, 넓이가 15리이다."[136]라고 했다. 당나라 사람 이선(李善)은 《서경부》에 주석을 달며 "평락관은 크게 놀이를 하는 곳이다."[137]라고 했다. 왜 평락관을 "크게 놀이를 하는 곳"이라고 했을까? 이곳은 원래 관람석으로 사용된 곳이었다. 한나라 사람 유희(劉熙)는 《석명(釋名)》 〈권5〉에서 "'관(觀)'은 '보다'는 의미이다. 위에서 관망하는 것이다."[138]라고 하여, "관"은 멀리 조망하는 것임을 분명하게 지적하고 있다. 한 무제는 평락관의 이 조망기능을 이용했던 것이다. 규모가 큰 광장백희공연을 보는데 평락관은 가장 큰 관중석이었다. "천자의 수레가 평악관에 행차하시니, 비취 깃으로 장식한 천막이 쳐져있네……관람할 광장을 내려다보며, 각저희의 묘기를 즐기네."[139]라고

한 것이 이를 보여준다. 큰 것을 좋아하고 공력을 추종하는 이런 행위들은 당시 사람들에게 큰 영향을 끼쳤다. 그래서 줄곧 후한 시기까지 문인학사들은 끊임없이 이 일을 노래했다. 그중에서 이우(李尤)의 ≪평락관부(平樂觀賦)≫가 광장공연을 아주 세세하게 묘사하고 있다.

높다란 깃대 꽂인 희거(戲車)를, 백 마리 말이 (이를) 끌고 달리는데, 연이어 높이 날며, (지면과) 붙었다 떨어지며 오르락내리락하네. 간혹 달리다가, 수레가 거꾸로 뒤집히기도 하네. 오획(烏獲) 같은 장사가 무거운 솥을 들어 올리니, 삼천 근의 무게를 새 깃털 다루듯 하네. 칼을 삼키기도 하고 불을 토하기도 하며, 제비가 물을 타듯 까마귀가 뛰어다니듯 몸을 움직이기도 하네. 높다란 줄을 타면서, 팔딱팔딱 뛰고 빙글빙글 돌며 춤도 추네. 여러 개의 공과 칼을 공중에 던져 올리며 노는데, 어지럽고 정신없을 지경이네. 한쪽에선 파유무(巴渝舞)를 추는데, 서로 남의 어깨 위를 뛰어넘네. 신선이 공작을 수레에 매어 끌게 하니, 그 움직이는 모양 화려하네. 나귀 타고 달리며 활을 쏘니, 여우와 토끼 놀라 달아나네. 난쟁이와 거인이, 짝을 지어 장난치고, 새 짐승 중엔 육박(六駮)[140]이 있고, 흰 코끼리가 붉은 머리를 달고 있네. 어룡(魚龍)이 만연하여 산언덕처럼 들쑥날쑥하네. 거북이 교룡 두꺼비들, 금을 뜯고 부(缶; 악기이름)를 두드리네.[141]

[그림 45] 하남 신야(新野)에서 출토된 한대 광장 백희 화상전

100마리의 말들이 희거를 끌고 달리는 모습은 확실히 광장이 아니면 공연자체가 불가능했다. 또 높은 누대에서 보지 않으면 자세하게 볼 수도 없었다. 높은 누대에서 광장을 내려다보면 시야도 넓어질 뿐만 아니라 압도하는 느낌이 있다. 그래서 당시의 제왕들은 기꺼이 이렇게 했던 것이다. 북위 때는 제왕이 높은 누대에서 사병들이 군사 훈련하는 모습과 각저희를 공연한 것을 봤다는 기록이 양현지(楊炫之)의 《낙양가람기(洛陽伽藍記)》 "성북(城北)"에 보인다. 제왕이 누대 위에서 백희공연을 감상하는 장면은 귀족이나 권세가의 무덤에서는 나타날 수가 없다. 그러나 광장공연의 화상석에는 이런 실례가 있다.

상술한 세 곳은 당시의 인구비율에서 소수를 차지한 상류층이 자신의 생활과 정치적 필요에 따라 세운 것이지 공연만 전문적으로 하던 장소가 아니었다. 이때의 극장은 특수한 관중만 고려하고 공연의 필요성은 고려하지 않는 초보적 단계에 있었다.

보충사항: 한대 묘지의 부장품 가운데에는 3층 혹은 4층짜리 도루(陶樓)가 흔히 발견된다. 도루의 상하와 내외에는 기악이나 백희를 공연하는 흙 인형들이 안치되어있다. 사람들은 이를 공연장소로 쓰이는 "희루(戱樓)"라고 여기는데 이는 잘못된 견해이다. 이것은 훗날 희대(戱臺)의 성질을 갖추고 있지 않다. 누각 위에서 공연하고 관중들은 아래에서 봤다면 시선은 차단되어졌을 것이다. 사실 이런 부장품은 귀족들이 누대에서의 가무와 오락생활을 반영한 것으로, 실내의 대청 공연 양식을 보여준다.

이상의 내용을 정리하면, 한·위시기의 백희공연은 실질적으로 제왕·귀족의 가정과 관청의 오락이었지 후대의 공공장소에서 행해진 상업적 공연이 아니었다. 때문에 공연이 관중을 따라 가는 양상이어서 관중을 수용할 장소를 먼저 배치하고 그 다음에 공연의 수요를 고려했다. 따라서 이 시기에 진정한 극장은 아직 나오지 않았다고 말할 수 있다.

(3) 수·당 시기

수·당 때는 도시에 "희장(戱場)"이라는 공공오락장이 나타났다. 육조 시기 사찰에서 기악을 연주해 사람들을 모은 것에서 유래했다. 이 시기의 "희장"은 사람들의 관람의 편의를 위해 일정한 연극시설을 두었다.

[그림 46] 감숙 돈황 막고굴 당 445굴 ≪미륵경변(彌勒經變)≫ 벽화 속 결혼하는 그림 중의 악무

　육조시기 중원지역에서는 많은 사찰이 지어졌다. 참선하고 예배하는 일은 사람들에서 중요한 일이 되었다. 사찰도 사람들이 모이는 장소가 되었다. 사찰의 승려들은 인도에서 범악(梵樂)을 배워 와서 재를 지내거나 행상(行像)[142]을 나갈 때 공연해 사람들의 이목을 끌었다. 불교음악을 연주하는 가운데 토착의 백희종목을 조금씩 편입시킴으로써 사찰도 사람들이 공연을 보는 중요한 여가장소로 바뀌었다. 육조시기 사찰에서 백희를 공연한 모습은 ≪낙양가람기≫에 상세하게 기록되어있다. 예를 들어, 왕전어사(王典御寺)에서는 "육재일[143]이 되면, 늘 북을 치고 가무를 했다."[144]라고 했고, 경명사(景明寺)에서는 "범악과 법음이 하늘과 땅을 흔들 정도로 요란했다. 백희들이 내달리고, 각자 있는 곳에서 배열해

이어져 있었다."¹⁴⁵라고 한 것 등이다. 또 종성사(宗聖寺)에서는 "묘기와 여러 음악은 유등(劉騰)¹⁴⁶에 버금갔다. 성 동쪽의 남자와 여인들 대부분이 이 절에 보러왔다."¹⁴⁷라고 했다. 경락사(景樂寺)에서 공연하는 모습은 이보다 더 구체적이다.

육재일이 되면 늘 여악을 두었다. 노랫소리가 낭랑하여 공중에 머물고, 소매 자락 서서히 돌리며 춤을 추었다. 또 악기소리는 맑고 은은한 것이 조화롭고 절묘해 사람을 혼을 다 빼놓는다. 이 비구니 절에 남자들은 들어갈 수 없다. 구경하러 가는 자는 천당에 갔다 온 것으로 여겼다. 문헌왕(文獻王)이 사망하자, 절에서 금기시 하던 것을 다소 완화해 백성들이 출입하는데 더 이상 지장이 없었다. 후에 여남왕(汝南王) 열(悅)이 이 절을 중건했다. 열은 문헌왕의 아우로, 음악 하는 사람들을 불러들여 절 안에서 기예를 뽐냈다. 기이한 새와 짐승들이 전의 마당에서 손뼉을 치고 춤추었고 믿기지 않을 정도로 환상적으로 하늘을 나는 것이, 세상에 듣도 보도 못한 공연이었다. 각종 기이한 방식이 그 가운데에 모두 모였다. 당나귀 껍질을 벗겨 우물에 던지거나, 대추와 오이를 심은 지 얼마 안 되어 먹을 수 있었다. 구경하던 남자와 여자들은 눈이 어지러울 지경이었다.¹⁴⁸

[그림 47] 감숙 안서(安西) 유림(楡林) 오대 38굴 서벽 북측(北側) 상의 혼인도

사찰 공연은 부처님을 기쁘게 하고 참배객을 불러 모으기 위해서였다. 범악과 법음을 연주하는 것이 본래의 기능이었지만 백희 예인들을 불러다가 공연을 시킨 것은 사찰의 기능이 확대된 것이었다. 경락사의 예를 보더라도, 비구니 사원은 처음에는 남자들의 출입을 금했지만 얼마 후 그 제한을 철회했다. 낙양성 동쪽의 남녀들이 종성사에서 벌어지는 공연을 보았다고 하였으니, 성내 다른 구역과 성 밖의 사람들도 가까운 사원으로 구경하러 갔을 것이다. 사

원은 당시에 이미 사람들이 공연을 보는 중심지였다.

당대 문헌에 자주 보이는 "가장(歌場)"·"변장(變場)"·"희장(戲場)" 같은 용어는 모두 공연장의 다른 이름으로, 보통 사찰과 관련이 있다. 이중 가장은 가무를 공연하던 곳이고, 변장은 변문(變文)[149]을 강설하던 곳이며, 희장은 백희잡기와 가무를 공연하던 곳이었다. 대부분이 사원 안에 있었다. 송나라 사람 전이(錢易)의 ≪남부신서(南部新書)≫에는 당대 도성의 상황을 이렇게 기록하고 있다.

> 장안의 희장은 대부분 자은사(慈恩寺)에 몰려있다. 작은 것은 청룡사(青龍寺)에 있고, 그 다음으로 작은 것은 천복사(薦福寺)와 보수사(保壽寺)에 있다. 비구니의 강설은 보강사(保康寺)에서 성행했고, 덕을 밝히는 일은 안국사(安國寺)로 몰렸다. 도에 입문하는 사대부 집안사람들은 모두 함의사(咸宜寺)에 있었다.[150]

이곳의 "자은"·"청룡"·"천복"·"보수" 등은 모두 사찰이름으로, 당시 유명한 "희장"이었다. 당대의 황실귀족 중에도 이곳에 가는데 매료된 사람들이 있었다. 당 선종(宣宗; 810~859) 때 만수공주(萬壽公主)는 시동생의 병을 돌보지 않고 "자은사의 희장에서 극을 봤다가"[151] 황제 이침(李忱)의 노여움을 싼 적이 있다.

사찰의 공연장이 어떠했는지는 사서에 분명한 기록이 없다. 대전 앞의 노대(露臺)에서 거행된 것이 대체로 많다. 돈황 벽화에는 사찰의 대전 앞에 설치된 가무 공연용 노대가 많이 보인다. 노대 주변에 난간이 둘러쳐져 있는 것으로 보아 희장의 무대였을 것으로 짐작된다. 그러나 공연규모가 클 경우에는 마당 안 도처에서 공연할 수 있었다. 상술한 문헌에서 "기이하고 괴상한 새와 짐승들이 대전 마당에서 춤추고 손뼉을 쳤다."라고 한 것이 이런 모습이다.

당대 공연은 관중의 배치에 주의했다. 예를 들면, 궁정공연 때는 임시로 세운 관람석인 "간붕(看棚)" 내지 관람누대인 "간루(看樓)"를 사용했다. 단안절의 ≪악부잡록·구나(驅儺)≫에는 궁정에서 대나(大儺)를 거행할 때는 "조정관리의 식구들 모두 임시로 만든 관람석에 올라가 보았다."[152]고 했다. 《구당서·음악지》는 당 현종이 정월 15일에 등을 보며 음악을 연주하자, 귀족과 신하들이 간루를 빌려 보았다고 했다. 민간에서는 또 다른 양식의 간붕"이 있었다. 당·오대 동굴 속의 불교벽화에는 감숙(甘肅)·섬서(陜西) 일대에 가무를 감상하던 간붕이 보존되어있다. 이 간붕은 날씨가 맑고 좋을 때 사람들이 거주하는 마당 밖에 병풍으로 임시로 너른 마당을 막고 악인들을 고용해 가무공연을 한다. 손님들은 의자에 앉아 술을 마시며 관람한다. 이런 간붕은 관중과 연기자를 한 곳에 함께 묶는 것이어서 공연을 볼 수 있는 완전한 환경을 만들었다. 이것은 초기의 극장양식으로 볼 수 있으며, 이미 송대의 극장인 와사(瓦舍)[153]와 구란(勾欄)[154]의 선하가 되었다.

[그림 48] 감숙 돈황 막고굴 오대 61굴 동벽문 (東壁門) 북쪽의 주점에서의 악무

당대의 관청에서는 자주 연회를 열어 극을 보았기 때문에 관서에서는 "설청(設廳)"이라고 하는 전문공연장을 세웠다. 목종(穆宗) 초기 심아지(沈亞之)가 쓴 《화주신집설청기(華州新葺設廳記)》에 따르면, 예전에는 관청에서 연회할 때 이용하는 전문공연장이 없어 매일 공당에서 연회를 베풀고 극을 보았다. 낮에는 공안(公案) 위에 책상·의자·붓·벼루를 놓아두었다가 저녁에는 이를 치우고 술상이나 연주대 등을 설치했다. 자리가 파한 후에 원래대로 해놓아야 해서 노비들이 힘들어하고, 관료들은 배우나 기녀들이 공당의 모습을 잘 알게 되면 위엄을 잃을 까 걱정되어 전문적인 설청을 세웠다. "설"은 준비하고 배치한다는 의미로, 여기에는 연회와 술자리에서 공연 준비하는 것을 포함한다. "연회를 준비하는 것(宴設)"이지만 점차 "연"과 "설이" 분리되어 "연"이라고 할 때는 공연을 꼭 하는 것은 아니며, "설"이라고 할 때는 반드시 공연을 했다. 《태평광기》(권257)에는 《왕씨견문록(王氏見聞錄)》을 인용하여

봉순경(封舜卿)이 사천 관서의 설청에서 연극을 보는 장면을 자세히 묘사한 기록이 있다.

봉순경은 촉(蜀)에 도착해서, 설청을 세웠다. 참군을 공연한 다음 ≪맥수양기(麥秀兩岐)≫ 곡을 길게 불렀다. 전 앞에 보리를 베는 도구를 두고, 남루한 옷차림의 수십 명의 가난한 사람들을 이끌고 왔다. 아이들을 끌고 안으며 광주리를 들고 보리를 주우면서 계속 노래를 함께 불렀다. 그 가사가 처량했다.[155]

또 ≪태평광기≫(권74) "장정(張定)"은 ≪선전습유(仙傳拾遺)≫를 인용하여 "청주대설(靑州大設)"의 모습을 이렇게 기록하고 있다.

관리 · 군관 · 아전 · 선비 · 여인 등의 구경꾼들이 온 정원에 가득하여 떠들썩했다. 곧바로 연회석상에 비할 바 없는 설청이며 희장이 보였는데, 연회석 · 의장대열 · 음악 · 백희 · 누대 · 수레의 천막을 비롯해 어느 하나 정교하지 않는 것이 없었다.[156]

송대의 설청은 지방 관부 아문에 속한 고정적인 건축이 된다. 오늘날 송대 조각과 그림에서 그 흔적들을 쉽게 찾아볼 수 있다.

(4) 희대의 기원

한대에 이미 공연에 쓰인 "노대(露臺)"라는 무대가 나타났다. 이것은 후대 희대의 기원이다. ≪한서 · 교사지하(郊祀志下)≫는 왕망(王莽; 기원전 45~23)은 "궁중에 만금으로 치장한 팔풍대(八風臺)를 세우고, 그 위에서 음악을 연주했다."[157]라고 했다. 한나라 사람 곽헌(郭憲)의 ≪동명기(洞冥記)≫(권1)에도 한 무제가 감천궁(甘泉宮) 북쪽에 초선대(招仙臺)를 지은 사실을 이렇게 기록하고 있다.

대 위에는 벽옥으로 만든 종을 치고, 미옥 현려(懸黎)로 만든 경쇠를 매달고, 상조(霜滌)의
피리를 불었으며, "내운의일(來雲依日)" 곡을 불렀다. 대 아래에 있는 사람들은 연주소리와
노랫소리를 들으려 해도 들을 수 없었다.[158]

[그림 49] 감숙 돈황 막고굴 당 172굴 벽화 속의 노대(露臺)

≪태평어람≫(권1707)은 이 노대는 천신에게 제사지내기 위한 것으로 높이가 30장인데
위에는 "여덟 살 어린 여자 아이 300명이 춤을 출 수 있다."[159]라고 했다. 육조 때는 "웅비안(熊羆
案)"이라는 전문적으로 음악 연주에 쓰인 나무로 된 무대가 나타났다. 양 무제(464~549) 때
처음으로 만들어졌고, 수 양제(569~618) 때 더욱 세련되게 변했다는 것이 ≪수서 · 음악지≫에

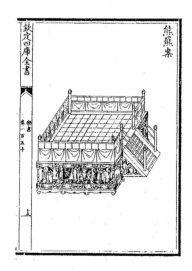

[그림 50] [송] 진양(陳暘) ≪악서(樂書)≫
에 나오는 웅비안(熊羆案) 그림

보인다. 용도는 연회 때 임시로 대전의 마당에 설치해
음악을 연주하여 술자리의 흥을 돋우는 것이다. 필요
가 없을 때는 철거할 수 있었다. 이 무대는 사용하기
편리하고 해체도 쉬워 당·송시기 궁정에서 계속 사용
되었다. 이것은 후대 고정화된 희대 구조에도 어느
정도 영향을 끼쳤다.

당대 궁정에는 전문적인 "무대(舞臺)"가 설치되었다.
최령흠의 ≪교방기≫에는 당 현종 때 자주 "내기(內妓)
와 양원(兩院)의 가인들이 교대로 무대에 올라 노래했
다."[160]라고 기록하고 있다. 이 무대는 벽돌을 쌓아
만들었기 때문에 "체대(砌臺)"라고도 한다. 백거이(白居
易; 772-846)는 ≪주호 대부 광복 댁에서 연회를 벌이다(宴
周皓大夫光福宅)≫라는 시에서 "어디의 풍광이 사람을 가장 잘 매료시킬까, 기녀 방의 층계
아래와 체대 앞이라네."[161]라고 읊었다. 왜 기녀 방의 층계 아래와 체대 앞이 사람을 가장
매료시켰을까? 사람의 눈과 마음을 즐겁게 해주는 공연장이기 때문이다. ≪태평광기≫(권219)
"주광(周廣)"은 ≪명황잡록(明皇雜錄)≫을 인용하여 개원 연간 한 궁녀가 "체대에서 공연하고,
높은 곳에 올라갔다 내려오는데, 미처 반도 이르지 못해 다시 뒤이어온 이들이 밀어닥치자,
땅에 엎드려졌다."[162]라고 기록하고 있다. 이것은 이 체대가 아주 높아서 위 아래로 오르고
내릴 수 있는 층계가 있음을 보여준다. 그래서 이 궁녀는 내려오다가 다른 사람에 밀려
넘어졌던 것이다. 당대 연극공연도 무대 위에서 행해졌다. 당 숙종(肅宗; 711~762) 지덕(至德)
2년(757), 사사명(史思明; 703~761)이 반란을 일으켰다가 태원(太原)에서 포위되자 성벽 아래에서
연회를 베풀면서 "배우들에게 무대 위에 올라가서 천자를 비웃으라."[163]라고 명했는데,
극을 하면서 황제를 희롱하는 대상으로 삼았다.

●●

1 [옮긴이] 어떤 대상이나 현상이 생겨나기까지의 과정을 분석하고 탐구하는 학문.

2 [옮긴이] 문학사에서 말하는 중고 시기는 보통 위진(魏晉)에서 명나라 중엽에 해당하는 3세기~16세기를 말함.

3 [옮긴이] 고상하고 순수한 음악으로, 궁정의 큰 의식에 쓰인 음악.

4 [옮긴이] 세속의 음악으로, 민간의 각종 음악.

5 《예기(禮記)·악기(樂記)》에 보임.

6 《맹자(孟子)·양혜왕(梁惠王)》: "直好世俗之樂."

7 "昔余在孝成帝時爲樂府令, 凡所典領倡優伎樂, 蓋有千人之多也."

8 [옮긴이] 동한(東漢) 때 궁정 음악을 관리하던 기구이름.

9 [옮긴이] "십부기(十部伎)"라고도 하며, 당대 궁정에 둔 10가지 연악(燕樂)을 이르는 말. 이들은 각각 연악·청상(淸商)·서량(西凉)·고려(高麗)·천축(天竺)·안국(安國)·귀자(龜玆)·강국(康國)·소륵(疏勒)·고창(高昌)의 음악을 말한다.

10 [옮긴이] 당대 궁정 음악을 관리한 부서이름.

11 [옮긴이] 당 현종 때 궁정의 가무예인들을 배양한 곳.

12 [옮긴이] 종묘의 예의(禮儀)를 관장한 부서로, 구경(九卿)의 하나.

13 [옮긴이] 당상에 앉아 연주하는 악공. 3~12인의 무자(舞者)로 구성되고, 춤사위는 고상함. 반주악기로는 피리와 거문고 등을 사용.

14 [옮긴이] 당하에 서서 연주하는 악공. 60~180인의 무자로 구성되고, 춤사위는 웅장함. 반주악기로 북이나 징 등을 사용.

15 [옮긴이] 나라의 경사·제사·연회 때에 이용하는 악무를 관장하는 부서.

16 《신당서(新唐書)·예악지(禮樂志)》와 원진(元稹)의 《입부기(立部伎)》시 자주(自注)에 보임.

17 [옮긴이] 송대의 각종 익살적인 공연·가무·놀이 등을 총칭하는 말. 금·원 때는 원본(院本)이라고 했음.

18 "帝嚳乃令人抃, 或鼓鼙、擊鍾磬、吹苓、展管簴. 因令鳳鳥、天翟舞之."

19 "帝堯立, 乃命質爲樂. 質乃效山林溪谷之音以歌, 乃以麋䡇置缶而鼓之, 乃扮石擊石以像上帝玉盤之音, 以致舞百獸."

20 "帝曰: '夔, 命汝典樂……' 夔曰: '於, 予擊石拊石, 百獸率舞'."

21 "笙鏞以間, 鳥獸蹌蹌, 簫韶九成, 鳳凰來儀."

22 [옮긴이] 흉악하고 탐식하는 전설상의 야수 이름.

23 우성오(于省吾)의 《갑골문자석림(甲骨文字釋林)》(중화서국, 1983년) 제48쪽과 제49쪽에 보임.

24 "見鬼驚詞, 從鬼, 難省聲."

25 "魋, 見鬼驚詞. 見鬼驚駭, 其詞曰魋. 魋爲奈何之合聲."

26 "此驅逐疫鬼正字. 擊鼓大呼, 似見鬼而逐之, 故曰魋."

27 "方相氏掌蒙熊皮, 黃金四目, 玄衣朱裳, 執戈揚盾, 帥百隷而時儺, 以索室毆疫."

28 "於是蚩尤秉鉞, 奮鬣披般, 禁御不若, 以知神姦, 螭魅罔兩, 莫能逢旃."

29 "黃帝始儺."

30 "黔首多疾, 黃帝氏立巫咸, 使之沐浴齋戒, 以通九竅; 鳴鼓振鐸, 以動其心; 勞神趨步, 以發陰陽之氣; 飮酒茹葱, 以通五臟; 擊鼓呼噪, 逐疫出魅."

31 "驅儺之法, 自昔軒轅."

32 《후한서(後漢書)·예의지(禮儀志)》: "甲作食凶, 胇胃食虎, 雄伯食魅, 騰簡食不祥, 攬諸食咎, 伯奇食夢, 强梁、祖明共食磔死寄生, 委隨食觀, 錯斷食巨, 窮奇、騰根共食蠱."

33 같은 책: "有衣毛、角."

34 같은 책: "方相與十二獸舞, 歡呼周遍."

35 "東海渡索山有神茶、鬱壘之神, 以御凶鬼, 爲民除害, 因制驅儺之神."

36 "度朔作梗, 守以鬱壘; 神茶副焉, 對操索葦. 目査區陬, 司執遺鬼."

37 [옮긴이] 나의(儺儀)에서 악귀를 쫓는 12세에서 16세 사이의 사내아이. 이들은 탈을 쓰고 붉은 옷을 입고 붉은 건을 썼다.

38 《수서(隋書)·예의지(禮儀志)》: "作方相與十二獸舞戲."

39 당·단안절(段安節) 《악부잡록(樂府雜錄)》: "戴冠及面具."

40 같은 책: "衣熊裘."

41 《후한서·예의지》에 보임.

42 당·단안절의 《악부잡록·구나(驅儺)》에 보임.

43 "大喪, 先柩; 及墓, 入壙, 以戈擊四隅, 毆方良."

44 "《軒轅本紀》曰: '帝周遊時, 元妃嫘祖死於道, 令次妃姆嫫監護, 因置方相, 亦曰防喪. 此蓋其始也'."

45 "蒙, 冒也. 冒熊皮者, 以驚毆疫癘之鬼, 如今魌頭也."

46 "顤, 醜也. 從頁, 其聲. 今逐疫有顤頭."

47 "熊皮蒙首."

48 "稀世之類."

49 "東南方有人焉, 周行天下, 身長七丈, 腹圍如其長, 頭戴鷄父魑頭, 朱衣縞帶, 以赤蛇繞額, 尾合
於頭, 不飮不食, 朝呑惡鬼三千, 暮呑三百. 此人以鬼爲飯, 以露爲漿, 名曰尺郭, 一名食邪."

50 "宋朝《喪葬令》有方相、魑頭之別, 皆是其品所當用. 而世以四目爲方相, 兩目爲魑頭."

51 "凡方相辟路, 自四品以上皆四目."

52 "昔者桀之時, 女樂三萬人, 晨噪於端門, 樂聞於三衢."

53 "優孟, 故楚之樂人也."

54 "優旃者, 秦倡侏儒也."

55 "倡優侏儒在前."

56 《사기(史記)·골계열전(滑稽列傳)》에 보임.

57 "陳氏、鮑氏之圉人爲優. 慶氏之馬善驚, 士皆釋甲束馬而飮酒, 且觀優, 至於魚里."

58 [옮긴이] 원래는 주나라 때 사방의 공연기예를 총칭하는 말이었으나 한·당 이후로 연극
을 포함해서 민간의 공연기예를 가리키는 말로 쓰임.

59 "昔諸侯朝正於王, 王宴樂之, 於是乎賦《湛露》."

60 "(秦)二世在甘泉, 方作角抵優俳之觀."

61 "戰國之時, 稍增講武之禮, 以爲戲樂, 用相夸示, 而秦更名曰角抵. 角者, 角材也; 抵者, 相抵觸也."

62 "案: 秦名此樂爲角抵, 兩兩相當角力, 角伎藝射御, 故曰角抵也."

63 "秦漢間說蚩尤氏耳有鬢如劍戟, 頭有角, 與軒轅鬪, 以角抵人, 人不能向. 今冀州有樂名蚩尤戲,
其民三三兩兩, 頭戴牛角而相抵, 漢造角抵戲, 蓋其遺制也."

64 "象人, 若今戲蝦魚獅子者也."

65 "著假面者也."

66 "華嶽峨峨, 岡巒參差, 神木靈草, 朱實離離. 總會仙倡, 戲豹舞羆; 白虎鼓瑟, 蒼龍吹箎; 女娥坐
而長歌, 聲淸暢而蜲蛇; 洪涯立而指麾, 被毛羽之纖襯……東海黃公, 赤刀粵祝, 冀厭白虎, 卒不
能救, 挾邪作蠱, 於是不售."

67 "仙倡, 僞作假形, 謂如神也. 羆豹熊虎, 皆爲假頭也. 洪涯, 三皇時伎人, 倡家託作之, 衣毛羽之
衣. 纖, 衣毛形也."

68 "女洪, 娥皇女英也."

69 "有東海人黃公, 少時爲術能制蛇御虎, 佩赤金刀, 以絳繒束髮, 立興雲霧, 坐成山河. 及衰老, 氣
力羸憊, 飮酒過度, 不能復行其術. 秦末有白虎見於東海, 黃公乃以赤刀往厭之, 術旣不行, 遂爲

虎所殺. 三輔人俗用以爲戲, 漢帝亦取以爲角抵之戲焉."

70   [옮긴이] 제1인칭의 화법으로 극의 인물을 공연하는 것을 말함. 배우가 극에서 하는 방백·독백 등이 여기에 속함.

71   [옮긴이] 무도 이름으로, 공막무(公莫舞)라고도 함. 춤을 출 때 수건을 사용했기 때문에 붙인 이름.

72   이 점은 농가관희(弄假官戲)와 같으나 역사적인 원인으로 농참군(弄參軍)은 농가관(弄假官)에서 독립되었고 더 큰 영향을 끼쳤다.

73   당·단안절(段安節) 《악부잡록(樂府雜錄)》: "每宴樂, 卽令衣白夾衫, 命優伶戲弄辱之, 經年乃放."

74   [옮긴이] 죄를 면제해주는 여덟 가지 예외적인 조항.

75   "石勒參軍周延, 爲館陶令, 斷官絹數百匹, 下獄, 以入議宥之. 後每大會, 使俳優著介幘, 黃絹單衣. 優問: '汝何官, 在我輩中?' 曰: '我本館陶令,' 抖數單衣曰: '正坐取是, 故入汝輩中.' 以爲笑."

76   당·조린(趙璘)의 《인화록(因話錄)》에 보임.

77   [옮긴이] 당·오대 때 참군(參軍)과 상대되어 연기한 배역이름.

78   "忽復學參軍, 按聲喚蒼鶻."

79   "嘗俾樂工集其家僮, 敎以諸戲."

80   "僮以李氏妬忌, 卽以數僮衣婦人衣, 曰妻曰妾, 列於旁側. 一僮則執簡束帶, 旋辟唯諾其間. 張樂命酒, 不能無屬意者, 李氏未之悟也. 久之, 戲愈甚, 悉類李氏平時所嘗爲. 李氏雖少悟, 以其戲偶合, 私謂不敢而然, 且觀之. 僮志在發悟, 愈益戲之. 李果怒, 罵之曰: '奴敢無禮! 吾何嘗至此?'"

81   "《大面》出北齊. 蘭陵王長恭, 性膽勇而貌若婦人, 自嫌不足以威敵, 乃刻木爲假面, 臨陣著之. 因爲此戲."

82   "突厥入晉陽, 長恭盡力擊之. 芒山之敗, 長恭爲中軍, 率五百騎入周軍, 遂至金墉之下, 被圍甚急, 城上人弗識, 長恭免冑示之面, 乃下弩手救之, 於是大捷. 武士共歌謠之, 爲《蘭陵王入陣曲》是也."

83   "齊人壯之, 爲此舞, 以效其指揮擊刺之容, 謂之《蘭陵王入陣曲》."

84   "岐王年五歲, 爲衛王, 弄《蘭陵王》."

85   "《蘇莫遮》, 西戎胡語也, 正云 '颯麽遮'. 此戲本出西龜玆國, 至今猶有此曲. 此國《渾脫》、《大面》、《鉢頭》之類也. 或作獸面, 或象鬼神, 假作種種面具形狀. 或以泥水沾灑行人, 或持絹索搭鉤, 捉人爲戲. 每年七月初, 公行此戲, 七日乃止. 土俗相傳, 常以此法禳厭, 驅趁羅刹惡鬼食啗人民之災也."

86 "……《蘇莫遮》帽, 覆人面首, 令諸有情, 見卽戲弄."

87 "《鉢頭》出西域. 胡人爲猛獸所噬, 其子求獸殺之, 爲此舞以象之."

88 "鉢頭, 昔有人父爲虎所傷, 遂上山尋其父尸. 山有八折, 故曲八疊. 戲者被髮素衣, 面作啼, 蓋遭喪之狀也."

89 "爭走金車吒轪牛, 笑聲惟是說千秋. 兩邊角子羊門里, 猶學容兒弄鉢頭."

90 "《蘇中郎》: 後周士人蘇葩, 嗜酒落魄, 自號中郎, 每有歌場, 輒入獨舞. 今爲戲者, 著緋, 戴帽, 面正赤, 蓋狀其醉也."

91 《악부잡록》에 보임.

92 "太宗爲秦王時, 征戰四方, 人間歌謠秦王破陣之曲."

93 당·현장(玄奘) 《대당서역기(大唐西域記)》(권5)에 보임.

94 "《踏謠娘》: 北齊有人姓蘇, 齇鼻, 實不仕, 而自號爲郎中. 嗜飮, 酗酒, 每醉, 歸毆其妻. 妻銜怨, 訴於鄰里. 時人弄之: 丈夫著婦人衣, 徐步入場行歌, 每一疊, 旁人齊聲和之云: '踏謠, 和來! 踏謠娘苦, 和來!' 以其且步且歌, 故謂之踏謠; 以其稱寃, 故言苦. 及其夫至, 則作毆鬪之狀, 以爲笑樂."

95 "《踏搖娘》生於隋末. 隋末河內有人貌惡而嗜酒, 嘗自號郎中, 醉歸必毆其妻. 妻美色善歌, 爲怨苦之辭. 河朔演其曲而被之管弦, 因寫其夫妻之容. 妻悲訴, 每搖頓其身, 故號《踏搖娘》."

96 "好事者乃爲假面, 以寫其狀, 呼爲《踏搖娘》."

97 송·증조(曾慥) 《유설(類說)》(권7)에 인용된 《교방기》: "蘇五奴妻張少娘善歌舞, 亦姿色, 能弄《踏謠娘》."

98 《구당서·곽산운전(郭山惲傳)》에 보임.

99 당·최령흠의 《교방기》: "調弄又加典庫, 全失舊旨."

100 "近代優人頗改其制, 殊非舊旨也."

101 《전당시》(상책, 상해고적출판사, 1986년, 481쪽): "擧手整花鈿, 翻身舞錦筵. 馬圍行處匝, 人簇看場圓. 歌要齊聲和, 情敎細語傳. 不知心大小, 容得許多憐."

102 "後唐莊宗、南唐李後主."

103 "唐主幼善音律, 好優伶之戲, 或時自付粉墨, 與伶人共舞於庭……."

104 송·손광헌(孫光憲)의 《북몽쇄언(北夢瑣言)》(권18): "自負耆囊, 令繼岌破帽相隨."

105 송·공평중(孔平仲)의 《속세설(續世說)》(권6)에 보임.

106 《구오대사(舊五代史)·당서(唐書)·장종기(莊宗紀)》에 보임.

107 "徐氏之專政也, 隆演幼懦, 不能自持, 而知訓尤凌侮之. 嘗飮酒樓上, 命優人高貴卿侍酒. 知訓爲參軍, 隆演鶉衣鬅鬢爲蒼鶻."

108 송나라 사람의 《선화화보(宣和畫譜)》에 보임.

109 송 · 장당영(張唐英)의 《촉도올(蜀檮杌)》에 보임.

110 《송사 · 서촉맹씨세가(西蜀孟氏世家)》: "玄喆離成都, 但携姬妾、樂器及伶人數十輩, 晨夜嬉戲, 不恤軍政."

111 예를 들어 "갈천씨의 음악(葛天氏之樂)" 같은 경우가 여기에 해당한다.

112 금본(今本) 《죽서기년(竹書紀年) · 제계(帝啓)》: "舞《九韶》於大穆之野."

113 《시경(詩經) · 진풍(陳風) · 완구(宛丘)》에 보임.

114 《한서 · 관부전(灌夫傳)》: "所好音樂狗馬田宅, 所愛倡優巧匠之屬."

115 《한서 · 원후전(元后傳)》: "五侯群弟, 爭爲奢侈……後庭姬妾, 各數十人, 僮奴以千百數. 羅鍾磬, 舞鄭女, 作倡優狗馬馳逐."

116 《한서 · 예악지(禮樂志)》: "貴戚五侯定陵、富平外戚之家淫侈過度, 至與人主爭女樂."

117 《한서 · 장우전(張禹傳)》: "常責師宜置酒設樂與弟子相娛."

118 같은 책: "入後堂飲食, 婦女相對, 優人管弦, 鏗鏘極樂, 昏夜乃罷."

119 《한서 · 곽광전(霍光傳)》: "發樂府樂器, 引內昌邑樂人, 擊鼓歌吹作俳倡."

120 《한서 · 경십삼왕전(景十三王傳)》: "數置酒, 令俳倡裸戲坐中以爲樂."

121 《염철론(鹽鐵論) · 산부족제이십구(散不足第二十九)》: "今俗因人之喪, 以求酒肉, 幸與小坐而責辨, 歌舞俳優, 連笑伎戲."

122 같은 책 《숭례제삼십칠(崇禮第三十七)》: "夫家人有客, 尙有倡優奇變之樂, 而況縣官乎?"

123 "恒舞於宮, 酣歌於室, 時謂巫風."

124 "收倡優侏儒狎徒能爲奇偉戲者, 聚之於旁, 造爛漫之樂."

125 [옮긴이] "일"은 8명이 한 줄이 되어 행하는 악무. 따라서 "팔일"은 64명이 추는 춤으로 당시에는 천자만이 이 춤을 행할 수 있었음.

126 《논어(論語) · 팔일편제삼(八佾篇第三)》: "八佾舞於庭, 是可忍也, 孰不可忍也!"

127 "正旦, 天子臨德陽殿受朝賀. 舍利從西方來, 戲於殿前, 激水化作比目魚, 跳躍漱水, 作霧翳日. 畢, 又化成龍, 長八九丈, 出水遊戲, 炫耀日光. 以兩大絲繩係兩柱頭, 相去數丈, 兩倡女對舞, 行於繩上, 相逢切肩而不傾."

128 "大饌設之於殿前."

129 "大饗設之於殿庭, 如漢晉之舊也."

130 [옮긴이] 전설의 신수(神獸) 사리(舍利)로 분장하고 노는 공연.

131 [옮긴이] 사람이 기이하고 진귀한 동물로 분장하고 노는 공연.

132 "魚龍漫衍之戲, 常陳殿前, 累日繼夜, 不知休息."

133 "日延小優郭懷、袁信等於建始芙蓉殿前裸袒遊戲……親將後宮觀瞻."

134 《한서 · 무제기(武帝紀)》: "三百里內皆觀."

135 같은 책: "夏, 京師民觀角抵於上林平樂館."

136 "觀在未央宮, 闊十五里."

137 "平樂館, 大作樂處也."

138 "觀, 觀也. 於上觀望也."

139 한 · 장형 《서경부》: "大駕幸乎平樂, 張乙甲而襲翠被……臨回望之廣場, 程(逞)角抵之妙戲."

140 [옮긴이] 말처럼 생긴 짐승이름. 톱니 같은 치아를 갖고 있으며 호랑이와 승냥이를 잡아
먹는다고 함.

141 "戲車高橦, 馳騁百馬, 連翩九刃, 離合上下, 或以馳騁, 復車顚倒. 烏獲扛鼎, 千鈞若羽, 呑刃吐
火, 燕躍烏跱, 陵高履索, 踴躍旋舞, 飛丸跳劍, 沸渭回擾, 巴渝隈一, 逾肩相受. 有仙駕雀, 其形
蚴虬, 騎驢馳射, 狐兔驚走, 侏儒巨人, 戲謔爲偶, 禽鹿六駁, 白象侏首, 魚龍曼延, 㟪㟔山阜, 龜
螭蟾蜍, 挈琴鼓缶."

142 [옮긴이] 불상을 모시고 출행하는 것.

143 [옮긴이] 매달 8, 14, 15, 23, 29일 등의 여섯 날을 말한다. 이 날은 사천왕이 천하를 순행
하면서 사람의 선악을 살피는 날이자, 사람들의 틈을 살피는 날이기도 하여 몸과 마음을
깨끗이 하고 행동을 삼갔다고 함.

144 "至於六齋, 常擊鼓歌舞也."

145 "梵樂法音, 聒動天地. 百戲騰驤, 所在騈比."

146 장추사(長秋寺)를 말함.

147 "妙伎雜樂, 亞於劉騰, 城東士女多來此寺觀看也."

148 "至於六齋, 常設女樂: 歌聲繞梁, 舞袖徐轉, 絲管廖亮, 諸妙入神. 以是尼寺, 丈夫不得入. 得往
觀者, 以爲至天堂. 及文獻王薨, 寺禁稍寬, 百姓出入, 無復限碍. 後汝南王悅復修之. 悅是文獻
之弟, 召諸音樂, 逞伎寺內. 奇禽怪獸, 舞抃殿庭, 飛空幻惑, 世所未睹. 異端奇術, 總萃其中: 剝
驢投井, 植棗種瓜, 須臾之間皆得食. 士女觀者, 目亂睛迷."

149 [옮긴이] 당대 사원에서 불경을 대중에게 쉽고 재미있게 강연하기위해 만든 형식으로, 보
통 산문과 운문을 혼용하였음. 내용은 역사적 이야기 · 당시의 현실생활 · 불경고사 등으
로 다양하다.

150 "長安戲場, 多集於慈恩. 小者在靑龍, 其次薦福、保壽. 尼講盛於保康, 明德聚之安國. 士大夫之家入道, 盡在咸宜."

151 《자치통감(資治通鑑) · 당기(唐紀) · 선종기(宣宗紀)》: "慈恩寺觀戲場."

152 "其朝寮家皆上棚觀之."

153 [옮긴이] 송 · 원시기 대도시 안의 오락장소가 집중된 곳.

154 [옮긴이] 송 · 원시기 서커스와 잡극 등이 공연된 곳.

155 "及封至蜀, 置設. 弄參軍後, 長吹《麥秀兩岐》, 於殿前施芟麥之具, 引數十輩貧兒, 襤褸衣裳, 携男抱女, 挈筐籠而拾麥, 仍合歌唱, 其詞凄楚."

156 "官僚、將吏、士女, 看人喧闐滿庭, 卽見無比設廳戲場局筵、隊仗、音樂、百戲、樓臺、車棚, 無不精審."

157 "起八風臺於宮中, 臺成萬金, 作樂其上."

158 "於臺上撞碧玉之鍾, 掛懸黎之磬, 吹霜涤之篪, 唱來雲依日之曲. 使臺下聽而不聞管歌之聲."

159 "舞八歲童女三百人."

160 "內妓與兩院歌人, 更代上舞臺唱歌."

161 "何處風光最可憐, 妓堂階下砌臺前."

162 "戲於砌臺, 乘高而下, 未及其半, 復爲後來者所激, 因僕於地."

163 《신당서(新唐書) · 이광필전(李光弼傳)》: "倡優居臺上, 斬指天子."

제2장

송원(宋元) 시기

1. 개 술

　송·원시기 중국희곡은 새로운 전기를 맞았다. 와사와 구란의 등장과 민간 곡예의 성행으로 본격적인 무대예술인 희곡(戲曲)이 중국예술사에 등장했다.

　송대 중국사회는 엄청난 변화가 일어났다. 상품경제의 발달로 상업교통망이 확대되고 도시가 번창했다. 북송의 수도인 변경(汴京)은 수륙도시라는 지리적 이점으로 인구가 백만 명에 달했을 뿐만 아니라 경제가 발달하고 무역이 활발한 소비도시였다. 상업시장의 번성은 도시제도의 근본적인 개혁을 요구했다. 때문에 당나라의 도시 방제(坊制)[1]는 사라질 위기에 직면했다. 이로 도시의 오락이 성행하고 통속문화가 보급되었다. 번화한 현실의 인생낙원이 사람들을 유혹함으로써 사회전체의 시대심리가 바뀌었다. 황제에서 백성들까지 전체가 물질을 추구하고 오락에 빠져들었다. 북송의 황제인 태종(太宗; 939~997)·진종(眞宗; 968~1022)·인종(仁宗; 1010~1063)은 음률에 정통하여 직접 곡을 짓거나 잡극사(雜劇詞)를 쓰기도 했다.[2] 심지어 휘종(徽宗; 1082~1135)은 경축일 날 백성들과 함께 희곡 공연을 관람하여 "선화(휘종의 연호) 때 백성들과 함께 즐겼다(宣和與民同樂)."라는 말이 있을 정도였다. 이런 상황에서 사회풍기는 날로 퇴폐해갔으며, 부를 숭상하고 허세를 좋아하는 분위기가 만연했다. 희곡은 이런 상황을 맞아 순식간에 세상에 풍미했다.

[그림 51] [송] 장택단(張澤端) ≪청명상하도(淸明上河圖)≫(일부) 속 저자거리에서 설서(說書)하는 장면

북송 궁정의 아악은 대부분 세속의 음악으로 대체되었다. 그중에서도 희곡공연이 핵심이었다. 태학박사 진양(陳暘) 같은 옛 법도를 지키던 사대부들은 휘종 건중정국(建中靖國) 원년(1101)에 "우리 조정은 일찍이 활쏘기와 궁중연회의 예법을 강습하였습니다. 지금은 음악을 연주하고 술을 마시고 잡극만 올릴 뿐이니 신은 선왕의 제도에 맞지 않을까 두렵사옵니다."라고 완곡하게 비난했지만 시대적 조류는 한 사람의 의지만으로는 뒤돌릴 수 없었다. 민간에서

는 장례·혼인·생일·제사 날에 많은 희곡 활동을 벌였다. 또 이런 활동은 점차 확대되어 사후세계의 건설을 통해 지하로 들어갔다.

금·원의 유목민족이 중원에 들어오면서 초기에는 농경산업이 큰 손실을 입었지만 그들은 도시의 수공업과 상업을 매우 중시했다. 특히 원나라는 극동에서 서아시아에 이르는 광대한 영토적 우위를 바탕으로 북방의 대도(大都; 지금의 북경)와 남방의 항주(杭州)·소주(蘇州)·양주(揚州)·온주(溫州) 등과 같은 많은 도시들을 세계적인 공·상업도시로 발전시켰다. 동시에 역사적 문화적 이유로 금·원의 통치자들은 예악 제도를 효율적으로 통제하지 못해 사람들의 사상을 느슨하게 만들었다. 이로 통속문예인 희곡이 발전할 여지가 생겨났다. 마침 이때 중국희곡은 공연양식이 완성되어가면서 사람들에게 가장 환영받는 민간예술이 되었다. 금·원 이민족의 야만성과 잔인함은 한족에게 심리적 공황을 야기하여 미신을 믿는 풍기를 성행시켰다. 이 또한 희곡이 민간의 제사활동을 빌려 발전하는 기초가 되었다.

원대는 잡극(雜劇) 창작이 가장 활발했다. 많은 문인들이 여기에 참여하여 중국희곡사상 첫 번째 전성기를 맞이했다. 이 현상은 상당히 주목할 만하다. 그 이유는 상당부분 한족문인들의 벼슬길이 막히면서 달리 생계를 도모할 길이 없어져 힘과 재능을 희곡창작에 쏟아 부었던 것과 관련 있다. 이것은 희곡의 황금시대를 가져왔다.

오늘날 우리는 많은 송·원 시기의 희곡유물과 유적들을 볼 수 있다. 이들은 당시 사회생활과 번성한 희곡문화를 반영하는 것으로, 희곡발전을 이해하는데 도움이 된다. 먼저 무덤을 장식한 희곡인형·희곡조각·희곡 벽화는 이전의 음악과 춤을 대체했다. 세속의 생활은 장례제도에 영향을 주었다. 사람들은 사후세계에서도 시대의 오락을 계속 추구하려 했다. 이어서 신묘 제사도 희곡을 사용했다. 이것은 희곡무대의 탄생과 완성을 가져왔다. 송·원·금 시기 전란의 공포는 사람들에게 신의 비호를 바라는 신념을 낳아 마을에서는 잡다하게 신들을 모신 사당이 대량으로 건축되었다. 사당이 있으면 희대가 있었으므로, 신묘 희대가 대량으로 나타났다. 당시의 화공들은 희곡 활동을 그림에 넣었고, 벽화는 보존되면서 또 다른 유형의 희곡유물이 되었다. 희곡은 사람들의 일상생활과 밀접한 관계가 있다.

도기나 동경(銅鏡) 같은 많은 생활용품에도 희곡내용이 장식되었다. 이 때문에 우리는 당시의 많은 희곡공연과 관련된 생동적인 자료를 얻을 수 있게 되었다.

2. 연극발전의 맥락

송·원시기에 중국희곡이라는 이 특수한 연극양식이 형성되었다. "특수한"이라고 한 것은 희곡이라는 양식은 일반적으로 생각하는 연극(예를 들면, 연극·오페라·뮤지컬 등)과 달리 그 나름의 특수한 형태를 갖고 있기 때문이다. 즉, 희곡은 시·노래·춤으로 인생사를 표현한다는 점이다. 다시 말해, 희곡은 일종의 종합적인 무대수단으로 서방의 연극·오페라·뮤지컬과는 완전히 다르다. 그것은 언어·가창·무도를 이용해 공연하고 서로 침범하지 않는다. 이것은 동양사상의 영향으로 태어난 연극양식이다. 송대 이전의 중국연극에도 생활의 동작을 모방한 우희와 가무로 눈을 즐겁게 한 가무희라는 두 개의 분파가 발전했지만 이들은 각자 독립적인 길을 갔다. 송대 와사와 구란에서 여러 가지 공연예술을 함께 공연하여 마침내 이런 독립적인 국면을 극복했고, 또 설창의 서사적 요소와 특징들을 흡수하여 새로운 유형의 연극양식인 희곡을 만들었다. 여기서 중국희곡은 완성된 형태를 갖추었고, 그 미학원칙과 특징도 결정되었다. 이후의 발전과 변화는 모두 이를 토대로 한 층 더 완전해지는 과정이며, 더 이상의 근본적인 변화는 일어나지 않게 된다.

(1) 우희·설창·가무에서 희곡까지

송대에 성숙된 희곡 양식은 남·북송 교차기 동남 연해안 일대에서 형성된 남송 희문(戲文)[4]과 금·원 교차기에 북방의 중원에서 형성된 원 잡극이다. 희곡은 북송 시기 송 잡극·각종 설창·가무공연이 합해지면서 가장 먼저 발생했다. 대략 송 인종 중기의 경력(慶曆)·황우(皇祐) 연간(1041~1054) 당대부터 이어져온 방제가 철저하게 와해되면서이다. 상업 활동이 자유로워지면서 도시에서는 시민들이 오락 활동을 할 수 있는 구역인 와사와 구란이 나타났다. 이것은 시민문예를 크게 번창시켰다. 와사와 구란에서는 당시 새로 유행한 각종 기예들을 한 곳에 모아 공연했다. 맹원로(孟元老; 1103~1147)의 ≪동경몽화록(東京夢華錄)≫에는 변경의 와사와 구란에서 행해진 공연으로 몇 십 종을 언급하고 있다. 여기에는 소창(小唱)[5]·표창(嘌唱)[6]·잡극(雜劇)·괴뢰(傀儡)·잡수기(雜手伎)·구장(球杖)[7]·척롱(踢弄)[8]·강사(講史)[9]·소설(小說)[10]·산악(散樂)·무선(舞旋)·소아상박(小兒相撲)[11]·도도만패(掉刀蠻牌)[12]·영희(影戲)·농충의(弄蟲蟻)[13]·제궁조(諸宮調)[14]·상미(商謎)[15]·합생(合生)[16]·설원화(說諢話)[17]·잡분(雜扮)[18]·설삼분(說三分)[19]·오대사(五代史)[20]·규과자(叫果子)[21] 등이 있다. 이렇게 서로 경쟁하는 가운데 합쳐지면서 희곡이 나왔다.

현존하는 자료로 봤을 때, 상술한 송·원 때의 민간기예 중에 희곡의 발생에 직접적인 영향을 끼친 것으로는 공연기교를 제공한 송 잡극 외에 무도이론을 제공한 대곡(大曲)[22]과 무선(舞旋)[23], 음악이론을 제공한 제궁조, 창잠(唱賺)[24]·고자사(鼓子詞)[25]·도진(陶眞)[26]·애사(涯詞)[27] 등의 설창예술과 잡분·합생·아고(迓鼓)[28]·민간 사화에서의 분장 등과 같은 공연예술이 있다. 아래에서 하나씩 설명해본다.

[그림 52] 하남 언사(偃師) 주류구(酒流溝) 북송 묘의 조각한 벽돌상의 잡극공연 모습

[그림 53] 하남 온현(溫縣) 전동남왕촌(前東南王村) 북송 묘의 조각한 벽돌 상의 잡극공연 모습

    송 잡극은 당·오대 우희에서 유래했다. 당대에 이미 "잡극장부(雜劇丈夫)"라는 예인을 일컫는 말이 나타났다.[29] 송대에는 오대십국의 우희 배우들을 모조리 찾아 변경으로 데려와 궁정의 악부기구인 교방에 잡극배우를 전문적으로 두기 시작했다. 정원은 고취부(鼓吹部) 42인, 운소부(雲韶部) 24인, 조용부(釣容部) 40인이었다.[30] 이들 잡극배우들은 각종 경축일이나

연회에서의 공연을 책임졌다. 평상시에 교방대사(敎坊大使)와 부사(副使)가 예행연습을 점검하여 언제라도 무대에 올라갈 수 있도록 준비했다. 교방은 궁정의 각종 가무·연극·서커스·오락의 연출을 책임졌지만 교방대사는 잡극배우로도 자주 등장했다. 북송에서 기록으로 보이는 사람으로는 정선현(丁仙現)·별팽(鱉膨)·유교(劉喬) 등이 있다. 이는 잡극이 교방의 종목 중에서 중요한 위치를 차지했음을 보여준다. 송 인종 이후에는 도시의 와사와 구란에서 공연이 성행했다. 여기서 많은 민간의 잡기예인들이 큰 명성을 얻었는데 그들의 이름이 사서에 전한다. ≪동경몽화록≫에 기록된 이들 예인으로는 설자대(薛子大)·초지아(俏枝兒)·양총석(楊總惜)·주수(周壽)·노칭심(奴稱心)·소주아(蕭住兒)·정도새(丁都賽)·최상수(崔上壽) 등이 있다. 민간의 잡극예인이 공연으로 유명해지면 교방에 편입되어 황제 일가를 위해 공연하기도 했다. 위에서 언급한 교방대사 정선현은 처음에는 민간 예인으로, 변경 황성(皇城) 동남쪽 모서리의 와사에서 공연했다.[31] 궁정 교방에서 도태된 예인들은 다시 구란으로 돌아와 생계를 도모했다. ≪동경몽화록≫(권5) "경와기예(京瓦伎藝)"에서 말하는 "교방에서는 장취개(張翠蓋)와 장성(張成)을 파면하여 연습을 더하도록 했다.[32]"라고 한 것이 이들 배우들이다. 남송 이후 송 황실이 남쪽으로 천도하면서 송 잡극의 중심도 남쪽의 항주로 이동하였고, 변경 때보다 더욱 번창했다. 궁정 교방의 13부 중에서 잡극이 유일하게 "정색(正色)"을 차지했고,[33] 아울러 280종의 극목이름이 남아있다.[34] 남송 잡극은 강절(江浙)[35]과 사천(四川) 지역까지 미쳤다. 송 잡극의 공연방식은 당·오대의 우희와 비교해서 큰 진전이 있었다. 그 자체는 완성된 희곡에까지는 이르지 못했지만 그것은 원 잡극의 전신이자 희문에 직접적인 영향을 끼쳤다.

[그림 54] 산서 평정(平定) 강가구촌(姜家溝村) 송대 묘의 대곡무(大曲舞) 벽화

　대곡은 기악(器樂) · 성악 · 무도가 포함된 대형 악무 공연이다. 그 기원은 아주 일러서 한 · 위 때 이미 유행했다. 송나라 사람 곽무천(郭茂倩; 1041~1099)이 편집한 ≪악부시집≫에 수록된 한대의 ≪상화가(相和歌)≫ 중에 대곡 가사가 있다. 대곡이라는 명칭은 후한 채옹(蔡邕; 133~192)의 ≪여훈(女訓)≫에 처음으로 보인다. 남조 양나라 사람 심약(沈約; 441~513)이 지은 ≪송서(宋書) · 악지≫는 청상삼조(淸商三調), 즉 평조(平調) · 청조(淸調) · 슬조(瑟調) 아래에 ≪동문행(東門行)≫ · ≪보출하문행(步出夏門行)≫ 등과 같은 대곡 16편을 열거해놓았다. 당대 대곡은 아주 성행했다. 아악 · 청악 · 연악에 모두 있었다. 부분적으로 한 · 위 때의 것을 계승한 것도 있고, 서역에서 온 것도 있다. 최령흠의 ≪교방기≫에는 46편의 대곡 명목이 기록되어있는데 이것이 전부는 아닐 것이다. 송나라 사람들이 자주로 이용한 것은 대곡 40편이었다.

그림으로 보는 중국희극사

대곡은 모두 무곡으로, 늘 한 사람이 독무(獨舞)하거나 두 사람이 대무(對舞)했다. 춤추는 자세는 손을 들썩이고 발을 구르며 팔다리를 굽히고 회전한다. 이 때문에 이 춤을 "무선"이라고 한다. 그래서 송나라 사람 진양의 ≪악서(樂書)≫(권185) "속악 · 아악(雅樂) · 여악하(女樂下)"는 이렇게 말했다.

늘 대곡을 추는 배우는 혼자 들어와 소매를 얼굴로 삼고, 발을 구르며 박자를 맞춘다. 멋지게 연기하는 사람은 바람이 소용돌이치는데도 나는 새처럼 서서히 춤을 추는데, 이 속도를 넘지 않는다.[36]

[그림 55] 하남 우현(禹縣) 백사(白沙) 송대 묘의 대곡무 벽화

대곡 공연은 보통 하나의 주제가 있는데, 일정한 역사적 내용을 보여주고 간단한 인물을 넣어 연출한다. 송대의 ≪검무(劍舞)≫는 가무과정에서 연속으로 "항장이 검무를 추면서, 패공에게 뜻을 두는(項莊舞劍, 意在沛公)" "홍문연(鴻門宴)"과 당대 공손대랑(公孫大娘)의 검무를 공연했다.[37] 또 이야기에 맞는 서정적인 가창과 음악 반주를 곁들여 가무를 위주로 하는 일종의 간단한 무극을 만든다. 요(遼)나라 회동(會同) 9년(946) 변경에서 중원의 아악과 산악을 얻어 이로 대곡이 생겨났다. 금(金) 태조(太祖) 아골타(阿骨打; 1068~1123)가 천보(天輔) 연간(1117~1122)에 요나라를 공격해 요나라의 대곡을 얻었다. 후에 금나라가 북송을 멸하고 북송의 대곡을 얻었다. 때문에 요나라와 금나라의 대곡도 아주 성행했다. 금나라 대곡의 무선은 이미 두 사람이 대무하는 양식으로 발전했다. 대곡 무선의 춤사위는 송 잡극과 원 잡극의 장단색(裝旦色)[38]이 갖는 무도규정의 기원이 되었다. 그 무도규정의 공연수단도 희곡발전에 경험을 제공했다.

[그림 56] 하남 형양 북송 묘의 석관 상에 선으로 새긴 잡극도

제궁조는 북송시기 황하유역에서 이루어진 중요한 민간 설창예술이다. 이것의 곡조는 불교의 속강(俗講)[39]인 "범취(梵吹)"의 옛 음악에서 유래했다. 그 공연과 음악은 중국희곡 공연체제와 음악구조의 형성에 직접적인 영향을 끼쳤다. 옛날에는 제궁조가 북송의 신종(神

宗; 1048~1085)·철종(哲宗; 1076~1100) 때에 처음으로 만들어진 것으로 생각하여 송나라 사람 왕작(王灼; 1081~1160)은 ≪벽계만지(碧鷄漫志)≫(권2)에서 대략 희녕(熙寧) 연간에서 원우(元祐) 연간 (1068~1093)에 산서(山西) "택주(澤州)의 공삼전(孔三傳)이 제궁조 고전(古傳)을 처음으로 지었고"[40], 변경의 구란에서 연출할 때 일시에 "사대부들 모두 이를 읊을 수 있었다."[41] 라고 했다. 현재 발굴된 새로운 자료로 보면, 제궁조의 대략적인 발전과정은 당대에 이미 시작되었고, 발생지역 은 돈황에서 산서에 이르는 하투(河套) 지역을 포괄한다. 제궁조가 변경에서 완성된 것은 이곳의 우월한 설창환경 때문이었다. 변경의 구란에서는 이미 표창·규성·창잠·고자사·도 진·애사 등의 설창예술이 성행하고 있었다. 이들은 나날이 그 음악구조가 복잡해져갔다.

[그림 57] 하남 신안(新安) 북송 송사랑(宋四郎) 묘의 잡극벽화(모본)

표창의 경우 단곡(單曲)이나 소조(小調)만 불렀고, 창잠은 같은 궁조의 여러 곡을 연이어 사용하여 하나의 완전한 음악구조를 이루기 시작했다. 고자사는 같은 사조(詞調)를 여러 번 연이어 창하면서 대사를 섞어 넣었는데 또 다른 설창공연의 길을 열었다. 제궁조는 이들의 영향을 받아 최종적으로 여러 궁조와 여러 곡패를 연이어 창하면서 대사를 섞어 넣는 장편의 공연형식으로 발전했다. 금대에 제궁조 창작이 가장 활발했다. 지금까지 약 10편의 극목이 전한다. 금대 제궁조 창본(唱本)으로는 무명씨의 《유지원제궁조(劉知遠諸宮調)》와 동해원(董解元)의 《서상기제궁조(西廂記諸宮調)》 2편이 전한다. 제궁조는 이미 아주 복잡한 음악구조를 갖추었다. 그것은 창잠처럼 같은 궁조에 속하는 많은 곡패를 하나의 아주 큰 투수(套數)[42]로 연결하여 고자사와 표창이 한 곡 내지 두 곡을 반복하며 연이어 창하는 단조로움을 극복했을 뿐만 아니라 더 나아가 여러 곡으로 조합되어 이루어진 많은 투수를 서로 연결하여 더욱 방대하고 복잡한 음악체제를 이루었다. 《유지원제궁조》의 경우 총 81개의 곡패가 16개의 궁조에 예속되어있다. 《서상기제궁조》의 경우 총 303개의 곡패가 16개의 궁조에 예속되어있다. 제궁조의 이런 다(多) 궁조 다 곡체(曲體) 음악구조는 송대 희문과 원대 잡극의 선도가 되었다. 제궁조가 노래한 내용은 아주 다양했다. 《상서(尙書)》·《전국책(戰國策)》·《한서(漢書)》·《삼국지(三國志)》·《오대사(五代史)》·《팔양경(八陽經)》 등을 모두 곡에 넣어 설창할 수 있었다.[43] 이 역시 희곡의 시야를 크게 넓힌 것이었다.

민간 사화는 간단한 스토리와 인물이야기를 갖춘 모의가무공연이다. 그 형식은 대략 전대의 의식이나 경축일에 악귀를 쫓아내는 연례활동에서 유래했다. 춘추시기 민간에서는 사제(蜡祭)를 거행했는데 "온 나라 사람들 모두가 미친 것 같습니다."[44]라고 한 것으로 보아, 사람들을 즐겁게 해주는 많은 공연이 있었다. 양나라의 형초(荊楚) 일대의 민간에서는 12월 8일이 되면 "마을 사람들은 가느다란 요고를 치며, 호공두(胡公頭 모자의 일종)를 쓰고 금강(金剛)과 역사(力士)가 되어 악귀를 몰아냈다."[45]고 했는데 인물로 분장했음을 알 수 있다. 송·원시기 사화의 무대(舞隊) 극목은 아주 많았다. 《동경몽화록》·《번승록(繁勝錄)》·《몽량록(夢粱錄)》·《도성기승(都城紀勝)》·《무림구사(武林舊事)》 등과 같은 당시의 문헌에 많이 보인다. 상당수가 그 이름만으로도 무엇으로 분장했는지 알 수 있다. 도도장귀(掉刀裝鬼)·도도포로(掉刀鮑

老) · 교삼교(喬三敎) · 교영주(喬迎酒) · 교친사(喬親事) · 교택권(喬宅春) · 교사신(喬謝神) · 교교학(喬敎學) · 교매약(喬賣藥) · 교상생(喬像生) · 촌전악(村田樂) · 노번인(老番人) · 사화상(耍和尙) · 할판관(瞎判官) · 사사이(耍師姨) · 박호접(撲蝴蝶) · 음산칠기(陰山七騎) · 쾌활삼랑(快活三郞) · 호녀번파(胡女番婆) · 낭자잡극(浪子雜劇) 등이 이런 예들이다. 송나라 사람 범성대(范成大; 1126~1193)는 ≪상원기오중절물배해체(上元紀吳中節物俳諧體)≫라는 시에 주석을 달며 이렇게 말하고 있다.

민간에서 북을 치고 연주하는 것을 사화라고 하는데 이루 다 기록할 수 없다. 대개가 골계로 웃음을 취하는 것이다.[46]

[그림 58] 섬서(陝西) 한성(韓城) 송대 묘의 벽화 속 잡극도

이런 각종 분장공연은 연극의 영향을 받은 것이면서도 연극에 영양분을 제공했다. 이밖에 잡분과 아고처럼 상당히 체계적인 민간 공연들은 연극적 성질이 더욱 강했다. 잡분은 북송 변경 때 구란에서 공연한 종목으로, "대부분 산동이나 하북의 촌 늙은이로 분장해 웃음거리로 삼았다."[47] 남송 이후 잡극과 공연을 연계하여 그중의 "후산단(後散段)"[48]이 되었다. 아고도 일종의 분장공연이다. 송나라 사람 주희(朱熹; 1130~1200)는 ≪주자어류(朱子語類)≫에서 이를 글쓰기에 비유하며 이렇게 말했다.

지금 사람들은 글에 기개가 없는 것이 아고를 추는 사람들 같다. 눈썹을 칠하고 눈을 그리는데, 승려도 있고, 도인도 있고, 아낙네도 있고, 속인도 있고, 관리도 있고, 선비도 있는 것이 같은 것이 없다. 그러니 모두가 사람들을 미혹시키기에 충분하다.[49]

[그림 59] 하남 온현 북송 묘의 조각한 벽돌 상의 잡극공연 모습

이 기록으로 보면, 아고의 분장범위는 아주 넓었고 오락성도 아주 강했음을 알 수 있다. 상술한 공연예술들은 장기간의 연출과 합작으로 희곡의 완성에 직간접적인 영향을

끼쳤다. 이중 종합공연예술의 핵심성분은 송 잡극이다.

[그림 60] 하남 온현 전동남왕촌 북송 묘의 조각한 벽돌 상의 잡극 악대

송 잡극은 익살과 조소 위주의 전대 우희의 특징을 유지했지만 이미 스토리가 상당히 완전한 인생의 이야기로 발전했다. 남송 때 ≪상여와 문군(相如文君)≫·≪최지도가 호랑이를 베다(崔智韜艾虎兒)≫·≪왕종도가 아내를 쫓아내다(王宗道休妻)≫·≪이면이 마음을 저버리다(李勉負心)≫·≪정생이 용녀를 만나다(鄭生遇龍女)≫ 같은 극과 최호(崔護)·앵앵(鶯鶯)·배소준(裵少俊)·유의(柳毅)·당보(唐輔)·배항(裵航)·왕괴(王魁) 등과 같은 유명 인물들의 이야기를 다룬 극이 나타났다.[50] 이로 필히 공연형태가 단순한 익살로 웃음거리를 만드는 것에서 구성이 더 완전한 이야기로 발전해야했기에 비교적 복잡한 공연체제를 갖추었다. 송 잡극은 즉흥적으로 공연한 당대의 우희와 달리 공연방식에 이미 정해진 체례가 있었다. 즉, 통상적으로 두 단락이나 세 단락을 이어 공연했다. 북송 변경의 공연에서 "한 차례의 공연은 두 단락이었다."[51] 남송의 수도 항주에서는 염단(艶段)[52]·정잡극(正雜劇)·잡분의 세 단락으로 늘어났다.[53] 세 단락의 내용은 서로 연관이 없었지만 여러 단락을 연속으로 공연한 방식은 구조상 일종의 긴장감 보여주었다. 이는 연극의 확대를 바라는 사회적 요구를 반영한 것이었다. 이로 한 차례 공연으로 끝나던 것이 여러 차례 공연으로 넘어가게 되었다. 배역도 나타나기 시작했다. 전대의 우희는 배역을 나누지 않았다. 참군희를 잘한 이선학처럼 일부 우인들은 어떤 공연으로 이름을 떨쳤다. 당대 참군희에도 참군과 창골이라는 준 각색이 등장하나 모든 우희에 나타나는 것은 아니었다. 송 잡극에는 보통 5명의 배역이 있다. 그중 "말니(末泥)는

공연을 관리하고 지휘하며, 인희(引戱)는 공연과 관계되는 일을 처리하고, 부정(副淨)은 해학적이고 과장된 동작으로 인물이나 사건을 연기해내며, 부말(副末)은 우스개 농담을 하여 흥을 돋우고 웃음을 자아낸다. 간혹 한 사람을 더하곤 하였는데 장고(裝孤)라고 했고"[54], "말니는 공연의 책임자였다."[55] 배역제도는 중국희곡만이 갖는 독특한 특징이다. 이것은 송 잡극에서 비롯되었다. 또한 송 잡극에는 가무와 연계되는 경향이 나타났다. 송 잡극에서는 배우가 등장할 때 반주를 넣는데, "먼저 '곡파(曲破)[56] 한 곡을 보낸다."[57] 공연에서는 창을 하는데, "전체 내용을 노래하고 읽어주며 소개한다."[58] 《무림구사》에 기록된 "관본잡극단수" 280편의 반 수 이상이 대곡 등의 곡조이름과 어울려있다. 이는 이들 곡조들의 음악선율로 공연했음을 설명한다. 송대 잡극 유물에서는 악기를 다 갖춘 완전한 악대가 보인다. 이들은 배우와 따로 다른 묘벽(墓壁)에 배치되어있다. 그들은 잡극에서의 반주를 생동적으로 보여주는 자료이다. 송 잡극의 배역 중에 인희는 가무공연에서 춤을 지휘하는 무두(舞頭)에서 온 것으로, 잡극이 시작할 때 가장 먼저 등장하여 춤을 춘다. "한 여자 아이가 몇 바퀴 돌더니, 얼마 지나지 않아 한 무리의 사람들을 이끌고 나오네."[59]라는 것이 이를 말한다. 그 춤사위는 유물에 아주 많이 보존되어있다. 가무와 연극공연의 융합으로 노래를 부르면서 춤을 추는 희곡이 완성되었다.

(2) 잡극과 희문

금나라가 변경을 침략한 후 북송 잡극은 두 개의 다른 지리환경에 흡수되어 발전했다. 남쪽에서는 항주에서 더욱 번창하여 남송잡극을 형성했고, 북쪽에서는 산서 평양(平陽)에서 금대 잡극으로 발전했다. 양자는 연출형태상 북송잡극을 계승했지만 북쪽이 더 복잡한 사회적 원인으로 점차 고급스런 형태로 나아가 최종적으로 완전한 희곡형식인 원 잡극을 탄생시켰다. 남송잡극은 시종 원래의 테두리를 벗어나지 못하고 남방희문의 형성에 일정부분 영향을 끼쳤다.

[그림 61] 남송 무관(無款) 잡분(雜扮) 공연도

1127년 금나라가 북송의 수도 변경을 침입하여 변경의 수많은 재화와 전적을 비롯한 장인과 예인들을 시기를 나누어 북으로 데려갔다. 송나라 사람 서몽신(徐夢莘; 1126~1207)의 ≪삼조북맹회편(三朝北盟會編)≫(권77)은 금나라 사람들이 한 차례 "잡극·설화·그림자극·소설·표창·꼭두각시·공중제비·쟁·비파·생황 등을 공연하는 예인 150여명[60]을 찾아 데려 갔다고 했다. 또 송대 무명씨의 ≪송부기(宋俘記)≫는 금인들이 총 "각종 배우 3,000여명과 교방의 3,000여명"을 포로로 데려갔다고 했다.[61] 금인들이 이들 예인들을 호송하여 북상하다가 산서 평양에서 길을 따라가던 포로들이 잇따라 탈출하는 일이 일어났다. 후에 정국이 안정되자 이들은 산서 평양의 문화를 흥성시키는데 일조했다. 하나는 이 지역을 북방 최대의 도서출판중심지로 만들어 "평수판(平水版)" 도서를 전국으로 유행시킨 것이다. 또 하나는 이 지역을 잡극이 활발하게 공연되는 지역으로 만든 것이다. 이 때문에 무덤에서

[그림 62] 남송 항주(杭州) 정월대보름날의 사화무대도(社火舞隊圖)

잡극을 새긴 벽돌이 가장 많이 나오는 지역이 되었다. 금대에 잡극이 성행한 지역은 남쪽으로는 태항산(太行山)을 넘어 하남성 초작(焦作) 일대까지 이르렀다. 때문에 이 지역의 무덤에서도 잡극을 새긴 벽돌이 출토되었다.

　잡극은 금대에 발전한 다음 북송의 익살스런 동작과 해학적인 말을 하는 소희(小戱)에서 원대 큰 투곡(套曲)을 완전하게 연창하는 것으로 바뀌기 시작했다. 그것은 연출형태상 이미 북송 잡극보다 크게 진전된 것이었다. 산서 남부의 금대 무덤에서 출토된 잡극이 새겨진 벽돌이 실례가 된다. 산서성(山西省) 직산현(稷山縣) 마촌(馬村)에서 출토된 금대 잡극이 들어간 벽돌무덤 중에 세 곳의 무덤에 반주악대가 새겨져 있었다. 이를 송 잡극이 들어간 벽돌 속 악대의 위치와 비교해보면, 큰 변화가 있음을 알 수 있다. 그것은 직산현의 묘에는

[그림 63] 강서(江西) 경덕진(景德鎭) 송대 묘의 설창용(說唱俑)

이미 예외 없이 악대를 잡극배우 뒤에 배치했다는 것이다. 원대 충도수(忠都秀) 벽화에 나타난 잡극의 배치와 완전히 일치한다. 그것은 금대 잡극체제가 이미 가창 위주로 넘어가기 시작했음을 반영한다. 잡극 공연에서 창의 비중은 상당하기 때문에 창과 악기반주의 관계는 날로 밀접해졌고 악대의 중요성이 두드러졌다. 악대는 잡극연출에서 빠져서는 안 될 구성요소일 뿐만 아니라 반드시 배우와 함께 등장하는 공연주체로 배우의 공연과 가창이 조화롭게 어울릴 수 있도록 했다. 그러나 직산현 무덤의 잡극이 조각된 벽돌도 당시 북곡 잡극의 한 사람이 끝까지 창하는 "일인주창(一人主唱)" 체제가 아직 확립되지 않았음을 증명한다. 그것의 배역배열은 여전히 북송 잡극을 그린 벽돌에 가깝다.

반주악대가 있든 없든 주창자(主唱者)가 있다는 명확한 흔적을 찾을 수 없다. 심지어 늘 부정과 부말 등의 배역이 중간 위치를 차지한다. 이는 당시 산서 평양잡극의 공연중심이 여전히 익살과 조소에 있으며 가창을 위주로 하는 정극대희(正劇大戱)의 완성에는 아직 시간이 더 필요로 하다는 것을 보여준다. 또 다른 변화는 민간의 떠돌이 예인들이 이미 체계화된 배역과 잘 준비된 악기와 도구를 갖춘 유랑 극단을 조직하여 북송의 구습을 일거에 날려버린 것이다. 예를 들어, 마촌 1호 무덤 안의 극단은 5명의 잡극배역과 6명의 "연주자[把色]"해서 총 11명으로 구성된 공연단이다. 이와 같이 방대한 민간극단이 뛰어난 공연수준을 갖추지 못했다면 생존할 수 없었을 것이다.

[그림 64] 사천 광원(廣元) 남송 묘의 돌에 새겨진 잡극공연 모습

남방의 절강 일대는 12세기 초기, 즉 북송의 "선화 연간 이후이자 남쪽으로 천도할 때"[62] 새로운 연극형식인 희문이 형성되었다. 이것은 완전히 새로운 유형의 희곡으로, 처음에는 송인 사조와 민간 창곡을 토대로 일어났다. "송사와 골목길에서 불렸던 민간가요를 더했다."[63] "즉 민간에 유행하던 속요의 가락으로 불렀으나 본래부터 궁조라 할 만한 것이 없었고, 절주라고 할 만한 것 또한 드물었으니, 단순히 농부와 도시의 부녀자들이 즉흥적으로

흥얼흥얼거리는 가락을 취한 것뿐으로, 참언에서 말하는 '수심령(隨心令)'이라는 것이다."[64] 공연형식은 민간의 명절 때의 이야기를 연출한 것에서 발전하여 성장과정에서 상당히 완성된 우희 형식인 잡극의 영향을 받았을 것이다. 특히 남도한 송 왕조가 고도로 발전한 변경 잡극을 가져온 것이 희문이 성숙되고 흥행할 수 있도록 자극했다. 그래서 명나라 사람 서위(徐渭; 1521~1593)는 "선화 연간에 이미 시작되었고 남도한 후에 성행했다."라고 했다.[65] 희문의 연출체제와 음악체제는 송 잡극과 다르다. 그것은 이미 시·노래·춤을 숙련되게 운용하여 완전한 이야기와 상당히 복잡한 장면을 표현해낼 수 있었다. 무대공연에서 가창이 가장 중요한 수단이고 음악구조는 이미 정형화되어 많은 곡패를 많은 투수 안에 구성하여 한 편의 긴 음악작품으로 이을 수 있었다. 그 공연도 이미 일정한 격식을 갖추었다. 예를 들면, 인물이 등장하거나 퇴장할 때마다 시를 읊는 것과 배역들, 즉 생(生;

[그림 65] 사천 광원 남송 묘의 돌에 새겨진 대곡공연 모습(1)

그림으로 보는 중국희극사

남자주인공 역)·단(旦; 여자주인공 역)·외(外; 늙은 남자 역)·첩(貼; 여자조연 역)·축(丑; 광대 역)·정(淨; 거칠고 강렬한 남자 역)·말(末; 중년 남자 역)이 역할대로 나누어져 그들 나름의 고유의 색깔을 갖는 점 등이다. 희문의 내용은 대부분이 생과 단의 사랑이야기이다. 이 역시 발굴되는 유물로 확연하게 알 수 있다.

북방의 잡극은 금대 100여 년 동안 발전하면서 북방 민간의 여러 연창예술, 특히 제궁조의 직접적인 영향을 받고 점차 대곡의 음악체제를 벗어나 엄격한 구성을 가진 다 궁조 체제로 매진하여 최종적으로 북곡 잡극을 형성했다. 이 변화의 경계점을 역사에서는 뚜렷한 실질적인 자료를 남기지 않고 있다. 적어도 금말원초, 즉 대략 12세기에서 13세기 사이에 완성된 북곡 잡극이 이미 출현했다. 송인 사조와 현지 민간의 소곡에서 희문의 창강(唱腔)으로 발전한 남곡(南曲)과 달리 북곡은 민간 투수가 오랫동안 불려 지다가 잡극의 창강에 이용되는 과정을 거쳤다. 북곡의 기원은 최초에 북송 도성인 변경과 중원일대의 각종 소창(小唱)·설창 곡조들로, 후에 여진(女眞)·몽고 등의 북방 이민족의 곡조와 악기에 흡수되어 점차 변해 이루어졌다. 많은 연창예술 중에 북곡 잡극은 주로 곡패를 투수에 넣어 잇는 "곡패연투(曲牌聯套)"의 음악체제인 대곡과 제궁조의 영향을 받았다. 이들 투곡을 연창하는 방식(套曲聯唱)은 민간에서 장기간 연창하는 과정에서 점차 음악체제방면의 고정격률을 만들었다. 때문에

[그림 66] 사천 광원 남송 묘의 돌에 새겨진 대곡공연 모습(2)

북곡 잡극이 일단 그것들을 자신의 음악주체로 흡수하여 남곡 희문과 완전히 다른 엄격한 곡률규정을 만들었고, 곡패연투에서 운각·평측까지 모두 고정된 규정을 두었다. 이는 늦게 나온 북곡을 일찍 나온 남곡보다 음악체제상에서 더욱 성숙되고 고상하게 만들었다.

원 태정(泰定) 원년(1324)에 그려진 충도수 벽화는 북곡 잡극의 성숙된 공연 모습을 보여준다. 뒷줄의 악대는 "신정(神帪)"[66]과 "장액(帳額)"[67] 앞에 있고, 큰 북은 등장하는 문 쪽에 배치되어있다. 악공들은 모두 배우들 뒤쪽에 서서 반주를 한다. 이런 반주방식은 중국희곡 600년 동안의 전통으로 굳어져왔다. 앞줄의 배우 중에 가운데 있는 사람이 창을 하는 배역인 정말(正末)로, 무대 전체에서 가장 중요한 위치를 차지한다. 그 나머지 배우들은 뭇별들이 달을 떠받들듯 그를 에워싸고 있다.

남 희문과 북 잡극은 상당히 거대한 음악체제를 갖고 있어 무대에서 길고 복잡한 내용을 보여주기에 적합하다. 그 음악과 공연수단도 이미 정형화 단계에 접어들었다. 이 모두가 중국희곡이 정식으로 만들어졌음을 의미한다.

[그림 67] 사천 광원 남송 묘의 돌에 새겨진 잡극공연 모습

남곡 희문은 온주에서 일어나 오 방언이라는 한계 때문에 오랫동안 동남지방에서만 유행했다. 후에 복건(福建)으로 전래되었다가 남송 중기에 항주로 들어왔다. 중국 북방의 민간에서 성행했던 북곡 잡극과는 완전히 다르다. 원나라가 송나라를 멸망시킨 이후 북곡 잡극은 이미 산서·하북·산동·하남 일대에서 유행했다. 1127년 이후 원나라가 파죽지세로 남하함에 따라 북곡 잡극은 남방으로 이동했다. 처음에는 지금의 경항대운하(京杭大運河)를 따라 강절 일대에 전파되어 남송의 구도 항주를 석권했고 계속해서 호광(湖廣)[68]에까지 미쳤다.

(3) 연극문학

송 잡극 극목은 현재 송말원초에 임안(臨安)의 번화함을 쓴 주밀(周密)의 저작 ≪무림구사≫ (권10) "관본잡극단수"에 총 280편이 수록되어있다. 여기에는 ≪안약산(眼藥酸)≫·≪유의대성악(柳毅大聖樂)≫·≪배항상우악(裵航相遇樂)≫·≪상여문군(相如文君)≫ 등의 작품이 있다. "관본"이라고 한 이상 남송 궁정에서 공연한 극목일 것이며 민간에서 연출한 극목은 아닐 것이다. 여기에 궁정에서 공연한 극목이라도 수록된 것이 전부는 아닐 것이다. 예를 들면, 같은 책(권1)에 기록된 송 이종(理宗) 때 궁정에서 공연한 ≪군성신현찬(君聖臣賢纘)≫·≪삼경하서(三京下書)≫·≪양반(楊飯)≫·≪사야소년유(四偌少年遊)≫ 같은 4편의 극목과 권8에 기록된 송 도종(度宗) 때 궁정에서 공연한 ≪요순우탕(堯舜禹湯)≫·≪연연호(年年好)≫ 같은 2편의

[그림 68] [송] 무명씨의 ≪안약산(眼藥酸)≫ 잡극도

극목에서 《삼경하서》만 이 목록에 들어가 있는 것이다. 이로 보면 "관본잡극단수"에 수록된 극목은 보존된 극목임을 알 수 있다. 송 잡극의 작가는 보통 예인이었다. 많은 극목은 현장에서 즉석으로 만들어냈다. 문인들의 참여가 드물었기 때문에 이 극을 지은 작가의 이름도 거의 전해지지 않았다. 현재 잡극 극본을 썼다고 알려진 사람으로는 송 진종 조항(趙恒; 968~1022)과 북송의 교방대사 맹각구(孟角球)이다.[69] 송대 교방대사들 대부분은 잡극예인으로 충당되었다. 그들이 잡극극본을 쓸 수 있었던 것은 아주 자연스런 일이었다. 황제도 잡극극본을 썼다는 것이 다소 특이하다.

금대 잡극은 송대를 계승하여 전해졌지만 문헌상으로 기록된 극목은 없다. 원대 원본(院本) 극목에만 많이 보존되어 있을 뿐이다. 원대 원본은 금 잡극을 직접적으로 계승했다. 원 나라 사람 도종의(陶宗儀; 1321~1412?)는 《남촌철경록(南村輟耕錄)》(권25) "원본명목(院本名目)"에서 총 713편의 원본 제목을 수록하고 있는데(예를 들면 《광한궁(廣寒宮)》), 이중 상당수가 금대 잡극을 보존하고 있을 것이다.

송대 희문의 총 수량은 현재 이름이 알려진 극목을 근거로 할 때 대략 200여 편 정도이다. 지금 극본이 남아있는 것은 17편으로, 이중 명나라 초기의 문헌인 《영락대전(永樂大典)》에 보이는 《장협장원(張協狀元)》·《환문자제착립신(宦門子弟錯立身)》·《조분조몰흥소손도(遭盆弔沒興小孫屠)》 3편은 원래의 면모를 보존하고 있다. 《채백개비파기(蔡伯喈琵琶記)》는 원본(元本)의 초본(抄本)에서 나왔고(즉, 청나라 陸貽典 抄本), 《백토기(白兎記)》는 1967년 상해(上海) 가정현(嘉定縣)에서 출토된 명 성화(成化) 연간(1465~1487)의 간본(刊本)으로, 이 역시 원래의 모습에 가깝다. 기타 《조씨고아보원기(趙氏孤兒報寃記)》·《양덕현부살구권부(楊德賢婦殺狗勸夫)》·《진태사동창사범(秦太師東窓事犯)》·《여몽정풍설파요기(呂蒙正風月雪破窯記)》·《왕서란규원배월정(王瑞蘭閨怨拜月亭)》·《왕십붕형차기(王十朋荊釵記)》·《소진의금환향(蘇秦衣錦還鄕)》·《왕효자심모(王孝子尋母)》·《소무목양기(蘇武牧羊記)》·《교자심친(敎子尋親)》·《왕월영월하유혜기(王月英月下留鞋記)》·《풍경삼원기(馮京三元記)》 등은 모두 명대 간본(刊本) 내지 개본(改本)이 있는데, 이미 원대의 면모를 상실했다. 이들 극본은 대부분 오랫동안 무대에서 상연되었다.

송대 희문극본으로 제목을 알 수 있는 작품은 ≪조정녀채이랑(趙貞女蔡二郎)≫·≪왕괴(王魁)≫·≪왕환(王渙)≫·≪온옥전기(韞玉傳奇)≫·≪악창분경(樂昌分鏡)≫·≪장협장원≫ 5편이다. 이 중 작가의 이름을 알 수 있는 작품은 ≪풍류왕환하련련(風流王渙賀憐憐)≫과 ≪장협장원≫이다. 전자는 태학생 황가도(黃可道)가 지었는데, 도종(度宗) 함순(咸淳) 4~5년(1268~1269)에 항주에서 성행한 것이 원나라 사람 유일청(劉一淸)의 ≪전당유사(錢唐遺事)≫에 보인다. ≪장협장원≫은 현전하는 가장 이른 희문극본이다. 작가는 동구(東甌; 지금의 溫州) 구산서회(九山書會)의 쌍재인(雙才人)이다. 이 사람은 아마 남송시기 온주 서회의 하층문인이었을 것이다. 극은 선비가 마음을 저버린 이야기로, 생동적이고 감동적이어서 송대 희문의 대표작으로 볼 수 있다. 다만 스토리의 구성이 이치에 맞지 않는 단점이 있다. 장원급제한 장협이 재상의 딸에게 장가들려 하지 않자 재상의 딸은 상심으로 병이 나서 죽음에 이른다. 또한 자신을 찾아온 조강지처 빈녀(貧女)를 모른 체한다. 부임지로 가는 길에 빈녀의 집을 지나가다 빈녀를 칼로 베어 버린다. 후에 빈녀는 재상의 의녀로 들어오고, 장협은 다시 재상의 사위가 되어 부부가 만난다는 것이다. 갈등을 억지로 해결하는 이런 구도는 초기 희문이 아직 스토리의 구성에 뛰어나지 않음을 보여주는 흔적이라고 할 수 있다.

원대 희문에서 중요한 작품은 "≪형차기(荊釵記)≫·≪유지원백토기(劉知遠白兎記)≫·≪배월정기(拜月亭記)≫·≪살구기(殺狗記)≫(荊、劉、拜、殺)"와 ≪비파기(琵琶記)≫이다. 앞 4편의 희문은 나온 후에 민간에서 폭넓게 유행했고, 후세에 오랫동안 활발하

[그림 69] 명 만력(萬曆) 금릉(金陵) 부춘당(富春堂) 당씨(唐氏)가 간행한 ≪백토기(白兎記)≫ 삽도 "마방상회(磨坊相會)"

게 공연된 유명한 극이다. ≪형차기≫는 오문학구(吳門學究) 경선서회(敬先書會)의 재인 가단구(柯丹丘) 지었다. 내용은 왕십붕이 과거에 급제해서도 전옥련(錢玉蓮)을 저버리지 않고 두 사람이 결국 만난다는 것이다. 소재는 송대 희문의 상투적인 관례를 벗어나지 못했지만 그 처리는 상반되고 구성도 흥미롭다. ≪백토기≫의 저자는 분명치 않다. 원대 태원 사람 유당경(劉唐卿)[70]이 이를 가공했다고 한다. 내용은 오대 후한의 고조(高祖) 유지원

[그림 70] 난홍실(暖紅室)에서 간행한
전기(傳奇) ≪살구기(殺狗記)≫

(劉知遠; 895~948)의 아내 이삼랑(李三娘)이 온갖 고생을 하다가 여기에서 벗어나는 이야기이다. 소재는 금대 ≪유지원제궁조≫에서 유래했다. 극의 내용이 일반백성의 생활과 아주 가깝기 때문에 ≪백토기≫는 민간에서 가장 환영받는 극이었다. 후세 오랫동안 계속 공연되어 촌사람들도 다 아는 작품이 되었다. ≪배월정≫은 오문의 의은자(醫隱字) 군미(君美)가 지었고, 관한경(關漢卿)의 잡극 ≪규원가인배월정(閨怨佳人拜月亭)≫에 근거해 개편한 것이다. 내용은 몽고군의 금나라 침공으로 장세륭(張世隆)과 왕서란(王瑞蘭)이 갖은 고생을 하며 떠돌다 만난다는 이야기이다. ≪살구기≫는 순안(淳安) 사람 서희(徐暅; 자는 仲由)가 지었고, 소덕상(蕭德祥)의 잡극 ≪왕소연단살구권부(王翛然斷殺狗勸夫)≫에 근거해 개

[그림 71] 민국(民國)시기 절강 동부 민간의 창화전지(窓花剪紙) ≪비파기(琵琶記)·낭회(郎會)≫

그림으로 보는 중국희극사

편한 것이다. 내용은 시민 손용(孫容)의 아내가 개를 죽여 남편에게 형제의 정을 끊는 것은 사람의 도리가 아니라는 것을 일깨워주는 이야기이다. 이 4편의 희문은 다른 관점에서 생활의 어려움을 나타냈고 아주 생동적으로 세상살이의 각종 이별과 만남을 묘사했다. 그중의 시민적 시각과 인물운명의 진실성은 많은 관중들을 감동시켰고 공감을 불러왔다.

원대 희문에서 가장 중요한 작품이 고명(高明)의 ≪비파기≫이다. 고명의 자는 칙성(則誠)[71]이고, 생졸연대는 분명치 않다. 그는 절강 서안(瑞安) 사람으로, 원대 지정(至正) 연간 (1341~1370)에 진사를 지냈다. 원나라 말기 은현(鄞縣)의 역사진(櫟社鎮)에 은거했다. 명대 홍무(洪武) 연간(1368~1398) 황제의 부름을 받았으나 나아가지 않았다. 해녕(海寧)에서 사망했다. ≪비파기≫의 소재는 송대 희문 ≪조정녀채이랑≫에서 왔다. 그러나 원작에서 채백개를 통렬하게 비판하는 입장을 바꾸어 생활논리를 따라 진실하게 인물의 생존환경과 그 변화를 설정했다. 뿐만 아니라 이런 전형적인 분위기에서 채백개의 심적 갈등과 고통을 아주 세밀하게 묘사했다. 이것은 희문이 세속의 이치에 맞아 큰 신뢰성을 갖고 있다. ≪비파기≫가 사람을 크게 감동시키고 후세 가장 유행한 극이 될 수 있었던 까닭이 여기에 있다. 당연히 고명은 연극구조상에도 독창성을 갖고 있다.

≪비파기≫에서 가장 뛰어난 곳은 채백개가 우부(牛府)의 데릴사위가 되어 부귀영화를 누리는 것과 조오랑(趙五娘)이 겨를 먹으며 시아버지를 봉양하면서 가난과 추위로 고통

[그림 72] [청] 호석규(胡錫珪)가 그린 곤곡(崑曲) ≪비파기·괴아(拐兒)≫ 희화(戲畵)

받는 것을 무대에서 선명하게 대비시킨 점이다. 이는 관람자를 극에 강렬하게 몰입시키고 극의 상황을 효과적으로 조절하게 함으로써 극의 완전한 연출효과를 가져왔다. 고명은 ≪비파기≫의 주제를 "풍속을 교화하는 글이 아니라면, 아무리 좋아도 쓸모없지"[72]라고 하여, 명·청 전기(傳奇)의 "도를 싣는(載道)" 기초를 놓았다. 그는 더욱 정형화된 희문의 격률과 규칙을 운용함으로써 후대 전기의 모범이 되었다. ≪비파기≫는 이로 "사곡의 비조(詞曲之祖)"[73]라는 명성을 얻었다.

[그림 73] 민국시기 절강 동부 민간의 창화전지 ≪소진(掃秦)≫(≪동창사범(東窓事犯)≫)

송대 희문 중에는 강한 무대생명력을 갖고 있는 극들이 있다. 때문에 명·청대 수 백 년 동안 수도 없이 공연되기도 했다. 아울러 이들 극은 민간에도 전래되어 조금씩 모습을 바꿔가기도 했다. 이중 유명한 것으로는 ≪추호가 아내를 놀리다(秋胡戲妻)≫[74]·≪소무가 양을 친 이야기(蘇武牧羊記)≫[75]·≪주매신이 아내를 쫓아낸 이야기(朱買臣休妻記)≫[76]·≪초선녀(貂蟬女)≫[77]·≪축영대(祝英臺)≫[78]·≪주처풍운기(周處風雲記)≫[79]·≪포대제판단분아귀(包待制判斷盆兒鬼)≫[80]·≪동창사범(東窓事犯)≫[81]·≪여동빈황량몽(呂洞賓黃粱夢)≫[82] 등이다.

원 잡극은 총 몇 편인지 정확하게 알 수 없다. 일부 작품은 원말명초의 사람이 지은 것이어서 정확한 창작시기를 알기 어렵기 때문이다. 또 무명씨의 극본도 많아 원대 작품인지 명대 작품인지 판단하기도 어렵다. 원나라 사람 종사성(鍾嗣成; 1279?~1360?)의 ≪녹귀부(錄鬼簿)≫에 보이는 수치라도 이 책이 후세 유전된 판본에 따라 차이가 있다. 상당히 완전하면서도 고본(古本)에 가까운 청나라 사람 조인(曹寅; 1658~1712)이 편집한 ≪연정장서이십종(楝亭藏書十二種)≫본으로 통계를 내본다면, 452편의 극목을 얻을 수 있다.

[그림 74] 산서 예성(芮城) 원(元) 중통(中統) 원년(1260) 반덕충(潘德衝) 석관 상의 원본(院本) 공연도

[그림 75] 명 만력 오흥(吳興) 장씨(臧氏)가 간행한 ≪원곡선(元曲選)·두아원(竇娥寃)≫

명나라 초기 주권(朱權; 1378~1448)의 ≪태화정음보(太和正音譜)≫에 원 잡극으로 표시된 작품이 535편이나 실제로는 뒤에 추가된 4명의 이른바 "창부(娼夫)"의 작품이 총 427편이고, 또 고금 무명씨의 잡극이 110편이 있다. 그중 몇 편이 원대 작품인지는 알 길이 없다. 현전하는 원 잡극으로는 원간본고금잡극삼십종(元刊本古今雜劇三十種)과 명나라 사람 장무순(臧懋循; 1550~1620)의 ≪원곡선(元曲選)≫·맥망관초교본고금잡극(脈望館抄校本古今雜劇) 등과 같은 명대 간본과 초본이 있다. 이중 중복되는 것과 명대 작품이 확실한 것을 빼면 67편이 나온데, 여기에 원간본고금잡극 30편을 더하면 총 97편이 된다.

[그림 76] 명 만력 고곡재(顧曲齋)에서 간행한 《고잡극(古雜劇) · 망강정(望江亭)》 삽도

원 잡극 작가의 숫자는 조본(曹本) 《녹귀부》에 80인으로 되어 있고, 《태화정음보》에는 76인으로("창부" 4인 포함), 쥬앙이푸(莊一拂; 1907~2001)의 《고전희곡존목휘고(古典戱曲存目彙考)》에는 97인으로 되어있다. 원 잡극 작가들은 대부분 하층민이어서 생평을 알 수 없다. 관리가 된 사람들도 대부분 "성연(省掾)"이나 "노리(路吏)" 같은 직급이 낮은 관직에 있었다. 종사성의 《녹귀부 · 서》에서 말한 "출신이 미천하고, 직위가 높지 않는"[83] 부류는 관리 같지 않은 관리가 되어도 문서를 작성하는 일을 한동안 하면서 뇌물을 주어야 관직이 올랐다. 양진지(梁進之) 같은 작가는 경순원판(警巡院判) 출신에서 화주지주(和州知州)가 되었고, 이시중(李時中)은 중서성연(中書省掾)에서 공부주사(工部主事)로 승진한 경우이다. 때문에 그들은 고상하다고 자처한 전대나 후배 문인들만큼 진부하지 않았다. 그들은 생활을 중시하고 평민들과 가까웠다. 그들이 광활한 사회모습과 실생활에 밀착된 원 잡극을 써낼 수 있었던 것은 역사가 내려준 것이었다.

원 잡극 작가 중에 당시 유명한 사람으로는 "관 · 정 · 백 · 마(關、鄭、白、馬)", 즉 관한경 · 정광조(鄭光祖) · 백박(白樸) · 마치원(馬致遠)이었다.[84]

관한경은 호가 이재수(已齋叟)이고, 대도 사람이며, 태의원윤(太醫院尹)을 지냈다. 잡극은 60여 편을 지었다고 알려져 있으나 현존하는 것은 18편이다.[85] 대표작은 《두아원(竇娥寃)》 · 《망강정(望江亭)》 · 《단도회(單刀會)》 · 《구충진(救

[그림 77] 청대 하북 삼하(三河)의 민간 전지 《소군출색(昭君出塞)》

風塵)≫・≪노재랑(魯齋郎)≫・≪맹량도골(孟良盜骨)≫ 등이다. 관한경은 하층민과 생활하면서 극장의 일을 잘 알았던 작가이다. 그의 작품은 사회성이 강하면서 공연하기에도 쉬운 "무대의 노래(場上之曲)"이다. 그는 이로 연극계에서 큰 명성을 얻었다. 사람들은 그를 "연극계에서 가장 앞서 달리시고, 가장 으뜸 되는 작품을 지으시니, 잡극인 중에 가장 뛰어나시네."[86]라고 했다. 관한경의 시대는 잡극이 정형화되는 초기였다. 그는 일생동안 작품을 창작하여 후세 많은 잡극 양식과 격식을 제공했다. 종사성은 ≪녹귀부≫에서 그를 가장 앞에 두었다. 명나라의 번왕(藩王) 주권은 그를 "잡극을 처음으로 지었으므로 앞쪽에 세운다."[87]라고 평가했다. 내키지 않는다는 의미가 내포되어있으나 실제 상황도 어느 정도 반영한 것이었다. 관한경의 작품은 직접적으로 드러내고 자신의 생각대로 글을 써서 거침이 없고 호탕하며 격정적이어서 문장에 활력이 넘친다. 주권은 그를 "좋은 자리에서 취한 손님(瓊筵醉客)"[88] 같다고 했고, 명나라 사람 하량준(何良俊, 1506~1573)은 "관한경의 사는 격렬하고 세차나 함축성이 떨어진다(關之詞激厲而少蘊藉)."[89]라고 했다. 모두가 핵심을 찌르는 말이나 정확한 것은 아니다. 중국희곡의 시작을 알린 그의 문학사적 지위는 역사적으로 누구나 공감한다.

마치원은 호가 동리(東籬)이고, 대도 사람이며, 종5품에 해당하는 강절행성무관(江浙行省務官)을 지냈다. 지은 잡극으로는 15편이 있으나 현존하는 것은 7편이다. 이중 ≪한궁추(漢宮秋)≫와 ≪천복비(薦福碑)≫가 대표작이다. 마치원은 몽고족의 통치하에 한족으로 출사한 대표적인 문인이다. 그는 민족적 재난과 문인들의 고초를 절실하게 느꼈다. 그의 ≪한궁추≫에는 민족성이 진하게 스며들어있다. 다른 작품들도 모진 운명을 겪는 문인들을 소재로 하고 있다. 작품속의 문인들은 소극적 태도로 일관하며 황로(黃老)를 갈구면서도 간혹 출사의 뜻도 내비치고 있다. ≪한궁추≫는 후대에 큰 영향을 끼쳤다. 명・청대 같은 소재의 극들이 쏟아졌다. 명대 무명씨의 ≪청총기(靑冢記)≫・≪화융기(和戎記)≫, 진여교(陳與郊)의 ≪소군출색(昭君出塞)≫, 청나라 사람 설단(薛旦)의 ≪소군몽(昭君夢)≫ 등이 이런 작품들이다. 특히 ≪화융기≫는 고강(高腔)[90]의 전파에 힘입어 큰 영향을 끼쳤다. 마치원은 관한경보다 사회적 지위가 월등히 높았고, 작품도 문인의 정취가 상당히 묻어났다. 문사는 아담하고 차분해,

주권은 "봉황이 날며 우는 것 같다."[91]라고 칭찬했다. 그러나 마치원 역시 시대의 영향을 받는 인물로서 그의 문인관도 전후 시대의 정통규범과는 거리가 있었다. 이점은 그가 연극예인들과 합작하여 잡극을 지은 점으로 알 수 있다.[92] 이 때문에 마치원의 극작은 무대와 시간의 검증을 계속 이겨낼 수 있었다.

[그림 78] 산서 신강(新絳) 오령장(吳靈莊) 원대 묘의 벽돌에 조각된 잡극공연 모습

그림으로 보는 중국희극사

백박(1226~1306 이후)은 자가 인보(仁甫)이고, 호는 난곡선생(蘭谷先生)이며, 진정(眞定) 사람이다. 잡극은 16편을 지었으나 현재 3편이 전한다. ≪오동우(梧桐雨)≫·≪장두마상(墻頭馬上)≫이 대표작이다. 백박은 금대 관리 집안에서 출생했다. 몽고가 금을 멸하자 망국의 고통을 겪었다. 한때 금나라의 유민 원호문(元好問; 1190~1257)을 따라 공부하여 그의 영향을 크게 받고 평생 원나라에 출사하지 않았다. ≪오동우≫는 당 명황이 나라와 총비를 잃는 고통을 빌려 지난날의 태평성세를 잃어버린 감당할 수 없는 정서를 서술했고 사람의 마음 깊은 곳에 숨겨있던 정서적 비극을 심도 깊게 파헤쳤다. 이 점은 작가 내심의 반영이라고 할 수 있다. 이 극이 역사상 큰 영향을 끼칠 수 있었던 것은 이점과 무관하지 않다. 백박의 또 다른 잡극 ≪당명황유월궁(唐明皇遊月宮)≫은 실전되었으나 후대 공연에서 큰 영향을 끼쳤는데, 피황(皮黃)[93] 등의 극종(劇種)에서는 이 극을 공연한다. 탄탄한 문학적 수양으로 백박의 문장은 전아하고 화려하면서 아름다고 참신하다. 그는 원대 잡극에서 문채파(文采派)[94]의 대표작가로 손꼽힌다. 등장인물의 복잡한 감정세계를 섬세하게 묘사하는 그의 필치에 후인들은 감탄해마지 않았다.

정광조는 자가 덕휘(德輝)이고, 평양(平陽) 사람이며, 유보항주로리(儒補杭州路吏)를 지낸 적이 있다. 잡극은 18편을 지었으나 현재 8편이 전한다. 대표작으로 ≪왕찬등루(王粲登樓)≫와 ≪천녀이혼(倩女離魂)≫ 외에 ≪주아부세류영(周亞夫細柳營)≫과 ≪호뢰관삼전여포(虎牢關三戰呂布)≫ 등이 있다. 정광조는 유명한 유학자로 당시 세상에 문명(文名)을 떨쳤다. ≪녹귀부≫에서는 그를 이렇게 기록하고 있다.

[그림 79] 명 숭정(崇禎) 12년(1639)에 간행한 ≪북서상비본(北西廂秘本)≫ 삽도

이름이 세상에 널리 알려지고, 명성은 규방을 흔들었다. 배우들이 정로선생(鄭老先生)이라고 하면 모두 덕휘라는 것을 알았다.[95]

이럼에도 "노리"라는 말단관직에 있었으니 그의 실망과 격분을 알 수 있다. 그래서 그의 작품에는 강개하고 불평의 기운이 강하게 나타나는데 역사적 인물인 왕찬(王粲 177~217)이 누각에 올라가 가슴속의 울분을 드러내는 격한 말 속에 집중적으로 나타나있다. 명대에는 정광조를 크게 추종했다. 주권은 그를 말이 비범하다고 평하며 "높은 하늘의 진주와 옥"[96]이라고 했고, 심지어 하량준은 "관한경·마치원·백박·정광조"[97] 중에서 최고로 꼽았다. 이로 그의 문학사적 성취를 가늠할 수 있다.

[그림 80] 명대 자기 항아리 속 ≪서상기≫의 "보구사차우(普敎寺借寓)" 장면 [하남성 상구도서관(商丘圖書館) 소장]

그러나 "관한경 · 정광조 · 백박 · 마치원(關、鄭、白、馬)"을 "4대 작가(四大神物)"[98]로 보면서 왕실보(王實甫)를 빠뜨리는 것은 불공정하다. 어찌되었든 왕실보의 예술성취와 후세의 영향을 보더라도 그를 원 잡극에서 가장 뛰어난 극작가로 봐야 할 것이다. 왕실보는 대도 사람이고 생평은 분명치 않다. 잡극은 14편을 지었으나 현재 3편이 전한다. ≪서상기(西廂記)≫가 대표작이다. ≪서상기≫는 유명한 장생(張生)과 최앵앵(崔鶯鶯)의 사랑이야기이다.

이 이야기는 당대 전기소설인 원진(元稹; 779~831)의 ≪회진기(會眞記)≫에서 유래했다. 그 사이에 여러 편의 다른 문학형식으로 출간되기도 하였으나 ≪서상기≫로 인해 이 이야기는 널리 알려졌다. ≪서상기≫의 성공은 빈틈없는 배치와 구성 · 화려하면서 참신한 문장 · 생동 적인 성격묘사와 섬세한 심리묘사로 사람의 심금을 울렸다는데 있다. ≪서상기≫는 중국문학 과 중국희곡에서 가장 뛰어난 작품이다. 명나라 초기 가중명(賈仲明; 1342~1422)은 ≪녹귀부≫에 지은 조사(弔詞)에서 "새로 나온 잡극이든 옛날의 잡극이든 ≪서상기≫가 세상에서 제일이다."[99] 라고 했는데 실제로 누구나 인정하는 말이다. ≪서상기≫는 후대 각 지역에서도 오랫동안 공연되었다. 극본도 계속 인쇄되어 고대 희곡 극본 중에서는 인쇄 판본이 가장 많다.

게다가 많은 정인본(精印本)까지 나 타났다. 이야기의 내용은 그림으로 그려졌고, 공예품에서도 가장 애용 되는 소재가 되었다. 그러나 ≪서상 기≫의 규정을 넘어서는 형식상의 특징은 700여 년 동안 풀기 어려운 난제였다. 예를 들면, 5본(本) 21절(折) 의 장편대투체제 · 생과 단이 돌아 가며 주창하면서 조연이 또 끼어들 어 창하는 연창형식 · 앞 4본이 끝나 는 곳에 인물 전체가 퇴장한 후에

[그림 81] 명대 채색 그림 ≪서상기≫ [독일 콜 박물관 소장]

극의 내용을 정리하기 위해 더한 【낙사낭살미(絡絲娘煞尾)】 등의 문제는 원 잡극의 정형에 또 다른 의문을 낳았다. ≪서상기≫에는 또 다른 수수께끼로 가득하다. 기본적인 작가문제도 아직 결론이 나 있지 않다. 명대 중기 이후 ≪서상기≫는 관한경이 지었다고 하는 설이 계속 나왔고, 또 앞의 4본과 제5본을 왕실보가 짓고 관한경이 뒤를 이어 완성했다는 설과 관한경이 짓고 왕실보가 뒤를 이었다는 설 등이 제기되었다.

이밖에도 당시에는 그렇게 유명하지 않았는데 후대에 무대에서 오랫동안 공연된 극들이 있다. 청대 공연한 극목에서 원 잡극에서 나온 적지 않은 작품들을 찾을 수 있다. 예를 들어, ≪봉신연의(封神演義)≫의 나타(哪吒) 이야기를 보여주는 진강(秦腔)[100]의 ≪나타료해(哪吒閙海)≫와 피황 ≪진당관(陳塘關)≫은 오창령(吳昌齡)의 ≪나타태자안정기(哪吒太子眼睛記)≫에서 유래했고, 주왕(紂王)이 무능하여 나라를 멸망시키고 분신하는 것을 나타낸 방자와 피황의 ≪비간알심(比干挖心)≫과 ≪화분적성루(火焚摘星樓)≫는 포천우(鮑天佑)의 ≪적성루비간부복(摘星樓比干剖腹)≫에서 나왔고, 진(晉) 문공(文公; 기원전 697~기원전 628)이 공신을 잊고 개자추(介子推; ?~기원전 636) 모자를 불태우는 이야기를 쓴 방자와 피황의 ≪분금산(焚錦山)≫은 적군후(狄君厚)의 ≪진문공화소개자추(晉文公火燒介子推)≫에서 나왔고, 제나라의 대부 최저(崔杼)가 군주를 시해하는 역사적 이야기를 다룬 이원희(梨園戲)[101] · 휘극(徽劇)[102] · 감극(贛劇)[103] · 전극(滇劇)[104] · 천극(川劇)[105] · 각 지방의 방자 · 한극(漢劇)[106] · 피황의 ≪해조주(海潮珠)≫ · ≪최자시제(崔子弑齊)≫ · ≪피진파(避塵帕)≫는 이자중(李子中)의 ≪최자시제군(崔子弑齊君)≫에서 나왔고, 의로운 협객들의 마음을 노래한 산서방자(山西梆子)와 피황의 ≪어장검(魚腸劍)≫은 이수경(李壽卿)의 ≪설전제오원취소(說專諸伍員吹簫)≫에서 나왔고, 삭막한 인심과 세태를 풍자한 방자와 피황의 ≪육국봉상(六國封相)≫은 무명씨의 ≪동소진의금환향(凍蘇秦衣錦還鄕)≫에서 나왔고, 권세와 재물을 탐하는 소인배 수가(須賈)의 거만하고 비굴한 모습을 고발한 이원희 ≪범저(範睢)≫ · 방자 ≪수가궤원문(須賈跪轅門)≫ · 천극과 피황의 ≪증제포(贈綈袍)≫는 고문수의 ≪수가수범저(須賈誶範睢)≫에서 나왔고, 유방(劉邦; 기원전 256~기원전 195)의 이야기를 쓴 방자 ≪소기신(燒紀信)≫과 피황 ≪취형양(取滎陽)≫은 고중청(顧仲淸)의 ≪형양성화소기신(滎陽城火燒紀信)≫에서 나왔고, 유방의 책사 소하(蕭何)가 재능 있는 인사를 알아보는 이야기를 그린 방자와 피황의 ≪소하월하추한신(蕭何月下追韓信)≫은 김인걸(金仁傑)의 같은 극목에서 나왔고, 항우(項羽; 기원전 232~기원전 202)의 비극적 실패를 그린 진강과 피황의 ≪십면매복(十面埋伏)≫과 ≪패왕별희(覇王別姬)≫는 장시기(張時起)의 ≪패왕해하별우희(覇王垓下別虞姬)≫에서 나왔고, 한대 어떤 부부의 애정을 그린 피황의 ≪장창화미(張敞畫眉)≫는 고문수(高文秀)의 ≪장창화미≫에서 나왔고, 유관장(劉關張)이 의로운 사람들을 모은 전설을 쓴 방자와 피황의 ≪삼결의(三結義)≫는 무명씨의 ≪유관장도원삼결의(劉關張桃園三結義)≫에서 나왔고, 삼국시기의 이야기를 쓴 방자와 피황의 ≪백문루(白門樓)≫는 백연(伯淵)의 ≪백문루참여포(白門樓斬呂布)≫에서 나왔고, 제갈량(諸葛亮; 181~234)이 세상에 나오는 이야기를 그린 방자와 피황의 ≪삼고초려(三顧草廬)≫는 왕엽(王曄)의 ≪와룡강(臥龍岡)≫에서 나왔고, 삼국시기의 적벽대전(赤壁大戰)을 그린 방자의 ≪화소적벽(火燒赤壁)≫과 피황의 ≪차동풍(借東風)≫은 왕중문(王仲文)의 ≪칠성단제갈제풍(七星壇諸葛祭風)≫에서 나왔고, 제갈량의 지혜를 그린 방자와 피황의 ≪감로사(甘露寺)≫는 무명씨의 ≪양군사격강투지(兩軍師隔江鬪智)≫에서 나왔고, 제갈량의 신출귀몰함을 그린 방자와 피황의 ≪황학루(黃鶴樓)≫는 주개(朱凱)의 ≪취주황학루(醉走黃鶴樓)≫에서 나왔고, 삼국이 격전을 벌이는 이야기를 다룬

[그림 82] 잡극 ≪수가수범저(須賈誶范雎)≫이야기를 넣은 명나라 초기의 자기 접시

방자와 피황의 ≪칠성등(七星燈)≫은 왕중문의 ≪제갈량군둔오장원(諸葛亮軍屯五丈原)≫에서 나왔고, 진(晉)나라 사람 등유(鄧攸; ?~326)가 아들을 버리고 조카를 구한 이야기를 노래한 방자와 피황의 ≪상원기자(桑園寄子)≫는 이직부(李直夫)의 ≪등백도기자유질(鄧伯道棄子留姪)≫에서 나왔고, 오대시기의 영웅 이존효(李存孝)를 그린 방자와 피황의 ≪비호산(飛虎山)≫은 무명씨의 ≪비호욕존효타호(飛虎峪存孝打虎)≫에서 나왔고, 당나라 초기의 영웅 위지공(尉遲公; 585~658)을 찬송한 방자 ≪흑타조(黑打朝)≫와 피황의 ≪경덕틈조(敬德

闖朝)≫는 정정옥(鄭廷玉)의 ≪위지공편타이도환(尉遲恭鞭打李道煥)≫에서 나왔고, 양씨(楊氏) 집안의 세 장수 이야기인 방자와 피황의 ≪삼차구(三岔口)≫는 왕중원(王仲元)의 ≪사금오사탁청풍부(謝金吾詐拆淸風府)≫에서 나왔고, 송 인종의 출신에 관한 이야기인 방자의 ≪찰곽괴(鍘郭槐)≫와 피황의 ≪단후(斷後)≫·≪타룡포(打龍袍)≫·≪이묘환태자(狸猫換太子)≫는 왕원형(汪元亨)의 ≪인종인모(仁宗認母)≫와 무명씨의 ≪금수교진림포장합(金水橋陳琳抱妝盒)≫에서 나왔고, 양산박 영웅들의 공적을 다룬 방자와 피황의 ≪정갑산(丁甲山)≫은 강진지(康進之)의 ≪이규부형(李逵負荊)≫에서 나온 것 등이다. 이들 극이 오랫동안 무대에서 공연된 원인을 연구하는 것도 희곡사와 문학사의 중요한 역할이다.

[그림 83] 산서 신강 채리촌(寨里村) 원대 묘의 벽돌에 조각한 잡극인물

(4) 극단·악기·분장

송대는 초보적이나마 극단체제가 갖추어졌다. ≪도성기승≫은 구란의 잡극은 "공연 때마다 4명 혹은 5명이다."[107] 라고 했고, ≪무림구사≫(권4)는 궁정 잡극의 "갑(甲)"이라는 조직에

"유경장 1갑 8명", "개문경 1갑 5인", "내중지응 1갑 5인", "반랑현 1갑 5인"[108]이 있다고
했다. 잡극극단의 편제는 북송의 와사와 구란에서 행해진 상업공연으로 인한 필연적인
결과일 것이다. 그러나 여기에는 더 큰 의미가 있다. 일단 등장하는 배우의 숫자가 제한되면
필연코 공연이 전문배역화가 되고 아울러 극본의 구성에도 영향을 끼친다는 것이다.

　원대 이전 민간 극단은 보통 가족적 성질이 짙었다. 다시 말해 혈연관계를 중심으로
구성되었다. 남송 사람 주남(周南)의 ≪산방집(山房集)≫(권4) "유선생전(劉先生傳)"에는 "저자거
리 남쪽에 불온한 사람 셋이 여인 둘을 데리고 다녔다. 이들이 형·동생·처·동서 사이인지
는 모르겠지만 놀이를 하며 돈을 구걸했다. 저자거리의 사람들은 잡극을 하는 사람들이라고
했고, 또 누구는 배우들의 무리라고 했다."[109]는 기록이 보이는데, 식구가 5명에 남자가
셋 여자가 둘인 가족 극단이다. 원대 남희 ≪환문자제착립신≫에 나오는 왕금방(王金榜)의
극단도 한 가족으로 구성되어있다. 후에 완안수마(完顔壽馬)가 들어온 것은 왕의 사위가
되었기 때문이었다. 원나라 사람 도종의의 ≪철경록≫(권24)에는 송강(松江) 천생수(天生秀)의
극단을 언급하고 있다. 하루는 주부(州府) 아문 앞의 구란에서 공연을 하는데 구란이 갑자기
무너지면서 42명이 압사했으나 "천생수 일가만은 한 사람도 다치지 않았다."[110] 이로 보면
이 극단도 가족적 성질이 짙었음을 알 수 있다.

잡극 ≪남채화(藍采和)≫에는 더 상세하게 기록
되어있다. 극단은 정말(正末) 역의 남채화(藍采
和)·정단(正旦) 역이자 남의 아내인 희천금(喜千
金)·아역(兒役)이자 남의 아들인 소채화(小采
和)·외단(外旦) 역이자 남의 며느리인 남산경(藍
山景)·정(淨) 역이자 악사인 남의 외삼촌 왕씨·
정 역이자 이모형제인 이부두(李簿頭)로 총 6명으
로 이루어져 있다. 당시 가족극단은 아주 보편적
이었다. 그래서 원대 무명씨는 산투(散套) ≪영고

[그림 84] 산서 운성(運城) 서리장(西里莊) 원대
묘의 잡극 벽화 속 남녀예인

[그림 85] 산서 우옥(右玉) 보녕사(寶寧寺) 원대 수륙화(水陸畵) 속의 극단

[그림 86] 산서 우옥 보녕사 원대 수륙화 속의 극단이 길을 가는 그림

(詠鼓)≫에서 "저 볼품없는 집안사람들이 나를 때려죽이는구나."[111]라고 했다. 송·원대 가족극단이 형성된 사회적 원인은 당시 호적제도 때문이었다. 즉, 예인들은 모두 악적(樂籍)에 예편되어 세습되기 때문에 후손들은 모두 예인이 되어야 했다. 이를 바꿀 수는 없었다.

원 잡극에서 극단의 인원수는 대략 12명 이내가 많다. 공연마다 동시에 등장하는 인원수는 보통 5명을 넘지 않았다.[112] 가장 기본적인 반주악기는 북·피리·박판뿐이었다. 이러면 12명의 배우들이 각자 여러 가지 인물로 분장도 하고 각종 악기를 조작하기에 충분했다. 산서성 홍동현(洪洞縣) 곽산(霍山) 명응왕전(明應王殿) 벽화의 충도수 극단을 보면 그림에 보이는 사람은 11명인데, 이중 4명이 반주자이다.[113] 산서성 운성시(運城市) 서리장(西里莊)에서 나온 원대 묘의 벽화 속의 극단도 11명이다. 이중 5명이 악기를 치고 있다. 산서성 우옥현(右玉縣) 보녕사(寶寧寺)의 수륙화(水陸畵)[114] 중의 원대 극단 그림도 11명이다.

보녕사 수륙화는 당시에 잡극과 서커스를 교차하며 공연했음을 보여준다. 그림 속 인물 중에는 희곡 예인도 있고, 솥을 드는 난쟁이나 상반신을 드러낸 사나이와 같은 서커스 예인도 있다. 잡극 공연은 총 4단락으로 이루어져있다. 각 단락 사이에는 서커스공연이 들어가 있다. 이점은 명대 만력(萬曆) 연간까지 계속 이어지는데, 명나라 사람 고기원(顧起元; 1565~1628)의 ≪객좌췌어(客座贅語)≫(권9) "희극(戱劇)"에 보인다.

극단공연은 한 곳에서만 전문적으로 하지 않고 이동하는 방식을 취했다. 이는 예로부터 그랬다. 한나라 사람 정현(鄭玄; 127~200)은 ≪주례(周禮)·춘관(春官)≫에 주석을 달며 "산악은 떠돌이 예인들 중에 음악을 잘하는 자들이 했다."[115]라고 했는데, 이곳의 "떠돌이 예인"은 민간에서 이리저리 이동하며 공연한 예인들을 말한다. 당대에는 구체적인 기록이 나타난다. 범터의 ≪운계우의≫(권하)에는 육참군(陸參軍) 공연이 전문인 유채춘의 극단이 안휘(安徽)에서 절강(浙江)까지 공연했다는 기록이 있다. 당 현종은 개원 2년(714)에 이런 칙령을 내린 적이 있다: "민간의 떠돌이 예인들이 마을을 도는 것을 금한다."[116] 송나라의 대문호 소식(蘇軾; 1037~1101)은 벼슬길의 어려움을 우인의 유랑생활에 비유하여 이렇게 토로한 적이 있다.

동과 서를 보며 몇 곳을 지나니, 갈림길에서 늙는 사람이 어찌 배우뿐이리.[117]

원나라 사람들은 습관적으로 잡극예인들이 이동하며 공연하는 것을 "주와 부에서 치고 두드려, 입고 먹을 것을 구한다."[118]라고 했다. 원대 남희 ≪환문자제착립신≫은 잡극극단이 산동 동평(東平)에서 하남(河南)의 낙양(洛陽)까지의 활동상황을 묘사했다. 산서 남부에서 평양부(平陽府)가 가장 큰 도시였다. 평양의 잡극 예인들은 평상시에 성내(城內)에서 활동하는 것 외에도 주변의 여러 마을의 제사를 찾아다녔다. 만영현(萬榮縣) 고산(孤山)의 풍백우사(風伯雨師)의 사당에는 원대 때 만들어진 희대가 있다. 그 희대의 돌 재질의 파손된 기둥에는 이런 글자가 새겨져 있다.

요도(堯都)의 대 기예인 장덕호(張德好)가 여기서 한바탕 놀고, 대덕(大德) 5년 3월 청명절에 돈 10관을 시주했다.[119]

[그림 87] 하남 온현 송대 묘의 벽돌에 조각된 비파기(琵琶伎)

[그림 88] 감숙 천수(天水) 송대 묘의 벽돌에 새겨진 생황을 부는 악인(樂人)과 장고(杖鼓)를 치는 악인

이 장덕호도 평양부의 잡극 예인이다. 그는 1301년 청명절에 자신의 극단을 이끌고 분하(汾河)를 따라 남하해 이곳에서 신에게 제사를 지내는 공연을 했고 아울러 사당에 돈을 기부했다. 또 분하와 황하가 만나는 곳인 우문(禹門) 일대의 하진현(河津縣)에도 원대 극단의 발자취가 남아있다. 북사장(北寺莊) 우묘(禹廟) 희대의 주춧돌에는 다음과 같은 글자들이 새겨져있다.

    무루(舞樓)를 짓고, 목공 한□□ 장정(張鼎)이 쓰고, 석장 장진(張珍)이 새기다. 누대가 지어진
    것을 경축하기 위해 민간의 예인들이 크게 놀이를 했다. 고농(古弄)은 여괴안(呂怪眼)과 여선(呂宣)
    이 맡고, 단(旦)은 유수춘(劉秀春)과 유원(劉元)이 맡았다.[120]

이 극단은 이 사당의 무루가 완공된 것을 경축하기 위해 공연했음을 알 수 있다. 산서성 홍동현 명응왕전의 남쪽 벽 동쪽의 작은 방에 잡극을 벌이는 그림의 편액에는 이렇게 쓰여 있다.

요도에서 사랑받는 대 민간 예인 충도수(忠都秀)가 여기서 놀이를 했다. 태정(泰定) 원년 4월.[121]

"요도"는 평양(平陽)으로, 지금의 임분시(臨汾市)이다. 전설에 의하면 요(堯) 임금이 이곳에 도읍을 정했다고 한다. "충도"는 포주(蒲州)로, 지금의 영제현(永濟縣)이다. 충도수는 포주 일대의 잡극을 공연하는 여자 예인이었을 것이다. 그녀는 이곳의 중심도시인 평양부 관중들의 추종을 받았다. 그녀는 평양을 근거지로 삼아 일대의 묘회(廟會)를 돌며 공연했고(예를 들면 홍동현이 바로 임분시와 가까이 이웃해있다), 아울러 1324년 4월에 명응왕묘에 와서 신전 벽화의 준공에 맞춰 공연을 올렸다.

극단은 육로를 이용할 경우 짐을 대부분 어깨에 메거나 나귀와 수레에 실었고, 수로를 이용할 경우 대부분 배로 운반했다. ≪착립신≫에는 극단이 육로로 이동하는 모습을 이렇게 묘사하고 있다.

참기 어려울 정도로 짐을 메기 어려우니 어찌 하리, 나귀조차 빨리 가지 않네.[122]

산서성 우옥현 해녕사 수륙화에는 원대 극단이 기물과 악기를 갖고 길을 재촉하는 모습이 있다.

[그림 89] 산서 직산(稷山) 마촌(馬村) 5호 금대 묘의 벽돌에 조각된 잡극공연과 연주대

송·금·원대 잡극의 반주악기로 자주 보이는 것이 대고(大鼓)[123]·장고(杖鼓)·판고(板鼓)·필률(觱篥)·박판(拍板)·비파(琵琶)·방향(方響)[124] 등이 있다. 이밖에 지휘하고 조절하는데 사용된 죽간자(竹竿子)가 있다. 시간이 지나면서 송·금·원대 잡극의 악기들은 줄어들었다. 익기 종류와 수량도 감소했다. 북송 때 악기 종류가 가장 많았다. 쇠·가죽·실·대나무·나무 모두 있었다. 금대에 와서 쇠와 실은 사용하지 않고 가죽·대나무·나무만 사용했다. 원대는 이 세 가지 악기를 더욱 줄였다. 남송은 금나라와 거의 동시대로 봐야하나 비단에 그린 그 두

[그림 90] 산서 직산 마촌 4호 금대 묘의 돌에 조각된 잡극인물

그림으로 보는 중국희극사

폭의 잡극도(雜劇圖)는 특별하게 응대하는 공연 같다. 그래서 악기 상황은 참고만 할 수 있을 뿐이다. 북송잡극에 사용된 악기는 아주 많았다. 이는 궁정 교방의 영향을 받았기 때문일 것이다. 악기가 완비된 교방 악부를 민간에서 모방했다. 금대에 들어와서 변화가 생겼다. 잡극이 민간에서 오랫동안 공연되자 악기는 극단의 조직과 구성상 최적의 상태가 되어야 했다. 때문에 꼭 필요한 악기가 아니라면 모두 줄였던 것이다. 이렇게 되면서 음량이 작고 농촌의 사당에 있는 희대나 군중들을 모아 큰 마당에서 공연하기에 부적합했던 현악기와 관악기들은 모두 사라졌다. 원 잡극은 단과 말의 창을 더욱 중시하면서도 악기의 음량은 도리어 낮춰야 했다. 그렇지 않으면 음악소리가 시끄러워져 창을 분명하게 들을 수 없게 된다. 그래서 북·피리·판으로 가장 기본적인 연주단을 만드는 것이 유행했다.

금·원 잡극은 공연 중에 연주대에 해당하는 악상(樂床)을 사용했다. 산서성 직산현 마촌 5호 금대의 묘에서 그 실물모형을 볼 수 있다. 뒤쪽 열에 악상 한 대를 설치했는데, 위쪽에는 4명의 여자 예인이 앉아있다. 가운데 3인이 필률·피리·박판 등의 악기를 연주하고 있고, 나머지 한 사람은 팔짱을 끼고 앉아있다. 악상은 여자 예인들이 악기를 연주하거나 "예행연습을 하면서(做排場)" 진용을 과시하며 관객을 모으고 등장배우들의 공연을 보조해주는 곳으로 희대 위쪽에 설치한다.

얼굴에 칠하는 분장은 이미 당대에 볼 수 있다. 예를 들어, 당대 가무희 ≪소중랑≫의 연기자는 "얼굴을 완전히 붉게"[125] 칠했고, 오대 이후 당 장종도 "직접 분과 먹을 바르고 배우들과 같이 마당에서 놀았다."[126] 북송 이후 "분을 칠하고 먹을 발라 우희를 공연하는"[127] 것은 이미 제도화되었다. 당시 사람들은 습관적으로 "흙을 바르고 재를 칠하는(抹土搽灰)" 것이라고 했다. 여기서 "흙"은 검은 색이고 "재"는 흰색을 가리킨다.

[그림 91] 산서 직산 마촌 8호 금대 묘의 돌에 조각된 부정(副淨)의 면부

온 얼굴에 흰색을 칠하기 때문에 "칠하다"의 의미로 "차(搽)"라고 한 것이고, 검은 색을 몇 줄 바르기 때문에 "바르다"의 의미로 "말(抹)"이라고 한다. 이는 부정과 부말이 분장한 모습이다. 북송 때의 얼굴을 그리는(畵臉) 방법은 흰 분을 바탕으로 검은 선으로 두 눈을 지나가게 한다. 온현(溫縣)에서 발굴된 묘와 형양(滎陽)에서 발굴된 석관(石棺) 안이 모두 이런 양식이다. 금대 이후 또 변화가 생기는데, 얼굴에는 검은 큰 나비를 그리고 눈가에는 테두리를 그렸다. 후마동(侯馬董)에서 발굴된 묘가 이런 양식이다. 산마촌(山馬村) 8호 금대 묘에서 나온 부정은 눈썹과 입가를 농염한 붉은 색으로 칠했다. 원대에는 더욱 발전하여 검은 선이 눈을 지나가고 검은 나비로 얼굴을 가리는 화법 외에 충도수 벽화 뒤쪽 열의 세 번째 사람은 진한 먹으로 왼쪽으로 누운 누에처럼 두 눈썹을 그렸다. 또 눈썹과 눈 사이를 흰 분으로 분명하게 갈라놓았다. 이런 모습은 처음으로 등장하는 주요인물의 당당함을 강화시켜주는 분장으로 인물의 영웅적 기개를 돋보이게 한다. 이는 중국희곡의 얼굴분장이 새롭게 발전했을 보여준다.

[그림 92] 산서 평정(平定) 서관촌(西關村) 1호 금대 묘의 잡극 벽화

수염을 다는 것도 북송 때 잡극을 조각한 벽돌에 처음으로 보인다. 온현에서 발굴된 묘의 오른쪽 한 사람은 턱에 수염이 더부룩 하게 나있다. 마직산 마촌 3호 금대 묘의 왼쪽 두 번째 사람은 턱 밑에 역삼각형이 새겨져있다. 원대 충도수 벽화에서는 가짜 수염을 또렷하게 볼 수 있다. 이중 4인이 수염이 나있다. 뒤쪽 줄 왼쪽에서 첫 번째 흰 옷을 입고 북을 치는 반주자는 진짜 수염을 했고, 나머지는 모두 가짜 수염을 했다. 앞쪽 열의 왼쪽에서 두 번째 정(淨) 배역을 맡은 사람은 구레나룻 수염을 했다. 그런데 그의 수염이 무성하고 어지러우며 모두 곤두서있다. 수염은 인중(人中)에서 귓가까지 아치형으로 이어져 있으나 뺨은 수염이 없어 드러나 있다. 입 주위는 둥글게 남겨 말하기 수월토록 하면서 "귀신 얼굴을 했다(做鬼臉)." 그의 수염은 붙인 것임이 확연하게 드러난다. 그의 눈썹은 검고 굵으며 불꽃 모양을 하고 있는데 이 역시 붙인 가짜 눈썹이다. 왼쪽에서 네 번째 사람은 비교적 드문 삼자염(三髭髯)을 하고 있는데, 양쪽 귓가에 가는 줄을 하나 막고 건 것이다. 그의 눈썹은 그린 것으로 가로로 세 줄로 된 선으로 이루어졌다. 뒤쪽 열의 왼쪽에서 세 번째 사람은 얼굴 전체에 수염을 걸었다. 이 수염은 입을 드러낸 수염·삼자염과 더불어 원 잡극의 수염 분장이 어느 정도인지를 보여준다.

[그림 93] 산서 홍동(洪洞) 명응왕묘(明應王廟) 원 잡극 벽화 속의 장식과 분장모습

현전하는 송대 희곡 유물로 봤을 때, 당시의 잡극 분장에서는 의상으로 관리와 촌민을 간단하게 구분했다. 이밖에도 소량의 도구도 이용했다. 자주 보이는 것은 인희가 가지고 다니는 부채·장고가 쥐고 있는 홀판(笏板)·부말이 들고 있는 막대기 등이다. 원대 극을 공연할 때 입었던 의상은 유물과 기록으로 남아있다. 현전하는 ≪원간잡극삼십종≫ 극본에

는 종종 "걸치고 찬다(披秉)" · "도사로 분장한다(道扮)" · "하얗게 분장한다(素扮)" · "파랗게 분장한다(藍(鑑)扮)" 등과 같은 암시를 볼 수 있는데, 당시에 이미 사회 각계각층의 다른 의상들을 널리 받아들였음을 설명한다. 오늘날 보이는 산서성 홍동현 곽산 명응왕전 벽화 · 운성시 서리장 묘의 벽화 등과 원대 희곡공연 유물들은 당시의 의상들을 아주 생동적으로 보여준다. 잡극 ≪남채화≫ 제4절에는 잡극 의상을 사두라고 하는 장면이 있다. 정말(正末) 남채화는 출가한지 30년이 지났다. 돌아와서 다시 무대에 오른다면 "의상과 모자를 모두 새 것으로 두어야 한다."[128]라고 했다. 그러자 악사 왕 씨가 그를 안심시키며 이렇게 말한다.

나리, 잡극 하는 의상들은 멀쩡합니다요. 나리께서 장막을 치셔서 저희를 한번 봐주십시오.[129]

원대 공연에서는 또한 "체말(砌末)"이라는 단어가 출현했다. 남희 ≪환문자제착립신≫ 제4출은 이렇게 말한다.

말: 너는 집사 어르신과 먼저 가, 나는 도구들을 챙겨서 갈 것이야.
정: 체말은 필요 없고, 그냥 간단하게 창만 하면 되요.[130]

체말은 공연에서 쓰는 도구이다. 도구를 구체적으로 묘사한 것도 잡극 ≪남채화≫ 제4절에 보인다. "촌을 돌아다니는 떠돌이 예인들"[131], "창 · 칼 · 검 · 갈라진 창과 징 · 박판 · 북 · 피리를 들고 있습니다."[132] 창 · 칼 · 검 · 갈라진 창은 모두 등장할 때 필요한 물건이다. 이것은 명응왕전 벽화에도 보인다. 의상과 도구를 "행두(行頭)"라고도 한다. 원대 극단이 밖을 돌며 순회공연을 하려면 "행두를 들어야(提行頭)" 했다. ≪착립신≫ 제12출에서 말이 "자네가 장고와 도구들을 들지 못할까 걱정이네"[133]라고 하자, 생이 "도구를 드는 것이 뭐가 걱정이라구."[134]라고 말한다. 산서성 우옥현 해녕사에 소장된 원대 수륙화 "우쪽 제오십팔: 무사 · 신녀 · 떠돌이 예인 · 비명횡사한 가족의 혼을 비롯한 모든 귀신"[135]은 하층의 예인이 행두를 들고 길을

가는 모습을 그렸다. 가지고 가는 것은 박판·수고(手鼓)·영전(令箭)[136]·화축(畵軸)·부채집·
단도·긴 도끼·큰 부채 등의 물건이다.

(5) 목우희(인형극)

송·원대에는 목우희를 괴뢰희(傀儡戱; 꼭두각시 놀음)라고 했지만 실질적으로 괴뢰희는 목우
희와 영희(影戱; 그림자극)를 포함한다. 영희도 괴뢰(꼭두각시)로 표현하는 예술이기 때문이다.
그래서 명·청대에는 늘 이 둘을 합쳐 괴뢰희라고 했다.[137] 그러나 목우희와 영희는 실질적으
로 다른 방식과 수단을 갖고 있으므로 여기서는 나누어 서술한다.

[그림 94] 호남 장사(長沙) 마왕퇴(馬王堆) 1호 한대 묘의 채색으로 그려진 피리를 불고 거문고를
타는 목용(木俑)

[그림 95] 감숙 돈황 막고굴 당 31굴 벽화 속 목우(木偶)를 놀리는 모습

목우희의 역사는 아주 오래되었다. 그 기원은 주 목왕(穆王; ?~기원전 921) 때의 장인 언사(偃師)가 만들었다는 설[138]과 한 고조가 나무로 만든 사람으로 평성(平城)의 포위를 풀었다는 설[139]이 있는데 모두 견강부회한 것이다. 목우는 가장 먼저 장례 때 산 사람을 대신해 순장하는데 쓰였다. 목우의 악귀를 쫓는 기능은 방상씨와 같다. 그래서 이것은 점차 장례의 음악에 사용되었다. ≪구당서·음악지≫는 "괴뢰자는 나무인형을 만들어 노는 것인데, 춤과 노래를 잘했다. 본래는 상가의 음악이다. 한나라 말기에 흥겨운 모임에 처음으로 사용되었다."[140]라고 했다. 당대 목우희는 이미 역사적 이야기를 공연할 수 있었다.

당나라 사람 봉연(封演)의 ≪봉씨문견록(封氏聞見錄)≫(권6)에는 목우희 "위지악공과 돌궐의 싸움(尉遲鄂公突厥鬪)"과 "홍문에서 항우와 한고조의 만남(項羽與漢高祖會鴻門)"을 언급하고 있다. 목우희의 전성기는 송대였다. 남·북송의 역사적 사실을 기록한 저술들을 보면, 당시 민간의 와사와 구란에서 공연된 기예 중에서 목우희는 아주 중요한 종목이었고, 목우희로 생계를 도모하는 예인들이 아주 많았음을 알 수 있다. 목우희는 관중들로부터 큰 환영을 받았다. 맹원로의 ≪동경몽화록≫(권5) "동경 와사의 기예(京瓦伎藝)"는 이렇게 기록하고 있다.

장두괴뢰(杖頭傀儡)는 임소삼(任小三)이 유명하다. 매일 오경(五更)에 첫 번째 짧은 잡극을 하는데 조금이라도 늦으면 볼 수 없다.[141]

[그림 96] 하남 제원(濟源) 훈장촌(勛掌村)에서 출토된 송대 삼채자침(三彩瓷枕) 속 현사괴뢰(懸絲傀儡)

[그림 97] 하남 남소(南召) 왕홍촌(王紅村) 송·금대 묘의 벽돌에 조각된 장두괴뢰(杖頭傀儡) 탁본

이것은 일상적인 구란에서의 공연이다. 이밖에 매년 원소절에 무리를 이룬 괴뢰무대(傀儡舞隊)가 있다. 주밀의 ≪무림구사≫(권2) "무대(舞隊)"에는 "완전히 천막에서만 하는 크고 작은 괴뢰(大小全棚傀儡)"라는 기록이 있고, 오자목의 ≪몽량록≫(권1) "원소(元宵)"에도 "괴뢰희 24가(二十四家傀儡)"라는 기록이 있다. 목우희도 궁정 연악의 상설종목이었다. ≪문헌통고≫(권146)는 송대 궁정 악부기관인 운소악(雲韶樂)에 악공 정원으로 "괴뢰 8명(傀儡八人)" 있다고 기록하고 있다. 이들 목우 악기(樂伎)의 역할은 궁정연회에서 공연하는 것이었다. ≪무림구사≫(권1) "성절(聖節)"에는 송 이종(理宗; 1205~1264)의 궁정생일 잔치 때 목우희를 세 차례 공연했다고 기록하고 있다. 목우희는 민간에서 계속 신에게 제사지낼 때 사용되었다. ≪몽량록≫(권19) "사회(社會)"에는 항주에서 괴뢰희를 하는 많은 단체(行社)가 신묘의 제사에 참여했는데 이중에는 "소가항 괴뢰사(蘇家巷傀儡社)"가 있었다고 기록하고 있다. 이밖에 송나라 사람 주욱(朱彧)의 ≪평주가담(萍洲可談)≫(권3)은 더욱 구체적인 예를 수록하고 있다.

강남의 민간에서는 신을 섬길 때 다양한 방식으로 제사를 지낸다……이름도 아주 많다……또 괴뢰희로 신을 즐겁게 하고, 관가에서는 재앙을 쫓기 위해 사용하는데 "놀이를 한다."라고 한다. 줄에 매단 것을 들고 있는 사람을 보면, 몇 차례 놀이를 할 수 있도록 허락한다. 굿을 할 때가 되면 음악을 연주하고 괴뢰희를 한다. 처음에는 지전과 향을 태워 기도하는데 신에게 제사를 지내는 것 같다. 놀이가 시작되면 음란한 말로 사람들을 웃기는데 하지 않는 것이

없다. 마을 사람들은 모여 구경하며 술을 마신다……끝없이 소원을 빈다.[142]

　목우희를 이용해 신에게 감사한 이런 공연은 후에 목우희의 가장 중요한 활동방식이었다.
관중들의 선호와 빈번한 공연은 목우희의 종류를 더 다양하게 만들었다. 송대 목우희
종류는 기록에 보이는 것만 해도 5종이 넘는다. ≪무림구사≫(권6) "제색기예인(諸色伎藝人)"에
는 "괴뢰에는 현사(懸絲)[143]·장두(杖頭)[144]·약발(藥發)[145]·육괴뢰(肉傀儡)[146]·수괴뢰(水傀儡)[147]
가 있다."[148]라고 했다. 이 5종의 목우희는 당시 크게 유행했다. 그러나 현사목우와 장두목우가
가장 널리 공연되었다. 이 둘은 지금까지도 자주 보이는 목우희 공연형식이다. 그 공연내용은
잡극·애사와 종종 유사해서 범위도 넓고 스토리성도 뛰어나다. 그래서 ≪몽량록≫(권20)
"백희기예(百戲伎藝)"에는 이렇게 말했다.

　　무릇 괴뢰는 규방의 여인·귀신·괴물·군사전쟁·
형사재판·역사와 역대의 군신과 장상 이야기를 보여준
다. 또 역사를 들려주거나 잡극을 하거나 애사(崖詞) 같은
것을 공연하였다. 이것들은 대개가 허구이고 사실은
드물었는데, 거령신(巨靈神)과 주희대선(朱姬大仙) 등과
같은 것이 있다.[149]

　아주 매력 있는 이런 공연이 "장두괴뢰 임소삼"이 환영
받았던 이유였다.

　목우희는 원대에도 계속 성행했다. 희익(姬翼)의 소령(小
令)【자고천(鷓鴣天)】은 이렇게 읊고 있다.

[그림 98] [남송] 유송년(劉松年)
≪괴뢰영희도(傀儡影戱圖)≫ 중의
현사괴뢰

조물주 같은 아이 미친 듯이 놀며, 줄에 달린 괴뢰를 즉석에서 부리네. 귀신을 부려 공중회전하고, 뼈가 걷고 시신이 움직이니 낮밤으로 바쁘네.[150]

이 기록은 줄을 들면서 조종하는 목우를 소재로 지었다. 원말명초의 사람 양경언(楊景言)의 잡극 ≪서유기(西遊記)≫ 제6출에는 반고(胖姑)가 줄을 드는 목우 공연을 본 모습을 이렇게 묘사하고 있다.

할아버지, 너무 웃겨요. 한 사람이 짝으로 된 문으로 아주 작은 사람을 만들었어요. 비단 한 조각으로 사람 하나를 꾸며 실로 나무로 조각된 작은 사람을 움직여요. 그 사람이 무슨 괴뢰라고 하던데, 검은 먹실로 붉고 흰 분이 칠해진 것을 움직였는데, 꼭 사람처럼 꾸몄어요.[151]

이 기록으로 당시 공연 때 무대장치가 있었고 목우의 화장은 화려했으며 검은 먹을 입힌 실로 조종했음을 알 수 있다. 원나라 말기의 양유정(楊維禎; 1296~1370)은 송강(松江)에서 대대로 목우를 연출한 예인 주명(朱明)이 목우희 ≪위지경덕이 적을 평정하다(尉遲平寇)≫와 ≪자경이 조정에 돌아오다(子卿還朝)≫를 보고 특별히 그를 위해 ≪주명우희서(朱明優戱序)≫를 지어 그의 기예를 칭찬했다. 문장에서는 이렇게 말하고 있다.

[그림 99] 송 장두괴뢰 동경(銅鏡) [중국 역사박물관 소장]

옥봉(玉峰) 주명(朱明) 씨, 대대로 이어져 온 괴뢰가라네. 조부께서는 가장 뛰어난 배우들의 우두머리셨네. 손솜씨 뛰어나고 기민하시며, 언변과 가창은 손과 호응하며, 말하며 웃으시네. 정말 인형의 폐부에서

나오는 것 같아, 보는 사람들이 살아있는 것을 보는 듯 놀라네.[152]

양유정은 주명이 공연할 때 대사와 가창을 하면서도 목우를 빈틈없이 조정하여 사람의 감정을 그대로 나타낸 것을 높이 평가했다. 이는 당시 목우희 연기의 수준을 보여준다.

목우희의 반주악기는 북과 피리이다. 이는 송·원대 문인들이 노래한 시로 확인할 수 있다. 황정견(黃庭堅; 1045~1105)은 ≪산곡외집(山谷外集)≫(권6)의 ≪제전정록증이백유이수(題前定錄贈李伯牖二首)≫ 두 번째 시에서 이렇게 읊고 있다.

귀신 놀이로 모든 것 다 드러내니, 사람들 괴뢰 천막에서 보네. 번뇌가 절로 없어져 발아래가 편안해지니, 그의 북과 피리로 뜬 구름 같은 인생을 나타내네.[153]

또 ≪중주집(中州集)·무집(戊集)≫ "제오(第五)"의 금나라 사람 조원(趙元)의 시 ≪설정신파등봉(薛鼎臣罷登峰)≫은 "사람을 부려 북과 피리를 불어도 의심하지 않고, 바로 그 자리에서 꼭두각시 인형 옷을 보네."[154]라고 했다. ≪중주집·신집(辛集)≫ "제팔(第八)"의 금나라 사람 원중(苑中)의 시 ≪증소산퇴당총화상(贈韶山退堂聰和尙)≫도 이렇게 읊고 있다.

헐렁한 옷 입고 소매로 춤추는 소년의 무대, 실과 줄에 매달린 기관들은 곽랑 같네. 오늘 천막 앞에서 한가하게 팔짱끼고 있으나, 북과 피리에서 바쁜 사람들 보네.[155]

[그림 100] [송] 이숭(李嵩) ≪고루환희도(骷髏幻戲圖)≫ 중의 현사괴뢰

시에서 반복적으로 언급되는 북과 피리 외에 당시의 유물에는 징과 박판 등이 목우희의 반주악기로 쓰이고 있음을 알 수 있다. 반주를 하는 방법도 따로 있었다. 사람의 목소리에 가깝게 흉내낼 수 있는 호루라기로 대사와 곡조를 불어 사람이 말하고 창하는 소리를 대신한 것이다. 송나라 사람 심괄(沈括; 1031~1095)의 ≪몽계필담(夢溪筆談)≫(권13) "권지(權智)"는 이렇게 말하고 있다.

> 세상 사람들은 대나무·나무·치아·뼈 같은 것으로 규자(叫子; 호루라기)를 만들고, 사람의 목구멍에 두고 불면 사람처럼 말을 할 수 있다. 이것을 "상규자(顙叫子)"라고 한다. 예전에 목이 잠기는 병에 걸린 사람이 사람들에게 고통을 받았다. 답답하고 원통함을 말로 나타낼 수 없었다. 사건을 심리하던 사람이 규자를 꺼내 목소리로 소리를 내게 하니 괴뢰자를 할 때 나는 소리 같았다. 그래도 한 두 말은 대략 알아들을 수 있어서 그의 누명이 풀리게 되었다. 이 역시 기록할 만 것이다.[156]

이 자료로 보면, 당시의 "괴뢰자" 공연에는 대나무로 만든 호루라기인 규자(叫子)를 사용해 사람의 발성을 대신했음을 알 수 있다.

(6) 영희(그림자극)

영희라는 명칭은 송나라 사람 고승의 ≪사물기원≫(권9) "영희"에 보이는데, 이렇게 말하고 있다.

> 송 인종(1010~1063) 때, 저자거리의 사람들 중에 삼국시기의 일을 말할 수 있는 사람이 있었다. 간혹 그 이야기를 취해 수식하고 영인을 만들어, 위·촉·오가 나누어져 전쟁한 모습을 공연했다.[157]

[그림 101] 송 무관(無款) ≪영희도≫

송 인종 때 어떤 사람이 설서(說書)[158]를 생동적으로 전하기 위해 "영인(影人)"을 만들었다. 이에 삼국의 이야기를 소재로 하는 영희가 나왔다. 송나라 사람 장뢰(張耒; 1054~1114)의 ≪명도잡지(明道雜志)≫에는 또 변경의 한 부자가 영희를 자주 공연한 사실을 기록하고 있다. 영희가 탄생한 원인은 당대 속강(俗講)의 "입보(立輔)"[159]와 연관이 있을 것이다. 당대의 설창인은 공연하면서 내용과 연관된 그림을 보여주어 공연을 더욱 생동감 있게 했다. 이것은 영희에 영감을 주었을 것이다. 당시 문헌을 보면, 송대의 영희는 수영희(手影戲) · 지영희(紙影戲) · 피영희(皮影戲)가 있었다. 수영희는 손가락으로 그림자를 만드는 놀이로, 가장 간단한 영희이다. 이것은 표현과 내용상 제약이 많다. 그래서 순수한 영희는 아니다. ≪도성기승≫은 지영희와 피영희를 이렇게 말하고 있다.

영희는 경사의 사람들이 처음에 흰 종이를 자르고 오려 조각했다가 후에 채색의 장식 가죽으로 만들었다.[160]

조금 후에 나온 ≪몽량록≫(권20) "백희기예"에는 더 자세하게 설명하고 있다.

영희를 하는 사람들은 원대 변경 초기에 흰 종이를 자르고 오려 조각했다. 후에 사람들은 더욱 정교하게 가공하였는데, 양가죽으로 형태를 새기고 채색 장식을 넣어 손상을 입지 않도록 했다.[161]

종이나 가죽으로 만든 영인들을 예인들이 조정하며 공연하는 영희야말로 진정한 영희이다. 이 기록으로 최초의 영인은 색깔을 입히지 않은 종이로 만들었으며 후에 개량을 거쳐 가죽인형인 피영(皮影)으로 변했음을 알 수 있다. 피영의 장점은 튼튼하고 내구성이 좋다. 양가죽은 종이보다 투명해서 채색의 인물을 그려 넣어 공연의 오락성을 높일 수 있었다. 때문에 후에 피영은 영희의 주 종목이 된다. 양가죽은 얇고 질기지 않다. 소가죽이나 당나귀 가죽을 사용한 것도 있다. 그러나 종이인형인 지영(紙影)도 줄곧 공연되었다. 명·청대에는 지영희 공연을 자주 볼 수 있다.

[그림 102] 청 《서상기·장정전별(長亭餞別)》 중의 나귀 가죽으로 만든 영인(影人)

영희 공연은 북송 후기 때 이미 크게 성행했다. 원소절에 변경성 안 사방에 등을 설치했고 "모든 문에 궁중음악을 연주하는 음악소가 있었다. 골목과 거리마다 사람들로 가득하고 소란스러웠다. 각 구역의 골목입구의 음악소가 없는 곳에는 영희를 하는 작은 관람소를 두어 본 지역 관람객이 아이를 잃어버리는 것을 방비하고 그곳에 함께 모여 있도록 했다."[162] 영희 공연은 등이 밝은 곳에서 할 수 없기 때문에 어두운 곳에 설치되었다. 그리고 각 구역마다 영희 관람소를 두었으니 당시 변경에서 영희를 공연한 예인의 숫자도 상상했다.

남송 때는 영희의 성행으로 영인만 전문적으로 만드는 사람도 생겨났고,[163] 아울러 "사(社)"라는 조직도 나타났다. ≪무림구사≫(권3) "사회"에는 "회혁사(繪革社)"에 자주(自注)하며 "영희"라고 했다. 사람들이 영희 공연의 과정과 방식에 익숙해지자 영희의 동작을 모방하여 웃음거리로 삼는 사람들이 생겼다. 항주에는 원소절 저녁에 "어떤 사람은 작은 누대에 놀면서 사람을 갖고 대영희로 삼았다. 아이들이 떠들고 소리를 쳤으며, 밤새도록 그치지 않았다."[164]

[그림 103] [송] 소한신(蘇漢臣)
≪백자희춘도(百子嬉春圖)≫
중의 영희

송나라 무명씨의 ≪백보총진(百寶總珍)≫ "영희"에는 당시 영희의 도구상자에 관한 귀중한 기록이 있다.

영희는 큰 것과 작은 것에 따라 여러 등급으로 나누고, 수정(水晶)과 양가죽으로 된 다섯 벌의 채색의상이 있다. 옛날 사서에 기록된 17왕조에 주석을 단 것 가운데 여러분이 자세히 보면 다음과 같은 것들이 있다: 영희의 머리 모양과 가죽 발이 있고 키는 5척이 조금 안 된다. 중간 모양·작은 모양도 있고, 크고 작은 몸체가 160개가 있다. 소장(小將) 32서랍, 수레 2서랍이 있다. 자질구레한 일을 하는 사람 둘, 술과 차·말을 탄 기마병 총 120개가 있다. 말·둥지와 돌·물·성·배·문·큰 곤충·과일탁자·의자가 총 240개가 있다. 창과 칼이 40개가 있다. 패망한 18개 나라와 ≪당서≫·≪삼국지≫·≪오대사≫·≪전후한서≫가 있고, 각종 잡일을 하는 사람이 1,200개가 있다.[165]

이 영희 도구상자의 용량은 정말 놀라울 정도이다. 송 이전 17왕조의 이야기를 연출할 수 있는 영인 모형 1,200개를 포함해서 장수 모형만 32서랍이다. 이는 후세 영희 도구상자 중에서는 예를 찾아보기 어려운 것이다. 이로 송대 영희가 상당히 번창했으며 그 표현력이 어느 정도인지를 가늠할 수 있다. 한편으로는 이러했기 때문에 영희는 당시 강사(講史)에 포함된 모든 내용을 마음껏 나타낼 수 있었던 것이다.

영희와 강사의 내용이 동일한 것은 강사 화본(話本)에서 소재를 취했기 때문이다.[166] 남송의 영희는 여전히 "화본과 강사서는 아주 흡사한데, 대략 참과 거짓이 반반씩이었다."[167] 옛 사람들의 역사개념상 강사는 주로 각 조대의 충신과 간신 간의 권력다툼을 표현했다. 영희도 마찬가지 개념을 공연에서 구현했다. 심지어는 그 인물모형에까지 반영하기도 했다. 영인을 만들 때 선과 악을 분명하게 갈라 "공정하고 충직한 사람은 바른 모습으로 새기고, 간사한 사람은 추하게 새긴다. 이것으로 좋고 나쁨을 나타낸다."[168]라고 한 것이 이를 말한다. 이 원칙은 후에 중국희곡에서 인물형상을 만드는 원칙이 되는데, 후자가 영희의 영향을 받은 것이다. 이밖에 강사가 포함되어 있었기에 당시의 영희 공연에서 강설도 영인을 조정하는 기술 못지않게 중요했다. 그래서 오자목은 항주의 영희 명인 몇 명을 높이 평가하며 "항주의 가사랑(賈四郎)·왕승(王升)·왕윤경(王閏卿) 등은 영인의 조정에 뛰어나면서 강설에도 뛰어났다."[169]고 했는데, 두 가지 기예를 동시에 언급했다.

금·원의 영희가 송대를 계승했다는 것은 유적을 통해 알 수 있다. 1980년 산서성 효의현(孝義縣) 유수평촌(楡樹坪村)에서 발견된 금 정륭(正隆) 원년(1156)의 묘에서 피영의 두상이 그려진 벽화가 나왔다. 또 산서성 번치현(繁峙縣) 암산사(巖山寺) 문수전(文殊殿)의 금 대정(大定) 7년(1167)의 벽화에는 한 아동이 영희를 하는 그림이 그려져 있다. 이것은 금대 영희가 북방의 먼 지역까지 전해졌다는 증거이다. 1955년 산서성 효의현 구성동(舊城洞)에서 원 대덕 2년(1298)의 묘가 발견되었다. 묘 입구의 양측에는 종이창문에 사람의 그림자가 그려져 있었고 아울러 "영희를 좋아하고 대대로 전할 것이며, 다 같이 그 직분을 지키세."[170]라는 글자가 있었다. 글자를 보면 당시 영희 예인의 기예를 가정에서 대대로 전수했음을 알 수 있다. 또 원나라 사람 왕호(汪顥)의 ≪임전서록(林田敍錄)≫에서는 이렇게 기록하고 있다.

나무에 꼭두각시 인형을 매달아 당기면서 놀이하고, 알록달록한 채색 종이로 그림자놀이를 한다. 옛날이야기를 들려주고, 복을 빌고 나쁜 기운을 물리친다.[171]

이로 원대의 지영(紙影)은 이미 송대보다 발전하여 흰 종이에서 채색 종이로 바뀌었음을 알 수 있다. 이때의 영희도 목우희처럼 민간 종교로 들어가 신을 제사지내는 의식에서 공연되었다. 몽고시기의 영희는 한족 사람들이 멀리 서역을 지나 페르시아 등지까지 가져갔고 이집트와 터키 등의 나라에까지 전파되었다.

[그림 104] 산서 번치(繁峙) 암상사(巖上寺) 금대 벽화의 영희도

3. 연극유물유형

오늘날 발굴된 송·원대 희곡유물들은 여러 가지 형태로 존재하고 있다. 이들은 당시 사람들의 장례·제사·예술·행사 등과 밀접한 관련이 있다. 따라서 그 형태도 이들 활동과 연관된 실물로 나타난다. 아래에서 5가지 유형으로 나누어 서술한다.

(1) 묘의 벽돌조각[磚彫] 장식

북송 초기의 무덤은 당·오대의 간단한 방목(仿木)[172] 구조를 따랐다. 중기 이후 사치를 숭상했기 때문에 복잡한 방목 구조의 장식 무덤이 나타나 점차 일반화되었다. 벽돌조각으로 기둥·창방[額枋][173]·공포[斗栱][174] 등의 실내건축양식을 만들었고, 대청과 내실에 따라 벽을 두고 장식했다. 이를 테면 탁자·의자·문·창문을 조각하고, 묘 주인의 신상과 가무희곡의 공연모습 등을 맞춘 것이다. 이런 무덤은 하남성 중부의 개봉(開封)·정주(鄭州)·낙양(洛陽) 일대에서 유행했다. 금대 이후 이런 무덤은 산서 남부에 집중적으로 조성되는데, 화려함의 극치를 달린다.

[그림 105] 산서 후마(侯馬) 금대 동이견(董玘堅) 묘실의 북벽 무정(舞亭) 모형

[그림 106] 산서 직산 마촌 4호 금대 묘의 북벽

묘실은 왕왕 장엄하고 화려하게 꾸며졌다. 네 벽의 기부(基部)는 잘록한 속요(束腰)가 있는 수미좌(須彌座)[175]이다. 중앙은 사방으로 꽃이 새겨진 격자문을 쌓아놓았고 복도와 난간인 곳도 있다. 위쪽은 처마를 반복적으로 높이고 낮추었으며 처마를 겹쳐 쌓은 것도 있다. 묘실의 네 벽은 보통 방이 4개로 된 바깥 처마 건축인데, 앞쪽이 대청이고 뒤쪽이 당이며 좌우가 방인 사합원(四合院)[176]을 이룬다. 이 무덤 내부의 희곡장식들은 빠져서는 안 되는 것들이다. 원대의 무덤은 금대의 무덤에 비해 공예기술과 건축예술에서 크게 퇴보했다. 묘실구조는 정밀하고 복잡하던 것이 거칠고 간단해졌다. 또 조각도 조잡하고, 희곡장식도 부실해졌다. 원대 이후 이런 무덤과 부대적인 희곡장식은 더 이상 찾아볼 수 없다.

[그림 107] 산서 직산 마촌 8호 금대 묘의 벽돌에 새겨진 잡극인물

이런 방목 구조의 벽돌 묘 중에서 가장 보편적인 장식이 희곡을 새긴 벽돌이다. 가장 일반적인 제작법은 도면에 희곡을 공연하는 장면을 그리고 이를 그대로 새겨 조각한 벽돌로 제작하는 것이다. 이를 묘실을 쌓을 때 묘실 벽에 끼워 넣으면 전체 묘실의 일부분이 되면서 대청 중간에서 희곡을 공연한다는 상징적인 장식이 된다. 전체 묘실의 대청과 내실 구조 내지 사합원내의 천정식(天井式)[177] 구조와 결합해 당시 가정에서 이루어졌던 희곡문화생활을 입체적으로 보여준다.

묘실의 벽돌조각은 북송 방목 구조의 벽돌조각 무덤이 유행한 후에 시작된 공예기술이다. 한대에 벽돌무덤은 이미 보편화되었지만 당시 화상전의 제작법은 주로 진흙 틀에 도안을 그대로 눌러 구워서 만들었다. 북송 변경 지역의 벽돌조각은 조각공예로 봤을 때 대부분이 샘플 그림인 화범(畵範)에 의거하여 평면에서 약간 위로 뜨게 새겼다. 즉, 화범을 기준으로 벽돌 틀에 인물의 대략적인 형태를 찍어 낸 다음 얕은 바닥에 약간 위로 튀어나온 인물의 윤곽 상에 칼로 안쪽으로 후벼 새긴다. 칼솜씨는 숙련되고, 선은 아주 매끄러워 전대에는 볼 수 없는 것이다. 벽돌조각에 그림을 넣은 것으로 회화를 토대로 가공한 것임을 알 수 있다. 변경의 궁정화원과 민간의 많은 화가·화공들의 작품이 그 화범의 출처였을 것이다. 당시 변경에는 많은 화공들이 있었다. 금나라가 변경을 침공한 후 많은 예인들과 수공업자들이 포로로 잡혀갔다. 그중에 많은 "조각가와 화공들"[178]이 있었다.

금대 희곡 벽돌조각기법은 천부조(淺浮雕)[179]에서 반원조(半圓雕)[180] 혹은 전원조(全圓雕)[181]로 바뀌었다. 인물의 등은 보통 벽돌 면과 붙어있다. 그 모습은 다소 조잡해서 민간의 공장(工匠)이 만들었음을 알 수 있다. 이는 화범을 따른 것이 아닌 무대연출에서 소재를 취한 것이었다. 그러나 인물의 모습·표정·기질 등은 더욱 생동적이어서 벽돌조각 장인들의 공예기술이 발전했음을 보여준다. 이들 희곡벽돌조각은 모형으로 만든 것이어서, 같은 벽돌조각의 모습이 다른 무덤에서도 자주 발견된다. 당시 전문적으로 벽돌을 구워주는 곳에서 대량 생산해 무덤을 조성할 때 적시에 납품하였음을 알 수 있다. 금대 무덤에서 희곡벽돌조각의 보급·공예의 정형화·조각기교의 향상은 민간 수요의 증가로 인한 결과였다.

원대 희곡벽돌조각은 조각 공예와 조형 측면에서 조잡하고 간단해졌는데, 이는 금나라 말기의 전란으로 한때 성행했던 벽돌조각 기술이 쇠퇴했기 때문이었다.

(2) 석각(石刻)

송·원 희곡의 석각은 벽돌조각과 마찬가지로 무덤에서 출토된 것이다. 여기에는 무덤 벽의 돌에 새긴 묘벽 석각(墓壁石刻)과 석관에 새긴 석관각(石棺刻)이 있다.

[그림 108] 산서 고평(高平) 서리문촌(西里門村) 이선묘(二仙廟)의 노대 측면의 돌에 새겨진 금대 대곡무

묘벽 석각은 세속의 관념을 반영한다는 점에서 벽돌조각과 유사하다. 이것의 출현은 돌로 무덤을 조성한 것과 관련이 있다. 돌을 캐기 쉬운 곳에서는 돌로 무덤을 조성하는 것이 일반적이었고 아울러 그 윗면에 희곡그림을 그렸다. 이에 희곡 묘벽 석각이 나타났다. 사천의 산간 지역에서 발견된 대량의 아치형 돌무덤에서 간간이 희곡조각이 나왔다. 이 무덤들에는 간단한 방목 구조의 장식이 있고, 아울러 돌로 쌓은 벽면 위에 음선으로 희곡도면과 기타 생활모습을 조각하거나 볼록하게 부조했다. 중원지역의 석각에서는 이런 양식이 흔치 않다.

[그림 109] 산서 고평 서리문촌 이선묘의 정전 노대 측면의 돌에 새겨진 금나라 사람의 무도장면

　희곡 석관각은 무덤의 석관 벽면에 희곡을 공연하는 모습을 새긴 것이다. 석관은 상구(喪具)로 기원이 아주 오래되었다. 대략 선진시기까지 거슬러 올라간다. ≪사기·진본기제오(秦本紀第五)≫는 주(紂)의 대신 비렴(蜚廉)이 "석관을 구해서 이렇게 새겼다: '이 석관을 화씨(華氏)에게 하사한다.'"[182]라고 했다. 촉나라의 초주(譙周)는 이 기록은 근거가 없으나 다른 사실을 뒷받침해 준다고 여겼다. 이 자료는 적어도 한대 이전에 석관을 사용하여 장례를 지냈고 거기에 석관 위에 글자를 새겼음을 보여준다. 다른 사실이란 오늘날 이미 출토된 많은 한대 석관을 말한다. 어떤 석관의 위에는 백희장면이 조각되어있다. 예를 들어 사천 비현(郫縣) 석관·벽산현(璧山縣) 광예향(廣譽鄉) 석관 등이다. 위·진대 무덤에서 석관은 흔히 보이는 관구(棺具)이다. 위쪽에 각종 승선도(升仙圖)와 상스러운 도안을 음각하는 것이 유행하였는데, 미신적 색채가 짙다. 이는 신선과 도를 숭상하는 당시의 시대적 분위기와 선계를 바라는 생활태도를 보여준다. 당·오대 석관조각은 또한 기악내용으로 발전했다. 가장 유명한 예가 전촉 왕건(王建; 847~918) 무덤의 석관을 놓는 좌기(座基)의 악부기부조(樂部伎浮雕)이다. 송대 이후 세속의 생활이 석관조각의 주류를 이루었다. 효를 행하는 이야기·무덤 주인의 일상생활·연회와 음식 등이 자주 보인다. 사후에 구원을 받길 바라는 마음에서 현세의 향락을 추구한 곳은 시대심리의 변화이고, 제사의식에서 세속적 관념들이 더욱 강화되었음을 보여준다.

[그림 110] 사천 광원(廣元) 남송 묘의 돌에 새겨진 악기연주 모습

그림으로 보는 중국희극사

송·원대의 석관은 대부분 돌 전체를 파서 만든 것이었다. 돌 가운데를 파서 관조(棺槽)로 삼았다. 위쪽은 석관으로 덮었다. 외형은 앞쪽이 넓고 높으며 뒤쪽이 좁고 낮다. 관 벽 바깥은 빙 둘러 조각했다. 앞쪽에는 늘 문미(門楣) 앞부분을 조각했다. 반쯤 열려진 널문 사이로 상반신이 나온 시녀의 그림이 있는 경우도 있는데 인간 세상의 거실을 상징한다. 측벽은 각종 생활상의 모습들이 음각되어있다. 그중에 희곡공연과 관련된 것들이 많다.

(3) 세상에 전하는 그림[傳世繪畵]

중국회화사에서 송대는 내용상 큰 변화나 일어난 시기였다. 한·위·수·당대 회화의 주 내용은 종교화·황실과 귀족 계층의 생활화였다. 송대에는 엄청난 사회적 변화가 생겼다. 이는 회화에도 반영되어 표현영역이 넓어졌다. 화조화(花鳥畵)·산수화·계화(界畵)[183]·종교 인물 등에서 큰 성취를 거둔 것 외에 북송 말기와 남송 초기에 일어났던 풍속화는 송대 회화의 가장 큰 수확이었다. 풍속화는 당시 번화하고 다양한 시정생활과 농촌생활을 대상으로 삼았고, 묘사한 소재도 아주 광범위했다. 성곽·거리·가게·노점·상인·한인(閑人)·궁녀·아동·승려와 도사·수레와 말·배·시골 목동·시골의사·마을 훈장·밭을 갈고 베 짜기·나귀에 물건 싣기·소로 운반하기 등 그리지 않는 것이 없었다.

장택단(張擇端; 1085~1145)의 ≪청명상하도(淸明上河圖)≫의 경우 계화·산수·인물기교를 한 곳에 모아 변경의 저자거리를 폭넓게 보여주는 수작

[그림 111] [송] 소한신 ≪오서도(五瑞圖)≫ 중의 아동잡극(兒童雜劇)

으로, 송대 풍속화의 최고 성취를 보여준다. 장택단 외에 소한신(蘇漢臣)·이숭(李嵩)·이당(李唐)·주옥(朱玉) 등도 풍속인물화의 대가들이었다. 그들의 작품은 대부분 절기를 선전하는 그림이어서 시정생활의 모습을 나타낸 연화(年畵)[184]와 같은 느낌을 준다. 그중에는 아이들과 관련된 그림이 많다. 당시의 시정에서 행해진 희곡도 이들 화가들의 표현대상이었다. 설창·기예·잡극·찬농(爨弄)[185]·민간의 사화·괴뢰 영희 등은 송대 풍속화에 모두 나타나있다.

송대 회화에서는 초상화가 성행했다. 초상화는 동한 운대이십팔장도(雲臺二十八將圖)·당나라 사람 염립본(閻立本; 601?~673)이 그린 ≪능연각공신도(凌烟閣功臣圖)≫와 각국의 사신도·전촉의 궁중화가가 그린 왕건과 제 공신들의 상(像)에서 송대 기악우인도상(伎樂優人圖像)까지 나날이 세속화되는 경향을 보여주었다. 우인과 가기의 초상화를 그린 남당 사람 고굉중의 ≪한희재야연도≫에 그 조짐이 보인다. 송·원시기 예인과 가기에게 초상화를 그려주는 풍조가 크게 성행했다. 이는 당시 사람들의 노래를 통해 알 수 있다. 남송 시인 범성대는 조종선(趙從善) 집안의 비파기 화축(畵軸)을 놀리는 시를 지었고, 사인 장염(張炎; 1248~1320?)도 희곡예인 저중량(褚仲良)의 초상화를 그려 주며 쓴 【접련화(蝶戀花)】"말 배역을 맡은 저중량의 실제 모습을 그린 것에 글을 붙이며(題末色褚仲良寫眞)"라는 사가 있다. 이 사의 뒤 부분은 이렇게 노래한다.

> 아름다운 의상에 수려한 눈과 눈썹을 하고, 이원 자제 집안의 옛 소리를 생동감 있게 부르네. 섬돌에서는 익살 떨며 자유자재로 웃기며 말하고, 자리 앞에서는 줄곧 극으로 간언했네.[186]

이 사는 당시 명망 있는 화가가 잘 나가는 잡극예인을 그린 초상화일 것이다. 이들 예인 초상화도 희곡 회화의 일부분이다. "정도새(丁都賽)" 화상전의 저본은 이런 실물을 그린 초상화였을 것이다. 현전하는 송 잡극의 비단그림도 초상화 수법을 빌렸다.

(4) 벽화

선진시기에 이미 조당·태묘·사당 같은 신성하며 장중한 건축물에 벽화를 그렸다. 공자는 주나라의 명당(明堂)에서 요·순·걸·주 같은 고대의 제왕의 화상을 참배했다.[187] 굴원(屈原)도 초나라의 선왕의 사당에서 천지산천의 신령·조상·성현들의 그림을 보았다.[188] 한대에 벽화가 크게 성행했다는 점이 왕일(王逸)의 아들 왕연수(王延壽)의 ≪노영광전부(魯靈光殿賦)≫에 묘사된 형상이 기이하고 색채가 다양한 벽화를 말한다면, 그건 왕부 전당 안의 상황에만 국한된 것이다. 다음의 ≪후한서(後漢書)·서남이전(西南夷傳)≫의 기록은 벽화가 일반 주군(州郡)의 관아까지 보급되었음을 보여준다.

이때, 군위(郡尉)의 관청과 저택을 모두 꾸미는데, 산신이나 바다신령, 기이한 새와 짐승들을 그려 과시한다.[189]

[그림 112] 산서 번치 암상사 문수전(文殊殿) 서벽의 금 대정(大定) 7년(1167)에 칠해진 벽화 중의 저자거리의 주점에서 설창하는 그림

이후 불교사원과 석굴이 흥행하면서 남북조의 벽화창작은 전성기에 접어들었다. 당·송 때는 민간에서 신들을 잡다하게 모시면서 불교벽화를 한층 보급시켰다.

사원벽화 중에는 음악을 연주하는 장면을 자주 볼 수 있다. 북송의 화원대조(畵院待詔) 고익(高益)은 동경의 대상국사(大相國寺)에서 "악부를 올리는"[190] 벽화 한 면을 그린 적이 있었다. 당시 사람인 심괄이 이를 칭찬하며 이렇게 말했다.

> 상국사의 옛 벽화는 고익(高益)이 그린 것으로, 일군의 악공들이 한쪽 벽에다 음악을 연주하는 것을 그린 것이 가장 흥미롭다.[191]

벽화에 음악연주를 그린 것은 사당 안의 제사의식을 상징한다. 송·원시기 제사의 아악은 대부분 속악으로 대체되었기 때문에 신을 모신 사당벽화에도 우희 장면이 출현했다. 예를 들어 송나라 사람 이신(李新)의 ≪과오집(跨鰲集)≫(권16)의 ≪동천이고상공사중화기(潼川二顧相公祠重畵記)≫에는 그가 북송 대관(大觀) 초년(1107)에 이고사(二顧祠)에 들어가 "사방의 처마 물받이 아래를 돌다 벽을 따라 나아갔는데, 흰 벽에 배우들이 신하 모양을 하고 노는 그림이 그려져 있었다."[192]라고 했다. 또 여원(如元)의 ≪지순진강지(至順鎭江志)≫(권8)는 현 소재지에서 동북쪽으로 2리쯤에 북송 때 지어진 동악묘(東岳廟)가 있는데, 그 안에 이런 기록이 있다고 했다.

> 벽화는 대관 4년 유명한 화가가 그린 것으로, 각종 깃발·배우들의 의관·기물과 막대기 등 어느 하나 정교하지 않은 것이 없었다.[193]

이 두 곳의 우인 벽화는 모두 북송 말인 대관 연간(1107~1110)에 그려졌다. 이때는 바로 송 잡극이 흥성한 때였다. 이들 기록들이 우인의 공연임을 확실하게 보여주는 것이 아니라고 말한다면, 남송 사람 범성대의 ≪참난록(驂鸞錄)≫에 기록된 호남(湖南) 형산(衡山) 남악묘(南岳廟)

의 벽화는 확실한 증거이다.

> 연악 · 우희 · 거문고와 바둑 · 서적 · 낚시 · 새끼 꼬기에서 다듬질하기 · 우물물 긷기까지 궁중에서 일 년 동안 음악을 하고 일하는 것들이 선명하게 나와 있었다.[194]

안타깝게도 아들 벽화는 오늘날 볼 수 없다.

우리가 이따금씩 보는 희곡벽화는 산서(山西)에서 나왔다. 산서에는 사원이 많다. 불교와 도교는 이곳을 근거로 삼았다. 산서는 당 · 송 · 원대에 경제 · 군사 · 문화가 발달된 지역이자 장안 · 낙양 · 변량과 황하를 두고 바라보는 지리적 요충지였던 관계로 많은 이름 있는 장인들이 왕래하면서 이 일대의 벽화예술을 발전시켰고 현지의 많은 민간 화공들을 길러냈다. 송 진종(眞宗) 때 유명한 도관(道觀)인 옥청소응궁(玉淸昭應宮)의 벽화제작을 주도했고, 무종원(武宗元)과 함께 좌우의 부장(部長)에 임명되었던 왕졸(王拙)이 산서출신이다. 산서 번치현(繁峙縣) 암산사(巖山寺) 벽화의 작가인 금대 어전에서 명을 받들어 그림을 그렸던 왕규(王逵)는 북송 화원(畵院)에서 금나라로 들어갔을 것이다. 유명한 영락궁(永樂宮) 벽화는 낙양의 유명한 화가 마군상(馬君祥)과 양릉(襄陵)의 유명한 화가 주호고(朱好古)가 제작에 참여했다. 이밖에 양릉의 장백연(張伯淵) · 예성(芮城)의 이홍의(李弘宜) · 고신(古新)의 전덕신(田德新) · 강양(絳陽)의 장준례(張遵禮)와 유사통(劉士通) 부자 · 용문(龍門)의 왕사언(王士彦) · 홍동(洪洞)의 조덕민(曹德敏)과 고봉왕춘(孤峰王椿) 등은 모두 사원벽화의 제작에 참여한 적이 있다. 유명한 홍동현 곽산 명응왕전 벽화는 현지의 "회화대조(繪畵待詔)" 동안촌(東安村)의 조국상(趙國祥) · 주촌(周村)의 상군석(商君錫) · 남상촌(南祥村)의 경언정(景彦政) 등이 제작했다. 당시 일부 마을의 화동들이 이처럼 정교하면서 아름다운 벽화를 제작했다는 것은 그들의 예술적 수양이 얼마 깊었는지를 잘 보여준다.

벽화 중에 묘실벽화도 중시해야 한다. 앞에서 서술한 방목 구조의 벽돌조각 묘에는 벽돌조각을 사용하여 장식하지 않고 벽화로 바꿔놓은 묘 벽이 있다. 묘실벽화는 한 · 당대 이미 널리 응용되었다. 이 때문에 송·금·원대 묘에서 나타나는 것은 당연했다. 다만 벽돌을 조각하여 장식한다는 점이 그 자체로 상당한 부담이 되기 때문에 이전만큼 활발하게 조성되지 않았다. 이들 벽화 무덤은 건축구조상 늘 벽돌조각으로 된 무덤과 대체로 유사했다. 다만 벽 사이에는 조각한 벽돌을 쌓지 않고 흰 분을 벽에 가득 바르고 위에 그림을 그렸다. 그러나 창방과 공포는 여전히 조각한 벽돌을 쌓았다. 묘실벽화에서 자주 보이는 것으로는 그래도 희곡을 공연하는 모습과 무덤 주인의 일상생활모습 등이다. 송·원 희곡 벽화 무덤의 성쇠과정도 벽돌조각처럼 북송 후기에 흥했다가 금나라가 이를 잇고 원대에 이르러 쇠퇴하였다.

[그림 113] 섬서 반악(盤樂) 송대 묘의 서벽에 나오는 잡극벽화

(5) 기물장식

송·원 희곡의 흥성과 발전은 당시 사회생활 곳곳에 흔적을 남겼다. 많은 생활용품도 희곡도안으로 장식되었다. 이들 용품들은 무덤에 수장되어 부장품이 되었다. 희곡기악도안이 많이 나타나는 용품으로는 자기(瓷器)와 동경(銅鏡) 등이다.

송·원대에는 도자기 산업이 발달했다. 최근 도자기의 고고학적 성과에도 나타나듯, 송대 도자기 가마터 유적은 19개 성(省)을 비롯한 시·자치구의 130개 현(縣)에 분포되어있다.

금·원대 도자기 산업은 송대 전통을 계승하면서
도 발전한 부분이 있었다. 당시 희곡문화의 영향
으로 송·원의 도자기에는 희곡이야기를 장식한
경우를 흔히 볼 수 있다. 이중에 자기로 만든 베개
인 자침(瓷枕)이 대표적이다. 자침은 수대에 가장
먼저 보이고, 만당 이후에는 민간에서 수면도구로
써의 자침이 유행하여 대량 생산되기 시작했다.
송대에 크게 보급되었다. 사인(詞人) 이청조(李淸照;
1084~1155)가 【취화음(醉花陰)】에서 "옥침과 가벼
운 천 휘장으로, 한밤중의 차가움이 스며드네."[195]
라고 한 "옥침'이 바로 자침을 말한다. 송대 자기를
굽는 가마 대부분이 자침을 만들었는데 자주요(磁
州窯)에서 만든 제품이 가장 많았다. 자침은 화면을
장식할 때 대부분 당시 민간의 소소한 생활모습을
소재로 취했기 때문에 생활의 즐거움과 유머감이
풍부하다. 각지의 박물관 소장품으로 보면, 자침에
는 각종 산·강·꽃·새·물고기·곤충 같은 문양
이 장식된 것 외에 인물의 이야기·마희(馬戲)·영
희도(嬰戲圖)가 있다. 후자의 것들이 특히 많이 보인
다. 영희도는 아동들을 대상으로 삼아 낚시하기·
오리몰기·나무인형놀이·장난·오락·나무인
형놀이·죽마타기 등과 같은 아동들의 각종 활동
을 묘사했다. 화면은 천진난만하고 발랄한 아이들
의 모습으로 가득하다. 인물도와 영희도에도 희곡

[그림 114] 강서 무원(婺源) 명대 ≪서상기≫
필통

[그림 115] 남송 축국(蹴鞠)을 하는 모습이
들어간 동경 [하남성 박물관 소장]

[그림 116] 송대 장원급제자가 시가지를 행진하는
모습을 담은 금으로 만든 팔각잔 [복건성 박물관 소쟁]

기악활동을 표현했다. 금·원대의 자침은
송대를 계승했다. 원대에는 청백색의 유약
을 바른 자침이 독특하다. 그 형태는 송대의
청백자해아침(靑白瓷孩兒枕)과 청백자와여
침(靑白瓷臥女枕)에서 한층 더 발전하여 사람
이 거주하는 거실모양이 되었다. 둘레의
벽은 짝으로 된 문을 사이에 두고 투조(透雕)
했다. 전후의 안채는 개방되어있고, 안에는
사람이 있다. 위에는 얇은 베게 면이 덮고
있다. 이런 자침은 늘 인물이야기를 표현했다. 원대 다른 유형의 청화자기 중에 역사이야기를
장식으로 삼은 것도 자주 보인다. 내용은 주아부(周亞夫)의 세류영(細柳營) 이야기·소하(蕭何)가
달빛 아래 한신(韓信)을 쫓는 이야기·몽염(蒙恬) 장군 이야기·삼고초려(三顧草廬) 이야기 등이
있다. 이것은 원대 희곡·소설과 판화(版畵)의 발달과 밀접한 관련이 있다.

또 다른 자주 보이는 기물장식으로는 동경이 있다. 동경은 여성들의 화장도구로, 앞쪽은
얼굴을 비춰보고, 뒤쪽에 각종 문양을 넣어 장식으로 삼았다. 한·당대 동경 문양은 기악과는
거의 관계가 없다가 송·금대 변화가 생겼다. 음악을 연주하는 내용이 자주 보이고 희곡이야
기도 주제가 되었다. 금대 기악 동경은 동북지역에서 자주 보인다. 금대는 화폐제조 때문에
동의 유통을 강력하게 금지했다. 관부에서는 민간에서 동경을 만들지 말라고 거듭 금지령을
내렸다. 대정(大定) 11년(1171)에는 "사적으로 동경을 주조하는 것을 금하며, 이전에 갖고
있던 동기들을 모두 관부로 보내면, 그 반값에 쳐준다."[196]라고 했다. 그러나 민간에서
동의 수요가 계속 늘어난 것은 한족 문화의 영향을 반영한다. 이것은 금대 희곡이야기를
담은 동경이 나온 사회적 배경이다.

현전하는 금은기물의 문양장식에서도 희곡이야기를 종종 볼 수 있다. 이것은 희곡이
사람들의 생활 깊숙이 들어와 사람들에게 흥미진진하게 음미되었음을 보여준다.

4. 공연장소

송·원대에 연극 공연장이 정식으로 나타났다. 공연장에 따라 두 가지가 있다. 하나는 신묘 안의 희대와 주위의 관람환경으로, 희대·전당·주랑·행랑이 일체가 되는 완전한 공연환경이다. 이것은 제사와 결합된 공연장으로, 당대 사원의 "희장"이 변한 것이다. 다른 하나는 도시의 오락장인 와사와 구란의 건축이다. 이것은 상업적으로 운영된 공연장이다.

와사와 구란은 신묘 극장의 특징을 몇 가지 차용했다. 그중 하나가 희대와 신루(神樓)를 두면서 관중배치를 충분히 고려해 완전히 폐쇄된 형태를 갖춘 점이다. 극장은 큰 천막으로써 사방은 닫히고 위쪽은 천정이 있어야 계절과 기후에 상관없이 공연할 수 있다. 안쪽에 희대가 있고 빙 둘러 안에서 바깥쪽으로 높아지는 관중석은 관람하기에 적합한 극장환경을 제공했다. 구란은 상업적인 공연방식을 채택하여 정식으로 관중들에게 표를 팔았다. 이때부터 본격적인 중국 극장의 시대가 왔다. 그러나 구란 극장은 목재와 거적자리의 천과 같은 재질을 이어 붙여 만든 것이어서 쉽게 무너질 수 있었다. 때문에 실물은 남아있지 않다. 심지어 그림 하나 찾을 수 없다. 그래서 본서에서는 신묘극장을 위주로 서술할 수밖에 없다.

(1) 개설

신묘의 연극 활동은 상고시기 무인(巫人)이 가무로 신을 즐겁게 한 것에서 기원한다. 당·송 이후 민간 신앙이 크게 발달하면서 도시와 마을에 사당의 숫자가 급격히 증가하였다. 충의와 현효(賢孝)한 사람을 모신 사당도 있고, 신령하고 기이한 것을 모신 사당도 있었다. 민간에서는 때와 장소에 따라 신묘를 세워 재배했기에 신묘를 도처에서 볼 수 있게 만들었다. 사당이 있으면 제사가 있다. 제사의 목적은 신령에게 잘 보여 도움을 얻으려는 것이다. 그래서 민간의 제사방식은 주로 가악공연이었다. 송·원시기에 희곡은 성숙했다. 공연한

[그림 117] 산서 임분(臨汾) 동양촌(東羊村) 동악묘(東岳廟) 원대 희대(1345)

내용은 주로 희곡이었다.

　당·송 이후 중국 신묘건축에는 대체적인 고정양식이 만들어졌다. 보통 하나의 완전한 신묘는 산문(山門)·종고루(鍾鼓樓)·희대·헌대(獻臺)[197]·정전(正殿)·배전(配殿)과 동서의 주랑과 방 등으로 구성되었다. 주위는 담을 쳐서 빙 둘렀는데 상당한 지면을 차지하여 하나의 밖과 차단된 독립된 공간을 만들었다.

건축구조는 지형·환경·재력에 따라 더할 수도 있고 뺄 수도 있었다. 예를 들면 어떤 곳은 종고루가 없고, 어떤 곳은 헌대가 없고, 어떤 곳은 희대가 없고, 어떤 곳은 배전과 주랑·방 등이 없다. 각 건축물의 배치는 중국전통의 균형미학원칙을 따랐다. 대부분은 중심선을 따라 밖으로 퍼지는 배열로 양쪽이 엄밀한 대칭구조를 이룬다.

　송·원 이후에 건축된 신묘에서 희대는 중요한 구성성분이다. 보통 송·금·원시기에 지어진 희대는 모두 신묘대전의 마당 중앙에 고립적으로 지어졌다. 신전을 향하고 다른 건물과 연관되지 않았다. 이는 신을 제사지낼 때 공연하는 기능으로 결정되었다. 사람이 사당의 마당에 들어가서 대전으로 걸어가려면 희대 양측으로 돌아가야 했다. 신묘의 중앙에 지어진 희대의 이런 독립적 성격은 희대의 설치여부, 즉 희대를 둘 것인지 아니면 뺄 것인지에 대해서 융통성 있게 처리하도록 했다. 희대를 설치하든 하지 않든 사당 전체의 모습과 배치에는 영향을 주지 않았다. 송대 이후 신묘 안에 세워지는 희대는 점점 많아졌다. 원래 희대를 두지 않았던 신묘들도 잇따라 세웠다. 오늘날 일부 신묘에는 원래의 마당에 희대를 세웠다는 기록을 새긴 석비(石碑)를 종종 볼 수 있다.

　송·원시기의 신묘 희대로는 노대(露臺)와 무정(舞亭)이 있다. 전자는 희대의 최초양식이고, 후자는 상당히 발전된 양식이다.

(2) 노대(露臺)

노대는 한·당시기에 보인다. 송·금시기에 신묘 안에 노대를 세우는 것은 아주 보편적이었다. 산서성(山西省) 만영현(萬榮縣) 묘전촌(廟前村)의 후토묘(后土廟)에는 금 천회(天會) 15년(1137)에 그려진 묘모도비(廟貌圖碑)[198]가 있다. 그림을 보면 정전 "곤유지전(坤柔之殿)" 앞에 네모난 형태의 실제 노대가 있다. 이 묘모도는 북송시기의 건축특징을 보여준다. 사당 본체는 송 진종(眞宗; 968~1022)이 중수할 때 이미 정비되었다. 《송회요집고(宋會要輯稿)·예이십육(禮二十六)》은 이렇게 기록하고 있다.

> 진종 경덕(景德) 3년 10월 24일, 그 안에서 저상후토묘도(胜上后土廟圖)가 나와, 진요수(陳堯叟)에게 측량하여 꾸미도록 했다.[199]

이 때문에 이 노대는 북송의 건축물이라고 볼 수 있다. 또 하남성 등봉현(登封縣) 숭산(嵩山) 중악묘(中岳廟)에는 《대금승안중수중악묘도(大金承安重修中岳廟圖)》라는 비석이 남아있다. 이 비석의 그림에도 정전 준극전(竣極殿) 앞의 정원 가운데에 네모난 실제 노대를 설치했고, 그 위에 "노대"라고 써놓았다. 그림을 통해 대의 남쪽에 사람들이 오르고 내려 갈 수 있는 계단이 있음을 알 수 있다. 통상적으로 대의 북쪽도 계단이 있어야 한다. 중악묘 준극전 앞쪽의 노대는 지금도 보존되어있다. 길이가 각 11보, 높이가 1.15m이다. 대면은 푸른 벽돌을 깔았고, 둘레는 가늘고 긴 돌을 쌓았다. 남북 양측에는 올라가고 내려 올 수 있는 계단이 있다.

만영현의 후토묘와 숭산의 중악묘는 송대에 나라에서 제사를 지내는 사당으로 편입되었다. 건축구조는 권위성과 대표성을 갖고 있다. 송·원시기 민간의 많은 작은 사당들도 이런 구조를 모방하여 사당 내에 희대를 세웠다. 이점은 오늘날 보존되고 있는 당시의 많은 사당의 비석으로 확인할 수 있다.

산서성 예성현(芮城縣) 동려촌(東呂村) 관제묘(關帝廟) 옛터에는 원 태정(泰定) 5년(1328)의 《창수노대기(創修露臺記)≫라는 석비가 보존되어있다. 석문에는 이렇게 기록되어있다.

　　　　전당들이 웅장하고, 사당의 모습은 정연했다. 주랑과 행랑은 옛날에 모두 갖춰져 있었으나 노대의 문만 남았다.[200]

　당시의 사당 안에 노대를 세우는 일은 이미 규칙이 되었음을 알 수 있다. 노대는 흙으로 쌓거나 벽돌을 쌓았다. 이 역시 비석의 기록에 보인다. 예성현 동관(東關) 동악묘(東岳廟)에는 금 태화(泰和) 3년(1203)의 ≪동악묘신수노대기(東岳廟新修露臺記)≫비는 이 사당이 "흙으로 쌓은 노대가 한 곳 있다. 시간이 지나자 바람과 비에 허물어졌다. 누차 고쳤지만 그때마다 무너져서 결국 사당이라고 부르지 않았다."[201]라고 했다. 또 보수한 후에는 "대의 높이는 7척 5촌, 넓이는 24보이며, 벽돌은 총 16,000개가 들어갔다. 모퉁이는 15□의 돌을 사용했다."[202]라고 했다. 그 중간을 벽돌로 쌓고 "모퉁이에 돌을 사용한(邊隅用石)" 건축방식은 오늘날 볼 수 있는 등봉 중악묘의 노대와 같다.

[그림 118] 감숙 돈황 막고굴 당172굴 벽화 중의 노대

[그림 119] 감숙 돈황 막고굴 당144굴 벽화 중의 노대

북송 시기 민간의 제신의식 때 신묘 노대에서의 공연은 아주 떠들썩했다. 《동경몽화록》 (권8) "스무 나흗날 신보관 신의 생일잔치(二十四日神保觀神生日)"에서는 이렇게 묘사하고 있다.

    마을의 놀이단체들이 노대 위에서 기예를 올렸다⋯⋯아침부터 백희가 벌어졌는데, 장대
    오르기 · 공받기 · 줄타기 · 씨름 · 고판연주 · 소창 · 닭싸움 · 우스갯소리 · 잡분 · 수수께끼 ·
    합생 · 땅재주 · 교상박(喬相撲) · 낭자잡극(浪子雜劇) · 물건 파는 소리 · 학상생(學像生)[203] · 큰 칼
    귀신놀이 · 아고 · 무술 · 도술 등 온갖 것이 다 있어 해가 저물도록 끝이 없었다.[204]

[그림 120] 하남 등봉(登封) 금대 중악묘비(中岳廟碑) 상의 노대

(3) 무정식(舞亭式) 건축

노대는 비와 바람을 가릴 수 없어 이용
때 상당한 제약을 받았다. 이에 임시로 쓸
수 있는 악붕(樂棚)이 노대 위에 나타났다.
고정적인 신묘 노대는 악붕을 해체할 필요
가 없으면서 오랫동안 보존할 수 있게 했다.
이 토대에서 영구적인 무정 같은 건축물이
나왔다.

[그림 121] 산서 후마 금대 동씨 묘 속의 무정

신묘 구조에서 무정식 건축물이 나타난 시기는 현재의 자료로 봤을 때 가장 이른 것이 북송시기이다. 산서성 만영현 교상촌(橋上村)의 후토성모묘(后土聖母廟)에 처음으로 보인다. 이 사당은 북송 천희(天禧) 4년(1020)에 세워진 ≪창건후토성모묘비기(創建后土聖母廟碑記)≫ 석비를 보면, 경덕(景德) 5년(1008)에 "무정"을 건립한 적이 있다. 산서성 진(晉) 동남지역에는 또 다른 북송 신묘 무정

[그림 122] 산서 후마 104호 금대 묘의 무정 모형

식 건축물 몇 곳의 비석기록을 보존하고 있다. 심현성(沁縣城) 내의 관제묘에 송 원풍(元豊) 3년(1080)에 세워진 ≪위승군관정후신묘기(威勝軍關亭侯神廟記)≫비에는 "무루 한 곳(舞樓一座)"이라는 글자가 있다. 비문에 따르면, 이 사당은 희녕(熙寧) 7년(1077)과 원풍 2년(1079) 사이에 지어졌다. 무루도 같은 시기에 지어졌을 것이다. 평순현(平順縣) 동하촌(東河村) 구천성모묘(九天

[그림 123] 산서 진성(晉城) 야저촌(冶底村) 동악천제묘(東岳天齊廟)의 금대 희대

聖母廟)에는 송 건중정국(建中靖國) 원년(1101)에 세워진 ≪중수성모지묘(重修聖母之廟)≫라는 비가 있다. 비문에는 "무루를 지어 올렸다(創起舞樓)"라고 했다. 사당과 무루를 지은 시간은 원부(元符) 3년(1100)이다. 원대에 세워진 희대의 비석기록에는 이 건물의 명칭을 자주 언급하고 있다. 만영현 태조촌(太趙村) 직왕묘(稷王廟)의 "무청(舞廳)"·임분시(臨汾市) 위촌(魏村) 우왕묘(牛王廟)의 "악청(樂廳)"·만영현 고산(孤山)의 풍백우사묘(風伯雨師廟)의 "무청"과 "무정"·익성현(翼城縣) 무지촌(武池村) 교택묘(喬澤廟) "무루"·만영현 서경

촌(西景村) 동악묘 "무청" · 하진현(河津縣) 북사장(北寺莊) 호둔묘(穿窀廟) "무루" 등이다. 또 ≪중주금석목(中州金石目)≫(권4) "민지(澠池)"에는 원 지원(至元) 2년(1265)의 ≪소제후헌전무정기(昭濟侯獻殿舞亭記)≫와 지대(至大) 3년(1310)의 ≪중수소제후헌전무정기(重修昭濟侯獻殿舞亭記)≫ 비문 2편이 수록되어있다. 두 편 모두에 "무정"이라고 한 기록이 보인다. 원나라 사람 왕운(王惲)이 원 지원 12년(1275)에 쓴 ≪평양로경행리신수대악행사기(平陽路景行里新修份岳行祠記)≫에는 평악부 대악묘에 "음악을 하는 정자가 있었다."[205]라고 언급하였다.[206] 이로 볼 때, 송 · 원시기 신묘 희대의 명칭은 무정 · 무루 · 악정 · 악청 · 악루 등의 경우처럼 아주 많았고 고정적이지 않았음을 알 수 있다. 명칭이 다른 것은 풍습에 따라 명명했기 때문이다. 본서에서는 이를 무정식 건축이라고 했다.

금 · 원 때에는 신묘의 노대를 무정식으로 개축하는 것이 유행했다. 그렇게 하지 않으면 신묘 건축에 큰 오점을 남기는 듯 했다. 이점은 산서성 만영현 태조촌 직왕묘의 원 지원 8년(1271)의 ≪무청석□(舞廳石□)≫에서 분명하게 확인할 수 있다. 비문은 이 사당에 "무청터가 있었지만 줄곧 중수하지 않았다."[207]라고 하며 촌민 중에 어떤 사람들이 돈을 내고서야 "무정 한 곳을 새로 짓게 되었다."[208]라고 했다.

현존하는 금 · 원 희대 유적지를 실사해보면, 당시 무정식 건축의 기본양식은 고정되어있었다. 보통은 1m가 조금 넘는 높이에 평면 사각형에 돌이나 벽돌로 되어있다. 위쪽의 네 모서리에 돌 혹은 나무로 기둥을 세운다. 기둥 위에는 사방으로 창방을 설치해 모서리가 도는 지점에서 평행으로 물리면서 우물 "정(井)"자 모양의 틀을 이룬다. 창방 위에는 방향마다 공포(斗拱)를 설치하는데, 4개 · 5개 · 6개 등으로 일정하지 않다. 모서리를 도는 곳에는 사래(抹角梁)[209]와 추녀(大角

[그림 124] 산서 만영(萬榮) 사망촌(四望村) 후토묘(后土廟)의 원대 희대

梁[210]를 두고, 그 위에 우물 "정"자 네모 방(枋)을 두어 평방[普栢枋][211] 사각(斜角)[212]과 맞물리게 하여, 두 번째 층의 우물 "정"자 모양 틀을 만들어 첫 번째 우물 "정"자 틀과 어긋나게 겹치도록 만든다. 그 위에 또 공포가 있어 셋째 층의 틀을 이룬다. 각 층의 틀이 점차 줄어들어 조정(藻井) 형태를 이룬다. 조정의 공포에 처마도리[檐槫][213] · 중도리[平槫][214] · 종도리[脊槫][215]를 설치하고, 중심에는 뇌공주(雷公柱)[216]를 세워 그 주위를 내림

[그림 125] 산서 심수(沁水) 곽벽촌(郭壁村) 부군묘 (府君廟)의 금·원대 희대

마루(由戧)[217]로 지탱하게 한다. 지붕은 처마가 길게 나오고 처마 끝이 치켜 올라가게 하여 독특한 아름다움을 지닌다. 조정을 이용한 것은 무대 음악이 잘 퍼지고 울릴 수 있도록 하기 위한 것인데, 상당히 과학적인 건축 방식이다.

지붕양식으로 봤을 때, 금·원 희대는 십자형 팔작지붕[十字歇山式]과 홑처마 팔작지붕[單檐歇山式]으로 나눌 수 있다. 십자형 팔작지붕식 무정은 아주 드물다. 진성시(晉城市) 야저촌(冶底村)의 금대 동악묘 무루가 십자형 팔작지붕으로, 돌기둥에는 "정륭 2년(正隆二年)"(1157)이라는 글자가 새겨져 있다. 이 희대는 현재 보존된 가장 이른 건물이다. 원대 십자형 팔작지붕식 무정은 현재 임분시 동양촌(東羊村) 동악묘의 지정 5년(1345)에 지어진 희대 하나 밖에 남아있지 않다. 만영현 사망촌(四望村) 후토묘의 원 지정 연간의 희대도 이 양식이다. 애석하게도 일본 침략 시에 훼손되었고, 지금은 사진만 남아있다.

홑처마 팔작지붕식 무정은 원대 희대의 보편적인 양식이다. 현존하는 원대 희대 대부분이 이 구조이다. 예를 들어 임분시 위촌 우왕묘의 지원 20년(1283)에 세워진 악청 · 영제현(永濟縣) 동촌(董村) 삼랑묘(三郎廟) 희대 · 익성현 무지촌의 교택묘 무루 · 석루현(石樓縣) 전산사(殿山寺) 성모묘 희대 · 익성현 조공촌(曹公村) 사성궁(四聖宮) 희대 · 임분시 왕곡촌(王曲村)의 동악묘

희대 등이 있다.

또 심수현 곽벽촌(郭壁村) 부군묘(府君廟) 무루도 금·원의 건축 양식인데, 홑처마 팔작지붕식이나 합각면(山花)[218]이 앞으로 뻗어있는 것이 매우 독특하다. 이외에 산서성 후마시(侯馬市) 우촌(牛村)에서 발굴된 금 대안(大安) 2년(1210) 동이견(董圯堅) 묘 북벽의 묘주 부부 조상 신상 위에 희대 모형 하나를 쌓아놓은 것에도 합각면이 앞으로 뻗어있다. 지붕 전체가 조각된 것이 아니어서 정확한 건축양식을 알 수 없다. 홑처마 팔작지붕식이면서 합각면이 앞으로 나 있는 이런 무대의 윗부분은 원 잡극의 영향을 받아 일어난 일본 노(能樂)의 무대와 가깝다.

신묘에서 공연하고 공연을 보는 것은 어떠했을까? 관중은 어디에 있었을까? 배치조건이 있었을까? 이 질문은 신묘공연 때 환경의 이용과 관계된 문제이다. 가장 이른 문헌기록은 북송까지 올라갈 수 있다. 청나라 사람 반장길(潘長吉)은 ≪송패류초(宋稗類抄)≫(권7) "괴이(怪異)"에서 송 인종 때에 강면(江沔)이라는 거자(擧子)가 개봉의 대상국사에서 많은 서생들과 함께 "전의 기둥에 기대 배우들을 보았다."[219]라고 했다. 이것은 대상국사 안에서 연극공연을 할 때 관중들 중에 기둥에 기대고 대전의 주랑 아래에서 섰음을 설명한다. 당연히 마당 안은 더더욱 마음대로 설 수 있었다.

송대 이후 발전한 무정식 건축은 모두 정전의 남쪽에 있어서 정전과 상당한 거리를 유지했다. 따라서 정전과 희대 사이에는 아주 넓은 공간이 만들어졌다. 이 공간은 관중들이 공연을 서서 볼 수 있도록 하는 기능을 했다. 무정의 높은 대는 사람들의 시선이 전후나 원근을 막론하고 방해받지 않도록 해주었다. 이것이 무루의 "루(樓)"로 이름 하게 된 까닭일 것이다.

(4) 무정의 전대(前臺)와 후대(後臺)의 차이

희대양식의 변화는 중국 고대 연극을 관람하는 형식의 발전과정을 반영한다. 한·당 시기의 광장식 공연은 사람들이 둘러서서 보는 방식이었다. 당대 사원의 노대 공연도 돈황 벽화 안의 많은 예로 보건대 사방에서 보았다. 노대는 보통 대전 앞 정원의 중앙에 있어서 사방이 막힘이 없어 관중들이 사방에 흩어져 볼 수 있었다. 현존하는 만영현 분음(汾陰) 후토묘의 금대에 새기고 송대에 지은 묘모 도비에서 노대는 대전 앞 정원의 정중앙에 있다. 당연히 당시는 대개가 신을 즐겁게 하기 위해 공연한 것이므로 관중석은 일정한 규정 혹은 제한이 있었을 것이고 사방에서 사람들이 설 수는 없었을 것이다. 노대의 정면(신전의 한 면으로 향함)은 공연하는 정방향이어서 사람

[그림 126] 산서 고평(高平) 왕보촌(王報村) 이랑 묘(二郞廟)의 금대 희대

들이 그대로 가만히 있으면서 볼 수 없고 신만이 향유할 수 있게 했다.

송대에는 "무정"식 건축이 나왔다. "정"의 함의에 대해서 ≪석명(釋名)≫은 이렇게 풀이하고 있다.

"머무르다"는 의미이다. 길에서 잠시 머무는 사람들이 모여 머무르는 것이다.[220]

길에서 사람들이 잠시 쉬는 곳은 사방이 열려 있어야 한다. 오늘날의 정자와 유사하다. "무정"이 "정"자를 취해 명명한 것은 자연히 그 구조와 일치하기 때문이다. 그래서 사면이 트이고 둘러서서 볼 수 있어야 한다. 앞서 언급했듯이, 무정식 건축은 노대에서 발전했고, 최초에는 노대 위에 공연이 끝나면 해체할 수 있는 임시적 성질의 악붕을 설치했다가 점차 고정된 기와와 나무를 사용한 와목식(瓦木式) 지붕이 나왔다. 이런 지붕은 당시 정자 양식을 모방하여 네 모퉁이에 기둥을 세우고 위에 기와를 덮고 사방을 개방했다. 노대가 정방형인 것도 정자의 평면구조와 일치한다.

정자는 누각이나 사당과 달리
평면의 네모난 형태의 구조이기 때
문에 지붕의 구조도 그 나름의 규
칙이 있다. 예를 들어, 작은 것은
대부분 사각 모임지붕(四角攢尖
頂)[221] 이고, 큰 것은 십자형 팔작지
붕 등인 것이다. 송·금 초기의 무
정은 대부분 십자형 팔작지붕인
데, 이는 정자식 건축의 특징이다.
원대 희대들도 대개가 평면의 정방

[그림 127] 산서 익성(翼城) 무지촌(武池村) 교택묘(喬澤廟)의
원대 희대(1278 혹은 1324)

형인데, 이 역시 정자식의 흔적이다. 원대 희대의 지붕은 대부분이 팔작지붕으로, 이는
사면에서 관람하던 방식에서 앞쪽에서만 관람하는 방식으로 넘어간 후에 바뀐 양식이다.

원대에 무정을 "청(廳)"으로 부른 것은 당시 희대 건축의 변화를 보여준다. 원대 희대의
관람각도는 이미 사면에서 보던 것에서 삼면에서 보는 것으로 바뀌었다. 무정의 뒷부분(신전과
반대방향)에 담을 쌓은 것이 그 증거이다. 현전하는 산서성 임분시 우왕묘 원 지정 20년(1283)의
"악청"이 이런 양식이다. 네 모퉁이에 돌기둥을 세우고, 그 위에 정자식 지붕을 얹고 뒤쪽에는
두 돌기둥 사이에 흙으로 담을 한 면 쌓았다. 동시에 양쪽 끝이 앞쪽으로 꺾여 희대가
깊이 들어간 뒷부분의 삼분의 일이 되는 지점까지 늘어서 담 끝에 기둥을 추가로 설치했다.
이것은 전형적인 원대건축양식이다. 뒤쪽에 담을 만든 것은 희대 뒤쪽에 좁은 공간을
만들어 기둥을 지탱하고 창방의 중량을 받지 않도록 해주었다. 동시에 무정식 건축의
네 모퉁이에 기둥을 세우는 양식도 바뀌지 않았다. 앞쪽 무대는 삼면이 열려져 사면에서
관람하던 것이 앞쪽·왼쪽·오른쪽의 삼면에서 관람하는 것으로 바뀌었다. 이로써 중국
고대희대건축의 큰 변화가 완성되었다. 사실 신묘 공연은 신에게 보이기 위한 것이어서
공연은 줄곧 신전을 향했다. 담이 없었던 과거의 희대에서도 사면관람을 실현하기란 불가능

했기 때문에 한 쪽에 담을 쌓은 것은 현실에 순응한 결과였다. 그러나 이런 변화가 오히려 중국 희대의 기본양식을 확립시켰다. 이후에 변화가 있긴 하나 삼면에서 보는 무대 기본양식은 고정되었다.

[그림 128] 교택묘 희대의 변천모습을 보여주는 그림

산서성 홍동현 곽산 명응왕전의 원 태정 원년(1324) 충도수의 공연모습을 그린 벽화가 신묘 희대에서의 공연이다. 배우들이 앞쪽으로 두 줄로 서있어 방향성이 아주 뚜렷하다. 배우들의 뒤쪽에 드리워진 휘장이 전대(前臺)와 후대(後臺)를 나눈다. 휘장의 좌측에는 아직 등장하지 않는 한 배우가 손으로 휘장을 밀치고 몸을 반쯤 드러내고 밖의 상황을 몰래 살피고 있다. 잡극 ≪남채화≫ 제1절에는 정말이 남채화로 분장하고 악사인 왕 씨에게 "자네 기패(旗牌)·장액(帳額)·신정(神幀)·고배(靠背)를 모두 걸었는가?"[222] 라고 했다. 벽화 위쪽에 천으로 만들어져 걸려있는 "충도수가 이곳에서 공연했다(忠都秀在此作場)"라는 족자가 바로 장액이다. 장사가 검을 들고 교룡과 싸우는 모습을 그린 두 폭의 휘장이 신정이다. 그림 속의 희대는 임분시 위촌 우왕묘 희대양식과 유사하고, 휘장은 후세 희대에서 "수구(守舊)"[223] 의 전신이다. 이 기록으로 휘장 뒤쪽의 공간은 상당히 작아 실제 이용할 때 비좁았음을 알 수 있다. 좀 더 발전하기 위해서는 시간이 필요했다.

극단이 공연 전에 임시로 휘장을 걸어 전대와 후대를 나눈 점은 당시 희대에서 전대와 후대 사이에 고정적인 칸막이를 두지 않았음을 보여준다. 임분시 왕곡촌 동악묘의 원대 희대 양옆의 창방에는 휘장을 걸 때 남은 커다란 못 자국을 볼 수 있다. 그 위치가 희대 안쪽으로 3분의 일이 되는 지점에 있는 것도 이를 증명한다. 희대에 고정된 칸막이로의 나무 벽을 세워 전·후대를 정식으로 구분한 것은 명대의 일이다.

그림으로 보는 중국희극사

●●

1   장안성(長安城)을 몇 개의 구역으로 나누고 높은 담을 쌓아 통행을 제한한 제도.

2   《송회요집고(宋會要輯稿)·악오(樂五)·교방악(敎坊樂)》에 보임.

3   《악서(樂書)》(권200): "聖朝嘗講習射曲宴之禮, 第奏樂行酒進雜劇而已, 臣恐未合先王之制也."

4   [옮긴이] 남희(南戱)라고도 함. 송·원 시기 중국 동남 연해지역에서 송 잡극·사(詞)·민가 등을 흡수하여 형성된 희곡양식.

5   [옮긴이] 기녀와 관련된 감미로운 선율과 가사를 가진 소품 가곡.

6   [옮긴이] 음란한 가사가 들어간 노래.

7   [옮긴이] 말을 타고 공을 막대기로 치며 골을 넣는 경기. 지금의 폴로나 하키와 유사함.

8   [옮긴이] "척병롱완(踢甁弄碗)"의 약자로, 접시돌리기의 일종.

9   [옮긴이] 역사이야기를 재미나게 들려주는 송대 설창예술의 일종.

10   [옮긴이] 남녀의 사랑이야기·귀신이야기·기이한 이야기 등을 들려주는 송대 설창예술의 일종.

11   [옮긴이] 어린아이들이 하는 씨름경기.

12   [옮긴이] 도도와 만패를 갖고 춤추는 공연. "도도"는 군도(軍刀)의 일종. "만패"는 만왕(蠻王)의 흉측한 얼굴을 그려 넣은 커다란 방패.

13   [옮긴이] 벌레·물고기·새·작은 짐승 등을 지휘하는 것을 보여주는 공연.

14   [옮긴이] 송의 설창예술에서 비롯되었으며, 가창부분에서 같은 궁조에 속하는 약간의 곡들을 취해 투곡(套曲)을 만들고, 다시 다른 궁조에 속하는 곡들로 약간의 짧은 투곡을 이어 전체를 만든다. 다른 궁조에 속하는 곡으로 만들었기 때문에 "제궁조"라고 함.

15   [옮긴이] 수수께끼나 머리를 쓰는 문제를 내어 관중들이 즐기게 한 오락의 일종.

16   [옮긴이] 당대에는 노래·춤·가벼운 말로 이루어진 일종의 가무기예였음. 송대에는 공연자가 즉석에서 물건을 가리키면서 시를 짓거나 어떤 주제를 받아 바로 읊는 공연으로 변함.

17   [옮긴이] 골계와 해학을 위주로 공연하는 송대 설창예술의 일종.

18   [옮긴이] 산동(山東)이나 하북(河北)의 촌사람들을 웃음거리를 삼아 공연하는 희곡의 일종.

19   [옮긴이] 삼국(三國) 시기의 이야기를 들려주는 송대 강사(講史)의 일종.

20   [옮긴이] 오대(五代) 시기의 이야기를 들려주는 송대 강사(講史)의 일종.

21   [옮긴이] 과일 파는 사람들의 독특한 소리를 이용한 공연.

22   [옮긴이] 당·송 때 궁정 연회에서 공연한 대형 악무. 대곡은 같은 궁조에 속하는 몇 "편

(遍)"으로 이루어지며 매 "편"에는 각자 편명이 있다. 대곡은 보통 세 부분으로 나누어진다. 첫째는 노래도 하지 않고 춤도 추지 않는 산서(散序)부분, 둘째는 가창 위주의 중서(中序) 혹은 박서(拍序)부분, 셋째는 빠른 리듬의 춤을 위주로 하는 "파(破)" 부분이 있음. 대곡은 가무가 결합된 장편 악무여서 송원희곡의 음악에 큰 영향을 주게 됨.

23 [옮긴이] 빙빙 돌며 추는 춤의 일종.

24 [옮긴이] 송대 설창예술의 일종. 같은 궁조에 속하는 곡으로 투수(套數)를 이루는데, 앞부분에는 인자(引子)가 있고 뒷부분에는 미성(尾聲)이 있다. 창할 때 북·피리·박판(拍板)을 사용함.

25 [옮긴이] 송대 설창예술의 일종. 북을 반주악기로 삼아 같은 사조(詞調)를 반복해서 여러 번 창함. 간혹 중간 중간에 대사를 넣어 상황을 설명하거나 경관을 노래함.

26 [옮긴이] 송대 설창예술로, 7언의 형식에 비파로 반주하며 문사는 통속적이다. 주로 농민들을 대상으로 공연했음.

27 [옮긴이] 송대 설창예술로, "애사(崖詞)"라고도 함. 말도 하고 창도 하여 설화(說話)와 유사함.

28 [옮긴이] 송대 민간 무도로 군중에서 만들어졌다고 함. 춤추는 사람은 남자·여자·승려·도사 등의 각종 직업의 인물로 분장하여 춤을 춤.

29 당·이덕유(李德裕)의 《이문요문집(李文繞文集)》(권12)에 보임.

30 송·진양(陳暘)의 《악서(樂書)》(권186)에 보임.

31 송·맹원로(孟元老)의 《동경몽화록(東京夢華錄)》(권2)에 보임.

32 "教坊減罷幷溫習張翠蓋、張成."

33 송·관포(灌圃) 내득옹(耐得翁)의 《도성기승(都城紀勝)》에 보임.

34 주밀(周密)의 《무림구사(武林舊事)》(권10)에 "관본잡극단수(官本雜劇段數)"에 보임.

35 [옮긴이] 양자강 하류지역으로 지금의 강소성(江蘇省)과 절강성(浙江省)을 아우르는 지역.

36 "至於優伶常舞大曲, 惟一工獨進, 但以手袖爲容、踏足爲節. 其妙串者, 雖風旋鳥蹇, 不逾其速矣."

37 송·사호(史浩)의 《무봉진은만록(鄮峰眞隱漫錄)》(권46)에 보임.

38 [옮긴이] 송·금의 잡극에서 부녀자를 연기한 배역을 말한다.

39 [옮긴이] 당대 사원에서 경문(經文)을 강해(講解)하는데 사용한 설창형식.

40 "澤州孔三傳者, 首創諸宮調古傳."

41 "士大夫皆能頌之."

42 [옮긴이] 희곡이나 산곡(散曲)에서 여러 개의 곡조를 연결하여 스토리성이 있는 긴 장편의 곡을 이룬 형식. 투곡(套曲)이라고도 함.

43 원·석군보(石君寶)의 잡극 《제궁조풍월자운정(諸宮調風月紫雲亭)》에 보임.

44 《예기(禮記)·잡기하(雜記下)》(권43): "一國之人皆若狂."

45 남조(南朝) 양(梁)·종름(宗懍)의 《형초세시기(荊楚歲時記)》: "村民打細腰鼓, 戴胡公頭, 及作金剛、力士以逐除."

46 송·범성대(范成大) 《석호시집(石湖詩集)》(권23): "民間鼓樂, 謂之社火, 不可悉記, 大抵以滑稽取笑."

47 《몽량록(夢粱錄)》(권20): "多是借裝爲山東、河北村叟, 以資笑端."

48 같은 책에 보임.

49 "今人文字全無骨氣, 便似舞迓鼓者, 塗眉畫眼, 僧也有, 道也有, 婦人也有, 俗人也有, 官人也有, 士人也有, 只不是一本樣子, 然皆足以惑衆."

50 《무림구사》(권10)에 보임.

51 《동경몽화록》(권2): "一場兩段."

52 [옮긴이] 공연을 시작하기 전에 보여주는 짧고 간단한 연출을 말한다.

53 《도성기승》과 《몽량록》에 보임.

54 《도성기승》: "末泥色主張, 引戱色分付, 副淨色發喬, 副末色打諢, 又或添一人裝孤."

55 같은 책: "末泥爲長."

56 [옮긴이] 대곡의 제3단을 "파(破)"라고 하는데, 이 부분만 공연한 것을 말함. 박자가 급박하고 노래와 춤이 모두 있었다.

57 《몽양록》: "先吹曲破斷送."

58 같은 책: "唱念應對通遍."

59 원·두선부(杜善夫)의 산투(散套) 《장가불식구란(莊家不識構闌)》(《전원산곡(全元散曲)》, 중화서국, 1991년 상책, 제30쪽): "一個女孩兒轉了幾遭, 不多時引出一伙."

60 "雜劇、說話、弄影戲、小說、嘌唱、弄傀儡、打筋斗、彈箏、琵琶、吹笙等藝人一百五十餘家."

61 송·이천민(李天民) 《남정록휘(南征錄彙)》: "諸色目三千餘人, 敎坊三千餘人."

62 명·축윤명(祝允明)의 《외담(猥談)》: "宣和之後、南渡之際."

63 명·서위(徐渭)의 《남사서록(南詞敍錄)》: "宋人詞而益以里巷歌謠."

64 같은 책: "卽村坊小曲而爲之, 本無宮調, 亦罕節奏, 徒取其畸農市女順口可歌而已, 諺所謂隨心令者."

65 같은 책: "宣和間已濫觴, 其盛行則自南渡."

66 [옮긴이] 조상이나 불상을 그린 족자그림.

67 [옮긴이] 장막 위의 액자.

68 [옮긴이] 호북성(湖北省)과 호남성(湖南省)을 아우르는 말.

69 《송회요집고(宋會要輯稿)·악오(樂五)·교방악(教坊樂)》과 송·관포 내득옹의 《도성기승》에 보임.

70 피화소(皮貨所)의 제거(提擧)로 있다가 잡극 2편을 지은 적이 있음.

71 일작에는 자를 동가(東嘉)라고 함.

72 "不關風化體, 縱好也枉然."

73 명·위량보(魏良輔) 《곡률(曲律)》에 보임.

74 원나라 사람 석군보(石君寶)의 잡극 《추호희처(秋虎戲妻)》가 있고, 청대 각 지방의 방자(梆子)와 경극(京劇)에도 《상원회(桑園會)》 극목이 있다.

75 원나라 사람 마치원(馬致遠)과 주문질(周文質)이 같은 내용의 잡극을 지었고, 명대 무명씨의 전기 《목양기(牧羊記)》가 있다. 청대 곤곡(崑曲)·방자·경극에도 이 극이 있다.

76 원나라 사람 경천석(庾天錫)도 같은 내용의 극을 지었고, 명대 무명씨의 전기 《난가산(爛柯山)》과 《어초기(漁樵記)》가 있다. 청대 각 지방의 방자와 경극에도 《마전발수(馬前潑水)》극이 있다.

77 원대 무명씨의 잡극 《연환계(連環計)》와 명나라 사람 왕제(王濟)의 전기 《연환기(連環記)》가 있다. 청대 각 지방의 방자 극목에 《여포희초선(呂布戲貂蟬)》과 경극에 《봉의정(鳳儀亭)》이 있다.

78 원나라 사람 백보(白甫)도 같은 내용의 극을 지었고, 명나라 사람 주소재(朱少齋)의 《영대기(英臺記)》·주춘삼(朱春森)의 《모란기(牡丹記)》·무명씨의 《방우기(訪友記)》·《동창기(同窓記)》가 있다. 청대 각 지방의 성강(聲腔) 극종에 《양산대여축영대(梁山伯與祝英臺)》·《쌍호접(雙蝴蝶)》이 있다.

79 원나라 사람 경천석(庾天錫)의 잡극 《주처참교(周處斬蛟)》과 명나라 사람 황백우(黃伯羽)의 《교호기(蛟虎記)》·무명씨의 《쌍서기(雙瑞記)》가 있다. 청대 경극에는 《제삼해(除三害)》가 있다.

80 원대 무명씨의 잡극 《분아귀(盆兒鬼)》와 청대 경극에 《오분계(烏盆計)》가 있다.

81 원나라 사람 공문경(孔文卿)과 김인걸(金仁傑)이 같은 내용의 잡극을 지었고, 명나라 사람 청하(靑霞)의 《동창기(東窓記)》가 있다. 청대 각 지방의 방자와 경극에도 《풍승소진(瘋僧掃秦)》이 있다.

82 원나라 사람 마치원은 같은 내용의 잡극을 지었고, 청대 진강(秦腔)에 《황량몽(黃粱夢)》 극목이 있다.

83 "門第卑微, 職位不振"

84 원·주덕청(周德淸) 《중원음운서(中原音韻序)》에 보임.

85 이중 몇 편은 다른 사람이 지었다는 설이 있음.

86 명대 천일각본(天一閣本) 《녹귀부(錄鬼簿)》 "가중명조사(賈仲明弔詞)": "驅梨園領袖, 總編修師首, 捻雜劇班頭."

87 명·주권(朱權) 《태화정음보(太和正音譜)》: "初爲雜劇之始, 故卓以前列."

88 앞의 책에 보임.

89 명·하량준(何良俊) 《곡론(曲論)》에 보임.

90 [옮긴이] 희곡 성강(聲腔)의 일종. 관현악기를 사용하지 않고 타악기만을 사용함. 한 사람이 독창하고 후대에서 여러 사람이 합창하는 형식. 소리는 힘차고 우렁참.

91 명·주권 《태화정음보》: "神鳳飛鳴."

92 마치원과 예인 홍자이이(紅字李二)·화이랑(花李郎) 등은 각자 1절씩 써서 잡극 《황량몽(黃粱夢)》을 지었음.

93 [옮긴이] 서피(西皮)와 이황(二黃) 두 성강의 합칭. 서피는 진강(秦腔)에서 기원했고, 이황은 취강(吹腔)과 고발자(高撥子)에서 발전되어 형성됨. 청초에 서피는 한조(漢調)의 주요 성강이고, 이황은 휘조(徽調)의 주요 성강이었음. 한조와 휘조가 합해지면서 경극을 탄생시키고 이로 전국적으로 유행하게 됨.

94 [옮긴이] 잡극의 공연성보다 곡문(曲文)의 아름다움을 중시한 일파로, 왕실보(王實甫)·마치원(馬致遠)·백박(白樸) 같은 작가들이 여기에 속한다.

95 "名香天下, 聲振閨閣, 伶倫輩稱鄭老先生, 皆知其爲德輝也."

96 명·주권 《태화정음보》: "九天珠玉."

97 명·하량준 《곡론》: "關、馬、白、鄭."

98 명대 천일각본(天一閣本) 《녹귀부(錄鬼簿)》 "가중명조사(賈仲明弔詞)"에 보임.

99 "新雜劇, 舊傳奇, 《西廂記》天下奪魁."

100 [옮긴이] 섬서·감숙(甘肅)·영하(寧夏)·청해(靑海)·신강(新疆) 등지에서 유행. 섬서 일대의 민가와 송·금·원대 잡극에서 기원하여 명 중엽에 형성됨. 방자(梆子)로 반주하며 소리는 높고 격앙됨.

101 [옮긴이] 복건의 진강(晉江) 유역에서 성행. 퉁소와 비파로 반주하며 남희(南戲) 음악을

많이 보존하고 있음.

102 [옮긴이] 남방의 각 성에서 유행. "휘주(徽州)"·"청양(青陽)"·"사평(四平)" 등의 성강이 곤곡의 영향을 받아 곤익강(崑弋腔)을 형성함. 후에 곤익강은 서진강(西秦腔)의 영향으로 안휘 동성(桐城)·석태(石埭) 일대에서 취강(吹腔)·발자(撥子)·이황(二黃) 등의 새로운 성강을 형성시킴. 청 건륭 때는 "휘희(徽戲)"를 형성함.

103 [옮긴이] 명대 익양강에서 기원했으며, 강서성 동북부에 유행. 총 아홉 개의 각색이 있으며 음악은 간단함.

104 [옮긴이] 운남성(雲南省) 전역과 사천성(四川省)·귀주(貴州) 일부지역에서 유행. 태평소와 피리를 반주악기로 사용하며 2,000여종의 극목을 보유함.

105 [옮긴이] 사천성 전역과 운남성·귀주 일부 지역에서 유행. 생활정취가 농후하고 유머가 풍부함.

106 [옮긴이] 호북과 하남·섬서·호남·광동·복건 등의 일부 지역에서 유행. 옛날에는 "초조(楚調)"라고 했는데 신해혁명 전후로 "한극"으로 이름을 바꿈. 사피(西皮)와 이황(二黃)을 주요 강조로 함.

107 "每四人或五人爲一場."

108 "劉景長一甲八人"·"蓋門慶一甲五人"·"內中祗應一甲五人"·"潘浪賢一甲五人"

109 "市南有不逞者三人, 女伴二人, 莫知其爲兄弟妻姒也, 以謔丐錢. 市人曰: 是雜劇者. 又曰: 伶之類也."

110 "獨歌兒天生秀全家不損一人."

111 "子被這淡廝全家擂殺我."

112 풍원군(馮沅君)의 《고극설휘(古劇說彙)》(작가출판사, 1956년) 53쪽에 보임.

113 왼쪽 열의 두 번째 사람은 장고(杖鼓)를 치고 있지만 가짜 수염을 달고 진한 눈썹을 그린 것으로 보아 배우와 악대를 겸했음을 알 수 있다.

114 [옮긴이] 불교에서 물과 육지에서 헤매는 고혼을 달래고 구제하기 위해 불법을 강설하고 공양을 드리는 의식인 수륙법회(水陸法會) 때 걸었던 종교인물화.

115 "散樂, 野人爲樂之善者."

116 송·왕당(王讜) 《당회요(唐會要)》(권34): "散樂巡村, 特宜禁斷."

117 《소동파전집(蘇東坡全集)·차운주개조장관견기(次韻周開祖長官見寄)》: "俯仰東西閱數州, 老於岐路豈伶優."

118 남희 《환문자제착립신(宦門子弟錯立身)》제5출: "衝州撞府, 求衣覓食."

119 "堯都大行散樂人張德好在此作場, 大德五年三月清明, 施錢十貫."

120 "建舞樓, 都科韓□□張鼎拙書, 石匠張珍刊. 慶樓臺, 大行散人: 古弄呂怪眼、呂宣, 旦色劉秀春、劉元."

121 "堯都見愛大行散樂忠都秀在此作場泰定元年4月日."

122 "奈擔兒難擔生受, 更驢兒不肯快走."

123 교방고(教坊鼓)라고도 함.

124 [옮긴이] 경(磬)과 비슷한 타악기의 일종. 크기는 같지만 두께가 다른 장방형의 철판 혹은 석판 16개로 이루어져 있다. 남조 양(梁)나라에서 처음 만들었고, 수·당 연악(燕樂)에서 상용되었다.

125 《악부잡록》: "面正赤"

126 송·공평중(孔平仲)《속세설(續世說)》(권6): "自數粉墨, 與優人共戲於庭."

127 송·서몽신(徐夢莘)《삼조북맹회편(三朝北盟會編)》(권6) "정강중질(靖康中秩)": "塗抹粉墨作優戲."

128 "將衣服花帽全新置."

129 "哥哥, 你那做雜劇的衣服等件, 不曾壞了. 哥哥, 你揭起帳幔試看咱."

130 "末: 孩兒與老都管先去, 我收拾砌末恰來. 淨: 不要砌末, 只要小唱."

131 是一伙村路岐."

132 "持着些槍刀劍戟、鑼板和鼓笛."

133 "只怕你提不得杖鼓行頭."

134 "提行頭怕甚的."

135 "右第五十八: 一切巫師神女散樂伶官族橫亡魂諸鬼衆."

136 [옮긴이] 옛날 군중에서 명령 전달의 증거로 사용한 화살 모양의 수기(手旗).

137 영희를 평면괴뢰라고 하는 사람도 있다.

138 송·진양(陳暘)의 《악서(樂書)》와 고승(高承)의 《사물기원(事物紀原)》에 보임.

139 《악부잡록》에 보임.

140 "魁磊子, 作偶人以戲, 善歌舞, 本喪家樂也. 漢末始用之於嘉會."

141 "枝(杖)頭傀儡任小三, 每日五更頭回小雜劇, 差晩看不及矣."

142 "江南俗事神, 其巫不一……名稱甚多……又以傀儡戲樂神, 用禳官事, 呼爲弄戲. 遇有係者, 則許戲幾棚. 至賽時張樂弄傀儡, 初用楮錢熱香啓(祈)禱, 猶如祠神, 至弄戲則穢談群笑, 無所不至. 鄕人聚觀飮酒……許賽無已時."

143 [옮긴이] 실을 잡아당겨 나무인형을 조종하는 인형극.

144 [옮긴이] 인형의 머리·몸·두 손 등을 나무에 연결하여 움직이는 인형극.

145 [옮긴이] 화약류의 힘을 빌려 인형을 움직이는 인형극.

146 [옮긴이] 사람이 인형이 되어 움직이며 노는 놀이

147 [옮긴이] 물에 휘장을 설치하고 그 안에서 사람들이 장대를 이용하여 인형을 움직이는 인형극.

148 "傀儡: 懸絲、杖頭、藥發、肉傀儡、水傀儡."

149 "凡傀儡敷衍烟粉·靈怪·鐵騎·公案·史書·歷代君臣將相故事話本, 或講史, 或作雜劇, 或如崖詞, 大抵弄此多虛少實, 如巨靈神·朱姬大仙等也."

150 "造物兒童作劇狂, 懸絲傀儡戲當場. 般神弄鬼翻騰用, 走骨行尸晝夜忙."

151 "爺爺, 好笑哩. 一個人兒將幾扇門兒, 做一個小小的人家兒. 一片綢帛兒, 妝着一個人, 線兒提着木頭雕的小人兒. 那的他喚做甚傀儡, 黑墨線兒提着紅白粉兒, 妝着人樣的東西."

152 "玉峰朱明氏, 世襲窟礧家. 其大父應俳首駕前. 明手盆機警, 而舌辨歌喉, 又悉與手應, 一談一笑, 眞若出於偶人肝肺間, 觀者驚之若神."

153 "萬般盡被鬼神戲, 看取人間傀儡棚. 煩惱自無安脚處, 從他鼓笛弄浮生."

154 "弄人鼓笛不相疑, 便看當場傀儡衣."

155 "郎當舞袖少年場, 線索機關似郭郎. 今日棚前閒袖手, 却從鼓笛看人忙."

156 "世人以竹木牙骨之類爲叫子, 置人喉中吹之, 能作人言, 謂之嗓叫子. 嘗有病喑者爲人所苦, 煩冤無以自言, 聽訟者試取叫子令嗓之作聲, 如傀儡子, 粗能辨其一二, 其冤獲申. 此亦可記也."

157 "宋朝仁宗時, 市人有能談三國事者, 或采其說, 加緣飾作影人, 始爲魏、吳、蜀三分戰爭之像."

158 [옮긴이] 이야기를 흥미롭게 들려주기 위해 말도 하고 노래도 하는 형식. 송대의 강사(講史)가 대표적인 설서형식임.

159 [옮긴이] 불경의 고사를 청중들에게 알기 쉽게 설명할 때 보조적으로 그림을 이용하여 입체적으로 청중들의 이해를 돕는 것을 말함.

160 "凡影戲乃京師人初以素紙雕鏃, 後用彩色裝皮爲之."

161 "弄影戲者, 元汴京初以素紙雕簇, 自後人巧工精, 以羊皮雕形, 用以彩色妝飾, 不致損壞."

162 《동경몽화록》(권6): "諸門皆有宮中樂棚, 萬街千巷, 盡皆繁盛浩鬧. 每一坊巷口, 無樂棚去處, 多設小影戲棚子, 以防本坊遊人小兒相失, 以引聚之."

163 《무림구사》(권6)에 보임.

164 《무림구사》(권2) "원석(元夕)": "或戲於小樓, 以人爲大影戲. 兒童喧呼, 終夕不絶."

165 "大小影戲分數等, 水晶羊皮五彩裝. 自古史記十七代, 注語之中子細看: 影戲頭樣幷皮脚, 幷長五小尺. 中樣、小樣, 大小身兒一百六十個. 小將三十二替, 駕前二替. 雜使公二, 茶酒、着馬軍, 共計一百二十個. 單馬、窠石、水、城、船、門、大蟲、果卓、椅兒, 共二百四件. 槍、刀四十件. 亡國十八國, 《唐書》、《三國志》、《五代史》、《前後漢》, 幷雜使頭, 一千二百頭."

166 앞서 인용한 《사물기원》의 "간혹 그 이야기를 취하고, 수식하여 영인을 만든다(采其說, 加緣飾作影人)" 부분을 참조.

167 《몽량록》(권20) "백희중기(百戲衆伎)": "其話本與講史書者頗同, 大抵眞假相半."

168 같은 책: "公忠者雕以正貌, 奸邪者刻以醜形, 蓋亦寓褒貶於其間耳."

169 같은 책: "杭城有賈四郎、王升、王閏卿等, 熟於擺布, 立講無差."

170 "樂影傳家, 共守其職."

171 "傀儡牽木作戲, 影戲彩紙斑斕, 敷陳故事, 祈福辟攘."

172 [옮긴이] 건축물의 외관을 실제 나무로 만든 것처럼 꾸미는 공예기술의 일종.

173 [옮긴이] 기둥과 기둥을 잡아주는 부재.

174 [옮긴이] 기둥 위에 놓여 지붕의 하중을 적절하게 분산시켜 기둥에 전달하는 부재.

175 [옮긴이] 부처님이 앉는 자리로, 불좌(佛座)를 말함.

176 [옮긴이] 네 개의 개별 건물이 하나의 가운데 뜰을 중심으로 배치되어 있는 건축양식.

177 [옮긴이] ㅁ자형 건축에서 가운데 뜰이 마치 하늘에 뚫린 우물과 같다고 하여 "천정(天井)"이라고 함.

178 송·서몽신(徐夢莘) 《삼조북맹회편(三朝北盟會編)》(52) "정강중질(靖康中秩)": "雕刻圖畫工匠."

179 [옮긴이] 음각으로 위로 조금만 띄우는 조각기법.

180 [옮긴이] 물체의 반쪽 면만 입체적으로 새기는 기법.

181 [옮긴이] 물체의 모든 면을 입체적으로 새기는 기법.

182 "得石棺, 銘曰: '……賜爾石棺以華氏.'"

183 [옮긴이] 괘선을 그리는데 사용하는 자인 계척(界尺)을 사용하여 선을 그으면서 그리는 중국 전통의 회화.

184 [옮긴이] 설날 때 복을 빌고 액을 막기 위해 실내에 붙이는 그림.

185 [옮긴이] 금·원 때의 공연양식인 원본(院本)의 다른 이름.

186 송·장염(張炎) 《산중백운사(山中白雲詞)》(권5): "濟楚衣裳眉目秀, 活脫梨園子弟家聲舊. 諢砌隨機開口笑, 筵前戲諫從來有."

187 《공자가어(孔子家語)》(권3)에 보임.

188 동한·왕일(王逸)의 《초사장구(楚辭章句)·천문서(天問序)》에 보임.

189 "是時, 郡尉府舍, 皆有雕飾, 畵山神海靈, 奇禽異獸, 以炫耀之."

190 《동경몽화록》(권3): "供獻樂部."

191 송·심괄《몽계필담》(권17): "相國寺舊畵壁乃高益之筆, 有畵衆工奏樂一堵, 最有意."

192 "周攬四阿, 循墻而趨, 粉墍圖繪, 皆作伶官弄臣像."

193 "壁畵乃大觀四年名筆所畵, 儀衛優伶衣冠器杖皆極精妙."

194 "自宴樂、優戲、琴奕、圖書、弋釣、紉織, 下至搗練、汲井, 凡宮中四時行樂作務, 粲然畢陳."

195 "玉枕紗櫥, 半夜凉初透."

196 《금사(金史)·식화지이(食貨志二)》: "禁私鑄銅鏡, 舊有銅器悉送官, 給其直之半."

197 헌전(獻殿)이라고도 함.

198 명 가정(嘉靖)·천계(天啓) 때 두 차례 중각함.

199 "眞宗景德三年十月二十四日, 內出睢上后土廟圖, 令陳堯叟量加修飾."

200 "殿宇雄壯, 廟貌儼然, 廊廡昔皆俱備, 惟有露臺闕焉."

201 "有露臺一所, 累土爲之. 歲律遷□, 風頹雨圮, 屢修屢壞, 終不稱於廟□."

202 "臺崇七尺五寸, 方廣二十四步, 磚總萬有六千數, 邊隅用石, 一百五十□."

203 [옮긴이] 각종 인물이나 꽃·과일의 형태를 몸으로 표현해내는 공연.

204 "社火呈於露臺之上……自早呈拽百戲, 如上竿、躍弄、跳索、相撲、鼓板、小唱、鬪鷄、說諢話、雜扮、商謎、合生、喬筋骨、喬相撲、浪子雜劇、叫果子、學像生、偉刀裝鬼、矴鼓、牌棒、道術之類, 色色有之, 至暮呈拽不盡."

205 "作樂有亭."

206 《추간집(秋澗集)》(권37)에 보임.

207 "旣有舞基, 自來不曾興蓋."

208 "創建修蓋舞亭一座."

209 [옮긴이] 추녀 위에 올라가는 부재로 겹처마에 사용됨.

210 [옮긴이] 처마의 네 귀의 기둥 위에 끝이 위로 들린 크고 긴 서까래.

211 [옮긴이] 창방 위에 올려지는 부재.

212 [옮긴이] 직각이나 평각이 아닌 예각(銳角)이나 둔각(鈍角)을 이르는 말.

213 [옮긴이] 서까래를 받치기 위해 기둥과 기둥 사이에 걸쳐놓는 나무.

214 [옮긴이] 종도리 밑에 있는 도리를 말함.

215 [옮긴이] 지붕의 가장 상부에 있는 도리.

216 [옮긴이] 종도리를 받치는 부재.

217 [옮긴이] 지붕마루 중에서 용마루의 양쪽 끝단에서 수직방향, 즉 기왓골 방향으로 내려오는 마루이다. 맞배지붕이나 팔작지붕에서 생기며, 격식이 있는 건물의 경우 끝단에 용두장식과 잡상을 두기도 한다.

218 [옮긴이] 지붕 양 옆에 박공(牔栱)으로 "ㅅ"자 모양을 이룬 각.

219 "倚殿柱觀倡優."

220 "停也, 道路所舍人停集也."

221 [옮긴이] 지붕의 평면이 방형이며, 네 개의 지붕면이 하나의 꼭지점으로 모이는 양식으로, 우리나라의 모임지붕에 해당한다.

222 "你將旗牌、帳額、神幀、靠背都與我掛了者?"

223 [옮긴이] 중국 전통의 무대장치로, 각종 문양을 수놓은 비단장막을 말함.

제3장

명·청시기

1. 개 술

명·청시기, 중국사회는 상업경제가 최고조로 발달하고 사회생활은 사치해졌다. 여기에 명대 중기 이후 사대부 계층이 향락을 추구하면서 희곡은 더욱 크게 발전할 수 있는 여지를 만들었다.

명나라 초기 남방의 희문은 이미 동남 연해안의 각 성까지 확산되었고 그 세를 몰아 내륙과 서남 지역으로 발전했다. 명 만력 연간에 이르면 이미 전국적인 희곡 성강(聲腔)[1]이 되었다. 그중에 곤곡(崑曲)[2]은 사대부들의 각별한 선호에 힘입어 널리 유전되었다. 잡극은 점차 축소되었지만 북방의 민간에서는 계속 공연되었다. 명대 중기 이후, 북방의 각 지역에서는 또한 민간의 소창을 토대로 새로운 희곡 성강인 현색(弦索)[3]과 방자(梆子)[4]가 나왔다. 이들의 흥기는 청대 전체 희곡에 영향을 주었다. 청대 이후 이들 희곡 성강은 전국 각지로 전파되면서 곳곳에서 새로운 지방 극을 탄생시킴으로써 중국 희곡문화의 장관을 연출했다.

명·청 희곡이 흥기하게 된 것은 사대부 계층의 도움과 밀접한 관련이 있다. 명대 이후 사풍(士風)은 퇴폐적이고 사치스러웠다. 많은 사대부들이 예법에 얽매이지 않고 방탕했으며 마음껏 향락을 추구하고 음악과 여인에 빠졌다. 그중 중요한 것이 희곡에 심취한 것이었다. 명나라 말기 동남지방의 유명한 문인 장대(張岱; 1597~1684)는 스스로 자신의 일생을 "좋은 집을 좋아하고, 예쁜 첩을 좋아하고, 미소년을 좋아하고, 준마를 좋아하고, 멋진 등을 좋아하고, 폭죽을 좋아하고, 연극을 좋아하고, 음악을 좋아했다."[5]라고 했는데, 이런 풍조를 아주 잘 보여주는 말이다. 또 명·청대에 문인들은 전문배우들 사이에 끼여 연기하는 것이 유행이었다. 도륭(屠隆; 1543~1605)은 "극을 할 때마다 늘 여러 배우들 속에 마음대로 끼어들어 재주를 보였고"[6], 탕현조(湯顯祖; 1550~1616)는 "직접 분향 묻은 눈물을 만지며 어린 배우들을 가르치네."[7]라고 한 것이 이를 말한다. 심지어 과거시험을 무시하고 직접 공연에 참가한 것을 즐거움으로 삼은 문인도 있었다. 명나라 사람 진완(陳琬)의 ≪광원잡기(曠園雜記)≫ 에는 이런 이야기가 있다: 가정(嘉靖) 4년(1525)에 향시(鄉試)에 급제한 주시(周詩)라는 사람이 있었다. 향시 합격자 발표가 나던 날 사람들은 발표문을 보려고 성문(省門)으로 몰려가는데도, 그는 이원에서 극을 공연했다. "문밖에서는 주해원이라고 외치는 소리가 마구 들렸음에도, 주시는 못 들은 척 했다. 노래가 끝나자 무대에서 내려와 돌아갔다."[8] 많은 명·청대 문인들은 자신만의 가정 극단을 두었다. 유명한 사람으로는 이개선(李開先; 1502~1568)·도륭·도충양(屠冲暘)·심경(沈璟; 1553~1610)·장대·완대성(阮大鋮; 1587~1648)·모벽강(冒辟疆; 1611~1693)·사계좌(查繼佐; 1601~1676)·이어(李漁; 1611~1680)·우동(尤侗; 1618~1704) 등이 있다. 관부에서도 배우들을 양성하기도 했다. 이 때문에 나라에서는 다시 금령을 내렸다. 청 가경(嘉慶) 4년(1799)에는 황제가 이렇게 조서를 내렸다.

근년에 각 성의 총독(總督)과 순무(巡撫) 두 사람이 다스리는 부서 내에서 배우들의 일을 가르치고 공연한다고 들었다……직접 극단을 운영하는 것을 전적으로 불허한다.[9]

청대소설 ≪기로등(岐路燈)≫ 제95회에도 개봉순무(開封巡撫)가 "근래 평판이 좋지 않는 주와 군에 가보니, 극단을 운영하여 자신의 즐거움을 도모하려는 자가 있었다."[10]라고 한 부분이 있다.

이런 풍조로 말미암아 문인들은 역사상 유례가 없는 희곡 창작과 희곡 활동에 뛰어들었다. 명·청시기에 많은 문인 희곡작가들이 나와 엄청난 작품을 창작하여 희곡을 번성시켰다. 명·청 문인들이 희곡창작에 종사하게 된 동기와 목적은 원대 작가들과 달랐다. 원 잡극 작가들이 먹고 살기 위해 희곡을 지었다면, 명·청대 작가들은 말과 음률을 갖고 놀다 흥이 생겨 노래를 부르면서 희곡을 지었다. 그들에게 희곡은 마음과 뜻을 기탁하는 도구였다.

희곡은 민속 문화와 긴밀하게 결합해 사회 각 영역으로 스며들었다. 희곡은 제사와 사화 같은 민속활동을 통해 백성들의 종교의식·경축행사·농사기원·경조사와 하나가 된 민속예술이자 민간의 중요한 오락이었다. 희곡은 하층민들에게 역사를 알려주고 문화적 소양을 쌓게 주었다. 희곡은 그들에게 교과서이자 계몽서적이었다. 때문에 사람들이 희곡을 애호한 것은 당연한 것이었다. 청나라 사람 유계장(劉繼莊; 1648~1695)은 ≪광양잡기(廣陽雜記)≫(권2)에서 이렇게 말했다.

> 내가 세상의 백성들을 보니, 어느 누구하나 극을 보면서 노래 부르는 것을 좋아하지 않는 사람이 없었다.[11]

희곡은 문화수준이 높지 않더라도 볼 수 있었다. 심지어 약간의 수양만 있어도 모방할 수 있었다. 청나라 사람 섭돈관(聶敦觀)이 ≪가가도인시초(呵呵道人詩草)·관극(觀劇)≫에서 "경성의 극을 조금 아는 한 여인은 ≪난봉기(鸞鳳記)≫의 가사를 듣고 외울 수 있었다."[12]라고 한 것이 이를 보여준다. 이 때문에 극을 보는 것은 명·청대 평민들의 생활에서 가장 흔하고 유행하는 일이 되었다. 청나라 사람 초순(焦循; 1763~1820)은 ≪화부농담(花部農譚)≫ 서문에서 "성곽 밖의 각 마을에서는 2월과 8월 사이에 서로 돌아가며 극을 공연하고 노래를 부른다. 농부·나무꾼·어부들이 모두 모여 즐겁게 노는데, 그 유래가 오래되었다."[13]라고 했는데, 당시 평민들의 희곡생활을 생동적으로 보여준다.

희곡이 일반 백성들의 생활과 긴밀해지면서 각종 희곡유물이 나타났다. 명·청대 희곡유물은 송·원대와 확연한 차이가 있다. 즉, 송·원대 희곡유물은 대부분이 지하 무덤에서 출토된 부장품 내지 사후세계에 대한 장식물이었던 반면, 명·청대는 대부분이 사람들의 일상생활과 연관된 지상의 장식품이라는 점이다. 오늘날 전국 각지의 명·청대 건물에 장식된 아름답고 정교한 희곡 벽돌조각·나무조각(木彫)·석각·벽화들과 생활 장식에 사용된 많은 자기·연화·전지(剪紙)·자수·흙 인형속의 희곡 내용을 보면서 희곡이 사회생활 구석구석까지 얼마나 깊이 스며들었는지 알 수 있다.

2. 연극발전의 맥락

(1) 성강 극종의 변화

남곡 희문은 온주에서 발생하고 오(吳) 방언[14]의 제약으로 오랫동안 동남지방에서만 유행했다. 후에 복건지역으로 전해졌고 남송 중기에 항주로 전래되었다. 원대에는 북방 잡극의 남진으로 성행하지 못했다. 명대 이후 희문에게 새로운 기회가 왔다. 대략 성화(成化) 연간(1465~1487)부터 희문은 동남지역 몇 개의 성에서 계속 많은 새로운 성강들을 만들어냈다. 그들은 생겨나자말자 신속하게 남북 각지로 퍼져나갔다. 매서운 공세로 한때 전국에서 유행했던 북곡 잡극은 더 이상 힘을 쓰지 못하고 위축되었다. 결국 잡극은 만력 연간(1573~1620)에 자취를 감추었다.

희문에서 나온 이들 새로운 성강들은 오랜 역사를 가진 남곡 성강에서 기원한 변체(變體)였다. 이들은 남곡

[그림 129] 민국시기 절동(浙東)의 창화전지인 익양강희(弋陽腔戲) 《파화장사저(擺花張四姐)》

희문이 각지로 전해질 때 끊임없이 현지 방언으로 불린 곡들을 흡수하여 계속 변한 결과였다. 문헌상으로 알려진 남곡 변체 성강으로는 총 15종이 있다. 이들은 각각 여요강(餘姚腔)[15] · 해염강(海鹽腔)[16] · 익양강(弋陽腔)[17] · 곤산강(崑山腔)[18] · 항주강(杭州腔)[19] · 악평강(樂平腔)[20] · 휘주강(徽州腔)[21] · 청양강(靑陽腔)[22] · 태평강(太平腔)[23] · 의오강(義烏腔)[24] · 조강(潮腔)[25] · 천강(泉腔)[26] · 사평강(四平腔)[27] · 석대강(石臺腔)[28] · 조강(調腔)[29]이다.

이들이 나온 지역은 조강과 천강이 민남어(閩南語) 권역에서 나온 것을 제외하고는 모두 오 방언 권역을 벗어나지 않거나 오 방언과 기타 방언의 과도지대에 있다. 이는 남곡에서 변체 성강이 만들어지려면 같거나 유사한 방언 권역에 있어야 한다는 것을 말한다. 민남 방언 권역에서 조강과 천강이 나올 수 있었던 것도 이주민이라는 원인 외에 민 방언과 오 방언이 혈연관계에 있기 때문이었다. 이들 남곡 성강들은 모두 옛 희문에서 나왔기 때문에 반주악기와 창법은 옛 희문을 그대로 따르고 있다. 관현악기로 반주하지 않고 노래만 부르고 징과 북으로만 돋보이게 한다든지 인공적인 방강(幇腔)[30]을 하는 점 등이다. 곤산강은 특수하게 발전했다. 가정 후기 곤산 지방의 연로한 작곡가들이 이를 서서히 개량해 나갔다. 그들은 삼현(三弦) · 제금(提琴) · 피리 · 통소 등의 관현악기를 곤산강에 적용하여 소리를 우아하게 만들었다. 민간에서 유행하던 성강들도 실제 연출과정에서 남곡 희문의 창법을 바꾸었다. 휘주강 · 청양강 · 익양강 · 태평강 등의 경우는 "곤조(滾調)"[31] 형식을 발전시켰다. 이것은 5언이나 7언구의 백화시 형식으로 창하고 읽으며 곡문의 스토리를 설명하는 방법이다. 민간에서는 공연할 때 이들을 사용하여 원래 있던 전통 극본의 곡문 중간에 더했는데 이를 "가곤(加滾)"이라 했다. 심오한 곡사를 통속화하여 알기 쉽게 만드는 작용을 했다. 동시에 핵심적인 부분에서는 반복적으로 나타내고 돋보이게 하여 관중들의 감정을 최고도로 끌어 올릴 수 있었다. 이것이 나온 후에 일부 민간의 강조는 문인이 창작한 전기 극본을 무대에 올리기 쉬워져 하층민과 연극의 거리가 더욱 가까워졌다.

명 만력 이후 곤산강이 "관강(官腔)"이 되면서 다른 희문 성강들은 "잡조(雜調)"로 간주되었다. 이렇게 되자 전기 극본의 성질이 두 가지로 나누어졌다. 이후의 문인 전기는 보통 곤강을

[그림 130] 청대 궁중 희화 고강희(高腔戱)
≪청석산(靑石山)≫

연창하기 위해 지어졌고, 다른 성강이 창한 것은 민간의 작품들이었다. 명대 각 성강 극본 중에서 오늘날 극본이 전하는 것은 16편이 있다. 부춘당(富春堂) 간본으로는 ≪설평요금초기(薛平遼金貂記)≫·≪한붕십의기(韓朋十義記)≫·≪하문수옥차기(何文秀玉釵記)≫·≪범저제포기(范雎綈袍記)≫·≪소영황후앵무기(蘇英皇后鸚鵡記)≫·≪설인귀과해정동백포기(薛仁貴跨海征東白袍記)≫·≪한상자구도문공승선기(韓湘子九度文公升仙記)≫·≪유한경백사기(劉漢卿白蛇記)≫·≪왕소군출색화융기(王昭君出塞和戎記)≫·≪향산기(香山記)≫가 있고, 문림각(文林閣) 간본으로는 ≪고문거진주기(高文擧珍珠記)≫·≪유수운대기(劉秀雲臺記)≫·≪청포기(靑袍記)≫·≪관음어람기(觀音魚籃記)≫·≪원문정환혼기(袁文正還魂記)≫·≪신각전상고성기(新刻全像古城記)≫가 있다.

이중 ≪화융기≫는 원대 마치원의 잡극 ≪한궁추≫에서 나왔고, 당시와 후대에 큰 영향을 끼쳤다. 청대 많은 지방 극이 소군(昭君)이 변경을 나간 이야기를 소재로 삼았고 아울러 오랫동안 공연되었다. ≪고성기≫는 삼국의 이야기로, 이 역시 민간에서 널리 환영받았던 소재이다. 이것은 이전에 원말명초 무명씨의 잡극 ≪관운장고성취의(關雲長古城聚義)≫가 있지만 그 영향력은 크지 않다. ≪고성기≫는 청대 이후 각 지방 극에 들어와 널리 공연되었다. ≪향산기≫는 관음보살의 생평과 사적에 관

[그림 131] 청대 궁중 희화 현색강희(弦索腔戱)
≪탐친(探親)≫

한 이야기이기 때문에 민간의 관음 신앙에서 큰 호응을 받아 후대의 지방 극에서 오랫동안 공연되었다.

[그림 132] 청대 궁중 희화 진강희(秦腔戲)
≪사관(査關)≫

명말청초, 익강과 청양강 등의 남곡 성강들은 서로 가까웠기 때문에 오랫동안 서로 영향을 끼치며 함께 전래되다가 하나의 성강으로 합쳐져 고강(高腔)으로 불렸다. 이렇게 이름 하게 된 것은 곤산강과 비교해서 소리가 높고 곧기 때문이었다. 고강은 절강·강서·안휘·호남·호북·사천 등이 있는 장강유역에서 많은 지방 극종을 만들었다. 북방에서도 간혹 그 흔적을 찾을 수 있다. 북방의 각지에서 유행한 속곡들도 나날이 어지러이 섞이면서 결국 새로운 성강 체계가 만들어졌는데, 이것이 중원

일대에서 만들어진 현색강(弦索腔)[32]이다. 현색강은 각지에서 하남의 여아강(女兒腔)[33]·산동의 고낭강(姑娘腔)[34]·유자강(柳子腔)[35]·나라강(羅羅腔)[36] 등의 극종을 만들어냈다. 이중 나라강의 영향이 가장 컸고 또 가장 널리 유행했다. 산서에서 하남·북경·호광(湖廣)·양주(揚州)까지 전국적으로 전해졌다. 섬서에서는 서진강(西秦腔)[37]이 나왔다. 명 만력 48년(1620)에 나온 전기극본 ≪발중련(鉢中蓮)≫에 곡패 【서진강이범(西秦腔二犯)】이 나오는 것으로 보아 적어도 당시에 서진강이 이미 성행했음을 알 수 있다. 서진강은 청나라 초기에 전국으로 퍼졌다. 남쪽으로는 사천·광서·운남·귀주·광동·복건·절강·강소 등의 성으로 전파되었고, 북쪽으로는 산서·하남·산동·하북과 북경으로 전파되었다. 동시에 각지에서 든든하게 뿌리를 내려 방자 성강 체계의 많은 극종을 만들었다.

고강·곤강·현색강·방자강 이 4대 성강은 각기 남방계통과 북방계통의 성강 체계에 속한다. 이중 고강과 곤강이 남방 성강 체계에 속하고, 현색강과 방자강이 북방 성강 체계에 속한다. 이들이 장강을 따라 호북·안휘에서 강소 일대까지 널리 전해지는 과정에서

[그림 133] 청대 유현연화(濰縣年畵) 취강희(吹腔戲)
《타앵도(打櫻桃)》

남과 북의 방언이 겹치는 곳에서는 두 성강의 언어가 합쳐지게 되었다. 이로 남과 북의 두 성강의 특색을 가지면서 현색 악기로 반주하는 새로운 복합적인 성강이 나왔다. 이것이 바로 취강(吹腔)[38] 계통의 종양강(樅陽腔)[39]·양양강(襄陽腔)[40]과 방자강 계통의 방자앙강(梆子秧腔)[41]과 양자가 결합된 방자난탄강(梆子亂彈腔)[42]이다. 종양강은 안휘 안경(安慶)에서 나와 후에 휘희(徽戲)[43]로 발전했다. 강서의 하동희(河東戲)·영하희(寧河戲)·요하희(饒河戲), 호남의 상덕희(常德戲)·파릉희(巴陵戲)·형하희(荊河戲)·기양희(祁陽戲)·장사(長沙)의 상극(湘劇)[44], 광서(廣西)의 계극(桂劇)[45]에서 그 자취를 찾을 수 있다. 양양강은 호북 양양 일대에서 나와 후에 한조(漢調)[46]로 발전하고, 운남 등지에 전래되었다. 감극(贛劇)[47] 광신반(廣信班)의 "송양조(松陽調)"·요하반(饒河班)의 "금강(琴腔)"[48]·소극(紹劇)[49]의 "양어(陽語)"·무극(婺劇)[50]의 "노화조(蘆花調)"·민극(閩劇)[51]의 "적수(滴水)"와 "방수(滂水)"·상극의 "안춘조(安春調)"·광동서진강의 방자강·전극(滇劇)[52]의 호금강(胡琴腔)·천극(川劇)[53]의 호금희(胡琴戲)·산동 내무(萊蕪) 방자의 난탄(亂彈)[54] 등에서 이를 볼 수 있다.

방자앙강은 곤익강과 진강의 복합체로 건륭 연간에 한때 크게 성행했다. 현재 경극의 "남방자(南梆子)"에 이것의 직계자손을 볼 수 있다. 방자난탄강은【서진강이범】과 취강(吹腔)의 "삼오칠(三五七)"에서 발전되어 나와 절강·강서·강소 등지에서 유행하다가 후에 소흥난탄(紹興亂彈)[55]·금화난탄(金華亂彈)·온주난탄(溫州亂彈)[56]·포강난탄(浦江亂彈)[57]·황암난탄

[그림 134] 민국시기 북경 희화 방자난탄강희(梆子亂彈腔戲) 《호접배(蝴蝶杯)》

(黃巖亂彈)[58] · 제기난탄(諸曁亂彈) · 처주난탄(處州亂彈)[59] 등과 같은 많은 후예들을 파생시켰다.

상술한 취강 · 방자강 · 난탄강은 끊임없이 진강이라는 새로운 자극을 받으며 점차 그들의 체제에서 새로운 복합 성강인 이황(二黃)[60]과 서피(西皮)[61]로 변했다. 먼저 나온 이황은 안휘의 종양강이 진강의 악기 호금(胡琴)을 받아들인 결과 환남(皖南)에서 생겨나 빠르게 유행했다. 호북을 거쳐 호남 · 섬서 · 광서 · 운남 · 광동 · 복건 등지에 전파되었다. 뒤에 나온 서피는 서진강이 호북에 전해진 후에 현지의 성강과 결합하여 생겨난 강조(腔調)이다. 또 서피와 이황이 결합하여 피황(皮黃)을 탄생시켰다. 호북에서는 초조(楚調)라 했고, 안휘에서는 휘희라고 했다. 그 음악의 포용성과 표현력은 다른 성강들보다 뛰어나 역사상 가장 높은 수준에 다다랐다. 피황은 지금까지 가장 영향력 있는 성강이라고 할 수 있다. 건륭 55년(1790), 청 고종 80세 생일에 양주에서 이황강을 창하는 휘반(徽班)인 삼경반(三慶班)이 북경에 들어와 축하공연을 하면서 정식으로 휘반이 북경에 들어온 서막을 열었다. 이후 한조, 즉 초극(楚劇) 예인들도 점차 북상하여 극단을 만들어 공연했는데 이때 서피강도 북경으로 갖고 왔다. 이후 이황과 서황은 오랫동안 무대에서 함께 공연하면서 점차 피황극, 즉 경극(京劇)의 세상이 되었다.

청대 각지의 지방 극종의 형성은 왕왕 상술한 여러 종의 복합 성강의 종합적인 작용에 힘입은 바가 컸다. 사천의 천극 같은 경우가 좋은 예이다. 사천성 현지에는 큰 극종이 생겨나지 않았지만 명대에서 청대까지 외지의 극단들이 꼬리를 물고 사천에 들어와 공연했다. 명대에는 익양강과 곤강이 먼저 들어온 다음 진강이 들어왔다. 청대에는 또 휘조와 한조 등이 들어왔다. 전후로 사천에 들어온 이들 성강 극종들은 사천에서 오랫동안 함께 연출하면서 점차 서로 융합되고 아울러 현지에서 유행하던 등희(燈戲)와 결합하여 청나라 말기에는 이를 종합한

[그림 135] 청대 궁중 희화 방자피황강희 (梆子皮黃腔戲) ≪양성도(讓成都)≫

[그림 136] 민국시기 절강 전지 휘희(徽戲)
≪대금전(對金錢)≫

성강 극종인 천극이 나왔다. 천극의 음악은 다섯 가지 성분, 즉, 곤강·고강·호금희·난탄·등희를 포함한다. 다섯 가지 성분이 융합되면서 나름대로의 특색을 갖추게 되었다.

청대 지방 극이 형성된 경로는 상술한 각종 복합 성강 극종이 변화하면서 파생시킨 것 외에 민간의 가무와 설창의 토대에서도 발전되었다. 민간 가무에서 온 것으로는 화고희(花鼓戲)[62]·화등희(花燈戲)[63]·앙가희(秧歌戲)·등희(燈戲)·채다희(采茶戲)[64]·채조희(彩調戲) 등이 있고, 민간의 설창에서 온 것으로는 도정희(道情戲)[65]·탄황희(灘黃戲)·곡자희(曲子戲) 등이 있다. 이중 화고희의 경우 화고(花鼓)를 치며 몸을 놀리고 창하는 민간의 사화 무도에서 유래했다. 이것은 장강 중하류 지역에서 형성되어 점차 희곡으로 변했다. 앞에 서술한 성강과 복합 성강과는 달리 이들 민간의 극종은 형식상 간단하고 배역도 적었다. 또 음악은 간단하고 빨랐으며 공연풍격은 발랄하면서 소박했다. 공연극목도 대부분 간단한 민간생활이었는데, 이를 일반적으로 지방소희(地方小戲)라고 부른다. 그 수량은 매우 많고, 관련 지면이 아주 넓어 청대 중·후기 아주 중요한 희곡 성강 유파가 되었다.

이렇게 되어 청나라 말기에 중국희극극종은 최고조로 발전하는데, 대략 300개의 극종이 전국 각지에서 유행했다.

(2) 명대의 연극문학

명대 희곡의 오랜 번영은 문인들이 극본을 창작하는데 경험과 조건을 제공했다. 때문에 명인들의 전기와 잡극창작은 극도로 성행했다. 작가든 작품이든 그 수량이 대단히 풍부하다. 근인 푸시화(傅惜華, 1907~1970)의 ≪명대전기전목(明代傳奇全目)≫[66]에는 950편의 명 전기와 695명의 작가이름이 수록되어있다. ≪명대잡극전목(明代雜劇全目)≫[67]에는 900편의 명 잡극과 312명의 작가이름(전기 작가와 대부분 중복)이 수록되어있다. 이것이 전부가 아니다. 이중에는 빠진 것이 적지 않다. 명인 극작의 전본(傳本)은 ≪중국총서종록(中國叢書綜錄)≫[68]의 통계에 의하면 전기 234편과 잡극 109편이 있다.[69] 이 숫자도 당연히 완전하지 않다. 단각본(單刻本)을 포함시키지 않았기 때문이다.

명대 전기(前期)에는 전기(傳奇)를 짓는 작가가 많지 않았다. 그러나 후세 좋지 않는 영향을 준 작품이 2편 있는데, 구준(邱濬; 1420-1495)의 ≪오륜전비기(五倫全備記)≫와 소찬(邵燦)의 ≪향낭기(香囊記)≫이다. 전자는 자모(慈母)·효자·정녀(貞女)를 묘사했는데 유학자의 어투가 강하다. 고명의 극은 풍습을 알려야 한다는 관념을 완전히 예술이라 할 수 없는 지경까지 추락시켰다. 후자는 "당시의 글로 남곡을 지었으며"[70], 문장 전체가 전고와 변문(騈文)이어서 글재주를 뽐내는 작품이다. 이 작품은 명인 전기의 문장의 아름다움을 추구하는 문사파(文詞派)를 열었다. 희곡 대가 탕현조의 초기작품인 ≪자소기(紫簫記)≫에서도 그 영향을 찾아 볼 수 있다. 당연히 명 전기에도 연출만을 위해 쓴 성공한 작품들이 있는데, ≪금인기(金印記)≫·≪정충기(精忠記)≫·≪연환기(連環記)≫·≪천금기(千金記)≫·≪사절기(四節記)≫·≪환대기(還帶記)≫·≪삼원기(三元記)≫·≪교홍기(嬌紅記)≫·≪옥환기(玉環記)≫·≪척목기(剔目記)≫·≪나파기(羅帕記)≫·≪약리기(躍鯉記)≫ 등이 있다. 이들 작품은 오랫동안 무대에서 공연되었다.

[그림 137] 청대 고밀연화(高密年畵) ≪향산기(香山記)≫

소복지(蘇復之)의 ≪금인기≫는 전국(戰國)시대의 이야기에서 나왔다. 이 작품 이전에는 원 무명씨의 잡극 ≪동소진의금환향≫이 있다. 이 극은 사람들이 부를 쫓는 악습을 집중적으로 파헤쳐 냉랭한 세태를 보여줌과 동시에 소진이 마지막에 금의환향할 때의 기상과 장면을 흥미롭게 보여주고 있다. 때문에 이 극은 줄곧 오랫동안 공연되었다. 후대 지방 극에서 가장 많이 공연된 것이 이중의 ≪육국봉상(六國封相)≫ 부분이다. 왕제(王濟)의 ≪연환기≫는 삼국시기 왕윤(王允)이 동탁(董卓)에게 초선을 올려 여포와 이간시키는 이야기로 사람들에게 환영받았다. 극 중에 "여포가 초선을 놀리는(呂布戲貂蟬)" 부분이 가장 유명하다. 이 극은 청대 지방 극에서도 상당이 많이 알려져 방자와 피황극 ≪호뢰관(虎

[그림 138] 청대 궁중 희화 ≪호부기(虎符記)≫ (≪전태평(戰太平)≫)

牢關)≫과 ≪봉의정(鳳儀亭)≫ 등으로 공연되었다. 심천(沈泉)의 ≪천금기≫는 유방과 항우의 초한전쟁을 다루고 있다. 이중 가장 유명한 것이 강렬한 비극효과를 가진 ≪패왕별희≫로, 민간에서 오랫동안 불려졌다.

가정 연간에는 전기 작가 이개선(李開先; 1502~1568)이 나타났다. 그의 ≪보검기(寶劍記)≫와 ≪단발기(斷髮記)≫는 보존극목이 되었다. 그는 또 ≪삼지화대료토지당(三枝花大鬧土地堂)≫과 ≪원림오몽(園林午夢)≫이라는 원본(院本)도 지었다. 또 정약용(鄭若庸)의 ≪옥결기(玉玦記)≫·설근(薛近)의 ≪수유기(繡襦記)≫·왕세정(王世貞; 1526~1590)의 ≪명봉기(鳴鳳記)≫·육채(陸采)의 ≪명주기(明珠記)≫·장봉익(張鳳翼; 1527~1613)의 ≪홍불기(紅拂記)≫와 ≪호부기(虎符記)≫·심경(沈鯨)의 ≪역혜기(易鞋記)≫ 등이 유행했던 극이었다. 이밖에 잡극을 전문적으로 지은 작가로는 왕구사(王九思; 1468~1551)의 ≪두자미고주유춘(杜子美沽酒遊春)≫·강해(康海; 1475~1540)의 ≪중산랑(中山狼)≫·양신(楊愼; 1488~1559)의 ≪태화기(太和記)≫ 등이 있다.

여기서 가정·융경 연간에 영향력이 상당했던 전기 작가 두 명을 언급할 필요가 있다. 이들은 강소 곤산(崑山) 사람 양진어(梁辰魚; 1521~1594)와 안휘(安徽) 사람 정지진(鄭之珍; 1518~1595)이다. 양진어는 개량한 곤산강의 첫 번째 작품인 ≪완사기(浣紗記)≫를 지었다. 그의 창작으로 곤곡은 고상해지면서 다른 성강들을 압도하게 된다. ≪완사기≫도 민간에서 오랫동안 공연되었다.

정지진은 휘주부(徽州府) 기문현(祁門縣) 청계촌(淸溪村) 사람이다. 그는 만력 7년(1579) 이전에 100여 출(出)에 달하는 전기 ≪목련구모(目連救母)≫를 지었다. 이 작품은 각 지역에 유전되어 민간의

[그림 139] 강서 상요(上饒) 안갱촌(安坑村) 대공사(代公祠)의 돌에 조각한 ≪완사기(浣紗記)≫(청대)

목련희(目連戱) 공연을 한 단계 끌어올리면서 수백 년 동안 많은 극종에서 공연되어 목련희 붐을 일으켰다. 그 영향으로 나온 익양강희 ≪얼해기(孽海記)・하산(下山)≫은 백성들이 가장 좋아하는 극이자 곤곡을 포함한 많은 극종에서 보존하는 극이 되었다.

만력 이후 명 전기의 전성기가 왔다. 많은 작가와 작품들이 쏟아졌다. 이 시기의 전기 작가들은 서로 교류하면서 많은 훌륭한 작품들을 창작했다. 이중 유명한 작품은 도륭의 ≪채호기(采毫記)≫와 ≪담화기(曇花記)≫・매정조(梅鼎祚; 1549~1615)의

[그림 140] 민국시기 북경 민간 화가가 그린 ≪목련구모(目連救母)≫

≪옥합기(玉合記)≫・고대전(顧大典; ?~1596?)의 ≪청삼기(靑衫記)≫・주조준(周朝俊)의 ≪홍매기(紅梅記)≫・진여교(陳與郊; 1544~1611)의 ≪영보도(靈寶刀)≫・왕정눌(汪廷訥; 1573~1619)의 ≪사후기(獅吼記)≫와 ≪의렬기(義烈記)≫・섭헌조(葉憲祖; 1566~1641)의

≪금쇄기(金鎖記)≫와 ≪난비기(鸞鎞記)≫·고렴(高濂; 1573~1620)의 ≪옥잠기(玉簪記)≫·왕기덕(王驥德; ?~1623)의 ≪제홍기(題紅記)≫·서복조(徐復祚; 1560~1629)의 ≪홍리기(紅梨記)≫·허자창(許自昌; 1578~1623)의 ≪수호기(水滸記)≫·시봉래(施鳳來; 1563~1642)의 ≪삼관기(三關記)≫ 등이다. 이들 작품은 대부분이 재자가인의 이야기로 우여곡절을 거쳐 결국 과거에 급제해 전 가족이 다시 만나는 것으로 끝이 난다. 여기에 명대 전기의 상용적인 전개방식을 보여주면서 당시 문인들이 가무를 감상하는 가운데 낭만적이고 풍요로운 생활을 즐기는 마음을 나타냈다.

당시 극단에는 두 명의 걸출한 작가가 나왔는데 이들이 곡률대사 심경(沈璟; 1533~1610)과 중국의 셰익스피어 탕현조이다.

심경은 자가 백영(伯英)이고, 호는 영암(寧庵), 강소 오강(吳江) 사람이다. 어려서 과거에 급제했고, 광록시승(光祿寺承)을 지냈다. 후에 일로 사직하여 사곡에 전념했다. 그는 평생 17편의 극본을 지었다. 장편인 전기로서는 그 수량이 유례가 없으나 뛰어난 작품이 없다. 그나마 호평을 받는 ≪홍거기(紅蕖記)≫는 교묘하게 일치시키는 상투적인 격식에 빠져있고, 유일하게 무대 영향이 있었던 ≪의협기(義俠記)≫는 ≪수호지≫의 영향에 힘입은 바가 컸다. 이렇게 된 원인은 성률을 지나치게 중시하여 규범으로 재능을 말살했기 때문이었다. 심경은 곡보(曲譜)·사보(詞譜)·운선(韻選) 같은 저작을 많이 지었다. 그는 격률을 금과옥조로 여기며 세세하게 따지면서 "차라리 사람들로 하여금

[그림 141] 청대 궁중 희화 ≪채호기(彩毫記)≫ (≪취사(醉寫)≫)

감상하지 않게 할지언정, 사람들로 하여금 가락에 맞지 않아 혼탁한 소리를 내지 않도록 하겠네."[71]라고 했다. 그래서 자신의 창의성을 제한시켜버렸던 것이다. 심경은 또 이를 탕현조에게 요구했다가 탕현조로부터 "저 사람이 어찌 곡을 알리!"[72]라는 소리를 들었다.

[그림 142] 청대 궁중 희화 ≪성리정의(性理精義)≫의 하나인 ≪홍매기(紅梅記)·타화고(打花鼓)≫

[그림 143] 민국시기 절강 동부의 전지 ≪홍리기(紅梨記)·정회(亭會)≫

탕현조(1550~1616)는 자가 의잉(義仍)이고, 호는 해약(海若) 혹은 해약사(海若士)이며, 강서 임천(臨川) 사람이다. 5편의 전기를 지었다. 이중 ≪자소기≫·≪모란정(牡丹亭)≫(즉, ≪환혼기(還魂記)≫)·≪한단기(邯鄲記)≫·≪남가기(南柯記)≫를 "임천사몽(臨川四夢)"이라고 하는데, 아주 유명하다. 탕현조는 일생을 청렴하고 꿋꿋하게 지냈다. 사상은 복잡하고 성격은 호탕하여 예교에 얽매이지 않았다. 그는 "분개하여 왕의 사업에 나아가(慷慨趨王術)" 정치 이상을 추구하면서도, "정을 위해 사자가 되어(爲情作使)" 전기를 지었다. 결국 정치적 열정이 식으면서 속세를 떠나게 되었고, 창작의 격정이 대작이 되어 세상에 이름을 떨치게 되었다. "임천사몽"은 사회와 인생에 대한 탕현조의 단계적인 인식을 철학적으로 잘 보여준다. ≪자소기≫는 "정에 약간 미쳐있는(一點情痴)" 자신을 썼고, ≪모란정≫은 "살고 죽어도 정이 많은(生生死死爲情多)" 자신을 썼고, ≪남가기≫는 그의 "떠나는 정을 잡으려는(一往之情爲之攝)" 자신을 썼고, ≪한단기≫는 "일생을 '정'자 하나에 허비한(一生耽擱了個情字)" 자신을 썼다. 이는 자신의 정치인생에서 추구에서 환멸까지의 과정에 대한 총결산이자 개성을 주창하는 그의 주장이 강렬함에서 회의감으로 넘어가는 흔적의 표현이기도 하다.

[그림 144] 청대 양류청연화(楊柳靑年畵) ≪모란정(牡蘭亭)≫

정리하면, 탕현조의 창작은 중국희곡에 철학적 깊이를 더해주어 성숙한 예술양식이 되게 하였다. 탕현조의 작품은 당시 큰 호응과 지지를 받았다. 다만 사람들이 극력 그를 찬양했지만 그 작품의 문제는 말하지 못하고 작품의 성공요인을 문사에 돌리곤 했다. 왕기덕이 그의 문장을 "아름답고 요염하며, 말이 감동적이어서 뼈를 찌른다."[73]라고 한

것이라든지, 심제비(沈際飛)가 "임천의
글은 꿈속의 꽃이다."[74]라고 한 것이
이런 예들이다. 그래서 후대의 완대성
과 오병(吳炳) 등은 맹목적으로 그를 모
방하였기에 큰 성취를 거두지 못했다.

명대 만력 시기의 잡극은 서위
(1521~1593)의 ≪사성원(四聲猿)≫이 대표
한다. 서위는 자가 문장(文長)이고, 호는
청등(靑藤) 혹은 천지(天池)이며, 절강 산

[그림 145] 민국시기 천진(天津) "니인장(泥人張)" 장경고
(張景鈷)의 ≪격고매조(擊鼓罵曹)≫ 속에 나오는 인물들
의 흙 인형

음(山陰) 사람이다. 잡극으로는 5편이 있다. 이중 ≪광고리(狂鼓吏)≫·≪옥선사(玉禪師)≫·≪자
목란(雌木蘭)≫·≪여장원(女狀元)≫ 4극을 합해 ≪사성원≫이라 하는데, 아주 유명하다. 특히
≪광고리≫는 후세 무대에서 빈번하게 공연되었다. 서위는 문단의 기재(奇才)였다. 시·서
예·글·그림에 큰 업적을 남겼지만 평생을 막료(幕僚)로 지내서 마음엔 늘 울분이 가득했다.
그는 마음속의 엄청난 불평의 기운을 잡극에 발설하여 처량하게 우는 원숭이 울음소리로
바꿨다. ≪사성원≫의 뛰어난 점은 격하고 힘찬 감정이 문장에 종횡무진하며 통쾌함을
여지없이 보여준다는 것에 있다. 이 때문에 당시 사람들의 탄복을 받았다. 이외에 서복조의
≪일문전(一文錢)≫·왕형(王衡; 1561~1609)의 ≪욱륜포(郁輪袍)≫와 ≪진괴뢰(眞傀儡)≫ 등이 뛰어
나다. 모두 날카로운 필치로 즐겁게 웃고 화내며 욕하는 것을 문장으로 만들었다. 이런
풍격은 잡극과 전기의 체재를 확연하게 갈라놓았다. 이 시기의 잡극은 형식상 이미 원대의
규범을 완전히 벗어났고 내용적으로는 사회를 풍자하는 특징을 보였다.

명나라 말기에도 전기 창작은 왕성하여 우수한 작가와 작품들이 나왔다. 주요 작가와
작품으로는 풍몽룡(馮夢龍; 1574~1646)의 ≪쌍웅기(雙熊記)≫·왕옥봉(王玉峰)의 ≪분향기(焚香記)≫·
오병의 ≪요투갱(療妒羹)≫과 ≪화중인(畵中人)≫·맹칭순(孟稱舜; 1599?~1684)의 ≪교홍기(嬌紅記)≫·
원우령(袁于令)의 ≪서루기(西樓記)≫·심자진(沈自晉; 1583~1665)의 ≪취병산(翠屏山)≫·범문약(范

文若; 1587~1634)의 ≪화연잠(花筵賺)≫과 ≪원앙봉(鴛鴦棒)≫ 등이 있다. 그러나 내용면에서는 백면서생과 아리따운 여인이 우여곡절을 거쳐 다시 만난다는 상투적인 격식을 벗어나지 못했다. 이중 ≪원앙봉≫은 실의에 빠졌다가 과거에 급제한 한 배은망덕한 서생과 결혼한 금옥노(金玉奴)가 신혼 밤에 몽둥이로 남편을 때린다는 이야기이다. 이 이야기는 원래 당시의 화본소설에서 유래하였는데[75] 구상이 독특하고 내용이 생동적이어서 민간에서 가장 환영을 받았던 극이었다.

완대성의 극작은 여기서 따로 서술할만한 가치가 있다. 완대성의 ≪석소사종(石巢四種)≫[76]은 내용이 유약하면서 문장은 지나치게 화려하지만 가정 극단을 운영하면서 희장의 일에 익숙했기 때문에 그의 작품들은 무대에 올리기 적합해 줄곧 공연되었다. 그중에서 극을 편집한 그의 경험은 참고할 만하다.

명대 전기에는 무명씨의 작품도 있다. 작가들은 대부분 마을에서 글을 가르치는 교사이거나 극단의 예인들이었다. 명나라 사람 기표가(祁彪佳; 1602~1645)의 ≪원산당곡품(遠山堂曲品)≫은 이 작품들을 "잡조(雜調)"로 분류해놓고, 폄하하는 말을 많이 했다. "작가의 안목이 소 등에서 나왔다. 촌아이가 하는 한 두 말을 주워서 전기라고 했다."[77] 라고 한 것과 "이것은 진부한 시골 서당에 글을 가르치는 나이든 선생이 억지로 곡을 지을 줄 아는 주랑이라고 한 것이다."[78] 라고 한 것들이다. 이 작품들은 격률에 제대로 맞지 않고 문장도 다소 거칠지만 작가가 희장 상황과 사람들의 구미를 잘 알고 있었기 때문에 그들이 써낸 것들은 모두가 무대에서 연출할 수 있는 곡들이었다. 극본의 이야기는 참신했으며, 특히 일반사람들의 심미관과 감정을 반영했다. 때문에 민간에서 큰 호응을 불러왔다. 공연효과가 상당했기 때문에 각 지역의 지방 극에서도 오랫동안 공연되었다. 가장 유명한 작품으로는 무명씨의 ≪금천기(金釧記)≫와 ≪초려기(草廬記)≫·왕무공(王無功)의 ≪백화기(百花記)≫ 등이 있다. ≪금천기≫는 ≪옥당춘(玉堂春)≫이라고도 한다. 내용은 한 서생이 기녀를 사랑하는 이야기이다. 이중 "삼당회심(三堂會審)"은 누구나 다 아는 명편이다. ≪초려기≫는 제갈공명의 지략을 나타낸 것으로 민간에서 환영받았다. 후대 피황극에서는 ≪삼고초려≫·≪박망파(博望坡)≫·≪화소

신야(火燒新野)≫·≪칠성등(七星燈)≫ 등의 극으로 공연되었다. ≪백화기≫는 민간 전설에서 유래했다. 내용은 강육운(江六雲)이 모함을 받아 백화군(百花郡) 주궁(主宮)으로 잘못 들어간다. 그를 본 백화(百花)는 사랑에 빠져 혼인하기로 약속하고 검을 하사하고 풀어준다. 후에 백화군 주점장(主點將)이 군사를 이끌고 반란을 평정하고 간사한 사람들을 무찌른다는 것이다. 명나라 사람 왕이(王異)는 개본(改本) ≪화정기(花亭記)≫가 있다. 청대 각지의 지방 극에서도 ≪백화증검(百花贈劍)≫극이 있다. 이밖에 필

[그림 146] 민국시기의 전지 ≪금천기(金釧記)≫(≪옥당춘(玉堂春)≫)

화주인(筆花主人)의 ≪적영회(摘纓會)≫도 후세에 오랫동안 공연되었다.

(3) 청대의 문인연극

청대 희곡은 더욱 번성했다. 문인의 극본창작도 오래도록 이어졌다. 청대 중기 이후 곤곡이 쇠락하고 지방 극이 성행하면서 문인들의 창작은 이미 무대에 올릴 수 없게 되었지만 그래도 여전히 책상에서 읽는 안두(案頭) 작품이 많이 나왔다. 현재까지 청대 전기 수량에 관해서 믿을 수 있는 데이터는 없다. 청대 잡극의 경우 푸시화의 ≪청대잡극극목≫[79]의 통계에 의하면 약 1,300편에 작가는 497명에 달한다. 청인 극작의 전본은 ≪중국총서종록≫의 통계에 의하면 전기 229편, 잡극 186편이다. 당연히 여기에는 누락된 것도 적지 않을 것이다.

청나라 초기 희곡 창작의 특징은 왕조교체로 인한 비통한 정서이다. 이는 명에서 청으로 들어간 유신(遺臣)들의 작품에서 나타날 뿐만 아니라 청대에 출생한 극작가들의 작품에서도 나타난다. 명에서 청으로 들어간 극작가들 중에 탁월한 성취를 거둔 작가들도 있었다. 사람들은 이들을 소주파(蘇州派)[80] 작가라고 한다. 그들은 보통 하층문인들로, 그들의 전기는

[그림 147] 청대 궁중 희화 《일봉설(一捧雪)·심두자탕(審頭刺湯)》

[그림 148] 청대 궁중 희화 《정충보(精忠譜)》(《오인희(五人義)》)

사회성이 풍부하고 연출에도 적합하며 수량도 많다. 그 대표 인물이 이옥(李玉)이다. 그는 34편의 전기를 지었다. 그중 "일·인·영·점(一、人、永、占)"이라 부르는 《일봉설(一捧雪)》·《인수관(人獸關)》·《영단원(永團圓)》·《점화괴(占花魁)》 4편이 높은 평가를 받는다. 《정충보(精忠譜)》와 《천충륙(千忠戮)》은 중대한 정치사건을 반영하고 있다. 특히 후자는 나라의 멸망을 체험한 비극적 정서를 집중적으로 보여주어 한때 회자 인구되어 "집집마다 '수습기(收拾起)'를 부르고, 세대마다 '불제방(不提防)'을 창하네."[61] 라는 찬사를 받았다. 이옥은 공연장의 일에 밝았기 때문에 그의 대부분의 작품들, 특히 《풍운회(風雲會)》·《기린각(麒麟閣)》·《낙양교(洛陽橋)》 같은 작품은 오랫동안 무대에서 공연되었다.

소주파에서 가장 유명한 작가는 주좌조(朱佐朝)이다. 그는 전기 30여 편을 지었다. 대표작으로는 《어가락(漁家樂)》이다. 내용은 태자가 나라를 잃고 떠돌며 한스러워한다는 것으로, 민간에서 널리 불려졌다. 또 《원소료(元宵鬧)》와 《구련등(九蓮燈)》 등이 있다. 주최(朱㬢)는 전기 19편을 지었다. 《십오관(十五貫)》으로 유명하다. 섭치비(葉稚斐)는 전기 8편을 지었다. 《호박시(琥珀匙)》가 뛰어나고, 《손국오(遜國誤)》는 건문(建文)이 나라를 망친 것을 슬퍼하고 책망하는 이야기이다.

[그림 149] 청대 양류청연화 ≪어가락(漁家樂)≫(≪유산주국(劉算走國)≫)

이밖에 변절하여 청나라에 출사한 극작가들은 더욱 깊은 참회의 작품을 써냈다. 오위업(吳偉業; 1609~1672)의 전기 ≪말릉춘(秣陵春)≫과 잡극 ≪통천태(通天台)≫·정요항(丁耀亢; 1599~1672)의 전기 ≪적송유(赤松遊)≫ 등이 여기에 속한다. 우동(尤侗)의 전기 ≪조천악(釣天樂)≫·잡극 ≪독이소(讀離騷)≫·≪흑백위(黑白衛)≫ 등은 청 조정의 과거제도에 격분하는 모습이 표현되어있다. 그러나 이들 작가들을 넘어서는 독특한 이력을 가진 작가가 이어(李漁)이다.

[그림 150] 청대 ≪성리정의≫의 분상보(扮相譜)에 나오는 주운종(朱雲從)의 ≪용등잠(龍燈賺)·살역(殺驛)≫

이어(1611?~1680?)는 자가 입홍(笠鴻)이고, 호는 입옹(笠翁)이며, 금화(金華) 난계(蘭溪) 사람이다.

전기 10편을 지었고 이를 합해 ≪입옹십종곡(笠翁十種曲)≫으로 출간하였는데 큰 영향을 끼쳤다. 이어는 개성이 강하고 도량이 좁았다. 그는 평생 음식과 작은 이익을 추구했다. 그래서 강산의 주인이 바뀌는 큰 변화를 겪었어도 감정적으로 조금의 느낌도 없었다. 그저 권문세가의 집을 넘나들며 이래저래 돈을 얻어내며 생활했다. 그는 탁월한 감상능력과 자신의 가정 극단을 토대로 희곡논저 ≪한정우기(閒情偶記)≫의 "사곡부연습부(詞曲部演習部)"를 지었다. 이 책으로 그는 중국 희곡 이론사의 거장이 되었다. 그의 작품은 개인의 심정을 보여주었다. 작품 모두 차분하게 재자가인의 연애이야기를 쓰고 있다. 매 단원마다 내용이 생동적이고 구성이 참신하며 공연하기에 수월해 당시 사회의 큰 환영을 받았다. 무대에서 오랫동안 전래되었으나 사회성이 결여되어 있다.

또 일부 작가들의 작품은 지방 극의 무대에서 오랫동안 공연되었다. 서석기(徐石麒; 1577~1645)의 ≪연지호(胭脂虎)≫ · 진이백(陳二白)의 ≪쌍관고(雙官誥)≫ · 주운종(朱雲從)의 ≪이용산(二龍山)≫과 ≪용등잠(龍燈賺)≫ · 허일(許逸)의 ≪오호산(五虎山)≫ · 이조원(李調元; 1734~1803)의 ≪춘추배(春秋配)≫ 등이 여기에 속한다. 이중 ≪쌍관고 · 교자(敎子)≫ 부분이 유명하다. 이 극은

소첩 벽련(碧蓮; 王春娥)이 남편이 "죽자(亡)" 정절을 지키며 두 부인의 아들을 대신 키운다. 후에 아들과 남편이 금의환향하자 그녀는 황제가 내린 두 부의 고명(誥命)을 받는다는 것이다. 이것은 봉건 예교를 선양하는 극이라고 할 수 있다.

청대 전기(前期)의 전기(傳奇)에는 홍승(洪昇; 1645~1704)과 공상임(孔尙任; 1648~1718)이라는 두 거장이 나왔다. 당시 "남쪽에는 홍승, 북쪽에는 공상임(南洪北孔)"이라는 말이 있을 정도였다. 이들은 청대 희곡의 자랑이다. 두 사람의 작품은 흥망의

[그림 151] 청대 궁중 희화 진이백(陳二白)의 ≪쌍관고(雙官誥)・교자(敎子)≫

정서를 나타내고 있어 비극적 색채가 진하게 베어있다.

홍승의 자는 방사(昉思)이고, 호는 패휴(稗畦)이며, 절강 전당(錢塘) 사람이다. 전기 8편과 잡극 4편을 지었다. 대표작으로는 ≪장생전(長生殿)≫과 ≪서천도(西川圖)≫ 등이 있다. 홍승은 어려서 문재가 출중했다. 그러나 그는 수치스러운 일인 줄 알면서 권문세가들을 찾아다니느라 자신의 의지와 신념을 버렸다. 또 집에 비극적인 일이 일어나면서 그의 슬픔은 더욱 가중되었다. 그는 인생의 실의와 좌절을 전기창작에 쏟아 ≪장생전≫을 지

[그림 152] 민국시기 천진 "니인장"의 ≪장생전(長生殿)≫에 나오는 인물의 흙 인형

었다. 홍승은 적지 않은 극작을 썼지만 ≪장생전≫은 오랫동안 탈고하지 못하고 중간에 "세 번이나 그 원고를 바꾸었는데"[82] 그가 이 작품을 얼마나 중시했는지 엿볼 수 있다. ≪장생전≫은 본래 창작의 뜨거운 소재였다. 전대의 작품과 다른 것은 인물이 예전의 행복을 잃은 후에 뼈에 사무치는 고통과 끝없는 근심에 주목했다는 것이다. 그는 극에서 당 명황의 이런 마음을 남김없이 모조리 드러냈다. 어쩌면 극중의 환멸감이 청 조정의 비위를 건드렸는지는 모르겠지만 ≪장생전≫의 공연으로 홍승을 포함해 50여명의 사람들이 면직되고 호적에서 지워지는 처분을 당했다. "가련하다 ≪장생전≫이여, 늙어서도 공명을 이루지 못하네."[83]라고 한 것이 이를 말한다.

공상임은 자가 계중(季重)이고, 호는 동당(東塘)이며, 산동 곡부(曲阜) 사람이다. 작품으로는 전기 ≪소홀뢰(小忽雷)≫와 ≪도화선(桃花扇)≫이 있다. 공상임은 공자의 후예로, 젊었을 때 경서를 섭렵하여 한때 강희(康熙) 황제에게 경전을 강론하여 습승(擢升)으로 발탁되었다. 후에 양주 일대에서 수로 공사를 감독하면서 남조(南朝)의 옛 유적지를 두루 살피고 명대의 유로(遺老)들과 친분을 맺은 것이 극의 정서와 소재에 토대가 되었다. 이후 10년의 공력을 들여 남명유사(南明遺史)로 불리는 거작 ≪도화선≫을 썼다. ≪도화선≫은 명·청이 교차하는 거대한 역사적 변혁을 생과 단이 등장하는 공연에 집어넣고, 후방역(侯方域)과 이향군(李香君)이

만나고 헤어지는 과정을 완숙하게 그려냈다. 이로 작품에 인물의 복잡한 감정과 비극적 운명을 드러내면서 내용상으로 역사적 의미를 갖게 하였다. ≪도화선≫은 전기의 수법으로 쓴 역사극으로 큰 성공을 거두었다. 때문에 책이 나오자 서로 베끼는 바람에 종이 가격이 올라갔다고 한다. 공상임은 이로 세상에 큰 명성을 얻었다. 그러나 그 결과는 오히려 면직당하고 귀양 보내졌다. ≪장생전≫ 과 ≪도화선≫은 과거의 많은 작품과 달리 작가가 아주 오랜 시간 창작하고 반복적으로 수정하는 과정을 거쳐 작가의 인생역정과 세상에 대한 생각을 담고 있어 깊고 그윽한 사상적 경지에 도달했다.

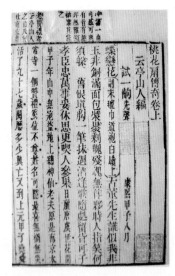

[그림 153] 청대 강희 38년(1699)에 간행한 ≪도화선(桃花扇)≫의 일부

　　≪장생전≫과 ≪도화선≫은 모두 문자옥(文字獄)을 일으켰다. 이런 사실은 후대의 희곡 창작에 좋지 않는 영향을 끼쳤다. 이에 공을 노래하고 덕을 찬양하는 것이 일시에 극본창작의 기조가 되었다. 뜻이 있는 일부 인사들도 희곡창작을 이용해 세상을 도우려 했다. 예를 들면 양조관(楊潮觀; 1712~1791)[84]은 권선징악에 집중했고, 장사전(蔣士銓; 1725~1784)[85]은 충의를 선양하는 데 힘썼다. 그러나 이들 극은 어찌해볼 수 없을 정도로 볼품이 없었다. 이밖에 장견(張堅)의 ≪옥연당사종곡(玉燕堂四種曲)≫·당영(唐英)의 ≪고백당전기(古柏堂傳奇)≫13편·하륜(夏綸; 1680~1753)의 ≪성재오종(惺齋五種)≫·

[그림 154] 청대 궁중 희화 ≪승평보벌(升平寶筏)·통천하(通天河)≫

계복(桂馥; 1736~1805)의 ≪후사성원(後四聲猿)≫·심기봉(沈起鳳)의 ≪심씨사종(沈氏四種)≫과 조금 후대의 서위(舒位; 1765~1816)·황섭청(黃燮淸; 1805~1864)·양은수(楊恩壽; 1835~1891) 등이 있다. 이들은 대부분이 책상에서 보는 작품이다. 다만 당영의 상당수 극작은 방자강에서 유행하는 극목으로 개편되었다. 이후 이들 극목은 방자의 무대에서 오랫동안 전래되었다.

건륭 이후 궁정희곡에 새로운 모습이 나타났다. 사신(詞臣)들이 쓴 장편대형극인 연대본희(連臺本戲)[86]가 이것인데, ≪권선금과(勸善金科)≫(目連故事)·≪승평보벌(升平寶筏)≫(西遊故事)·≪정치춘추(鼎峙春秋)≫(삼국 이야기)·≪충의선도(忠義璇圖)≫(수호 이야기)·≪소대소소(昭代簫韶)≫(양가장 이야기)·≪봉신천방(封神天榜)≫ 등이 있다. 이들은 연관된 역사 연의와 민간 전설을 수집하고 완전한 구성을 갖춘 장편의 대희(大戲)[87]이다. 이것의 가장 큰 의의는 예교사상이 상당부분 가미되어 있기는

[그림 155] 청대 궁중 희화 ≪충의선도(忠義璇圖)·타뢰(打擂)≫

하지만 경극 극목에 폭넓은 소재를 제공했다는데 있다.

[그림 156] 청대 궁중 희화 ≪소대소소(昭代簫韶)·탐모(探母)≫

이중 ≪권선금과≫는 큰 영향을 끼치지 못했다. 목련희는 남방의 민간에서 더 많이 연출되었고 그곳의 공연에는 자신들만의 전통이 있었기 때문이었다. 더욱이 명대 고강의 방식을 더 많이 계승했다. 궁중의 목련희는 가경 24년(1819) 이후로 더 이상 극을 완전하게 공연한 적이 없었다. ≪승평보벌≫은 상당한 창조가 있었다. 무대 위에서 신과 귀신이 날아다니는 것을 나타내기에 제약이 따랐기 때문에 이전의 서유희(西遊戲)는 그렇게 많지 않았다. 대부분이 원말 양경현의 잡극 ≪서유기≫ 방식을 계승하여 이야기

의 구성이 단조로웠다. 서유기 이야기는 명대 오승은(吳承恩; 1500~1582)의 《서유기》가 나오면서 내용이 풍부해졌다. 궁정의 사신들은 소설에서 개편하고 사를 쓰는 것을 더 많이 했다. 연출 장면도 궁정 예인들이 만들어냈다. 그들은 청나라 궁정 특유의 3층짜리 대 희대의 기계장치를 십분 이용해 무대공연을 풍성하게 만들었다. 후대 경극에서 완성된 서유희는 그들의 공으로 돌려야 한다.

삼국·수호·양가장의 이야기를 쓴 《정치춘추》·《충의선도》·《소대소소》는 전대에 계승할만한 극목이 많았고 창조적인 성취도 서유희 만큼 뛰어나지 않았지만 연결이 매끄럽지 않는 옛 극목을 모조리 연대본희에 넣어 불필요한 것들을 삭제하고 앞뒤로 이야기가 잘 통하게 한 점은 큰 의의가 있다. 이로 무대공연을 모두 한 곳에 모아 굉장한 규모의 내용을 이루게 되었다. 특히 삼국희는 삼국시기의 모든 전쟁과정을 완전하게 보여주었는데, 그중에 적지 않는 유명한 단락이 있다. 이것 때문에 오늘날 우리는 많은 완전한 이야기와 장면을 볼 수 있게 되었다.

청대에는 무명씨의 전기도 있다. 이들의 작품은 예술적 가치는 높지 않지만 지방 극의 무대에서 큰 영향력을 발휘했기 때문에 여기서 언급하지 않을 수 없다. 주요 작품으로는 《천연기(天緣記)》·(《요전수(搖錢樹)》)·《진주탑(珍珠塔)》·《철궁연(鐵弓緣)》·《만상홀(滿床笏)》이 있고, 이밖에 《경림연(瓊林宴)》·《백라삼(白羅衫)》·《옥청정(玉蜻蜓)》·《매옥배(梅玉配)》·《도동기(倒銅旗)》 등이 있다. 이들 극들은 감동적인 윤리장면을 보여준다든지, 생동적인 이야기를 보여준다든지, 떠들썩한 무대장면을 보여준다든지 등의 요소로 일반 백성들의 주목을 받았다. 양은수의 《원앙대(鴛鴦帶)》도 크게 유행했다.

청대 연극문학에서 소개할 가치가 있는 극은 《백사전(白蛇傳)》이다. 이 극은 송대 항주의 민간 이야기에서 유래했고, 작품으로는 송대 화본소설 《서호삼탑기(西湖三塔記)》에 보인다. 내용은 사람과 뱀신(蛇仙)의 사랑을 그리고 있는데, 당시에는 요사스런 괴물 이야기에 지나지 않았다. 명나라 말기 풍몽룡의 《경세통언(警世通言)》에 수록된 화본 《백낭자영진뢰봉탑(白娘子永鎮雷峰塔)》에서 큰 변화가 생겼다. 백사가 요괴에서 인정미 넘치는 수려한 여자로 거듭난 것이다. 이것은 청대 지방 극의 정에 사로잡힌 사람과 신의 이야기의 토대가 되었다. 명나라 사람 진육룡(陳六龍)은 이 이야기에 근거해 전기 ≪뇌봉탑(雷峰塔)≫을 지었다. 안타깝게도 이 작품은 이미 실전되었다. 청대 옹정(雍正)ㆍ건륭 연간에 황도필(黃圖珌; 1699~1752?)은 같은 이름의 전기를 지었는데 큰 영향을 끼쳤다. 또 진가언(陳嘉言) 부녀와 방성배(方成培)가 계속 윤색하여 세상에 유행했다. 한때 각 지방 극에서는 서로 공연하려고 했다. 이로 ≪백사전≫은 청대 가장 널리 알려진 극목이 되었다.

(4) 청대의 지방 극 극목

청대 지방 극 공연은 송원 희문ㆍ원대 잡극ㆍ명대 곤강과 여러 성강들의 많은 극목들을 계승하면서 문인극본ㆍ설창사화ㆍ역사연의ㆍ민간전설을 계승하여 무대에 올렸다. 때문에 점차 놀랄만한 숫자의 극목들이 쌓였다. 그러나 지방 극은 문인들의 주목을 받지 못했고 또 극의 수량도 너무 많아 이를 전문적으로 기록한 사람도 없었다. 청대 "백본장(百本張)" 초본 ≪고강희목록(高腔戲目錄)≫에는 배역별로 고강의 각 배역들이 전문적으로 공연하는 극목과 완전한 대희 204편을 기록해놓았는데, 큰 의미가 있다. 청대 화부난탄(花部亂彈)[88] 과 방자ㆍ이황ㆍ서피의 공연극목은 ≪양주화방록(揚州畫舫錄)≫ㆍ≪소한신영(消寒新咏)≫ㆍ≪극설(劇說)≫ㆍ≪연란소보(燕蘭小譜)≫ㆍ≪금대잔루기(金臺殘淚記)≫ㆍ≪도문기략(都門紀略)≫ㆍ≪국부군영(菊部群英)≫ 등의 필기잡록에 보인다. 기록된 것은 몇 백편이 넘는다. 근대 경극과 방자 성강 극종의 극목에 대해서는 현재 통계가 나와 있다. 타오쥔치(陶君起)의 ≪경극극목초탐(京劇劇目初探)≫[89]에는 청대 이전의 소재를 쓴 경극극목으로 약 1150편(조대가 불분명한 것은 계산에 넣지 않음)을 수록했고, ≪중국방자희극목대사전(中國梆子戲劇目大辭典)≫[90]은 청대 이전의 소재를 쓴 각지 방자 성강 극종의 극목으로 4,000여 편을 수록하고 있다. 그중 대부분은 청대에 공연된 극목일 것이다. 20세기 5ㆍ60년대에 복건성의 희곡연구자들이 현지에 보존된 아주 오래된 극종인 포선희(莆仙戲)와 이원희(梨園戲)의 희곡초본들을 정리하였는데 놀랍게도

5,100여 편의 극목을 수집했다.

청대 각 지방의 극을 한 곳에 모은다면
그 내용은 상고에서 근대까지 역사·신
화·전설·일사를 포함한 모든 중국 전통
문화를 망라할 것이다. 그 뿐만 아니라 이들
은 방대하고 복잡하게 서로 얽혀 있어 정말
큰 장관을 이룰 것이다. 당시 일반 백성들은
희곡을 통해 역사와 문화를 습득했다. 그
가운데에 정확하지 않지만 오히려 더 생동
적이고 사실에 가깝게 중국문화를 이해했
다. 지방 극의 내용을 시간에 따라 배열한다
면 역사일람표를 만들 수 있을 것이다.

[그림 157] 청대 궁중 희화 《진당관(陳塘關)》

지방 극의 소재는 가장 이른 것이 주나라가 은나라를 치는 이야기에 집중되어 있다.
이 이야기는 《봉신연의(封神演義)》와 《무왕벌주평화
(武王伐紂平話)》 등의 소설에서 유래했다. 그중 민간에서
가장 높게 평가한 극은 《진당관(陳塘關)》·《나타료해(哪
吒鬧海)》·《위수방현(渭水訪賢)》·《반오관(反五關)》·
《적성루(摘星樓)》 등이다. 《위수방현》은 서백후(西伯
侯) 희창(姬昌)[91]이 섬서 위수(渭水)가에서 현인 강자아(姜子
牙)를 방문해 그에게 상나라를 멸하는데 도와줄 것을
청하는 이야기로 민간에서 큰 환영을 받았다. 자업자득
이라는 의미의 성어 "강태공의 곧은 낚시에도 스스로
원하는 자는 걸려든다[92]."라는 말이 여기에서 유래했다.

[그림 158] 민국시기 절강 금화(金華)
전지 《위수화(渭水河)》

춘추·전국 이야기는 또 다른 비중 있게 다뤄진 소재이다. 당시는 열국들의 빈번한

전쟁으로 백성들의 삶이 도탄에 빠진 시기였다. 당시의
이런 세태와 교훈은 후인들에게 큰 교훈과 영감을 주었다.
고대 사전문학은 이 시기의 역사에 ≪춘추삼전(春秋三傳)≫·
≪전국책≫·≪사기≫에서 ≪오월춘추(吳越春秋)≫·≪동주
열국지(東周列國志)≫에 이르는 엄청난 저작을 남겨주었다.
이들 저작들은 상당수가 고대 필독서로 읽혀져 왔다. 때문에
이중의 많은 이야기들은 누구나 다 알고 있었고 후에 희곡의
형식으로 무대에서 공연되었다. 이중에 ≪분면산(焚綿山)≫·

[그림 159] 민국시기 북경 희화
≪분금산(焚錦山)≫

≪청하교(淸河橋)≫·≪절영회(絶纓會)≫·≪팔의도(八義圖)≫·
≪해조주(海潮珠)≫·≪전번성(戰樊城)≫·≪문소관(文昭關)≫·≪완사녀(浣紗女)≫·≪어창검(魚
脹劍)≫·≪호접몽(蝴蝶夢)≫·≪선보장(善保莊)≫·≪상원회(桑園會)≫·≪오뢰진(五雷陳)≫·≪경
양도(慶陽圖)≫·≪육국봉상(六國封相)≫·≪황금대(黃金臺)≫ 등이 유명하다. 이중 일부 작품들
은 송원 희문·원 잡극·명청 전기에서 한때 반복적으로 채택되었다.

[그림 160] 청대 궁중 희화 ≪해조주(海潮珠)≫

진나라는 단명했지만 조고(趙高; ?~기원전 207)가
정권을 찬탈하는 내용인 ≪우주봉(宇宙鋒)≫이라
는 뛰어난 극이 나왔다. 뒤를 이어 초한 전쟁이
다시 희곡의 주목을 끌었다. 유명한 ≪홍문연(鴻
門宴)≫·≪소하월야추한신(蕭何月夜追韓信)≫·
≪취형양(取滎陽)≫·≪패왕별희≫는 송·원대의
희문과 잡극뿐만 아니라 명대의 전기와 지방 극에
서 오랫동안 전승된 극이다. 이밖에 ≪소무목양
(蘇武牧羊)≫·≪주매신휴처(朱買臣休妻)≫·≪소
군출새(昭君出塞)≫·≪어가락(漁家樂)≫도 반복

적으로 채택되었다. 이들은 본서의 다른 부분에서도 언급되었으므로 여기서는 간략하게

기술한다. 여기서 중요한 것은 동한 광무제(光武帝) 유수 (劉秀; 기원전 6-57)와 중흥(中興)의 공을 세운 공신들을 찬양한 ≪취낙양(取洛陽)≫ · ≪백망대(白莽臺)≫ · ≪상천대(上天臺)≫ · ≪악호장(惡虎莊)≫ 등의 극들이다.

삼국이야기는 지방 극 중에서도 방자나 피황 계통의 극종이 선호했던 소재였다. 삼국의 이야기들도 희곡무대에서 집중적으로 표현되는 역사적 내용의 하나였다. 그중의 군사적 지략과 무술장면에는 지혜 · 낙관 · 열정 · 스릴 같은 감상요소들이 가득해 백성들이 즐겨보았다. 삼국이야기는 원 잡극에서 이미 아주 두드러진 주제였는데 생과 단의 애정이야기가 중심이 되는 전기 단계를 거쳐 청대 지방 극에서 더욱 크게

[그림 161] 청대 궁중 희화 ≪황학루(黃鶴樓)≫

성행하였다. 소설 ≪삼국지평화≫와 ≪삼국연의≫의 영향으로 연대본희로 자주 연출되었다. 청나라 궁중의 대희 ≪치정춘추≫에는 이런 경향이 더욱 강하게 나타난다. 사람들의 주목을 받은 것으로는 아래와 같은 단락이 있다:

첫째. 한나라 말기와 영웅의 등장. 한말 권신들이 정권을 농단하고 조정에서는 충신과 간신의 치열한 권력투쟁을 벌인다. 천하의 영웅들이 잇따라 정의를 위해 일어나고 천하가 삼분될 조짐이 나타나는 등 정세가 급변하는 장면이 나온다. 주요 극목으로는 ≪삼결의(三結義)≫ · ≪착방조(捉放曹)≫ · ≪삼전여포(三戰呂布)≫ · ≪연환계(連環計)≫ · ≪차조운(借趙雲)≫ · ≪원문사극(轅門射戟)≫ · ≪전완성(戰宛城)≫ · ≪백문루(白門樓)≫ · ≪격고매조(激鼓罵曹)≫ · ≪고성회(古城會)≫ · ≪삼고초려(三顧草廬)≫ · ≪의대조(衣帶詔)≫ · ≪화소신야(火燒新野)≫ · ≪장판파(長坂坡)≫ 등이 있는데, 모두 이상의 내용들을 담고 있다. 이중 ≪연환계≫와 ≪고성회≫는 명대 전기로 공연되었고, 나머지는 청대 지방 극 극목이다. 이중 ≪삼결의≫ · ≪삼고초려≫ · ≪장판파≫ 등이 민간에서 큰 호응을 받았다.

둘째. 유비(161~223)가 제갈량(181~234)의 계책을 받아들여 오와 연합하여 조조(155~220)에 대항하며 동오(東吳)와 암투를 벌인다. 조조는 힘을 비축한 뒤 천자를 끼고 제후들에게 명한다. 절대적으로 우세한 병력을 이끌고 동오와 유비를 치려고 한다. 제갈량은 오와 연합하여 조조에 대항하는 계책을 내고 직접 동오로 설득하러 간다. 손권(182~252)과 주유(175~210)를 설득시켜 서로 손을 잡고 장강에 의지하여 저항한다. 조조의 전함 800척을 불태우고 조조 군을 패퇴시킨다. 주요 극목으로는 《설전군유(舌戰群儒)》·《초선차전(草船借箭)》·《장간도서(蔣干盜書)》·《타황개(打黃蓋)》·《차동풍(借東風)》·《적벽오병(赤壁鏖兵)》 등이다. 이후 유비는 자신의 지지기반을 넓혀가며 스스로 나라를 세우려고 한다.

[그림 162] 청대 궁중 희화 《칠성등(七星燈)》

제갈량은 신묘한 계책으로 동오를 상대해 주유에게 여러 번 승리하여 큰 전과를 거둔다. 이 일로 주유는 화가 나서 숨을 거둔다. 주요 극목으로는 《취남군(取南郡)》·《전장사(戰長沙)》·《감로사(甘露寺)》·《회형주(回荊州)》·《황학루(黃鶴樓)》·《노화탕(蘆花蕩)》·《시상구(柴桑口)》·《절강(截江)》 등이 있다. 상술한 극들은 삼국이야기 중에서 가장 흥미로운 단락이자, 삼국희(三國戱) 중에서도 사람의 마음을 가장 잘 헤아린 부분으로, 제갈량의 지혜와 변화무쌍한 역사의 한 단면을 집중적으로 반영하고 있다.

셋째. 유비가 사천으로 들어가 나라를 세우면서 천하삼분의 형세가 정립되는 것이다. 이 부분에 나오는 극의 내용은 전쟁이 중심이다. 하나는 유비의 사천정벌을 그리는 부분인데, 《서천도(西川圖)》·《과파천(過巴川)》·《가맹관(葭萌關)》·《야전마초(夜戰馬超)》 등이 있고,

[그림 163] ≪유음기(柳蔭記)≫ 중의 양산백
(梁山伯)과 축영대(祝英臺)

둘째는 위·촉·오가 공방을 벌이며 일진일퇴하는 부분으로, ≪단도회(單刀會)≫·≪백수도(百壽圖)≫·≪정군산(定軍山)≫·≪양평관(陽平關)≫·≪제장강(祭長江)≫ 등이 있다. 그 주제는 각 극목 안에 분산되어 있고 각기 용맹한 영웅들의 공적을 나타내고 있다.

넷째. 제갈량이 유비의 유훈을 받고 기산(祁山)을 6번 나와 위나라를 벌하고 나라를 위해 일하다 숨지는 것이다. 이 부분은 또 제갈량의 신출귀몰한 계책을 위주로 그려지면서 이어지는 극목들이 공동으로 한 곡의 제갈공명 송가(頌歌)를 이루고 있어 상당한 비극적 의미를 갖고 있다. 여기에 속하는 극으로는 ≪봉명관(鳳鳴關)≫·≪천수관(天水關)≫·≪공성계(空城計)≫·≪전북원(戰北原)≫·≪칠성등(七星燈)≫ 등이 있다. 이중 제갈량 담소하며 적을 물리치는 ≪공성계≫가 사람들로부터 큰 호응을 받았다.

육조이야기에서 가장 유명한 것은 ≪주처제삼해(周處除三害)≫와 ≪양산백여축영대(梁山伯與祝英臺)≫가 있다. 앞에서 서술했으므로 여기서는 생략한다.

수·당의 전쟁이야기 또한 지방 극에서 선호한 소재였다. 당시 유행하던 소설 ≪설당전전(說唐全傳)≫·≪수당연의(隋唐演義)≫·≪정서연의(征西演義)≫ 등의 영향으로 보급되었다. 이중 진경(秦瓊; ?~638?)·정교금(程咬金; 589~665)·나성(羅成)·단웅신(單雄信; ?~620)·위지공(尉遲恭; 585~658)·설인귀(薛仁貴; 614~683)·진영(秦英)·나장(羅章) 등의 영웅들과 여걸 번리화(樊梨花)

[그림 164] 청대 궁중 희화 ≪단밀간(斷密澗)≫

등은 사람들로부터 큰 호응을 받았다.

정교금·진경·나성·단웅신 등은 수나라 말기 와강채(瓦崗寨)의 유명한 산적이었다. 후에 이들 중 몇 명은 진왕(秦王) 이세민(599~649)을 도와 천하를 평정하여 왕후에 봉해졌는데, 민간에서 좋아했던 인물이다. 그들의 사적을 묘사한 극목으로는 ≪임동산(臨潼山)≫·≪매마(賣馬)≫≪진경발배(秦瓊發配)≫·≪삼당양림(三挡楊林)≫·≪타등주(打登州)≫·≪나성매융선(羅成賣絨線)≫·≪정교금초친(程咬金招親)≫·≪홍예관(虹霓關)≫·≪도동기(倒銅旗)≫·≪단밀간(斷密澗)≫·≪백벽관(白璧關)≫·≪쇄오룡(鎖五龍)≫·≪나성현혼(羅成顯魂)≫ 등이 있다. 이밖에 ≪남양관(南陽關)≫은 수나라 말기의 이야기를 그리고 있다.

[그림 165] 청대 궁중 희화 ≪백량관(白良關)≫

위지공·설인귀·번리화·진영은 모두 당나라 초기의 맹장으로, 그들의 사적은 민간에 전래되었다. 위지공은 어과원(御果園)에서 채찍 하나로 임금을 구했고, 설인귀는 요동정벌에 출정했다가 화살 세 개로 천산(天山)을 평정했으며, 번리화는 여장부로 누구도 당해낼 수 없을 정도로 용맹했다. 진영은 당 태종의 외손자로 어려서 용맹하고 무예가 뛰어났다. 이들의 사적을 그린 극목으로는 ≪어과원(御果園)≫·≪경덕장풍(敬德裝瘋)≫·≪백량관(白良關)≫·≪삼전정천산(三箭定天山)≫·≪독목관(獨木關)≫·≪어니하(淤泥河)≫·≪마천령(摩天嶺)≫·≪분하만(汾河灣)≫·≪경덕틈조(敬德闖朝)≫·≪틈산(闖山)≫·≪노화하(蘆花河)≫·≪쇄양성(鎖陽城)≫·≪금수교(金水橋)≫ 등이 있다. 나장(羅章)은 진영의 부장(部將)으로 출정했다가 여자 장수를 만나 곤경에 빠졌다. 때문에 ≪나장궤루(羅章跪樓)≫라는 극이 한 편 있다. 이밖에 같은 시기의 역사 극목으로는 ≪궁문대(宮門帶)≫·≪법장환자(法場換子)≫ 등이 있다.

당나라 이야기를 쓴 연대본희 ≪굉벽연(玆碧緣)≫도 아주 유행했다. 이 극은 청대 유행했던

[그림 166] 청대 도화오연화(桃花塢年畵)
≪화벽연사망정착후(花碧蓮四望亭捉猴)≫

무협소설 ≪녹모란전전(綠牡丹全傳)≫을 개편한 것이다. 내용은 싸우는 이야기이지만 청대 희곡무대에서는 몸을 날리는 무희(武戲)가 성행했던 관계로 이 극은 고난도의 액션과 강렬한 자극성으로 관중들의 호응을 받았다. 때문에 ≪괵벽연≫극은 줄곧 공연되었다. 이중 유행한 극목은 ≪화벽련착후(花碧蓮捉猴)≫·≪자파걸(刺巴傑)≫·≪사걸촌(四傑村)≫·≪화벽련탈장원(花碧蓮奪狀元)≫ 등이다.

당대 연대본희 중의 ≪서유기≫도 이목을 끄는 극이다. 청 조정의 대희를 서술할 때 이미 언급하였으므로 여기서는 생략한다.

당나라를 내용으로 하는 극 중에 크게 성행한 극목으로는 ≪태백취사(太白醉寫)≫·≪금마문(金馬門)≫이 있다. 내용은 시선 이백(李白; 701~762)의 뛰어난 재주와 호탕한 행위를 담고 있는데 상당히 희극(喜劇)적이다. 또 다른 희극(喜劇)으로는 ≪타금고(打金鼓)≫가 있는데 공주와 사위가 서로 인정하지 않으며 화를 내고 고집을 부리는 내용이다. ≪채루배(彩樓配)≫는 뜻을 이루지 못한 선비 설평귀(薛平貴)가 종군하여 오랫동안 돌아오지 않자 재상의 딸 왕보천(王寶釧)이 정절을 지키며 차가운 가마터에서 18년간 고생하며 기다린다는 것이 주요 내용인데, 두 사람의 만남과 이별을 그린 이야기이다. 주요 부분으로는 ≪삼격장(三擊掌)≫·≪탐요(探窯)≫·≪간삼관(赶三關)≫·≪회룡각(回龍閣)≫·≪대등전(大登殿)≫ 등이다. 같은 시기에 유행한 극으로는 ≪목양권(牧羊圈)≫·≪이도매(二度梅)≫·≪금완차(金琓釵)≫·≪연지호(胭脂虎)≫·≪수유기(繡襦記)≫·≪완화계(浣花溪)≫ 등이 있다.

당나라 말기 번진(藩鎭)이 할거하면서 전쟁이 또 일어났다. 소설 ≪잔당오대사연의(殘唐五代

史演義≫도 희곡이 개편한 좋은 소재가 되었다. 그중 이극용(李克用; 856~908) · 이존효(李存孝; ?~894) 부자의 정벌 이야기를 다룬 ≪주렴채(珠簾寨)≫ · ≪아관루(雅觀樓)≫ · ≪비호산(飛虎山)≫ · ≪태평교(太平橋)≫ · ≪반오후(反五侯)≫ 등이 큰 환영을 받았다.

[그림 167] 청대 궁중 회화 ≪격장(擊掌)≫

송대는 희곡의 소재가 집중되었던 시기이다. 당시는 중국의 소설과 희곡이 크게 발전하는 시기였기 때문에 당시 발생한 많은 역사적 사건들은 상당한 주목을 받아 대량으로 희곡의 소재로 쓰였다. 송대 희곡의 내용은 역사적으로 유명한 이야기와 맞물려 나타났다. 먼저 오대와 송의 전쟁이야기부터 시작해서 양가장(楊家將)이야기 · 포공(包公; 999~1062)이야기 · 수호이야기가 이어지고 마지막에 악비(岳飛; 1103~1142) 이야기가 나온다. 아래에서 각각 서술한다.

왕조가 바뀌는 시기에 군웅들이 일어나 서로 전쟁하는 내용은 역대로 희곡이 애용했던 소재이다. 오대 · 송의 전쟁과정도 예외는 아니었다. 송 태조 조광윤(927~976)과 그 곁의 명장이자 공신들인 정은(鄭恩)과 조보(趙普; 922~992) 등이 사람들의 주목을 끌었다. 원나라 사람 나관중(羅貫中)의 잡극 ≪용호풍운회(龍虎風雲會)≫와 명대 소설 ≪북송지전(北宋志傳)≫ · ≪악비전전(岳飛全傳)≫ · ≪잔당오대사연의≫는 후대 지방 극에서 소재의 원천이 되었다. 유행한 극으로는 ≪천리송경낭(千里送京娘)≫ · ≪타과원(打瓜園)≫ · ≪삼타도삼춘(三打陶三春)≫ · ≪풍운회(風雲會)≫ · ≪고평관(高平關)≫ · ≪진교병변(陳橋兵變)≫ · ≪참황포(斬黃袍)≫ · ≪동추환대(銅錘換帶)≫ · ≪하하동(下河東)≫ · ≪비호산(飛虎山)≫ · ≪용호투(龍虎鬪)≫ 등이 있으며, 오랫동안 민간에서 공연되었다.

북송 전기의 가장 큰 걱정거리는 북쪽을 호령하던 요나라였다. 요나라는 무력을 앞세워 침공하였기에 송 진종은 단연(澶淵)에서 요나라와 굴욕적인 "단연지맹(澶淵之盟)"[93]을 맺기에 이른다. 이로 요나라에 저항하는 장사들의 영웅적 업적을 사람들이 칭송하기 시작했다.

그 대표적인 인물이 양가장이었다. 양가장의 이야기는 소설 ≪양가장연의≫가 큰 호응을 얻자 희곡에서는 일찌감치 이를 소재로 삼았다. 청대 이후 청 궁중의 대희 ≪소대소소≫와 ≪철기진(鐵旗鎭)≫・≪안문관(雁門關)≫ 등의 연대본희의 영향을 받아 더욱 방대한 진용을 갖추었다. 내용은 양씨 집안의 삼대(三代)가 북으로 가서 요나라를 막는다는 것이 주 내용이고, 그 가운데 간신 반인미(潘仁美; 925~991)・왕흠약(王欽若; 962~1025)이 양씨 집안에 해를 가한다는 내용을 넣어 충성스럽고 용맹하게 나라를 지키는 찬가를 부른다. 양씨 집안의 삼대가 차례로 나라에 헌신하는 내용에 따라 극은 대략 세 부분으로 나눌 수 있다.

첫 단락은 양계업(楊繼業; ?~986)이 주인공으로 나온다. 양계업이 혼인을 맺는 ≪사당관(佘塘關)≫에서 시작하여 중간에 ≪금사탄(金沙灘)≫・≪칠랑팔호틈유주(七郎八虎闖幽州)≫・≪오랑출가(五郎出家)≫ 등이 나오는데 양계업이 순직하는 ≪이릉비(李陵碑)≫에서 단락이 끝이 난다. 마지막에는 간신 반인미가 사형을 집행하는 ≪음심(陰審)≫으로 결말을 맺는다.

[그림 168] 청대 궁중 희화 ≪탐모회령(探母回令)≫

[그림 169] 청대 면죽연화(綿竹年畵) 목계영(穆桂英)

두 번째 단락은 육랑(六郎) 양연소(楊延昭; 958~1014)가 주인공으로 등장한다. 양연소가 변경지대의 관청에서 나오는 것으로 시작한다. 유행한 극으로는 ≪천파루(天波樓)≫·≪삼차구(三岔口)≫·≪구준배화(寇准背靴)≫·≪청룡곤(靑龍棍)≫·≪양배풍(楊排風)≫·≪구룡욕(九龍峪)≫·≪당마(挡馬)≫·≪맹량도골(孟良盜骨)≫·≪목호관(牧虎關)≫ 등이 있다. 내용은 적과 싸우고 모함을 받는 일을 둘러싸고 전개된다. 그 가운데 ≪사랑탐모(四郎探母)≫·≪삼관배연(三關排宴)≫ 이야기가 들어가 있어 요나라에 항복하여 부마가 된 양사랑(楊四郎)이 심리적 갈등을 겪는 모습을 보여주는데 아주 감동적이어서 공연이 가장 많이 되었던 부분이다.

세 번째 단락은 목계영(穆桂英)이 주인공으로 등장하여 여자 영웅의 씩씩한 모습과 넓은 도량을 보여준다. 이 부분은 양가장이야기에서 사람들을 가장 매료시키는 단락으로, 민간에서 널리 불려졌다. ≪목가채(穆柯寨)≫에서 목계영과 양종보(楊宗保)가 혼인을 맺는 것에서 시작되고, 그 중간에 ≪원문참자(轅門斬子)≫·≪대파천문진(大破天門陣)≫·≪파홍주(破洪州)≫·≪목계영괘수(穆桂英掛帥)≫ 등의 극이 들어가 있는데 목계영의 탁월한 공로를 하나도 남김없이 보여준다. 마지막에는 사태군(佘太君; 934~1010)이 백세의 원수가 되는 ≪양문여장(楊門女將)≫으로 양가장이야기 전체가 끝난다. 양가장이야기 뒤를 이어 나온 ≪진주열화기(珍珠烈火旗)≫와 ≪연안관(延安關)≫은 송나라의 명장 적청(狄靑)의 사적을 그렸다. 이후 포공과 관련된 극은 포공의 신묘한 안목과 공평무사함을 나타냈다. 이중 포공이 주인공으로 등장하는 극은 ≪흑려고장(黑驢告狀)≫·≪오분기(烏盆記)≫·≪찰포면(鍘包勉)≫·≪적상진(赤桑鎭)≫이 있다. 마지막에 포공이 무대에 나와 이야기를 끝내는 극으로는 진세미(陳世美)가 마음을 저버리는 이야기인 ≪진향련(秦香蓮)≫·≪찰미안(鍘美案)≫이 있고, 소설 ≪삼협오의(三俠五義)≫에서 나온 ≪오서료동경(五鼠鬧東京)≫·≪삼왜기문(三矮奇聞)≫·≪오화동(五花洞)≫·≪나화호접(拿花蝴蝶)≫이 있고, 연대본희 ≪이묘환태자(狸猫換太子)≫에서 나온 ≪단후(斷後)≫·≪타호포(打虎袍)≫가 있고, 선녀 장사저(張四姐)를 쓴 ≪요전수(搖錢樹)≫ 등이 있다.

북송 후기에 유행한 소재는 수호이야기이다. 소설 ≪수호전≫의 전래와 청 궁중의 대희 ≪충의선도≫의 영향으로 수호희(水滸戱)도 대형 연대본희가 만들어져 많은 사람들이 좋아하는 극목을 갖게 되었다. 수호 영웅들의 이름·별명과 그들의 사적도 사람들이 잘 알았다. 자주 공연한 극으로는 ≪취병산(翠屛山)≫·≪화전착(花田錯)≫·≪축가장(祝家莊)≫·≪시천도갑(時遷盜甲)≫·≪대명부(大名府)≫·≪탐환보(貪歡報)≫·≪이규대료충의당(李逵大鬧忠義堂)≫·≪신주뢰(神州擂)≫·≪청봉령(靑峰嶺)≫·≪경정주(慶頂珠)≫·≪염양루(艶陽樓)≫ 등이 있다. 이밖에 ≪백릉기(白綾記)≫·≪쌍사하(雙沙河)≫·≪낙양교(洛陽橋)≫ 등의 단출희(單出戱)도 있다.

[그림 170] 청대 궁중 희하 ≪나화호접(拿花蝴蝶)≫

금나라가 변경을 침공하여 중원을 차지하자 북송은 남쪽으로 천도하였다. 이에 남송 초기에 금나라에 대항한 명장 악비의 업적이 또 다른 희곡의 소재가 되었다. 내용은 대부분 소설 ≪악비전전≫에 의거하였다. 유명한 극으로는 ≪악모자자(岳母刺字)≫·≪우두산(牛頭山)≫·≪악가장(岳家莊)≫·≪금선자(金蟬子)≫·≪진담주(鎭潭州)≫·≪구룡산(九龍山)≫·≪팔대추(八大錘)≫ 등이 있다. 또 산희(散戱) ≪조가루(趙家樓)≫도 있다.

[그림 171] 청대 북경 등희화(燈戱畵) ≪팔대추(八大錘)≫

원대에는 외설적인 극 ≪규방악(閨房樂)≫이 나왔다. 원나라 말기의 전쟁을 다룬 ≪무당산(武當山)≫·≪취금릉(取金陵)≫·≪전태평(戰太平)≫·≪당량(挡亮)≫ 등은 명 태조 주원장(朱元璋; 1328~1398)의 무공을 그리고 있는데 대부분이 ≪대명영렬전(大明英烈傳)≫에서 나왔다.

명대 이후로는 두 가지 극이 주도적 위치를 차지했다. 하나는 민간 전설을 토대로 한 극으로, 정치적 문제 외의 복을 빌거나 남녀의 연애 내지 기이한 일사들을 흥미진진하게 그려내고 있다. ≪연지습(胭脂褶)≫·≪우룡봉관(遇龍封官)≫·≪영악관등(永樂觀燈)≫·≪유룡희봉(遊龍戱鳳)≫·≪삼진사(三進士)≫·≪금계령(金鷄嶺)≫ 등이 여기에 속한다. 이중에서도 복잡한 사회적 내용을 담고 있는 것으로는 ≪쌍관고(雙冠誥)≫·≪금옥노(金玉奴)≫·≪옥당춘(玉堂春)≫·≪매옥배(梅玉配)≫가 있다. 이 극들은 아주 널리 전래되어 누구나 다 알고 있을 정도였다. 이외에 희극 ≪신안역(辛安驛)≫이 있다. 여자 강도의 모습을 보여주어 사람들의 주목을 받았다.

또 다른 하나는 명대 치열한 당쟁과 궁중암투를 그린 극들이다. 충신과 간신의 투쟁을 표현하고 있기 때문에 내용이 아주 비장하다. ≪충효전(忠孝全)≫·≪법문사(法門寺)≫(≪습옥탁(拾玉鐲)≫)·≪사진사(四進士)≫·≪일봉설(一捧雪)≫·≪타엄숭(打嚴嵩)≫·≪호접배(蝴蝶杯)≫·≪남천문(南天門)≫·≪오인의(五人義)≫ 등이 여기에 속하고, 모두 민간에서 널리 불려졌다. 이중 명 목종(穆宗; 1537~1572)이 붕어한 후 충신 양파(楊波)와 서연소(徐延昭)가 사직을 지키기 위해 이비(李妃)의 부친 이량(李良)과 싸우는 극이 가장 유명하다. ≪대보국(大保國)≫·≪탄황릉(歎皇陵)≫·≪이진궁(二進宮)≫에 ≪어림군(御林郡)≫을 더해 각 지방 극에서 오랫동안 공연되었다. ≪진주탑(珍珠塔)≫과 ≪철궁연(鐵弓緣)≫도 각지에서 큰 환영을 받았다.

청대 이야기를 담고 있는 극의 두드러진 특징은 의협심으로 뭉쳐 격투를 벌이는 극이 크게 증가했다는 것이다. 당시 의협소설(義俠小說)의 성행과 무대에서 무희(武戲)와 무협극이 유행한 것이 이런 극들이 대량이 나오게 된 배경이었다. 연대본희의 ≪삼협검(三俠劍)≫·≪시공안(施公案)≫·≪동가오(佟家塢)≫·≪시공신전(施公新傳)≫·≪여아영웅전(女兒英雄傳)≫·≪명청팔협(明淸八俠)≫·≪옹정검협전(雍正劍俠傳)≫ 같은 극의 제목만 봐도 당시의 풍기가 어떠했는지 알 수 있다. 가장 유행한 극은 협객 황천패(黃天霸)와 관련된 내용이다. 황천패는 원래 무예가 출중한 산중호걸이었다. 후에 강도지현(江都知縣) 시사윤(施仕倫)에게 생포되었으나 죽음을 면했다. 황천패는 그 은혜에 감동하여 시사윤의 손발이 되어 권세를 믿고 횡포를 일삼는 사람들을 소탕하였다. 주요 극으로는 ≪연화호(蓮花湖)≫·≪영웅회(英雄會)≫·≪구룡배(九龍杯)≫·≪나구화랑(拿九花娘)≫·≪계황장(溪皇莊)≫·≪사패천(四覇天)≫·≪악호촌(惡虎村)≫·≪패왕장(覇王莊)≫·≪나라사호(拿羅四虎)≫·≪은가보(殷家堡)≫·≪북극관(北極觀)≫·≪팔랍묘(八蠟廟)≫·≪연환투(連環套)≫ 등이 있다.

종합하면, 청대 지방 극이 담고 있는 내용은 이미 중국역사와 전설이 받아들일 수 있는 최대치에 이르러 고대문화에 특수하고도 기묘한 하나의 장르를 형성해 후인들에게 풍부한 문화자산을 남겨주었다.

그러나 청대 지방 극 작품이 이렇게 풍부함에도 오늘날 당시에 간행한 극본은 보기가 아주 어렵다. 이는 지방 극 각본은 민간의 통속물이자 일반인과 예인들이 사용하는 것이어서 인쇄상태를 크게 고려하지 않았기 때문이었다. 그래서 국가든 개인이든 누구도 주목하지 않아 사라진 것이었다. 현재까지 알려진 것으로는 다음과 같다: 첫째, 청 건륭 연간의 간본 ≪철백구(綴白裘)≫제6집과 제12집에 수록된 70편의 극. 둘째, ≪납서영곡보(納書楹曲譜)≫ "외집(外集)"과 "보유(補遺)"에 수록된 14출의 "시극(時劇)" 곡보. 셋째, 한구(漢口)의 문폐당(文陛堂)·문아당(文雅堂)·당씨삼원당(唐氏三元堂) 등의 서방(書坊)에서 간각한 초곡(楚曲) 극본 6편(중국예술연구소의 희곡연구소 소장).

[그림 172] 청대 북경 등희화 ≪악호촌(惡虎村)≫

넷째, 도광(道光) 18년(1838) 익성당(益成堂)·인의당(仁義堂)·일광당(日光堂) 서방이 간각한 휘판(徽板) 극본 7편과 사천 내강(內江)의 배문당(培文堂)에서 간각한 ≪유음기(柳蔭記)≫ 등.

(5) 분장예술

명·청 희곡이 발전하면서 무대예술에도 점차 풍부한 경험이 쌓여갔다. 이중 가장 중요한 것이 분장기술의 향상이다. 이는 배역제도를 따라 끊임없이 개선되며 이뤄졌다.

명·청대 희곡배역은 나날이 세밀해졌다. 원대의 생(남자주인공)·단(여자주인공)·정(성격이 거칠고 강렬한 남자배역)·축(익살을 부리는 배역)·말(중년의 남자배역) "류(類)"의 배역제가 더욱 세밀해졌다. 정 같은 경우는 대정(大淨; 신분이 높은 인물 역)·중정(中淨; 호탕하고 과격한 인물 역)·소정(小淨; 익살을 부리는 역)으로 나누어졌다. 대략 명 만력 이후 남방의 곤강과 고강 극단이 통용되던 "강호12배역(江湖十二角色)" 체계를 만들었다. 이 12배역은 각각 부말(副末)[94]·노생(老生)[95]·정생(正生)[96]·노외(老外)[97]·대면(大面)[98]·이면(二面)[99]·삼면(三面)[100]·노단(老旦)[101]·정단(正旦)[102]·

[그림 173] 청대 궁중 희화 분상보에 나오는 대면(大面) 항우(項羽)
[그림 174] 청대 궁중 희화 분상보에 나오는 정단(正旦) 소태후(蕭太后)
[그림 175] 청대 궁중 희화 분상보에 나오는 무생(武生) 조운(趙雲)

소단(小旦)[103] · 첩단(貼旦)[104] · 잡(雜)[105]이다.[106] 배역설정은 당시 공연의 수요를 만족시켰기 때문에 상대적으로 고정되었다. 이후 방자 · 피황 같은 성강 극종이 일어나면서 표현 내용과 사회적 영향이 상술한 성강들보다 더 확대되면서 배역제도는 또 한 단계 발전했다. 초기 한구(漢口)의 초곡(楚曲) 극본인 ≪영웅지(英雄志)≫와 ≪제풍대(祭風臺)≫ 같은 극을 보면, 초곡의 정(淨) 배역에서 정 · 이정(二淨) · 화검(花臉) · 부(副) · 축(丑) 등의 배역들이 나왔음을 알 수 있는데, 이는 각 계층의 인물들을 공연하는데 적합한 것이었다. 이후 피황극에서 역할을 합리적이고 세밀하게 나눈 완전한 배역체계가 나왔다. 이 체계는 크게 생 · 단 · 정 · 축으로 나누고, 여기에 배역마다 또 세분했다. 예를 들면, 생 배역은 노생[107] · 무생[108] · 소생[109]으로 나누었다. 단 배역은 청의(青衣)[110] · 화단(花旦)[111] · 도마단(刀馬旦)[112] · 무단(武旦)[113] · 노단으로 나누었다. 정 배역은 정정(正淨)[114] · 가자화(架子花)[115] · 무이화(武二花)[116] · 솔타화(摔打花)[117]로 나누었다. 축 배역은 문축(文丑)[118]과 무축(武丑)[119] 등으로 나누었다. 이때의 희곡은 이미 무대에서 사회의 모든 내용을 보여줄 수 있었다. 사회 각 계층의 인물을 분장하는데도 풍부한 경험을 쌓아 각종 세련된 표현기교를 발전시켰다.

[그림 176] 철옥헌(綴玉軒)에서 소장했던 청대 진강(秦腔) 완언장(王彦章)의 검보(臉譜)
[그림 177] 철옥헌에서 소장했던 청대 진강 포증(包拯)의 검보

    희곡분장에서 중요한 것이 얼굴을 분장하는 검보(臉譜)이다. 검보는 아주 오랜 시간을 거쳐 만들어졌다. 원대 공연 때의 얼굴 분장은 아주 간단했다. 정과 말이 얼굴에 흰 분을 바른 다음 먹으로 무늬를 그렸다. 주요인물일 경우는 눈과 눈썹을 진하게 칠하기도 했다. 명대는 색조에 따라 얼굴을 분장했다. 명대 전기 ≪담화기(曇花記)≫ 제14출에는 인물이 등장할 때 "정이 파란 얼굴을 한 노기(盧杞)로 분장해 등장한다."[120] 라고 했다. 여기서 "파란 얼굴(藍臉)"이란 후대의 단색얼굴(整臉)에 가까운데, 즉 하나의 색조에 몇 가지 다른 색의 무늬를 넣은 것을 말한다. 이로 보면 후대 지방 극의 배역에서 인물의 유형과 성격에 따라 색채와 보식(譜式)을 운용해 검보를 그린 방법은 명대에 시작되었음을 알 수 있다. 철옥헌(綴玉軒)이 옛날 소장했던 명대 검보도안(臉譜圖案)을 보면, 명대에 얼굴을 그리는 방법은 전대보다 훨씬 발전했음을 알 수 있다. 눈썹과 눈구멍을 그리고 여기에 콧방울이 들어간 곳을 칠하고 입가를 그렸으며 얼굴에 무늬를 넣는 등의 수법을 더했다. 다만 이들 검보는 주로 신과 귀신의 얼굴 분장에만 사용되었다. 명대 정과 축을 맡은 인물의 검보 도식은

현재로서는 알 길이 없지만 노기(盧杞)의 파란 얼굴은 최소한 당시 정 배역만 사용하는 검보가 있었을 보여준다. 철옥헌의 명대 신과 귀신의 검보 도안은 사실에 상당히 가깝다. 용왕의 검보 같은 경우는 이마에 용 한 마리를 그리며, 백호와 표범의 검보는 호랑이와 표범의 얼굴 특징을 그렸다.

청대 이후 검보는 무늬와 색채가 복잡해지면서 갈수록 도안화·상징화된다. 청나라 사람들은 앞쪽 이마의 머리카락을 잘랐기 때문에 배우들의 앞쪽 윤곽이 크게 확대되면서 검보에 이용될 공간도 늘어났다. 때문에 청나라 사람들은 이마에 각종 무늬를 넣기 시작했다. 이 역시 청대 검보의 특징이다. 검보의 제작에는 불문율의 규정이 있다. 보통 생과 단의 얼굴 분장은 붉고 하얀 색을 사용하여 오관(五官)의 명암대비를 더해주는 것에 집중된다. 축의 검보는 검고 흰색을 사용해 눈과 코의 튀어나온 곳에 먹 자국과 분 덩어리를 더해 면부의 조화를 깨드린다. 정의 얼굴 화장은 검보 예술에서 가장 창조적이다. 온갖 자태가 나오고 변화가 무궁하다. 그 모습을 세우고 색을 넣는 원칙은 인물의 신분을 고려하고 인물의 성격을 따른다. 일부 유명 인물의 검보에 쓰이는 기본 색조는 명대의 것을 기초로 상대적으로 고정되었다. 예를 들면, 관우(關羽)와 조광윤의 붉은 얼굴, 위지공과 포공의 검은 얼굴, 조고(趙高)와 조조(曹操)의 흰 얼굴, 진영(秦英)과 호연찬(呼延贊; ?~1000)의 화검(花臉) 등이 이러하다. 그러나 시기와 지방 극에 따라 다른 세부적인 변화가 나타난다. 극종마다 각자의 고유한 검보 제작방식이 있다. 일반적으로 곤곡과 피황의 검보는 장중하면서 간결한 반면, 어떤 지방 극의 검보는 과장적이어서 거칠고 사납게 보이기도 한다. 일반적으로 피황의 검보는 단색 얼굴(整臉)[121]·세 조각 기와형 얼굴(三塊瓦臉)[122]·십자형 얼굴(十字門臉)[123]·육자형 얼굴(六分臉)[124]·쇄검(碎臉)[125] 등으로 나눌 수 있다. 반면 각 지방 극의 검보는 변화가 너무 많아 정확하게 구분하기란 쉽지 않다.

또 배우가 입고 쓰는 희의(戲衣)도 있다. 희의는 원대 충도수 벽화에서 이미 빛깔과 광택이 선명해졌고 대비도 생동적이었다. 그 양식은 당시의 실제 의상에 근거했다. 명·청의 희의는 당시의 의상에서 점차 배역화와 유형화되었는데 장식성이 아주 두드러졌다. 당시의 실제 의상과 비교해서 더욱 선명해졌다. 또한 무장의 갑옷 상의 4개의 깃발과 투구상의 꿩 깃 같은 의미를 갖는 상징적 도구들이 더해졌다. 희의는 투구류·의류·신발 류로 나눈다. 투구에는 관·모자·투구·두건 같은 것이 있고, 의류에는 두루마기[126]·옷·갑옷(甲)이 있으며, 신발 에는 뒤축이 두꺼운 후저화(厚底靴)·조정에 입조할 때 신는 조화(朝靴)·연혜(軟鞋)가 있다.

청대 희장(戲裝)은 소주에서 만든 것이 가장 좋았다. 각지의 극단들이 장식물의 수준을 고려한다면 소주까지 가서 희의와 소품들을 구입할 것이다. 희의 중에 가장 유명하고 비싼 것이 자수를 넣은 것으로, 청대 비단제품의 최고성취를 나타난다.

희곡공연은 예인들이 무대에서 분장해야 한다. 어떤 사람이 어떤 장식을 하고 어떤 옷을 입으며 어떤 검보를 그릴 것인지는 주로 스승의 전수에 의지했다. 그러나 시간 이 오래되거나 급하게 무대에 올라갈 경우는 잘못 준비할 때도 있었다. 이에 분장보(扮裝譜) 같은 화보(畫譜)가 나와 배우들의 분장을 정해주었다.

[그림 178] 청대 희의(戲衣) 여고 (女靠) [북경 고궁 소장]

명대에 이미 도상(圖像)을 공연의 예시로 삼아 예인들이 등장할 때 그림에 따라 분장하게 했다. 예를 들어 만력 연간의 간본 《남교옥저기(藍橋玉杵記)》 "범례(凡例)"에서 "이곳에서는 하나하나 그린 도상을 내어, 분장대로 관복을 입을 수 있도록 했다."[127]라고 한 것이다. 이 책은 부록에 과연 많은 그림을 수록하였다. 매 단락마다 등장인물과 이야기에 근거해 도상을 그려놓았다. 그러나 이 그림들은 생활모습을 있는 그대로 그린 것이지 무대장면을 그린 것은 아니었다. 때문에 그 속의 인물이 입고 쓰고 장식한 것은 기본적으로 생활

속의 장식이어서 공연 장식에서는 기본적인 방향만 알려줄 뿐이었다. 예를 들면 어떤 배역은 어떤 한 인물의 의상을 해야 한다는 것뿐이다. 이 가운데 배역의 얼굴장식은 보여주지 않았다. 예를 들어 정과 축의 도상은 검보를 그리지 않는 것이다. 때문에 이것은 분장한 것을 보여주는 화보라고 할 수 없다.

[그림 179] 청대 희의 궁장(宮裝) [중앙공예미원(中央工藝美院) 소장]

오늘날 우리가 볼 수 있는 가장 이른 분장보는 명·청 교차기의 작품인데, 이미 일본에 전래되었다. 푸시화 선생이 30년대 초반에 사진을 보았다. 원서는 일본의 사사키 노부츠나(佐佐木信綱) 박사가 소장하고 있는데, 1책(冊) 14정(幀)[128]으로 되어있다. 매 정에는 한 사람이 그려져 있고, 입고 쓰는 관과 의상·검보·손에 쥐는 도구들이 상세하게 그려져 있으며 옆에 시 한 수가 쓰여 있다. 그린 사람과 그린 연대는 분명치 않다. 그러나 의상과 검보는 모두 오래되고 소박하다. 푸 선생은 명·청 교차기로 봤는데 상당히 일리가 있다.[129] 이들은 당시 분장보 같은 회화가 성행했음을 증명해준다.

[그림 180] 청대 궁중 희화 무장희(武場戲) ≪조가루(趙家樓)≫

　　청대 궁정의 승평서(升平署)[130]의 공연은 황제가 보는 앞에서 진행되었기 때문에 의상 장식이 상당히 까다로웠고 조금의 착오도 용납되지 않았다. 때문에 궁정화가들은 무대의 실제모습에 근거하여 각 단원에 나오는 배역들의 공식적인 분장을 화보형태로 만들어 화보에 따라 입고 쓰고 분장하도록 했다. 이렇게 되어 많은 분장보가 전래되었다. 자주 보이는 화보는 사람마다 한 폭의 그림을 넣고 극목·인물명칭을 표시해놓으며, 반신과 전신으로 나누어놓았다. 반신에서는 얼굴화장이 두드려졌는데, 주로 검보를 그리는데 참고할 수 있게 되어있다. 전신은 입고 쓰는 것에 초점을 맞추었다. 공연에 임해서 입고 장식하는데 하나의 기준을 제시했다. 후에 천진(天津) 양류청(楊柳靑) 연화(年畵)의 연극장면의 영향으로 희출분장보(戲出扮裝譜)로 발전했다. 그림마다 한 단락의 장면을 그렸는데 한 사람만 그린 것이 아닌 몇 사람을 집중적으로 그렸다. 이중 인물의 분장·의상은 등장하는 장식을 따랐고 도구도 그린 것이 있다. 인물의 몸동작도 왕왕 이야기에 따라 그렸다. 다만 장면은 실제 상황에 따라 묘사한 것은 아니었다. 어떤 곳은 이야기 내용을 압축하여 다른 장면에서 나타나는 인물을 하나의 화면에 집중하기도 했다.

(6) 가면·희상(戲箱)·예인·희신(戲神) 등

가면의 기원은 원시제사이다. 은·상의 청동기에서 우리는 대량의 청동가면을 볼 수 있다. 그중에는 몸에 차는 것도 있다. 기록으로 보이는 가면은 가장 이른 것이 육조시기이다. 남조의 양나라 종름(宗懍; 501?~565)은 ≪형초세시기(荊楚歲時記)≫에는 이렇게 기록하고 있다.

> 12월 8일, 속담에는 "12월에 북이 울리면, 봄풀이 핀다."라고 했다. 마을 사람들은 모두 호공두(胡公頭)를 쓰고, 세요고(細腰鼓)를 치며, 금강과 역사가 되어 악귀를 쫓았다.[131]

여기서 "호공두"는 호인(胡人)의 가면이름이다. 당시 중국 승려 지총(智聰)은 일본 킨메이덴노(欽明天皇) 22년(562) 고려를 거쳐 일본에 가면서 중국 악기와 무도가면인 "기악면(伎樂面)"을 갖고 갔다. 또 한때 수나라에서 악무를 공부하던 백제인 미마지(味摩之)가 일본 스이코덴노(推古天皇) 20년(612) 일본에 가면서 갖고 간 "기악면"이 지금 동경국립박물관에 소장되어있다. 그 이름은 오공(吳公)·오녀(吳女)·금강(金剛)·역사(力士)·사자(師子)·곤륜(昆侖) 등이 있다. 나무로 만든 이들 가면들이 선진 청동기에서 변화된 것인지 아니면 당대 ≪대면≫·≪발두≫ 극의 가면처럼 서역에서 온 것인지는 문헌기록으로는 정확하게 판단할 수 없다. 현재로선 후자일 가능성이 조금 커 보인다.

이후의 가면은 각지의 희곡 극종 특히 나희에서 장족의 발전을 거듭했다. 주로 장강

[그림 182] 청대 사천 창
계(蒼溪) 경단(慶壇)의
무재신(武財神) 가면

[그림 181] 청대 귀주
(貴州)의 선봉소저(仙
封小姐)의 나희 가면

이남지역에 분포하는데 서남의 운귀고원(雲貴高原)과 파촉(巴蜀) 일대에 집중되어있다. 서남지역은 산이 많고 교통이 불편하며 문화가 낙후되어 오랫동안 원시의 무나(巫儺) 제사활동을 보존하고 있다. 가면 문화도 이런 신비한 의식을 따라 오랫동안 성행했다. 그중 가장 특색 있는 것은 귀주(貴州)의 나희 가면이다. 귀주 가면은 송대 이미 널리 알려졌다. 육유(陸遊 1125~1210)의 ≪노학암필기(老學庵筆記)≫에는 북송 정화(政和) 연간(1111~1117) 궁정에서 대나(大儺)를 거행하려 하자, 계림(桂林) 일대에서 나의 가면 800개를 올렸다고 했다. 새긴 사람과 귀신의 모습이 "늙고 어리고 예쁘고 추했는데, 같은 것이 하나도 없었다."[132] 범성대의 ≪계해우형지(桂海虞衡志)≫와 주거비(周去非)의 ≪영외대답(嶺外代答)≫에서도 계림에서 만든 가면은 정교하고 뛰어나 세상에 이름이 높다고 했다. 운남・귀주・사천은 여러 민족이 거주하는 곳이어서 나희도 한족 나(儺)・이족(彝族) 나・묘족(苗族) 나・동족(侗族) 나・토가족(土家族) 나・포의족(布依族) 나 등과 같은 유형이 있다. 때문에 나 가면의 모습도 각양각색이다. 가장 원시적인 이족 나의 촬친저(撮襯姐: 變人戱) 가면은 거칠고 투박하다. 나무를 파서 고랑을 만들고, 겉은 검은 재로 바탕칠하고 흰 선으로 오관을 그렸는데 사실성이 아주 강하다.

[그림 183] 청대 사천의 면양 극단(綿陽劇團)의 "형의반(亨義班)" 명패

나당희(儺堂戲) · 경단희(慶壇戲) · 단공희(端公戲) 같은 다른 민족의 극에 쓰인 가면은 실제 모습인 것도 있고 과장한 것도 있는데 장식성이 아주 강하다. 가면의 형상은 보통 옳고 그름을 분명하게 나누어 제작한다. 선한 신의 가면은 장중하면서 온화하며 진하고 옅은 색깔이 서로 조화를 이룬다. 악한 신의 가면은 흉악스럽고 무서운데 보통 차갑고 무서운 기운을 가진 청색을 띤다. 세속 인물은 정과 축으로 나눈다. 주인공은 돈후하고 소박하며 사실성이 강하다. 축은 대부분 모양을 과장한다. 가면의 재료는 보통 버드나무 · 정향나무 · 죽순 껍질 · 종이 껍질 등을 쓴다. 귀주에는 또 명대 군나(軍儺)에서 발전한 지희(地戲)[133]가 있다. 그 가면은 소박한 다른 나희와 달리 모양이 정교하고 색채가 선명하다. 지희 가면은 보통 얼굴 · 투구 · 귀 세 부분으로 이루어지는데 통상적으로 정교하게 조각되어 있고 짙은 색채에 기름칠이 되어있다. 나단(儺檀)의 가면은 한 곳당 24개 · 36개 · 72개로 차이가 있다. 지희에는 몇 십 개에서 백 여 개가 된다. 나단의 등장인물 중에 토지 · 산신인 개산망장(開山莽將) · 강을 다스리는 이랑(二郞) · 선도신(先導神)인 개로선봉(開路先鋒) · 어릿광대인 진동(秦僮) · 관공(關公) 등이 자주 보인다.

명 · 청대 희곡 소품은 원대보다 더 크게 발전했다. 원대 극단들이 짐을 이고 지면서 공연한 간단한 소품들로는 더 이상 공연의 수요를 만족시킬 수 없었다. 명대 극단들은 점차 행두사상제(行頭四箱制)를 확립했다. 청나라 사람 이두(李斗)의 ≪양주화방록≫(권5)에는 당시 극단이 부두에서 공연을 하는데 곡 필요한 "강호행두(江湖行頭)" 네(다섯) 개의 옷상자 안을 상세하게 묘사하고 있다: "연극에 쓰이는 도구를 행두라고 한다. 행두는 옷을 넣는 상자 · 투구를 넣는 상자 · 잡다한 물건을 넣는 상자 · 손잡이가 있는 물건을 넣는 상자로 나눠진다."[134] 옷상자에는 큰옷 상자와 무명옷 상자가 있다. 큰옷 상자 안에서 문분(文扮)에는 부귀한 옷·망복(蟒服) 등 20여종이 있다. 무분(武扮)에는 각종 입고 걸치는 갑옷·투구·전의(箭衣) 등 10여종이 있고, 여분(女扮)으로는 각종 치마 10~20벌이 있다. 여기에 각종 탁자보·의자 덮개·두건과 띠에 징·북·판(板)·현자(弦子)·생황·피리·성탕(星湯)·목어(木魚)·운라(雲鑼) 등의 잡기들이 있다. 무명옷 상자 안에는 푸른 무명 적삼·솜저고리 등 10~20벌이 있다. 투구 상자 안에서 문분에는 평천관(平天冠)·각종 관모(官帽)·이모(吏帽)·건모(巾帽)·평민모(平民帽) 등 30~40개가 있고, 무분에는 각종 투구와 여인들의 봉관(鳳冠)·포두(包頭) 등 30~40개가 있다. 잡다한 기물을 넣는 상자에는 각종 수염·각종 신발·각종 깃발·각종 가면·채찍·먼지 털이·부채·팻말 등의 잡다한 물건에 징·태평소·나팔·호통(號筒) 등의 100여개 등이 있다. 손잡이가 있는 물건을 넣는 상자에는 각종 의기(儀器)와 병기들이 있다.

청대 전기 극단의 인원수는 곤곡 극단을 예를 들면 대략 20명 정도로, ≪양주화방록≫(권2)에 보인다. 이중 등장배역은 12명으로, 이들을 "강호12배역(江湖十二角色)"이라고 한다. 악대는 총 7명인데, 북[135]·현자[136]·이적(二笛)[137]·통소[138]·작은 징[139]·큰 징으로 나누어진다. 이밖에 희방(戲房) 안에 있는 사람들도 호통·나팔·목어·탕라(湯鑼: 징의 일종) 연주를 도와야 하는데, 잠시 등장하지 않는 배역이 이를 맡아 할 수도 있다. 각 지방 극종의 극단 인원수는 이용하는 악기와 배역의 많고 적음에 따라 많아질 수도 있고 적어질 수도 있으나(대부분은 줄어듦. 소규모 유랑극단일 경우는 더 많이 줄어듦), 이 예를 통해 대략적으로 이해할 수 있다.

연극 공연은 예인들이 담당했다. 그들의 이름은 선진시기에 이미 사서에 기록되었다. 사마천의 ≪사기·골계열전≫에는 우맹(優孟)·우전(優旃)·창곽사인(倡郭舍人) 세 명을 기록해놓고 있다. 후에 많은 책들이 연극 예인들의 사적을 기록했다. 오대시기 고굉중은 남당의 우인 이가명의 모습을

[그림 184] 하남 신현(新縣) 향수반(響手班)의 북틀(청대)

[그림 185] 청나라 사람이 그린 희대 뒤쪽에서 의상을 갈아입는 장면

≪한희재야연도≫에 담았는데, 이는 연극배우가 처음으로 모습을 남긴 사례이다. 북송 때 변경의 잡극예인 정도새(丁都賽) 화상전도 당시 예인들을 그리는 풍조가 만연했음을 증명한다. 원대 산서 평양의 잡극배우 충도수가 공연하는 벽화도 예인의 실제모습을 그린 것이다. 그러나 이를 제외하면 오늘날 볼 수 있는 예인들의 그림과 소상은 청나라 말기 때의 것이다.

청대 가경 이후 초조(楚調) 예인이 북경에 와서 극단을 구성해 공연하면서 서피를 북경에 전파했다. 여기에는 미희자(米喜子)라는 아주 유명한 배우가 있었다. 미희자는 미응선(米應先; 1780~1832)으로, 호북(湖北) 숭양현(崇陽縣) 사람이다. 대략 건륭(乾隆)·가경(嘉慶) 무렵 나이 15~6 세 때 상경해서 춘대반(春臺班)에 들어갔다. 그는 정생(正生)을 연기하며 20여 년 동안 큰 명성을 얻었다.

[그림 186] 청대 하남 영보현(靈寶縣)의 희곡에 사용하는 무기들

　　무대에 올라올 때마다 소리와 곡이 오묘하고 표정이 진짜 같아서 자리에 앉은 사람들이 수시로 탄복했다. 국내외로 미희자를 모르는 사람이 없었다. 고려(高麗)와 유구(琉球) 등의 나라 사람에서 조공하러 오거나 공부하러 온 사람들도 이를 알고 그와 교류하고자 했다.[140]

　　그는 기예를 연마할 때 "가장 훌륭한 것을 고심하며 찾았다. 집에 자기 키 높이의 큰 거울을 두고 아침저녁으로 그림자를 대하며 왔다 갔다 하며 표정과 행동을 연습했다. 피로가 쌓여 병이 되었는데 왕왕 피를 토했다."[141] 미희자는 피황이 북경에서 자리를 잡는데 기초를 다졌다. 오늘날 그의 소상을 볼 수 있다.

[그림 187] [청] 심용포(沈容圃)가 그린 ≪동광십삼절(同光十三絶)≫

도광 이후 경극은 북경에서 정식으로 형성되어 유명한 배우들이 속출했다. 처음에 유명한 배우로는 "노생삼정갑(老生三鼎甲)"으로 불린 정장경(程長庚; 1812~1880) · 여삼승(餘三勝; 1802~1866) · 장이규(張二奎; 1814~1864)이다. 이후에 또 후노생삼정갑(後老生三鼎甲)으로 불린 담흠배(譚鑫培; 1847~1917) · 왕계분(汪桂芬; 1860~1906) · 손국선(孫菊仙; 1841~1931)이 있다. 기타 단행(旦行) · 생행(生行) · 축행(丑行) 등에서 걸출한 예인들이 나왔다. 광서(光緒) 연간에 화가 심용포(沈容圃)가 동치(同治) · 광서 연간에 큰 명성을 얻은 예인 13명을 그들이 가장 잘한 극의 분장에 따라 실제로 희장한 그림을 그렸는데 당시 사람들은 이 그림을 "동광13절(同光十三絶)"이라고 했다. 이들은 각각 정장경[142] · 장승규(張勝奎)[143] · 노승규(盧勝奎)[144] · 서소향(徐小香; 1832~?1882)[145] · 매교령(梅巧玲; 1842~1882)[146] · 담흠배[147] · 시소복(時小福; 1846~1900)[148] · 여자운(餘紫雲; 1855~1910)[149] · 주련분(朱蓮芬; 1837~1884)[150] · 학란전(郝蘭田; 1832~1872)[151] · 유간삼(劉赶三)[152] · 양명옥(楊鳴玉; 1815~1894)[153] · 양월루(楊月樓; 1844~1889)[154]이다. 천진(天津) "니인장(泥人張)"의 초대 종사 장명산(張明山; 1826~1906)은 여삼승의 진흙 상(像)을 만든 적이 있다. 이곳에서는 일부 유명 배우들만 언급했지만 당시 경극이 얼마나 다채로웠으며 서로 자신의 장기를 겨루었는지를 알 수 있다.

[그림 188] 철옥헌이 소장했던 희화 ≪사지성(思志誠)≫

　희신(戱神)은 명 중엽 이전까지는 문헌에 보이지 않는다. 명 만력 이후 희신을 모신 사당이 계속 지어졌다. 특히 청대에는 전국 각지의 예인들이 보편적으로 희신에게 제사를 지내면서 각종 신묘를 세웠을 뿐만 아니라 극단마다 하나의 희신을 섬겼다. 그들은 공연할 목적으로 이동할 때는 희신의 신상(神像)을 갖고 갔다. 공연 때는 신상을 무대 뒤쪽의 신주(神主)를 넣는 장롱에 두었다. 희신의 신주에 대해서는 구체적인 기록이 없어 그 변천과정을 정확하게 짚어내기란 어렵다.

　오늘날 볼 수 있는 희신에 관한 가장 이른 기록은 명 만력 연간 탕현조가 강서성 의황현(宜黃縣)에 1,000여명의 해염강(海鹽腔) 예인들이 모시는 희신 청원사묘(淸源師廟)를 위해 지은 ≪의황현희신청원사묘기(宜黃縣戱神淸源師廟記)≫이다. 청원신(淸源神)은 이랑신(二郎神)이고, 신주는 이빙(李冰) 내지 조욱(趙昱)이다. 이어(李漁; 1611~1680)의 시대에 와서도 많은 극단들이 이랑신을 모셨다. 그러나 청나라에 오면 이랑신은 대부분 노랑신(老郎神)으로 대체되었다. 그 신주에 대해서는 여러 가지 설이 있다. 일반적으로 당 명황이라고 여기나 후당의 장종이나 곽랑(郭郎)

이라고 하는 사람도 있다. 건륭 48년(1783) 소주의 직조전덕(織造全德)이 노랑의 신주를 익수성군(翼宿星君)으로 바꾸었다. 전덕은 건륭 황제의 "악곡을 바르게 고치라는 명(釐正樂曲之命)"을 받들어 당시의 희곡을 심사하는 일을 총괄했기 때문에 희곡에 대한 권한이 아주 컸다. 그는 희신 신주를 바꾸는 문제에 있어서도 큰 영향력을 행사했다. 청대 북경의 예인들이 모셨던 희신은 노랑이라 하지 않고 희신(喜神)이라고 한다. 그 신주는 분명치 않는데 당명황이라고 하는 사람도 있고, 경광(耿光)과 경몽(耿夢)이라고 하는 사람도 있다. 이로 보면, 희신의 전설은 역대로 상당히 모호했다. 예인들은 마음대로 하나의 신인(神人)을 두고 자신의 정신적 지주로 삼으면 그만이었다. 정리하면, 청대 각지의 극단이 모셨던 희신의 상황은 이러하다: 여러 지역의 성강 극종은 노랑신을 모셨다. 복건 등지에서는 전공원수(田公元帥)를 모셨고, 호남 기극(祁劇)에서 모신 희신은 초적(焦德)이었다. 이밖에 일부 희곡 예인들은 배역별로 희신을 모시기도 했다. 예를 들어 무종신(武嵕神)은 무행(武行)의 신이고, 음신(音神)은 음성(音聲)의 신이었던 것이다.

(7) 희곡전적

원대 이후 희곡 공연과 창작이 활발해지자 희곡 극본을 베껴 쓰고 간각하는 것이 사회에서 전문적인 일이 되었다. 이로 후세에 많은 극본집이 전래되었다. 전래된 희곡집은 종류가 아주 다양했다. 총집(總集)·선집(選集)·별집(別集)도 있고, 극을 고른 것·출(出)[155]을 고른 것·투곡을 고른 것도 있었으며, 북극을 고른 것·남희를 고른 것·남북극을 고른 것도 있었다. 또 감상하려고 고른 것·곡을 지으려고 고른 것·창을 따라하려고 고른 것도 있고, 고상한 옛 극(高雅古本)을 고른 것·잘 나가는 작가의 극(時賢作品)을 고른 것·유행한 극(流行戲出)을 고른 것도 있고, 나라에서 만든 극(官腔雅曲)을 고른 것·새로 나온 극(新聲時調)을 고른 것·민간의 여러 극(俗樂雜音)을 고른 것도 있다. 여기서는 몇 가지로 나누어 서술한다. 첫째, 극본집류(劇本集類)로, 전체 극을 수록한 것을 말한다. 여기에는 또 일부 작가의 희곡총집과 선집 및 개인의 별집이 있다. 둘째, 출을 고른 선출류(選出類)로, 극본의 단락을 수록한 것을 말한다(이중 대부분은 극본의 출에 따라 배열했지만 극소수는 투곡에 따라 배열했다.)

[그림 189] 명 만력 오흥 장씨가 간행한 《원곡선·양세인연(兩世姻緣)》 삽도

[그림 190] 명 숭정 6년(1633)에 간행된 《고금명극합선(古今名劇合選)·뇌강집(酹江集)·두아원》 삽도

현전하는 명·청시기의 희곡총집과 선집은 대략 40여종이 있다. 이중 잘 알려진 식기자(息機子)의 《잡극선(雜劇選)》·장무순(臧懋循)의 《원곡선(元曲選)》·진여교(陳與郊)의 《고명가잡극(古名家雜劇)》·심태(沈泰)의 《성명잡극(盛明雜劇)》·맹칭순(孟稱舜)의 《고금명극합선(古今名劇合選)》·모진(毛晉; 1599~1659)의 《육십종곡(六十種曲)》 등은 명 만력 이후에서 청대 전기에 이르는 100년간에 집중적으로 나왔다. 처음에는 잡극이 다수를 차지했는데, 그 원인은 다음과 같다. 첫째, 희곡극본 중에 원 잡극은 오래되었다. 중국에서는 역대로 문집을 편찬할 때 옛 것을 높이치고 지금 것을 가벼이 여기는 경향이 있었다. 둘째, 명대 전기의 편폭은

너무 길었다. 보통 단각(單刻)의 형식으로 전래되었고 한 곳에 엮기가 쉽지 않았다. 잡극은 편폭이 짧아 한 곳에 모아 편찬하기가 수월했다. 그러나 잡극이 쇠퇴하고 곤곡 등의 남곡 성강이 유행하면서 이런 상황은 완전히 바뀌었다.

명·청대 희곡작가의 개인 극본집은 문인 별집에 비해서 아주 적었다. 원나라 작가들은 자신들의 극본이 문집으로 나오는 것을 보지 못했다. 명대 이후 비로소 자신의 극본을 묶어 출간하는 사람들이 있었다. 청대에 오면 극본집이 다소 많아졌다. 가장 큰 원인은 관념상의 문제였다. 봉건시대의 문인은 입언(立言)을 근본으로 삼아야 했다. 극본을 쓰는 것은 보잘 것 없는 재주에 불과해서 자신에게 쓸데없는 명성만 가져다 줄 뿐이었다. 그래서 그들은 이를 깊이 숨겼다. 설사 극본집을 내도 가명이나 별명을 썼다. 당연히 명·청대 희곡작가들 대부분은 전기를 썼다. 그러나 쓴 것은 편폭이 긴 장편이어서 출간하기가 쉽지 않았다. 그래서 대부분 한 편씩 출간했다. 희곡별집은 오늘날 통계에 의하면 대략 70~80종이 있다. 주유돈(朱有燉; 1379~1439)의 ≪성재악부(誠齋樂府)≫·서위의 ≪사성원(四聲猿)≫·왕도곤(汪道昆; 1525~1593)의 ≪대아당잡극(大雅堂雜劇)≫·탕현조의 ≪옥명당사종전기(玉茗堂四種傳奇)≫·오병(吳炳)의 ≪찬화재신악부오종(粲花齋新樂府五種)≫·범문약(范文若; 1587~1634)의 ≪박산당삼종곡(博山堂三種曲)≫·완대성(阮大鋮; 1587~1646)의 ≪석소전기사종(石巢傳奇四種)≫·만수(萬樹; 1630~1688)의 ≪옹쌍염삼종(擁雙艷三種)≫·이옥(李玉)의 ≪일입암사종곡(一笠庵四種曲)≫·우동(尤侗; 1618~1704)의 ≪서당곡약육종(西堂曲腋六種)≫·이어의 ≪입옹전기십종(笠翁傳奇十種)≫·양조관(楊潮觀)의 ≪음풍각잡극(吟風閣雜劇)≫·장사전(蔣士銓; 1725~1784)의 ≪홍설루구종곡(紅雪樓九種曲)≫·당영(唐英)의 ≪고백당전기잡극(古柏堂傳奇雜劇)≫·여치(餘治; 1809~1874)의 ≪서기당금(庶幾堂今樂)≫ 등이 있다.

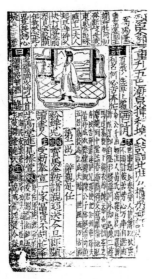

[그림 191] 명 가정 45년(1566) 신안(新安) 여씨(余氏)가
간행한 조천강(潮泉腔) ≪여경기(荔鏡記)≫의 일부

[그림 192] 명 만력 38년(1610) 정례(廷禮)가
간행한 ≪옥곡조황(玉谷調簧)≫의 일부

   출만 모은 극본집은 원대에는 보이지 않지만 명·청대에는 많이 나타났다. 이는 당시 희곡 선본의 주요 형식이다. 이들은 또 왕왕 선록한 사람이 다른 목적에 따라 처리했다. 출목에 따라 배열한 것도 있고, 투곡에 따라 배열 한 것도 있고, 곡사와 대사를 함께 수록한 것도 있고, 대사는 빼고 곡사만 기록한 것도 있고, 곡사에 박자를 표시해넣은 것 등이 있다. 현재 수집한 것은 대략 40종 정도이다. 여기에 해당하는 것으로는 ≪풍월금낭(風月錦囊)≫·≪사림일지(詞林一枝)≫·≪팔능주금(八能奏錦)≫·≪군음류선(群音類選)≫·≪옥수영(玉樹英)≫·≪악부청화(樂府菁華)≫·≪만천춘(滿天春)≫·≪옥곡조황(玉谷調簧)≫·≪적금기음(摘錦奇音)≫·≪대명천하춘(大明天下春)≫·≪휘지아조(徽池雅調)≫·≪시조청곤(時調靑昆)≫·≪오흠췌아(吳歙萃雅)≫·≪새정가집(賽征歌集)≫·≪철백구(綴白裘)≫ 등이 있다. 이중 중국에서는 이미 실전되었으나 해외로 전래되었다가 근년에 발견된 선본들이 적지 않은데, ≪풍월

금낭》·《옥수영》·《만천춘》·《대명천하춘》가 이런 작품들이다.

명·청 희곡 전적 중에서 가장 중요한 것이 곡보(曲譜)이다. 중국희곡음악은 아주 오랫동안 곡패가 궁조(宮調)에 예속되는 곡패체(曲牌體) 음악을 유지했다. 문인들은 곡을 쓸 때 곡보의 격식을 참고했다. 그래서 음률에 조예가 있는 문인들이 곡보를 편찬하면서 궁조가 거느린 곡패, 정격의 자수(字數), 평측과 사성(四聲), 운각과 개·폐구자 등을 표시했다. 남곡의 경우 박자를 알려주는 판(板)[156]을 추가했다(북곡은 청대에 와서야 "판"을 더함). 예를 들어, 명나라 사람 주권(朱權; 1378~1448)의 《태화정음보(太和正音譜)》·

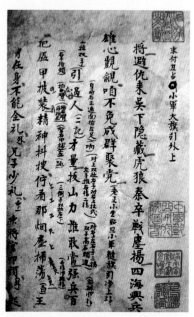

[그림 193] 《천금기(千金記)·기패신단보(起覇身段譜)》 [중국예술연구원 소장]

심경의 《남구궁십삼조곡보(南九宮十三調曲譜)》·심자진(沈自晉)의 《남사신보(南詞新譜)》·청나라 사람 서우실(徐于室) 뉴소아(鈕少雅; 1564~?)의 《구궁정시(九宮正始)》·이옥의 《북사광정보(北詞廣正譜)》·장대복(張大復)의 《한산당곡보(寒山堂曲譜)》·왕정상(王正祥)의 《십이율경강보(十二律京腔譜)》 등이 있다.

이들 곡보는 문인들이 보에 따라 곡을 짓도록 하는데 목적이 있었다. 그러나 곡패의 실제 음악선율을 반영할 수 없었다. 그래서 곡보에 나온 곡례(曲例)에 세세하게 공척(工尺)[157]을 더했다. 이렇게 되면서 곡보는 가장 완전한 형태를 갖추었다. 《구궁대성남북사궁보(九宮大成南北詞宮譜)》·《납서영곡보》 등이 여기에 속하는 곡보들이다. 곡보는 나날이 복잡해져갔다. 창작이 계속되면서 수록한 곡례도 많아졌다. 자체 경험이 누적되자 체례도 갈수록 완전해졌다. 청대에 오면, 사신(詞臣)들이 어명을 받들어 편찬한 《흠정곡보(欽定曲譜)》 같은 방대한 자료를 갖춘 곡보가 나타났다. 이 곡보는 왕혁청(王奕淸)이 어명을 받들어 편찬한 곡보이다. 이후에 곡보는 또 한 차례가 변한다. 곡을 짓는 격율을 규정한 것에서 무대극의 실제 보식(譜式)으로 바뀐 것이다. 다른 극종에서 유행하는 희출의 공척판안(工尺板眼)[158]에 세세하게 표시하여 배우들이 소리를 익힐 수 있게 했다. 편찬자도 문인에서 작곡가로 바뀌었다. 예를 들면, 왕석순(王錫純)의 《알운각곡보(遏雲閣曲譜)》가 이런 예를 보여준다. 그 영향으로 후에 민간에서 극본을 베껴 쓸 때, 아예 매 극본 뒤쪽의 부록에 해당 극의 공척보(工尺譜)를 넣어서 창을 배우는 사람들이 사용할 수 있도록 했다. 이때의 희곡은 이미 아주 널리 보급된 상태였다.

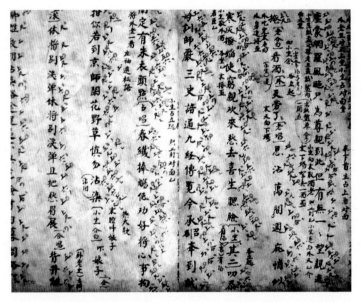

[그림 194] 청대 청하군(淸河郡) 초본(抄本) 《형차기(荊釵記)·견복회문신 단보(遣僕回門身段譜)》의 일부

원대 잡극 극본에는 사용해야 하는 의상과 도구를 하나하나씩 써넣은 경우가 있었다. 명나라 사람 왕기덕의 《곡률·논부색제삼십칠(論部色第三十七)》은 이렇게 기록하고 있다.

원대 극본을 본 적이 있었다. 앞 권에는 사용하는 도구 이름을 나열해놓고, 그 관복과 기물들을 기록하며 누가 어떤 관을 쓰고, 누가 어떤 옷을 입고, 누가 어떤 기물을 잡는다고 하였는데 아주 상세했다. 그곳에서 말하는 관복과 기물들은 지금 모두 알 수 없다.[159]

왕기덕의 시대는 원대에서 멀지 않은 시기여서 더 많은 원대 극본을 볼 수 있었을 것이다. 그가 말한 의상과 도구를 분명하게 기록한 극본은 오늘날 볼 수 없다. 그러나 현재 명 만력 연간 궁정에서 잡극을 연출할 때의 의상은 볼 수 있다. ≪맥망관초교본고금잡극≫에 기록이 많이 보이는데 "천관(穿關)"[160]이라고 한다. 이중 인물이 등장할 때마다의 의상규정은 규모는 작아도 어지간한 것은 다 갖추어져 있다고 할 수 있다. 이중에 많은 의상들의 양식을 지금 정확하게 알 수 없지만 이것은 적어도 명대 공연에서 의상규정이 아주 세밀했음을 알려준다. 극본 뒤쪽에 "천관"을 수록하는 전통은 청대 궁정연희기구인 승평서에 의해 계승되었다. 지금도 입고 쓰는 강요라는 의미에서 "천대제강(穿戴提綱)"이라고 해놓은 초본을 볼 수 있다.

청대의 희곡전적 중에는 손으로 베낀 수초본(手抄本)이 아주 많다. 이것들은 예인들이 무대용으로 사용한 것이었다. 이런 점 때문에 이들 극본에서 하나의 현상, 즉 이중에 무대에서 지도하는 성질의 많은 부록 문자들을 볼 수 있다. 이런 점은 이 수초본으로 하여금 이전과 다른 참신한 면모를 갖게 만들었다. 예를 들면, 어떤 극본에는 몸동작을 설명하는 신단보(身段譜)가 부록으로 수록되어있는데, 곡사 부분에 상응하는 몸동작을 지시하는데 사용되었다. 이것은 실질적으로 일종의 극을 감독하는 책으로, 왕계선(王繼善)의 ≪심음감고록(審音鑒古錄)≫에서 시작되었다. 중국희곡에서는 리허설을 할 때 조정해주는 감독이 없었기 때문에 이들 기록들은 무대에서 지시하는 작용을 했다. 또 다른 극본에는 나고보(鑼鼓譜)가 있는데, 징과 북을 치는 곳을 표시하여 실제 무대에서 운용하도록 하여 공연의 리듬을 조절하도록 했다. 또 어떤 극본의 부록에는 입고 쓰는 것을 규정한 천대제강이 있다. 이것은 명대 ≪맥망관초교본고금잡극≫의 "천관"을 답습한 것이다. 심지어 극본에 체말을 부록으로 넣어둔 극본도 있다. 당시 사람들은 극본의 응용기능에 점차 주의했다.

(8) 민간의 희곡사화(戲曲社火)

봄에 기원하고 가을에 보답하며 풍년을 경축하고 신을 즐겁게 한 의식은 선진시기부터 만간의 가장 중요한 민속활동이었다. 공자가 연말에 신에 올리는 제사인 사제(蠟祭)를 보고 "온 나라 사람들이 모두 미친 것 같다."[161]라고 한 것이 이를 잘 보여준다. 육조시기, 이런 의식은 불교의식과 결합해 거리를 돌며 공연하는 사화로 발전했다. 송 이후, 민간에서 무분별하게 사당을 세워 신을 모시는 일이 성행하면서 사화는 묘회(廟會)와 한층 더 긴밀한 관계를 맺었다. 민간의 사화는 오랫동안 희곡공연과 한 곳에 섞여왔다. 원·명 교차기 무명씨의 잡극 ≪왕왜호대료동평부(王矮虎大鬧東平府)≫ 제3절은 당시 "사회(社會)" 상황을 이렇게 묘사하고 있다.

> 풍년 때나 정월대보름 때, 성 안의 고루 아래에서 정월대보름 놀이를 하죠. 며칠 전에 벽보를 붙여 공고를 내죠. 우리 이 놀이에는 정말로 이름 있는 산악(散樂)과 춤을 잘 추는 가수가 있어서, 재미있고 즐거운 극을 몇 단락도 하고 절개와 의리의 희문을 연기하죠. 더욱이 물고기가 연못 위를 뛰는 듯한 공중제비와 눈과 마음을 놀라게 하는 백희도 있죠.[162]

이 기록이 위의 상황을 보여준다. 명나라 사람 왕치등(王穉登; 1535~1612)의 ≪오사편(吳社編)≫도 당시 오 지방의 "사회" 풍속을 기록하며 이렇게 말하고 있다.

> 무릇 신이 깃든 곳에서는 엄숙한 얼굴을 하고 퉁소와 북을 불고 치며 여러놀이를 해서 맞이했다. 매일 배우들이 기악을 하고 예쁘게 먹을 칠했으며 각저나 어룡 같은 것을 했다. 화려하고 현란한 것이 어느 하나 갖춰지지 않은 것이 없었다.[163]

또 청나라 말기의 부찰돈숭(富察敦崇; 1855~?)은 ≪연경세시기(燕京歲時記)≫ "과회(過會)"에서 이렇게 말하고 있다.

과회(過會)라는 것은 경사에서 하는 일 없이 빈둥거리는 사람들이 개로(開路) · 중번(中幡)[164] · 강상(扛箱)[165] · 관아(官兒)[166] · 오호곤(五虎棍)[167] · 과고(跨鼓)[168] · 화발(花鈸)[169] · 고교(高蹻)[170] · 앙가(秧歌)[171] · 십불한(什不閒)[172] · 사단자(耍壇子)[173] · 사자춤 같은 것들을 하는 것이다. 성황당을 순시하는 관원과 각 묘회 등을 만나면, 아무 곳에서나 공연하고 창을 하는데 구경꾼들이 담을 두른 듯 매우 많았다.[174]

이것은 북경이 상황이다.

북경에서 묘회가 가장 활발했던 곳은 만수산(萬壽山)과 묘봉산(妙峰山)의 낭낭묘(娘娘廟) · 대각사(大覺寺) 등이다. 매년 신의 탄생일에 경사의 사람들은 이곳에 와서 향을 올리고 묘회에 가면 때에 맞춰 다양한 희곡단체들이 공연했다. ≪경도풍물지(京都風物志)≫는 이렇게 기록하고 있다.

[그림 195] 청대 가경(嘉慶) 20년(1815)에 그려진 북경 ≪묘봉산묘회도(妙峰山廟會圖)≫(일부)

4월 1일에서 15일까지 북경의 서쪽 묘봉산 낭낭묘에는 신에게 기원하고자 향을 집는 사람들이 길가에 끊이지 않았다……성의 저자거리에서 여러 가지 춤과 노래를 하는 단체들은 반드시 이 달에 산을 올라 신에게 보답하는 제사를 지냈다. 이를 향을 태우고 가장 잘하는 것을 올린다고 했는데, 개로 · 앙가 · 태소사(太少獅)[175] · 오호곤 · 강상 등을 하는 단체들이 있었다.[176]

청의 황제는 풍속을 망친다는 명분을 내세워 이를 금지했다. ≪대청문종현황제성훈(大淸文宗顯皇帝聖訓)≫(권11)에는 이런 기록이 있다.

> 함풍 2년 임자일 정월 신사일에 내리는 조서: 내각어사 윤혜(倫惠)의 주청에 의하면, 경사 서쪽 묘봉산 사당에서 매년 여름과 겨울에 향을 피우는 사람들이 매우 많은데, 무뢰한 무리들이 "주회(走會)"라고 하며 잡극을 공연하니 이를 엄금하는 조칙을 내려달라는 등의 말을 했다. 백성들이 봄과 가을에 신에게 기원하는 의식을 하려고 사당을 찾아 향을 피우는 것은 원래 관례로 금지하는 것이 아니다. 만약 주청한 것과 같다면, 무뢰한들이 "주회"를 명분으로 잡극을 공연하면, 남녀가 뒤섞이게 되니 이는 풍기와 큰 관련이 있는 것이다. 보군통령아문(步軍統領衙門)·순천부(順天府)와 서북(西北)지역 성의 각 어사들을 보내, 사전에 포고문을 붙여 알리라. 앞에서 말한 무뢰한들이 나타나면 체포해 취조하고 처벌하라.[177]

그러나 효과가 없었든지 아니면 잠깐 반짝였는지 청나라 말기에는 이곳에서 묘회가 여전히 성행했다.

천진에서 매년 음력 3월 23일에 열리는 천후궁(天后宮) 묘회[178]도 사화의 희곡 공연이 많았던 곳이다. 이곳에서는 강희 때부터 줄곧 묘회가 열렸다. 광서 20년(1894) 황회(皇會)의 공연순서를 적은 책자를 보면 사화에는 문번회(門幡會)·태사회(太獅會)·첩수회(捷獸會)·중번회(中幡會)·과고회(跨鼓會)·오호강상회(五虎扛箱會)·노중각회(老重閣會)·십불한회(十不閒會)·법고회(法鼓會)·선화회(鮮花會)·경수팔선회(慶壽八仙會)·대악회(大樂會)·학령회(鶴齡會) 등 40여 종이 있음을 알 수 있다. 이는 북경의 상황과 완전히 일치하지 않지만 여기에도 희곡분장과 공연이 많았다.

[그림 196] 청대 광서(光緖) 면죽연화 ≪영춘도(迎春圖)≫ 중의 사화(社火) 장면

사화의 공연준비를 위해 민간에서는 늘 기예의 배역에 따라 각종 "놀이단체"를 구성했다. 이들은 평소에는 정기적인 연습을 했고, 명절 때 묘회에서 공연했다. 이런 모습은 문헌상으로 송대에 시작되었다. ≪무림구사≫(권3) "사회"는 이렇게 기록하고 있다.

2월 8일은 동천(桐川) 장왕(張王)의 생신이었다. 곽산(霍山) 행궁(行宮)에는 찾아와 인사하는 사람들로 문전성시를 이루었다. 백희도 다투어 모여들었는데, 비록사(緋綠社)는 잡극을, 제운사(齊雲社)는 축구를, 알운사(遏雲社)는 창잠(唱賺)을, 동문사(同文社)는 말놀이를, 각저사(角抵社)는 씨름을, 청음사(淸音社)는 노래를, 금표사(錦標社)는 주살던지기를, 금체사(錦體社)는 수놓기를, 영략사(英略社)는 봉술을, 웅변사(雄辯社)는 소설을, 취금사(翠錦社)는 행원(行院)을, 회혁사(繪革社)는 영희를, 정발사(淨發社)는 화장(化粧)을, 율화사(律華社)는 음규(吟叫)를, 운기사(雲機社)는 손재주를 했다.[179]

[그림 197] 청나라 사람이 그린 ≪구경사희도(舊京社戲圖)≫ 중의 "앙가일당(秧歌一堂)"

기록에서는 총 15개 단체의 이름을 거론했다. 각 단체들은 다른 기예공연을 했다. 청대 북경의 민간에서는 "단체(社)"를 "모임(會)"으로 불렀다. 또 ≪구도문물략(舊都文物略)≫에는 이런 기록이 있다.

묘시(廟市)를 민간에서는 묘회라고 했다. 옛 경사에는 사당들이 즐비하여 저자를 둔 곳이 절반이나 되었다. 1년에 한 번 저자를 여는 사람들도 있었다……1년에 한 번 저자를 여는 사람들은 대부분 향회가 있었는데, 앙가 · 소림(少林)무술 · 오호 · 개로 · 태사(太獅) · 소사(少 獅) · 고교 · 강자(杠子) · 소거(小車) · 중번 등이 이런 것이었다.[180]

이들 "향회(香會)"는 앙가회·소림회 등처럼 각자 명칭이 있었다. 청나라 말기 무명씨가 그린 《구경사희도(舊京社戲圖)》에는 북경의 각 "모임"이 분장하여 공연하는 모습이 묘사되어 있다. 여기에는 강상노회(杠箱老會)·개로노회(開路老會)·오호일당(五虎一堂)·앙가일당(秧歌一堂)·천칭노회(天秤老會)·중번노회(中幡老會)·영락장춘(永樂長春)·화고일당(花鼓一堂)·석쇄노회(石鎖老會)·한선노회(旱船老會)·화단노회(花壇老會)·강자노회(杠子老會)·소림노회(少林老會)·화전노회(花磚老會)·과고노회(胯鼓老會)·쌍석노회(雙石老會)·소거노회(小車老會) 등 총 17종의 명칭이 있다. 그림으로 이런 각종 "모임"의 공연이 희곡과 굉장히 깊은 연관이 있음을 알 수 있다. 희곡장식을 한 것도 있고, 희곡 검보를 한 것도 있다. 심지어는 희곡인물로 분장해 이야기를 표현한 것도 있다.

개로노회는 처음에 단체들이 거리를 돌 때 의용병들이 앞에서 길을 여는 것이 변해서 나왔다. 명나라 사람 왕치등의 《오사편·타회(打會)》는 당시 단체들이 길을 여는 모습을 이렇게 기록하고 있다.

> 단체가 길을 갈 때는 반드시 타격솜씨가 뛰어난 수 십 명의 무리들이 앞에서 몰아나간다. 남의 집을 막고 횡포를 부리거나 저자에 들어와 난동을 부리면, 이 무리들이 모두 나와 이들과 우열을 가리려고 치열하게 싸운다.[181]

후에 일종의 기예공연으로 변했다. 개로노회는 처음에 오호곤과 사비차(耍飛叉)[182]라는 2가지 공연을 했다. 오호곤은 점차 전문적인 기예로 독립하고, 사비차는 개로만의 종목이 되었다. 오호곤은 송 태조 조광윤의 이야기를 보여준다. 조광윤이 시영(柴榮)·정은(鄭恩)과 동가령(董家嶺)에서 대추를 따다 동씨 집안의 다섯 형제를 만나고, 이들과 시비가 붙어 몽둥이로 서로를 친다는 것이다. 이 이야기는 경극 《동가령》(《타오호(打五虎)》라고도 함)에서 나왔다. 공연 때 인물들은 모두 희장을 하고 희곡 검보를 칠한다. 사비차는 5명이 한 팀을 이루어 큰 귀신 1명과 작은 귀신 4명으로 분장한다. 각자 희곡 검보에 따라 문양이

들어간 얼굴로 칠하고 호랑이가죽 치마를 입고서 작살을 던지며 받는 묘기를 한다.

[그림 198] 청나라 사람이 그린 ≪구경사희도≫ 중의 "오호일당(五虎一堂)"

앙가회 공연은 고교(高蹻)를 밟는 것과 밟지 않는 것이 있다. 전자를 "고각앙가(高脚秧歌)"라고도 한다. 양자는 분장인물이 12명으로 동일하다. 이끄는 사람을 두타화상(頭陀和尙)이라하며, 양손으로 한 쌍의 목봉을 잡고 박자에 맞춰 치면서 사람들을 통솔한다. 기타 등장인물로는 사공자(傻公子)·노작자(老作子)·소이격(小二格)·시옹(柴翁)·어옹(漁翁)·어파(漁婆)·매고약자(賣膏藥者)·준라(俊鑼) 2인·축고(丑鼓) 2인으로, 희의를 입고 북을 치며 몸을 좌우로 흔들고 노래하며 춤춘다.

[그림 199] 청나라 사람이 그린 ≪구경사희도≫ 중의 "강상노회(杠箱老會)"

　　강상공연은 한 사람이 희곡분장에 의거하여 어릿광대로 칠해 관복을 입고 굵은 막대기 위에 다리를 벌리고 걸터앉는다. 다른 사람들은 관아의 하인으로 분장하여 막대기를 지고 가면서 징을 쳐서 길을 연다. 여기에도 얼굴을 다양하게 칠한 사람이 있다. 또 일러바치는 사람으로 분장하여, 관리들과 입씨름하며 놀린다.

　　민간의 사화에서 크게 유행한 것은 대각(臺閣)이다. 북경·천진·섬서에서 사천까지 그 흔적을 볼 수 있다. 대각은 송대에 기원했다. 주밀의 ≪무림구사≫(권3) "영신(迎新)"은 이렇게 기록하고 있다.

쇠가 받치는 목제 평대에서 신선·부처·귀신 등으로 분장해 공중으로 솟아올라 날아다니는 것을 대각이라고 한다. 잡극이나 백희 같은 여러 기예를 한 것 외에도 어부 건달·사냥 나가는 죽마·여덟 신선의 이야기 같은 것을 했다.[183]

대각에서는 각종 희곡이야기를 연출할 수 있었다. 이것이 민간에서 환영을 받았던 이유이다. ≪제경경물략(帝京景物略)·홍인교(弘仁橋)≫에는 북경의 대각을 이렇게 기록해놓고 있다.

또 민첩함을 과시하는 것을 대각이라고 한다. 수 장이나 되는 쇠막대기가 구불구불 뻗어있고, 절벽의 나무에 운무가 일어나는 것처럼 누대를 꾸민다. 층마다 4~5명의 아이를 두고 극을 공연하는 것처럼 분장한다. 방법은 다음과 같다: 아이의 허리에 쇠테를 묶고, 아이의 엉덩이를 (쇠막대기로) 평평하게 받는다. 채색 옷이 바깥을 가리며, 쇠막대기는 옷이 엉기는 사이에 슬그머니 아래로 내려온다. 운무의 끝자락이 보이는 곳의 공중에 한 아이가 앉아있다. 혹은 아이가 코끼리나 말을 타 넘어 공중으로 가볍게 올라간다. 길가에서는 안색이 바뀌고 탄복하나 아이는 안정되게 앉는데 조금도 힘들어 하지 않는다.[184]

여기에는 대각을 공연하는 인물이 높은 곳에서 오랫동안 있을 수 있는 기계적 원인을 상세하게 설명하고 있다.

(9) 목우희

명대 이후 도시의 상업공연장인 와사와 구란이 쇠락하면서 목우희는 도시에서 고정적인 연출공간을 잃어버렸다. 이렇게 되자 목우희는 도시의 저자거리에서 골목을 누비며 사람들이 빙 둘러 보는 길거리 공연으로 전락했다. 또 희곡예술의 번성은 희곡과 대등한 위치에 있던 목우희를 희곡의 아류로 전락시켜버렸다. 목우희는 생존조건이 갈수록 열악해지면서 휘황찬란했던 지난날의 영광을 상실했다. 그러나 이 때문에 목우희는 도시에서 농촌으로 발전하면서 새로운 길을 개척했다.

[그림 200] 명나라 사람이 그린 천막을 치고 장두목우(杖頭木偶)를 공연하는 장면

　　명대 민간에서는 장례를 치를 때 여전히 목우희로 슬픔을 물리치는 습속이 있었다. ≪금병매사화(金甁梅詞話)≫ 제65회와 제66회에는 서문경(西門慶)이 소첩(小妾) 이병아(李甁兒)의 장례를 치르는 장면에 이와 관련된 기록이 있다. 이병아가 세상을 떠난 지 7일째 되던 날, 친구와 가족들이 제사를 지내니 명관(冥官)의 무대(舞隊)가 바닥에 징과 북을 걸고 공연한다. 21일째 되던 날, 친구·가족과 상주 오월랑(吳月娘)이 함께 밤을 새면서 영전 앞에서 목우희를 본다. 28일째 되던 발인(發引) 때도 마찬가지로 바닥에 징과 북을 걸고 공연한다. 제80회에는 서문경이 죽는 내용이 나오는데, 거리의 상점 점원과 주인 등 20여 명의 사람들이 "인형극을 하는 사람들을 부르고, 큰 장막 안에 술자리를 마련하고 밤을 샜다. 이때 희문 ≪손영손화살구권부(孫榮孫華殺狗勸夫)≫를 공연했다. 당의 손님들은 영구를 안치한 방 옆의 대청 안에 휘장과 병풍을 치고 발을 내리고 자리를 놓은 다음 밖으로 관람했다."[185] 명나라 사람 사조제(謝肇淛; 1567~1624)의 ≪장계쇄어(長溪瑣語)≫에도 어떤 사람이 남의 집에서 있으면서 목우희를 공연한

이야기를 이렇게 기록하고 있다.

　　대금소(大金所)의 임신한 지 한 달된 어떤 부인은 집에서 가끔 괴뢰를 닦고 ≪오현전기(五顯傳奇)≫
　　를 연출했다.[186]

이들 기록으로 목우희는 당·송시기 "상가음악(喪家樂)"에서 상업화된 구란의 일상적인
공연으로 나아갔다가 명대 이후 다시 사람들의 경조사와 제사에서 공연되었음을 알 수
있다. 이는 목우희가 한 바퀴 크게 돌아 원래 위치로 되돌아온 것이다.

[그림 201] [명] 왕기(王圻)의 ≪삼재도회(三
才圖繪)·괴뢰도(傀儡圖)≫ 중의 장두목우
를 공연하는 장면

[그림 202] 명대 간행된 ≪고아기(孤兒記)·
경상원소(慶賞元宵)≫ 중의 제선목우(提線
木偶)를 공연하는 그림

청대에 전국적으로 유행한 목우희 양식은 장두목우(杖頭木偶) · 포대목우(布袋木偶) · 제선목우(提線木偶)이다. 장두목우는 연기자가 손으로 막대기를 잡고 조정하는 것으로, 흑룡강 · 요녕 · 섬서 · 하남 · 호북 · 강소 · 사천 · 호남 · 광동 · 광서 · 북경 · 상해 등지에서 활발하게 공연되었다. 조종하는 방식은 두 가지로 나눌 수 있다. 하나는 연기자가 무대 뒤에 몸을 숨기고 목우만 관중들과 보게 하는 것이다. 이것은 일반적인 조종법이다. 다른 하나는 연기자와 목우가 함께 무대에 올라가 연기자와 목우가 함께 관중과 감정표현을 하는 것이다. 해남도(海南島) 임고(臨高) 일대에는 이를 "귀자희(鬼仔戲)"라고 한다. 목우희의 이런 연출방식은 일본의 인형극인 분라쿠(文樂)의 완전 유리로 만든 인형과 유사하다. 포대목우는 가장 간단한 목우이다. 목우의 머리와 베로 만든 자루모양의 옷으로만 이루어져있다. 연출 때 연기자는 한 손의 손가락과 손바닥으로 조정하는데, 민간에서는 "장중희(掌中戲)"라고 한다. 도구는 간단하고 옮기기 쉬워서 한 짐이면 짊어질 수 있다. 청나라 사람 이두의 ≪양주화방록≫(권11)에는 양주에서 공연된 포대목우를 기록하고 있다.

> 봉양 사람이 천을 둘러 방을 만들고 나무막대 하나로 지탱시켰다. 다섯 손가락으로 세 마디 크기의 괴뢰(傀儡)를 움직이면서 요란스럽게 쇠북을 치고 규상자(叫顙子)를 사용해 대사를 읊었는데, 이 모두를 한 사람이 했다. 이를 견담희(肩擔戲)라고 한다.[187]

"규상자"는 송대의 "규자(叫子)"로, 사람의 소리를 모방해 반주하고 설창하는 것이다. 포대목우는 하북 · 하남 · 호북 · 사천 · 호남 등지에서 유행했다. 이중에서도 복건 진강(晉江)의 포대목우가 제법 복잡하다. 이 지역의 목우는 정교하고 아름다우며 움직일 수 있는 눈과 입을 가진 목우도 있다. 또 손과 발이 있어 조정하기가 상당히 어렵다. 제선목우는 선에 걸려 있는 목우를 조종하는 것으로, 섬서 · 복건 · 절강 · 강소 · 광동 · 호남 등지에 그 흔적이 남아있다.

[그림 203] 청나라 사람이 그린 ≪희경도(戱慶圖)≫ 중의 목우희

목우희는 당대에 성행했다. 당의 수도 장안(지금의 西安)은 목우희의 중심지였다. 때문에 후대에 섬서·산서·사천 이북 등이 그 직접적인 영향을 받아 하나의 틀에 묶이게 되었다. 서북의 목우는 제선과 장두가 있는데, 섬서 합양(合陽)의 제선목우와 산서 "주우(肘偶)"(장두목우) 등이 있다. 사천 이북의 목우에서는 "대목뇌각(大木腦殼)"이 가장 유명한데, 오늘날 볼 수 있는 목우 중에서 머리가 가장 크다. 목우의 머리와 몸체가 진짜 사람과 비슷하여 장두목우에 속한다. 연기자는 굵은 대나무 장대로 들어 올리며 공연한다. 연출할 때 진짜 사람과 함께 무대에 올라간다. 어린 아이가 성인의 어깨 위에 서서 주인공을 맡고 목우는 조연을 맡는다. 청대에는 "음양반(陰陽班)"이라고 했는데 부분적으로 송대 육괴뢰(肉傀儡)의 "어린 아이나 나이가 적은 사람들이 하는"[188] 전통을 지키고 있다. 도광 연간에는 양대(楊代)라는 뛰어난 조각가의 출현으로 그 작품은 지금까지 전한다. 사천 이북에는 또 "이목우(二木偶)"와

"경목우(京木偶)"가 있다. 전자는 "대목뇌각"의 축소판이다. "대목뇌각"은 몸체가 너무 커서 가지고 다니기 불편해서 작은 "이목우"가 나왔다.

[그림 204] 청 건륭 7년(1742) 정관붕(丁觀鵬)이 그린 ≪태평춘시도(太平春市圖)≫ 중의 목우희

남송 시기 목우희의 공연중심은 항주였다. 때문에 절강의 목우는 남송 때 전래되었을 것이다. 이 지역에서는 제선·장두·포대목우가 모두 분포되어있다. 강절(江浙)과 복건 일대의 목우희는 그 영향을 받았다. 근대 복건에서는 제선목우와 포대목우가 유명했다. 그중에서도 천주(泉州)의 제선목우와 진강의 포대목우가 가장 뛰어났다. 그리고 근대 장주(漳州)와 천주에서는 목우제작에 이름을 떨친 예인이 나왔다. 장주의 서송년(徐松年)과 천주의 강가주(江加走)가 이들이다. 복건 천주 일대는 송대에 인도와 해상 교역이 빈번했기 때문에 쉬디산(許地山; 1894~1941)은 복건 천주의 괴뢰희는 인도의 의괴뢰(擬鬼儡)에서

기원하였을 것이라고 여겼다.[189] 적어도 복건 괴뢰는 인도 괴뢰예술을 영향을 받았을 가능성이 있다. 강소에는 제선목우와 장두목우가 있다. 제선목우는 입으로 규자를 불어 사람의 소리를 모방하여 창하고 놀이한다. 이 극은 청대 산동에서 전래되었을 것이다. 초대 예인으로는 흥화현(興化縣)의 서소육자(徐小六子)·요마자(姚麻子)·초노이(焦老二)·초노삼(焦老三) 등이 있고, 제2세대로는 서송관(徐宋官)·요분자(姚芬子)·초보관(焦寶寬)·초보덕(焦寶德)·신자청(申子淸) 등이 있다. 호남은 목우와 피영희가 크게 성행한 지역이다. 근대에 통계에 의하면 목우희 상자가 근 100개, 피영희 상자가 200여개에 여기에 종사한 사람만도 700~800명에 달했다.

북방의 몇 개 성(省)에서 유행한 편담희(扁擔戲)는 가장 간단한 목우희이다. 한 사람이 희구를 짊어지고 사방으로 공연하러 다녔다. 연출 때의 반주나 대사 등도 한 사람이 다 했다. 북경 사람들은 이를 "구리자(苟利子)"라고 했다. 청나라 사람 돈례신(敦禮臣)의 ≪연경세시 기(燕京歲時記)≫는 "구리자는 괴뢰자이다. 한 사람이 장막 안에 있고 머리 꼭대기의 작은 무대에서 ≪타호≫·≪포마≫ 같은 극들을 연출한다."[190]라 했고, ≪일세화성(一歲貨聲)≫은 이렇게 기록했다.

괴뢰자(傀儡子)를 할 때 한 사람이 징을 메고, 앞에는 주머니를 뒤에는 대바구니를 찬다. 조정할 때는 어깨와 막대기로 앞쪽 주머니를 지탱한다. 위에는 나무로 장식된 작은 누각이 있고 아래에는 드리워진 파란색 천이 있는데, 사람과 바구니가 모두 그 안에 있다. 바구니 안에서 목우가 징을 치고 호루라기를 물고 놀면서 창을 한다. 유명한 8대 극으로는 ≪향산화원(香山還願)≫·≪찰미안(鍘美案)≫·≪고로장(高老莊)≫·≪오귀착류씨(五鬼捉劉氏)≫·≪무대랑사시(武大郎乍尸)≫·≪매두부(賣豆腐)≫·≪왕소아타호(王小兒打虎)≫·≪이취련(李翠蓮)≫이 있다.[191]

이 기록으로 보면 ≪양주화방록≫의 안휘(安徽) 봉양(鳳陽)의 "견담희"와 유사하다.

[그림 205] 청 건륭 원년(1736) 모본(摹本) ≪청명상하도≫ 중의 장두목우희

청대 북경에는 제선목우·장두목우와 "추우(推偶)" 공연이 있었다. 청나라 사람 황죽당(黃竹堂)의 ≪일하신구(日下新謳)≫에는 북경의 괴뢰희를 노래한 시가 한 수 있다.

괴뢰 놀이에는 여러 가지 방식이 있으니, 분명 배우 맹(孟)이 의관을 갖춘 것이라네. 실로 당기고 판목에 받치며 대나무 끝에 세우고, 그림자를 가지고 노니 그래도 종이 위에서 봐야하네.[192]

[그림 206] [청] 전렴성(錢廉成)이 그린 포대목우희도(布袋木偶戲圖)

그리고 이 시에 자주(自注)하며 "괴뢰희에는 여러 가지 종류가 있다. 위에서 긴 실로 당기는 것이 제우이고, 판목에 받쳐서 옆으로 움직이는 것이 추우이며, 대나무 꼭대기에 놓고 아래로 잡고 움직이는 것이 착우이다."[193]라고 했다. "추우"는 "탁우(託偶)"라고도 한다. 돈례신은 ≪연경세시기≫에서 "탁우는 괴뢰자를 말하며, '대대궁희(大臺宮戲)'라고도 한다."[194]라고 했다. 목우희가 궁희로 불린 것은 청대 전기에 내정(內廷)에 들어가 공연되었기 때문이었다. 가장 성행했을 때는 4대 극단도 있었다. 이중 금린반(金鱗班)은 민국 초기까지 공연했다. 근인 시상(柴桑)은 ≪경사우기(京師偶記)≫에서 이렇게 말했다.

건륭(乾隆)·도광(道光)·동치(同治)·광서(光緒) 연간에 한때 성행했다……지금은 점차 사라지고 있다. 이중 겨우 명맥을 잇고 있는 것은 금린반이다. 호국사(護國寺) 거리 입구에 팻말을 걸어놓았지만 장사는 잘 되지 않았다…….[195]

궁희 연출 때는 늘 당시 남부(南府)의 내학태감(內學太監)과 내정에 이름 있는 궁중배우가 막후에서 대신 창하였는데 이를 "찬통자(鑽筒子)"라고 했다. 궁희에는 목우제작으로 유명한 대문괴(戴文魁)라는 장인이 있었다. ≪경사우기≫에는 이렇게 기록하고 있다.

청대 대문괴라는 사람은 목우희를 잘 만든 장인이다. 목우는 키가 3척이고, 무대 주위를 파란색 천으로 사람의 머리보다 높게 둘러막는다. 그 위에 희장을 만들고 붉은 난간과 수놓은 휘장을 하는데 황궁보다 화려하다. 목우마다 한 사람이 들고 조종하는데 동작과 자세가 진짜 사람과 다를 바 없었다. 뒤편에는 서화와 몇 폭의 병풍으로 두르고, 안에서는 받침대에 배열된 현판을 연주하는데, 대사와 창이 무대의 표정과 완전히 일치했다.[196]

목우희는 처음에 곡을 설창하면서 공연했다. 명·청 이후로 지방의 희곡이 관중의 뜨거운 환영을 받자 각지의 목우희는 대부분 지방 극의 성장을 이용해 공연하면서 각 지방 극종에 예속되었다. 경극·평극(評劇)[197]·진강(秦腔)·진극(晋劇)[198]·민극(閩劇)·예극(豫劇)[199]·한극(漢劇)[200]·상극(湘劇)·감극(贛劇)·천극(川劇)·월극(粤劇)[201] 등에 그

들만의 목우희가 있는 것이 그 예이다. 그렇지만 또 어떤 개별 지역의 목우희는 그 자체의 독특한 소리로 발전해 거꾸로 지방 희곡 극종에 영향을 준 경우도 있다. 섬서의 합양선희(合陽線戲)는 목우희의 소리를 기초로 형성되었고, 복건의 타성희(打城戲)도 천주 제선목우의 음악을 차용한 것이 이런 예들이다.

(10) 영희

명대에 오면, 영희도 목우희와 마찬가지로 점차 도시의 와사와 구란 같은 근거지를 잃고 나날이 성행하는 희곡의 영향으로 쇠락했다. 영희는 문인들에게 주목받지 못하고 골목과 농촌에서 명맥을 이어갔다. 때문에 문헌기록이 매우 드물다. 명나라 초기 항주의 구우(瞿祐; 1341~1427)가 시에서 영희를 읊은 적이 있다.[202] 또 그의 ≪간등(看燈)≫이라는 시는 이렇게 읊고 있다.

[그림 207] 섬서 화음(華陰) 북소촌(北霄村)의 명나라 말기의 가죽으로 만든 그림자 인형 위지공(尉遲公)

남와(南瓦)에 영희장이 새로 열리니, 온 당의 밝은 촛불은 흥망성쇠의 일을 비추네. 오강(烏江)을 건너는 공연을 보니, 패왕(霸王)이 영웅이라네.[203]

이 기록으로 보면 작가 구우의 시대에는 항주의 구란과 와사에서 역사이야기를 연출한 영희가 공연되고 있었던 것처럼 보인다. 그러나 이후로 영희의 자취는 거의 찾을 수 없다. 현재 우리가 아는 것은 만력 연간의 산음(山陰) 사람 서위(徐渭; 1521~1593)가 ≪주영희(做影戲)≫라는 수수께끼 시 한 수를 지었다는 것뿐이다.

잘하고, 잘 가려야 하네. 고향의 자제들 불러 병사로 삼은 것이니, 강동의 어르신을 어찌 볼 수 있으리.[204]

[그림 208] 청대 섬서 동로(東路)의 피영희(皮影戲) ≪봉의정(鳳儀亭)≫

이 기록으로 당시 강절 일대의 영희는 여전히 초한 전쟁 같은 역사이야기를 공연한 것으로 유명했음을 알 수 있다.

청나라 초기 무명씨의 《도올한평(檮杌閒評)》 제2회는 명·청 교차기에 하북 숙녕현(肅寧縣)의 한 가정 극단이 산동 임청(臨淸)에 와서 "등희(燈戱)"를 공연한 모습을 묘사하고 있다.

> 그 남자가 탁자 하나를 가지고 오더니 자리를 마주하고 종이 천막 하나를 놓고 두 개의 화촉에 불을 켰습니다. 한 여인이 작은 대나무 상자를 가져와 그 안에서 종이인형들을 꺼냈습니다. 그 인형은 종이에 여러 가지 색깔의 견직물을 붙여 만든 사람들이었습니다. 손과 발이 사람처럼 움직이는 것이 아주 독특한 맛이 있었습니다. 아랫사람들과 극을 하는 사람들이 모두 몰려와 봤습니다……한밤중이 되어서야 끝이 났습니다.[205]

여기서 "등희"는 실질적으로 지영희(紙影戱)이다. 영인(影人)은 종잇살을 오려서 채색 비단을 붙이고 촛불을 백지 장막에 비춰 공연했다. 공연은 밤에도 했다. 당시 현장에서 공연한 영희는 그렇게 보편적이지 않았던 같다. 그래서 사람들이 드문 것을 보는 것처럼 모여서 등희를 보았던 것이다. 희곡 예인들조차도 이를 놓치지 않으려고 했다. 이는 다시 끔 쇠락한 영희의 모습을 보여준다.

청대에 영희는 민간에서 다시 성행했다. 아울러 사서에도 자주 보인다. 강희 35년(1696) 이성진(李聲振)의 《백희죽지사(百戱竹枝詞)》에는 영희를 읊은 시가 있다.

> 당기는 장치가 분명하지 않고, 푸르른 비단 창문 앞엔 야밤의 촛대의 불이 스며드네. 반쪽 얼굴이라야 통하니 그대 묻지 마소, 전신은 원래 종이라오.[206]

[그림 209] 청대 곡옥(曲沃)의 피영희 ≪금완채(金碗釵)≫

　　그가 간략하게 단 주석은 "종이를 오려 만들고, 작은 창문 위에 기구들을 비춘다. 밤에 한 막 공연하는 것도 그 나름대로 독특한 맛이 있다."[207]라고 했다. 원문의 "저선생(楮先生)"은 종이를 말한다. 이것은 지영희의 공연모습이다. 건가 때 황죽당의 ≪일하신구≫에는 괴뢰희를 읊은 "그림자를 가지고 노니 그래도 종이 위에서 봐야하네."[208]라는 시구가 있다. 여기에 자주하며 "종이를 잘라 모양을 본뜨고, 흰 종이를 간격을 두고 펼쳐 그 그림자를 보게 한다. 이것이 영희를 하는 것이다."[209]라고 했다. 상술한 것은 모두 북경의 상황이다. 건륭 39년(1774)의 ≪영평부지(永平府志)≫는 하북 난주(灤州)의 정월 풍속을 이렇게 기록하고 있다.

　　온 거리에 등을 달고 극을 공연하거나 영희나 구희 같은 것을 하는데 구경꾼들은 새벽까지 본다.[210]

건륭 41년(1767)의 ≪임동현지(臨潼縣志)≫ "희극(戲劇)"에도 섬서 현지에 "옛날에는 괴뢰현사와 등영교선(燈影巧線) 등의 놀이가 있었다."[211]라고 했다. 또 건륭 때 절강 해녕(海寧) 사람 오건(吳騫; 1733~1813)의 ≪배경루시화(拜經樓詩話)≫(권3)는 이렇게 기록하고 있다.

영희는 한 무제 때의 이(李) 부인의 이야기에서 시작되었다고 말하는 사람이 있다. 우리 주의 장안진(長安鎮)에서 이 극을 많이 한다. 사암문(査巖門)의 ≪고감관곡(古監官曲)≫은 "장안의 세련된 자제들 사랑을 말하고, 옷 향기를 풍기며 익양강을 소리 높여 창하네."라고 했다. 그림을 그린 가죽에 테두리를 장식하여 만들고, 향기를 풍겨 좀을 물리쳤다.[212]

이 기록으로 건륭 시기 해녕 장안진의 영희는 익양강으로 불렀음을 알 수 있다. 건륭 말년 복주에도 지영희 공연이 행해졌다. 그래서 청나라 사람 진갱원(陳賡元)의 ≪유종기사(遊踪紀事)≫에 수록된 ≪영희≫ 시는 이렇게 읊고 있다.

옷 입고 관을 쓴 배우 맹은 본디 진짜가 아니고, 종이 한 장 붙여 면모를 새롭게 하네. 천고의 영욕은 물거품 속에 있고, 눈에 보이는 것은 모두 환상 속의 사람이라네.[213]

건륭 연간에 나온 ≪홍루몽(紅樓夢)≫ 제65회에는 우삼저(尤三姐)가 가련(賈璉)을 "영희하는 사람들이 들고 무대에 올라가야 하니, 어쨌든 이 종이를 찔러 구멍 내지 마셔요."[214]라고 비꼬는 부분이 있다. 이 말은 사람의 말 속에 살아있는 영희를 소재로 한 헐후어(歇後語)[215]이다. 이것의 전제는 영희가 민간에 보급되어야 한다는 것이다. 사천의 영희도 익양강으로 창했다. 가경(嘉慶) 을축년(乙丑年; 1805)의 간본 ≪성도죽지사(成都竹枝詞)≫는 성도(成都) 등영희(燈影戲)를 이렇게 읊고 있다.

영희는 원래 밤의 불빛을 이용해야 하거늘, 어찌 이렇게 대낮에 설치했나. 익양강조에 징과 북을 이래저래 울리고, 등이 밝아야 끝이 나네.[216]

이 기록으로 이것은 대낮에 공연되었음을 알 수 있다. 그래서 시인은 의심을 했다. 청나라 말기 광동 조주(潮州)에는 지영희가 성행했다. 도광 연간 왕정(汪鼎)의 《우비암필기(雨菲庵筆記)》(권2) "사호괴이(蛇虎怪異)"에서는 "조군(潮郡)의 지영희도 뛰어난데, 눈썹과 눈이 모두 드러났다."[217]라 했고, 권3의 "상술(相術)"에서는 "조군성(潮郡城) 안과 밖에서 지영희를 하며 새벽이 되도록 노래를 부르니, 관찰 방적(方赤) 이장욱(李璋煜)이 매우 싫어했다."[218]라고 했다. 광서 연간에 나온 소설 《건륭류강남(乾隆遊江南)》 제8회에도 조주의 지영희를 묘사하고 있다.

> 성이 어두워지자, 두 명이 성 안으로 섞여 들어와 거리에서 한가롭게 지영희를 봤다. 성 안에는 이 극을 아주 많이 공연해서 어디를 가든 있었는데, 신이 탄생한 날 같았다. 얼마 가지 않아 또 누대가 나타났는데 도처가 떠들썩했다. 현지 극단을 고용한 사람도 있고, 북경의 극단이 소주의 극단을 고용한 사람도 있었다. 염분사(鹽分司)의 아문에서는 수시로 공연했다. 사람들이 적었으나 가격은 저렴했다.[219]

절강 소흥(紹興)의 민간에서도 영희가 유행하자 후에 이렇게 금지령을 내렸다: "근래 듣기로 성 내외에서 말썽부리길 좋아하는 무리들이 집을 돌며 사람들을 협박해 가혹하게 돈을 거두며, 밤에는 영희를 하는 사람들을 불러들여 거리 곳곳을 돌며 그치지 않고 밤새도록 공연한다."[220]

북경에서 가장 유명한 영희 유파는 난주(灤州) 영희이다. 전하는 바에 따르면 이 영희의 창시인은 황소지(黃素志)였다고 한다. 그는 명 만력 연간 때의 사람이다(일설에는 가정 연간의 사람이라고도 함). 과거에 몇 번이나 응시했으나 그때마다 낙방하여 지방을 떠돌다 현지에서 채색 지영희를 창시했다. 후에 양가죽으로 바꾸고 신의 교리로 혼잡하고 문란해진 사회 대중을 일깨웠다. 1958년 하북성 악정현(樂亭縣)에서 발견된 명 만력 연간의 초본 영권(影卷) 《박명도(薄命圖)》는 난주 영희의 최초 극본이자 난주 영희만의 극목이다. 난주 영희는 처음에 목어(木魚)라는 악기 하나만 사용했다. 극본을 읽는 것을 "선권(宣卷)"이라고 했는데,

불경을 강설하는 것과 깊은 관계에 있음을 알
수 있다. 후에 익양강을 받아들였고 청대 옹정
연간에 곤곡에 흡수되었다. 건륭 말년에는 사현
금(四弦琴)을 더했다. 도광 연간, 악정현 소고장(小
高莊)의 고술요(高述堯)가 난주 영희를 개혁했다.
그는 음악을 개조하고 극본을 창작하여 난주 영
희의 면모를 일신시켜 악정 영희로 탈바꿈시켰
다. 악정 영희는 자신만의 독특한 소리인 난주
영조(影調)를 갖고 있다. 이것은 악정 경내의 민
가·민요·속곡·규매(叫賣)·상가의 소리 같은
향토색 짙은 소리를 토대로 이루어졌다. 청말
민국 초기 악정현에는 40여개의 영희 극단이 있
었다. 난주 영희는 나귀 가죽을 조각해 모양을
만드는 것으로 정착되고, 기주(冀州)의 동쪽과 동
북 각 지역에까지 영향을 미쳤다.

[그림 210] 청대 대려(大荔)의 가죽으로 만든
그림자 인형 번왕(番王)

　북경 영희는 왕부(王府) 영희와 민간 영희로 나누어진다. 왕부 영희는 청인들이 중원에
들어오면서 외부에서 가지고 온 것이다. 그 최초의 원류는 금나라가 변경을 침공할 때
변경에서 중원 밖으로 가져간 북경 영희로 거슬러 올라갈 수 있다. 그리고 그 직접적인
원류는 난주 영희이다. 청의 예친왕(禮親王; 1583~1648)이 동북지역에서 북경으로 들어올 때
영희 극단을 데려와 그의 저택에서 오랫동안 연출하였다. 그의 저택에는 전문적으로 영희를
한 사람들이 8명이 있었고, 매달 그들에게 월급으로 다섯 냥(兩)의 은을 주었다.[221] 당연히
북경의 백성들은 이런 영희를 볼 수 없었다. 민간 영희는 오랫동안 사원의 법회와 불교
신도의 집에서 연출되었다. 예인은 부들방석에 앉아 연출했기에 "포단영(蒲團影)"이라고
했고, 탁주조(涿州調)로 창했다. 그 연원은 하남·사천 등지의 영희이다.[222] 내용은 불경강연이

위주여서 "선권"과 유사하다. 도광·함풍 이후로 난주의 영희 예인들은 북경에 들어와 공연했다. 이들이 동성(東城)을 휩쓸면서 탁주 영희는 서성(西城)으로 물러났다. 이로 북경의 영희는 동과 서로 나누어졌다. 근인 숭이(崇彛)의 ≪도함이래조야잡기(道咸以來朝野雜記)≫는 이렇게 기록하고 있다.

> 또 다른 영희의 일종으로는 종이를 크고 네모난 창에 붙여 희대로 삼고, 놀이를 하는 사람은 가죽 조각을 오려 각종 색깔을 입혀서 사람이 이를 들고 춤추게 한다. 창도 여러 종류가 있는데, 난주조(灤州調)·탁주조·익강(弋腔)이 있다. 밤낮으로 희대 안에는 등을 걸어 그림자를 비추는데, 다채로운 불꽃을 뿜어내는 마술 같은 놀이들이 가장 뛰어나다. 그래서 이를 영희라고 한다.[223]

이 기록에 의하면 북경 영희도 익양강으로 창했음을 알 수 있다. 북경인이 영희를 좋아했다는 사실은 다음의 자료로 알 수 있다: 도광 2년(1822) 밀운부도통(密雲副都統) 가륭가(呵隆呵)가 국상 기간에 아문에서 영희를 보다 면직되어 신강(新疆)의 우루무치(烏魯木齊)로 보내졌고, 좌령(佐領) 부승(富升)은 관리의 신분으로 저자거리에서 영희를 보다가 면직되었다.[224] 광서 중기, 북경 영희에는 영희 도구를 담는 상자가 14개에, 90여명이 예인들이 있었다. 북경의 왕부에서도 자주 영희를 공연했다. ≪난주영희소사(灤州影戲小史)≫는 이렇게 기록하고 있다.

> 예전에 각 왕공부에서는 영희를 아주 좋아했다. 이왕(怡王)·숙왕(肅王)·예왕(禮王)·장왕(莊王)·거왕(車王) 등의 왕부에는 영희 상자와 돈·식량을 받는 배우들이 있었다. 특히 숙왕 개(介)의 동생 선이(善二)가 가장 많았다. 그의 왕부에는 대본을 베끼는 사람 2명과 채색 영인을 만드는 사람 4명을 두었는데, 모두 나이가 많은 사람을 고용했다.[225]

섬서 영희의 역사는 아주 오래되었다. 감숙(甘肅)·청해(靑海)·사천 등지의 영희는 청대 섬서에서 전래되었다. 따라서 이들 영희는 섬서 영희의 지류이며, 소가죽을 조각해서

만든 것이 특징이다. 섬서 영희에는 10여
종의 소리가 있다. 널리 알려진 것으로는
이른바 오대조(五大調)라고 하는 노강(老
腔)·시강(時腔)·아궁강(阿宮腔)·현판(弦
板)·진강(秦腔)이다. 이중 가장 오래된 것
은 동로(東路)의 완완강(碗碗腔) 피영(노강과
시강)으로, 위수(渭水)의 이북 지역에서 오랫
동안 유행했다. 원래는 "박판등영(拍板燈
影)"이었는데 건륭 이전의 공연방식은 설
서(說書)와 유사했다. 지금은 사람들이 그
창자를 "설희적(說戲的)"이라고 부른다. 설
서할 때는 성목(醒木)이라는 아주 독특한
악기를 사용한다. 이것이 바로 그 명칭이
유래한 것이다. 이로 보면, 완완강은 설서
에서 곧바로 넘어온 영희임을 추측할 수
있다. 건륭 중엽 위남(渭南)의 거인(擧人)

[그림 211] 청대 곡옥의 가죽으로 만든 그림자 인형
승상(丞相)

이계방(李桂芳; 1748~1810)은 회시(會試)에 낙방하자 세태를 한탄하고 물러나 완완강 영희 극본을
썼다. 그는 완완강의 보존 극목 "십대본(十大本)"을 지었는데 오랫동안 불려졌다. 새로운
극본에 맞추기 위해 예인들은 완완강을 개혁하고 곤곡의 성분을 받아들여 과거의 거칠고
단조로웠던 소리를 부드럽고 애절한 소리로 일신했다. 개혁 후의 완완강을 "시강"이라고
하고, 과거의 창법을 따라한 것을 "노강"이라 한다. 청말 섬서 서화현(西華縣)에는 영희
극단이 20~30개가 있었고, 건현(乾縣)에는 유자화(劉子和)·양오(楊五)·천훈자(天訓子)·환인자
(換印子)라는 4대 극단이 나왔다.

[그림 212] 청대 섬서 동로의 피영희 ≪건곤대(乾坤帶)≫

산서 효의(孝義)의 지창영희(紙窗影戲)는 금·원대 이 지역에 전래된 토착 영희일 가능성이 있다. 작은 태평소로 반주하고 취강(吹腔)으로 창한다. 취강은 청대 전기 양자강 상·하류 지역에 유행했던 희곡 강조로, 효의의 지창영희가 그 영향을 받았을 것이다. 산서의 또 다른 사창영희(紗窗影戲)는 섬서에서 전래된 완완강 영희이다. 광서 초년, 섬서 완완강 영희는 산서로 전래되는데, 곡옥(曲沃)쪽 갈래는 포극(蒲劇)과 미호(郿鄠) 등 지방 희곡의 영향을 받아 점차 남로(南路) 완완강을 형성하고, 효의(孝義)쪽 갈래는 중로방자(中路梆子)와 효의 취강 지창영의 영향을 받아 점차 북로(北路) 완완강을 형성한다. 청말 민국 초기, 효의에는 근 40개의 피영 극단이 있었다.

명말청초의 사천 이북의 산간 마을에는 "토등영(土燈影)"이라는 것이 유행했다. 건륭 초기, 섬서 위남(渭南) 영희는 사천 이북으로 전래되었다. 함풍 연간에 이르러 사천 이서의 민간 예인들은 전래된 사천 이북의 토등영과 위남 영희를 결합하여 가장 복잡한 구성을 가진

성도 피영을 만들어냈는데, 이것이 사천 전역에서 크게 유행했다. 사천은 피영희가 가장 발달한 도시이다. 이외에 호남도 피영희가 발달했었다. 근대에 이 지역에는 한때 150여개에 달하는 피영 극단이 있었다.

[그림 213] 청대 섬서 동로의 피영희 《인면도화(人面桃花)》

영희 음악은 목우와 마찬가지로 대부분이 각지의 지방 희곡 음악에 종속되었으나 그 나름대로 독립된 음악체계를 갖고 있는 것도 있다. 북방에서는 난주 영희의 "영조(影調)"· 섬서 영희의 "현판강(弦板腔)"· 안강(安康)의 현자강(弦子腔)· 완완강 · 노강이 있고, 남방에서는 호북 면양(沔陽)· 호남 상녕(常寧)· 형산(衡山) 등지의 어고피영(漁鼓皮影) 등이 있다. 목우에서도 영희 음악을 받아들인 것도 있다. 섬서의 대려(大荔)와 화음(華陰)· 산서의 신강(新絳)과 곡옥 등지의 목우는 똑같이 완완강에 속한다. 악기로 동완(銅碗)과 월금(月琴)을 쓰는데 풍격이 독특하고 곡은 부드럽고 듣기 좋다.

3. 연극유물유형

(1) 판각(版刻)

명·청대 전국 각지 특히 동남 연해지역에서는 많은 희곡도서들이 간행되었다. 이것은 당시의 극본을 지금까지 전할 수 있게 했으면서도 각 시기의 지역별 인쇄술을 보여준다. 여기에는 책을 인쇄하고 글자를 새기는 것과 도상을 조각하는 것이 포함된다. 인쇄술은 당대에 나왔다. 당시 불경과 불상을 인쇄하는데 널리 사용되었다. 송대에 인쇄술이 크게 발전하면서 많은 송판(宋版) 서적들이 지금까지 전한다. 이중에 삽도 조각도 그 나름대로 멋을 갖고 있다. 지금 볼 수 있는 금대 평수판(平水版) 목각판화(木刻版畵) ≪수조요조정경국지방용(隨朝窈窕呈傾國之芳容)≫의 "사미도(四美圖)"는 송대의 조판예술을 계승한 것이다. 원대에는 설화와 희곡 등의 성행하자 조판인쇄도 소설이나 희곡을 대량으로 인쇄하는데 이용되었다. 현재 볼 수 있는 것으로는 ≪삼국지평화(三國志評話)≫를 비롯한 평화소설각본(評話小說刻本) 5종과 원간잡극(元刊雜劇) 30종 희곡극본이다.

명대 전기는 사회전체가 회복기에 있었고 문화통제도 심해 희곡도서의 간행이 활발하지 않았다. 중기 이후부터 희곡도서가 나타났다. 선덕(宣德) 15년(1435) 금릉(金陵) 적덕당(積德堂) 각본의 잡극 ≪신편금동옥녀교홍기(新編金童玉女嬌紅記)≫에 삽도(揷圖) 86장이 실렸다. 이 책은 상도하문(上圖下文) 형식으로, 글과 그림이 함께 나오며 새김이 반듯하고 고아한 멋이 있다. 홍치(弘治) 11년(1498) 북경의 금대악가(金臺岳家)가 각인한 ≪신간대자괴본전상참정기묘주석서상기(新刊大字魁本全相參定奇妙注釋西廂記)≫에는 총 150장의 삽도가 들어가 있다. 풍격은 힘차고, 구도는 세련되고 아름답다. 가정·융경 연간 건안(建安)의 출판가 유룡전(劉龍田)이 간인한 ≪중간원본제평서상기(重刊元本題評西廂記)≫는 관례가 된 상도하문의 형식을 바꿔 그림을 한 쪽 전체로 확대해 실었다.

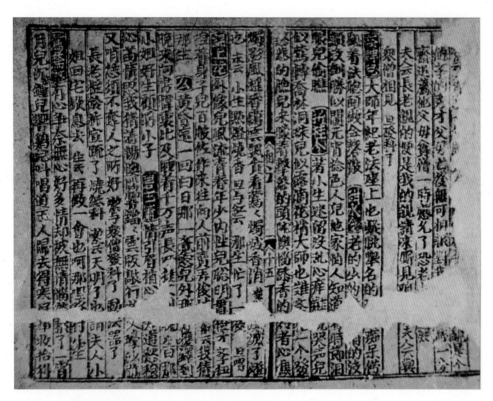

[그림 214] 원·명시기에 간행된 ≪서상기≫의 일부

만력 이후, 명대의 경제와 문화는 최고조에 달했다. 희곡의 성행과 더불어 희곡 극본의 간행도 공전의 발행량을 기록했다. 당시의 안휘·강소·절강·복건은 희곡극본 인쇄의 중심지였다. 책을 간행한 유명한 곳으로는 금릉의 부춘당(富春堂)·계지재(繼志齋)·환취당(環翠堂)·세덕당(世德堂) 등이 있었다. 항주·소주·오흥(吳興)·해창(海昌) 등지에도 훌륭한 삽도 극본을 많이 간행했다. 금릉 당씨의 부춘당은 많은 희곡극본을 간행했다. 알려진 것만도 100 수 십 종이나 된다. 그 삽도는 단정하며 힘이 있고 인물은 생동적이다. 이중 ≪신각출상음주이일화남조서상기(新刻出像音注李日華南調西廂記)≫가 대표작인데, 삽도는 인물의 심리와 기분에 중점을 두었으며, 부르기라도 하면 금방이라도 나올 것 같은 느낌을 준다. 금릉 진대래(陳大來)의 계지재에서 간행한 극본은 많고도 정교하다. 한때 부춘당과 어깨를 나란히 했다. 풍격은 깔끔하고 미려하며, 인물의 자태는 단아하고 아름답다. 환취당 주인인 왕정눌(汪廷訥; 1573~1619)은 휘군(徽郡)의 거부(巨富)로 책을 간행하는데 돈을 아끼지 않았으며, 아주 공들여 간행했다. 그가 간각한 전기 삽도는 대부분이 왕경(汪耕)의 손에서 나왔다.

만력 연간에는 휘파판각(徽派版刻)이 돌연 두각을 나타냈다. 휘주(徽州) 흡현(歙縣) 규촌(虯村) 황씨(黃氏) 일가에서 몇 대째 계속 이름난 각공(刻工)이 나왔다. 그들의 희곡 삽도 작품은 정교하고 아

[그림 215] 명 만력 10년(1582) 신안(新安) 정씨(鄭氏) 고석산방(高石山房)에서 간행한 ≪목련구모희문(目連救母戱文)≫ 조판

름다우며 세련되다. 처음에는 황정(黃鋌)이 만력 10년(1582)에 간각한 고석산방판(高石山房版) ≪신편목련구모권선희문(新編目連救母勸善戱文)≫이 나왔는데 너무 거칠고 강했다. 이후 황일해(黃一楷)가 만력 38년(1610)에 간각한 기봉관(起鳳館) 간본 ≪왕이합평북서상기(王李合評北西廂記)≫과 황응광(黃應光)이 만력 연간에 간각한 ≪이탁오평본비파기(李卓吾評本琵琶記)≫ · 만력 40년(1612)에 간각한 ≪이탁오평본옥합기(李卓吾評本玉合記)≫ · 만력 41년(1613)에 간각한 ≪교주고본서상기(校注古本西廂記)≫ · 만력 43년(1615)에 간각한 ≪서문장개본

[그림 216] 명대 숭정 12년(1639)에 간행한 ≪북서상비본(北西廂秘本)≫ 삽도

곤륜노잡극(徐文長改本昆侖奴雜劇)≫ 등에 오면 세밀하고 선명하며 아름답고 멋있어진다. 유명한 ≪원곡선≫의 삽도도 황일광 등이 새긴 것이다.

명나라 말기에는 각종 희곡 삽도 각본들이 등장하여 치열하게 경쟁했다. 거칠고 조잡한 것에서 정교하고 아름다운 것까지 자신만의 특색을 띠었다. 이중에서 숭정(崇禎) 12년(1639) 유명한 판화작가 진홍수(陳洪綬; 1599~1652)[226]가 그림을 그리고 유명한 각공 항남주(項南洲)가 각인한 ≪신전원앙총교홍기(新鐫鴛鴦家嬌紅記)≫와 ≪장심지정북서상기(張深之正北西廂記)≫는 세밀하고 멋들어져 예술적 가치가 높다. 또한 명나라 말기 각지에서 붉은 색과 검은 색으로 컬러 인쇄한 희곡극본도 나왔다.

[그림 217] 청대 간행한 오색본(五色本) ≪권선금과(勸善金科)≫의 일부

청나라 초기의 전기 각본은 명나라 말기의 격조를 계승하면서도 정교하고 세밀하게 발전해 많은 삽도 진본(珍本)들이 나왔다. ≪일입암사종곡(一笠庵四種曲)≫·≪입옹전기십종(笠翁傳奇十種)≫·≪도화선(桃花扇)≫ 등은 도판이 복잡하고 세밀하면서 칼질이 유려하고 분명하다. 건륭 이후 근대 인쇄술의 도입으로 희극 그림 도서의 간각은 쇠락의 길을 걸었다.

(2) 연화(年畵)

연화는 섣달 그믐날 문에 문신(門神)을 붙여 화를 쫓고 악귀를 몰아내는 풍속에서 기원했다. 문헌기록으로는 한대까지 거슬러 올라갈 수 있다. 당대 조판인쇄술의 성행은 연화가 유행하는데 기술적인 조건을 제공했다. 명나라 말기 이후로 민간 풍속에서 연화의 예술적 가치에 주목하면서 연화는 발전할 수 있는 가장 좋은 기회를 맞이했다. 민간 연화에서 희곡은 아주 큰 비중을 차지한다. 연화는 처음에 희곡속의 내용을 소재로 삼았다. 다시 말해,

희곡의 이야기를 골라 표현과 구도의 대상으로 삼았다. 초기의 소주 도화오목판(桃花塢木板) 연화 ≪백화증검(百花贈劍)≫·≪유원경몽(遊園驚夢)≫·≪봉황루(鳳凰樓)≫ 등이 모두 이러하다. 희곡에 대한 사람들의 열정이 높아지자 연화도 점차 희곡의 무대화로 발전했다. 즉 희곡을 공연하는 무대를 연화의 구도에 넣어 무대모습을 집중적으로 나타내거나 심지어 아예 희대를 함께 그려내기도 했다. 청대 후기 무희(武戲)가 성행하자 바지와 윗옷에 갑옷을 걸치고 하는 극과 무대모양도 연화에 나타났다. 희곡 연화의 묘사방법은 민간의 화가가 직접 극장에 가서 한 극에서 가장 대표적인 장면이나 가장 훌륭한 몸놀림을 찾는다. 통상적으로 "번뜩이는" 순간을 포착하여 그 자리에서 초안을 그린 다음 화방으로 가져가 기억에 의지해 반복적으로 수정하며 완성된다. 어떤 때는 유명 배우를 그리고 그의 이름을 새겨 넣기도 했다. 예를 들어 천진 양류청(楊柳靑)의 연화 ≪틈궁(闖宮)≫에는 방자 배우 달자홍(達子紅)·경극 배우 고복안(高福安)과 설봉지(薛鳳池)의 이름이 들어가 있다. 이것은 당시 방자와 피황이 "한 곳에 섞인(兩下鍋)" 모습을 보여준다.

[그림 218] 청대 장주연화(漳州年畵) ≪문창각묘희도(文昌閣廟會圖)≫ 중의 신묘에서 공연하는 모습

명 만력 연간, 소주에서 조판인쇄가 크게 성행하자 그 영향으로 민간 연화가 발전했다. 대략 명말청초에는 소주의 도화오목판 연화가 성행했고, 그 작품은 각지로 전래되었다. 또 일본까지 전래되어 일본의 우키요에(浮世繪版畫)[227]에 영향을 주었다. 강희 때의 영국사람 이·캠퍼(E.Kaempfer)는 일본에서 적지 않은 도화오 연화를 수집했는데 현재 대영박물관에 소장되어있다. 건륭 시기는 도화오 연화의 전성기이다. 당시의 연화가게로 알 수 있는 것이 장성취(張星聚)·장문취(張文聚)·위홍태(魏鴻泰)·육복순(陸福順)·육가순(陸

그림으로 보는 중국희극사

嘉順)·묵향재(墨香齋)·장우선(張友璿)·계영길(季永吉)·태원(泰源)·장식(張湜) 등을 비롯한 10
여 곳이 있다. 가경 이후, 서방의 인쇄술이 전래되면서 도화오 연화 시장은 축소되어
도시에서 농촌으로 방향을 틀지 않으면 안 되었다. 이로 농민의 심미관에 맞추고 원가도
내려야 했기에 연화의 품질은 점점 조잡해지고 구도도 볼품이 없어졌다. 인쇄도 단순해져
쇠락의 길을 걸었다. 건륭 연간 도화오 연화는 풍경화 위주였으며 희곡이야기의 비중은
줄어들었다. 표현한 내용은 대략 곤강의 극목이었다. 이후 희극 그림이 날로 많아졌다.
지금은 청나라 후기에 나온 작품을 많이 볼 수 있다.

[그림 219] 청대 도화오연화 곤곡 ≪금산사(金山寺)≫

내용은 휘희(徽戲) 위주였다. 이것은 휘희가 경극이 형성되던 시기에 성행한 정황을 보여준다. 후기 도화오 희곡연화의 전형적인 특징은 극장상황을 상세하게 그린 점이다. 어떤 그림은 등장인물 외에 무대건축과 무대상의 모든 장치들도 그려내고 있다. 예를 들면, 화면 양쪽의 무대 기둥·기둥 위에 걸린 편액과 무대 위의 난간·등(燈)·등퇴장문도 있고 심지어 무대 위에 걸어놓은 광고판과 그 위의 연출문자들도 하나하나 도안에 기록해놓았다. 후기 도화오 연화는 대부분 진한 붉은 색과 초록색을 사용하여 강렬한 색채대비를 보여주며 명쾌하고 소박하여 농민의 정취가 가득하다.

[그림 220] 청대 양류청연화 범문약(范文若)의 ≪원앙봉(鴛鴦棒)≫(≪봉타박정랑(棒打薄情郞)≫)

천진 양류청의 희곡 목판 연화는 명나라 말기에 나왔다. 청대 처음으로 연화를 만든 작업소로는 대렴증(戴廉增)·제건륭(齊健隆)이 있다. 가장 번성했을 때는 남향(南鄕) 31개 마을을 포함해서 7,000세대의 사람들이 이 일에 종사했다. 민국 초기 양류청 주위로 연화를 인쇄해주는 업자들도 6,000여 명이나 되었다. 양류청은 도화오와 달리 북경에서 가까웠다. 그 판매대상은 북경과 천진의 황가의 귀족과 친척·관가의 거부였다. 때문에 작품의 풍격이 곱고 고상하며 인물묘사를 중시하고 그림기술에 주의했다. 그 제작공예는 먼저 민간의 화가가 초안을 잡고 판각 후에 먹물을 묻힌 선으로 수인(水印)[228]하거나 컬러 인쇄를 한 다음 주위의 농촌 화공들을 조직하여 색채를 넣어 가공했다. 흰 분을 넣어 색깔을 조절한다. 때문에 사람들에게 점잖고 편안하며 참한 느낌을 주어 낯설고 눈에 거슬리지 않는다.

현존하는 양류청 희곡 연화 중에 비교적 시기가 이른 것은 건륭 연간에 나왔다. ≪도선초(盜仙草)≫와 ≪신안역(辛安驛)≫ 등은 곤곡과 경강 극종의 공연극목이다. 가경에서 광서 연간의 연화는 보존된 것이 많은데 대부분 경극과 방자희의 내용을 반영하고 있다. 양류청 희곡 연화는 통상적으로 배경을 쓰지 않거나 간단한 배경만 쓰며 극중 인물의 현장 모습을 주로 그렸다. 초기 작품에서는 인물은 적고 형상은 커서 장식과 무대가 달랐다. 후기 작품은 늘 장면이 크고 인물이 많았으며, 등장인물의 의상·검보·갖고 있는 도구와 소품·무대배치·배우의 몸짓과 자세 등은 실제공연을 그대로 모방했다. 도화오 희곡연화가 극을 볼 기회가 적었던 농촌 구매자들에게 수시로 문자로 그림을 해설해야 했던 것과는 달리, 양류청은 극의 이야기를 잘 알았던 북경과 천진의 관중을 고려해 인물표시를 종종 생략했다. 이 역시 그것의 특징이라고 할 수 있다. 양류청 희곡 연화 양식은 아주 많다. 수요에 따라 종이를 잘라 나누는데, 공첨(貢尖)[229]·삼재(三才)[230]·대루(對樓)[231]·사조폭(四條幅)[232]·팔선병(八扇屛)[233]·중당(中堂)[234]·횡피(橫披)[235]·항위(炕圍)[236] 등이 있다. 화면은 하나의 극을 할 수도 있고, 여러 장면을 한 편의 대희로 구성할 수도 있다.

희곡연화를 활발하게 만든 곳은 이들 지역 외에 몇 곳이 더 있다. 하남 개봉(開封) 주선진(朱仙鎭) 연화도 아주 오랜 역사를 갖고 있다. 주선진은 송대 전국의 4대 상업지구의 한 곳이었다. 당시 개봉에서는 이미 문신과 부적이 들어간 연화를 찍어 파는 것이 성행했다.[237] 주선진 연화는 그때 시작하였을 것이다. 건륭 시기 주선진에는 목판연화 작업장이 300여 곳이나 있었다. 그중 가장 유명한 곳으로는 천의덕(天義德) 등이 있다. 오늘날 볼 수 있는 주선진

[그림 221] 청대 주선진연화(朱仙鎭年畵) ≪대금
조(對金抓)≫

희곡 연화는 대부분 현색과 방자강의 역사 극목으로, 선이 거칠고 색채가 화려하여 농민 예술의 기운이 진하게 베어있다.

하북 무강(武强)의 연화는 명대 영락(永樂) 연간에 시작되었다. 가장 이른 것은 "생필화(生筆畵)"라고 하는 수공으로 그린 것이다. 후에 반은 인쇄하고 반은 그리는 것으로 바뀌었다. 청나라 초기에는 채색 수인(水印)한 목판을 사용했다. 강희 연간 북방 민요는 이렇게 노래하고 있다: "세상의 반이라는 산 동쪽의 육부(六府), 사천의 반에도 비할 수 없네. 모두들 천진에는 사람들 많다고 말하나, 무강(武强)의 남관(南關) 하나만 못하네. 매일 무수한 극을 창해도, 희대가 어디인지 찾지 못하네."[238] 원문의 "천대희(千臺戲)"가 바로 희곡 연화이다.

산동 유현(濰縣) 양가부(楊家埠)에는 가장 성행했을 때 100여 곳의 작업장이 있었다. 매년 연화 인쇄에 36,000장의 종이가 들어갔다. 촌민의 반 이상이 연화 제작을 부업으로 삼았고 동시에 인근에 인쇄하고 그림을 그리는 사람을 찾았다. 유현 희곡 연화는 인물중심에 의자나 탁자 같은 간단한 도구들을 넣기 때문에 무대화면이 비교적 깔끔한 편이다. 한 극의 모습을 한 폭에 담아내는 것 외에도 연환화(連環畵) 형태로 4폭이나 8폭에 담아내기도 했다. 또 여러 장면을 한 폭의 화면에 한꺼번에 담아내면서 산·나무·집 등으로 공간을 두르기도

[그림 222] 청대 사천연화(四川年畵) 천극(川劇) ≪백구쟁풍(白狗爭風)≫

그림으로 보는 중국희극사

한다.

산서 남부에는 지금 70여 폭의 청대 희곡 연화 조판이 남아있다. 그중 파손된 판각에 "강희 ×년 ×월"이라는 글자가 있다. 이것으로 보아 당시 산서 이남에 희곡 연화가 활발하게 인쇄되었음을 알 수 있다. 이밖에 가경·도광 시기의 조판은 산서 이남지역의 희곡 연화가 계속적으로 제작되었음을 보여준다. 청나라 말기에 이름이 알려진 연화 제작소로는 익성성(益盛成)과 영녕보(永寧堡)가 있다.

[그림 223] 청대 사천연화 천극
《백상산(白象山)》

사천 면죽(綿竹) 연화도 명대에 성행했다. 청 건륭·가경 연간에 이미 300여 곳의 연화제작소가 있었다. 이들은 현성과 성 외곽 서남 일대의 판교(板橋)·효덕(孝德)·청도 (淸道)·신시(新市)·준도(遵道)·공성(拱星) 등의 마을에 있었다. 연화 예인은 1,000명을 넘었고, 이 일에 종사한 사람은 10,000명을 넘었다. 면죽 연화 예인들은 "복희회(伏羲會)"라는 동업조합 을 만들기도 했다. 이 단체의 터는 남화궁(南華宮)에 있다. 면죽 연화에는 문화(門畵)[239]·두방(斗 方)[240]·중당(中堂)·조병(條屏)[241]·안자(案子) 등의 제품이 있다. 청대 중엽에는 매년 문신(門神) 과 두방 1,000만부, 화조(畵條) 2백만 부 정도를 제작했다. 운귀(雲貴)·양광(兩廣)·호남·섬 서·감숙·청해·신강(新疆)과 동남아까지 판매했다. 제작과 판매를 한 곳 중에 양운학(梁雲鶴) 화점과 부흥발(博興發) 제작소가 가장 유명했다. 면죽 연화의 희곡 부분은 대부분 천극의 내용을 담고 있다. 수법은 무대장치를 생략하고 인물을 돋보이게 했다. 특징은 아름답고 부드러우며 촉감이 좋다. 면죽 연화에는 또 한 가지 특징이 있다. 문화에서 세속 인물과 희곡 인물을 짝지은 것이다. 자주 보이는 진경(秦瓊)·위지공(尉遲恭) 외에 무장(武將)·무생(武 生)·관리·장원·제갈량·설인귀·목계영 등도 표현대상이 되었다. 이는 현지 사람들이 얼마나 희곡을 애호했는지 보여준다.

[그림 224] 청대 평도연화(平度年畵) ≪공성계(空城計)≫

　전국 각지의 연화는 발전과정 중에 서로 끊임없이 교류하며 영향을 주었다. 예를 들어 소주 도화오 연화는 장강 하류의 남경·양주·상해·남통(南通) 같은 도시의 연화 창작에 큰 영향을 끼쳤다. 산동 동창부(東昌府) 연화는 명나라 말기 하남 개봉 주선진의 영향으로 형성되었으면서, 후대 성행한 신동 유현 연화에 영향을 끼쳤다. 유현 연화는 청대 후기에 또 천진 양류청·하북 무강 연화의 영향을 받았다. 이들의 성행은 산동 고밀(高密)·평도(平度) 등을 비롯한 30여 곳의 연화제작에 영향을 끼쳤다.

(3) 흙 인형(泥塑)

　흙 인형은 송나라 사람이 그린 ≪화랑도(貨郞圖)≫ 등의 그림에 그 자취를 찾아볼 수

있다. 원대 민간에서는 이를 "마합하(磨合羅)"라고
했는데 아이들이 좋아했다. 명 이후 흙 인형으로
만든 희곡이야기 속의 인물은 점차 많아졌다.
청대에는 흙 인형으로 희곡의 인물들을 만드는
것이 전문기술이 되었다. 희곡 흙 인형은 강절
일대에서 성행했다. 무석(無錫)·소주가 제작중
심지였고, 북방에는 천진의 "니인장(泥人張)"이 유
명했다.

　무석 혜산(惠山) 흙 인형은 전하는 바에 따르면
명 성화·홍치 연간에 제작되었다. 청 함풍·동
치 연간에 가장 성행했다. 전통적인 혜산 흙 인형
은 거친 것과 정교한 것 두 가지가 있다. 거친
흙 인형은 초기의 제품이다. 틀에 형태를 만들며
색칠도 간략해서 완성된 흙 인형은 거칠고 투박하
다. 이중에는 "소희문(小戲文)" 내지 "소판희(小板

[그림 225] 청대 혜산(惠山)에서 만든 ≪연환
기(連環記)≫(≪봉의정(鳳儀亭)≫)에 나오는
인물의 흙 인형

戲)"라고 하는 것이 있는데, 보통 4인이 한 조를 이룬다. 모두 문인·궁녀가 아니면 무장들이다.
아래는 대나무 꼬챙이를 진흙판 위에 꽂아놓는다. 무장은 진흙으로 만든 벽돌 뒤에 종이
삼각기(靠旗)를 꽂는다. 이들 흙 인형은 보통 얼굴에 색깔을 넣어 배역과 성격을 구분했다.
그러나 전체적인 조합은 극의 장면을 따르지 않아 제작 초기의 모습을 보여준다. 가는
진흙으로 만든 것은 손으로 빚은 흙 인형이라는 의미에서 "수열니인(手捏泥人)"이라고 한다.
전부 수공으로 제작한다. 발부터 빚어서 몸체를 완성한 다음 팔을 끼워 넣고 옷·두루마기·
도구들을 단다. 정교하게 제작한 흙 인형 작품은 대부분 곤곡과 경극 공연에서 소재를
취했다. 등급마다 2~3인으로 차이가 나며 극의 장면을 보여준다. 조형은 간결하고 세련되며,
색은 소박하면서 고상하다. 인물의 얼굴표정을 중점적으로 묘사했다. 동치 이후 진인금(秦仁

金·부윤천(傅潤泉)·진계영(陳桂榮) 등의 유명 예인들은 경극의 희곡인물들을 제작했다. 현재 진유(陳有)의 ≪궤문(跪門)≫·≪암회(庵會)≫를 비롯해 10출(出)이 전한다. 청나라 말기의 유명 예인 정아금(丁阿金)[242]과 주아생(周阿生)[243]은 곤곡 "수열희문(水捏戲文)"을 제작하는 것으로 유명했다. 정아금의 ≪교가(敎歌)≫·≪도렴재의(挑簾裁衣)≫와 주아생의 ≪봉의정(鳳儀亭)≫이 전한다..

[그림 226] 청대 무석(無錫)의 혜산에서 만든 ≪음풍각잡극(吟風閣雜劇)·파연(罷宴)≫에 나오는 인물의 흙 인형

[그림 227] 청대 혜산에서 만든 무명씨의 ≪진주탑(珍珠塔)≫에 나오는 인물의 흙 인형

소주 호구(虎丘)의 흙 인형은 깜찍하고 정교한 것으로 유명하다. 아주 오래된 역사를 갖고 있다. 유명 예인으로는 송대의 원우창(袁遇昌)·명대의 왕죽림(王竹林)·청 강희 연간의 항천성(項天成)이 있다. 대략 청나라 초기부터 희곡인물들을 빚기 시작했다. 청나라 말기에 제작한 곳으로는 노영흥(老榮興)·금하성(金合成)·왕춘기(汪春記) 등의 완구점이 있다. 흙 인형은 보통 높이가 10~18cm이고, 한 사람씩 제작하여 아이들이 장난감 삼아 갖고 놀도록 했다. 극에 따라 빚은 것도 있는데 8출 내지 16출이 한 묶음이었다. 아래에는 받침대로 떠받치고 명절과 경축일 혹은 제사지내고 놀이할 때 진열할 수 있도록 했다. 또 특별히 제작한 보관함이 있어 언제라도 가지고 다닐 수 있게 했다. 소주 호구의 흙 인형에는 비단 옷을 입힌 흙 인형이 있다. 머리와 발은 진흙으로 빚은 것이나 관복은 견직물로 만들었다. 이것은 대략 청대 중엽에 시작되었다. 청나라 말기에 호구산당(虎丘山塘)의 왕춘기 제작소가 가장 유명했다. 현재 ≪장판파(長板坡)≫·≪금안교(金雁橋)≫·≪양배풍(楊排風)≫에 나오는 인물에 비단 옷을 입힌 흙 인형이 전한다. 높이는 16cm 정도이고, 의상은 쇠 감기·수놓기·꽃 붙이기·색깔 칠하기 같은 여러 가지 공예를 종합해 만들어졌다. 아래에는 팔각형의 밑받침이 있다.

천진 "니인장" 채색 흙 인형은 청 도광 때 시작되었다. 장씨(張氏) 성을 가진 한 가정에서 이 기예를 전수했는데 이미 100여년의 역사를 갖고 있다. "니인장"은 사람들이 이런 내력으로 붙인 명칭이다. "니인장"의 제1세대로 길을 닦은 사람은 장장림(張長林; 1826~1906)(자는 명산)이다. 어려서 부친에게서 작은 단색 진흙 완구를 제작하는 법을 배웠다. 후에 흙

[그림 228] 청대 "니인장"에서 만든 진이백의 ≪쌍관고·교자≫에 나오는 인물의 흙 인형

인형 예술을 최고도로 끌어올렸다. 장명산(張明山; 1826~1906)의 흙 인형은 당시 성행했던 경극에서 소재를 취했다. 도광 24년(1844) 경극 명배우 여삼승(余三勝; 1802~1866)의 천진 공연은 큰 반향을 불러일으켰다. 18세의 장명산은 여러 차례 반복해서 공연을 보고 그의 흙 인형을 만들었다. 이 흙 인형은 여삼승의 특징적인 표정과 태도를 잘 포착했는데, 얼마나 생동적이었지 당시 "살아있는 여삼승(活余三勝)"이라는 말이 나돌 정도였다. 이로 그는 큰 명성을 얻었다. 후에 장명산은 담흠배(1847~1917)·양소루(1878~1938)·왕계분(1860~1906)·정장경(1812~1880)·전계봉(田桂鳳; 1866~1931) 등의 경극 명배우들의 다양한 모습(흉상·두상·1인상·가족상 등을 포함)을 빚었다. 이는 그가 뛰어난 예술적 수완을 갖고 있음을 보여준다. 전하는 바에 따르면, 장명산은 극을 볼 때 "무대 위의 배우를 모델로 여기고 용모를 자세히 살핀 다음 특징만을 잡아냈다. 그리고는 귀신도 모르는 사이에 소매에서 배우의 모습을 슬그머니 본떠 만든다. 돌아와 색을 입히고 분칠하고 의관을 입히니 조금도 어긋나지 않았다."[244] 장명산이 빚은 극으로는 ≪황학루(黃鶴樓)≫·≪백사전(白蛇傳)≫·≪탈태창(奪太倉)≫·≪춘추배(春秋配)≫·≪회형주(回荊州)≫·≪제삼해(除三害)≫·≪서상기(西廂記)≫·≪풍진삼협(風塵三俠)≫·≪악모자자(岳母刺字)≫·≪목란종군(木蘭從軍)≫ 등이 있는데 모두가 상당한 예술적 가치를 지니고 있다. 장명산 이후 장씨 집안에서는 대대로 흙 인형으로 이름난 장인과 명작이 나왔다. 제2세대 장옥정(張玉亭; 1863~1954)의 ≪마고헌수(麻姑獻壽)≫와 제3세대 장경고(張景鈷)의 ≪삼전여포(三戰呂布)≫·≪격고매조(擊鼓罵曹)≫·≪장생전(長生殿)≫ 등이 있다. 그 수법과 풍격은 점차 변해갔다. 흙 인형의 크기는 점점 커지고, 색채도 화려해졌다. 구도도 갈수록 다양화해졌다. 또 갈수록 순간적인 동작의 포착을 중시하고, 기법도 세련되어갔다. "니인장"의 작품은 국내외로 널리 알려졌는데 서방 사람들도 격찬을 아끼지 않았다. ≪천문잡기(天門雜記)≫는 이렇게 쓰고 있다.

　　성 서쪽에 성이 장(張) 씨이고 이름은 장림(長林), 자는 명산(明山)이라는 사람이 흙 인형을 빚는 일을 대대로 해왔다. 지금까지 희극인물을 빚어 각 극단의 각색을 실제와 똑같이 만들어

일찍부터 국내외로 큰 명성을 얻었다. 서양인들은 높은 가격으로 그의 작품을 사서 박물관에 두어 사람들이 감상하도록 했다. 사람들에게 작은 상을 만들어주는 것이 그의 장기이다.[245]

"니인장"의 제4세대 계승자 장명(張銘)·장월(張鉞)을 비롯해 이후에 공개 선발한 학생들도 뛰어난 작품들을 남겼다.

[그림 229] 청대 산서 평요(平遙)의 사각(紗閣) 속 ≪비호산(飛虎山)≫에 나오는 배우들의 모습

상술한 흙 인형 제작지역 외에 전국 각지에서도 흙 인형을 빚는 것이 유행이었다. 이들은 다른 재료로 장식해서 독특한 특색을 갖고 있다. 산서성 평요현(平遙縣)의 사각(紗閣) 희곡인물 인형은 종이다발로 빚은 희곡인물이다. 극의 장면에 따라 각각 목제 진열상자 안에 두어 구경할 수 있도록 했다. 광서 30년(1904) 평요현에 있는 종이가게 육합재(六合齋)의 예인 서입정(徐立廷)[246]은 평요성 내의 남사(南社)와 북사(北社)에 36개의 진열상자를 제작했는데 지금은 29개의 진열상자가 전한다. 조형은 우아하면서 소박하다. 상자의 높이는 1m, 가로 70cm, 깊이는 60cm이다. 정면은 무대 입구 모양을 하고 있으며, 상아를 입히고 꽃을 조각했다. 안에는 병풍과 칸막이를 두었고, 밖에는 금은 색지로 무늬를 새겨 오려 붙여놓았다. 제작한 극으로는 ≪홍문연(鴻門宴)≫·≪사마장(司馬莊)≫·≪전낙양(戰洛陽)≫·≪비호산(飛虎山)≫·≪벽옥환(碧玉環)≫·≪오악도(五岳圖)≫·≪사당관(佘塘關)≫·≪간용선(赶龍船)≫·≪춘추필(春秋筆)≫·≪금대감(金臺鑒)≫·≪철정상(鐵釘床)≫·≪참황포(斬黃袍)≫·≪차산(借傘)≫ 등이 있다. 매년 원소절에 사람들이 감상할 수 있도록 시루(市樓)의 복도에 진열하고 있다.

(4) 벽돌조각·돌조각[石雕]·나무조각[木雕]

희곡 벽돌조각과 돌조각은 송·원 때 크게 성행했다. 이들이 명·청대 계속 발전한 것은 필연이었다. 희곡 나무조각은 그 이전에는 거의 보이지 않는다. 이런 유물은 보존하기 쉽지 않았기 때문에 오늘날 남아있는 것들을 찾기가 어렵다. 명·청 희곡 벽돌조각과 돌조각은 송·원대의 무덤에서 나와 세속의 생활환경으로 대거 들어갔다. 나무조각도 그 틈을 놓치지 않고 그 안으로 섞여 들어가 명·청 조각예술의

[그림 230] 산서 호관(壺關) 백운사(白雲寺)의 벽돌에 조각한 ≪장간도서(蔣干盜書)≫의 공연 모습(청대)

유력한 일파를 이루었다.

명 중엽 이후, 전국의 상업경제가 크게 발전하면서 많은 부호들이 나왔다. 그들은 왕후보다 재력이 좋았고 상업계를 좌지우지했다. 고향으로 돌아와서는 토목공사를 일으켜 거대하고 호화로운 저택을 지어 부귀영화를 누리고 마을 사람들에게 과시하려했다. 그러나 봉건사회의 등급관념과 정부의 제한으로 그들은 건물을 특별하게 높게 짓거나 아주 좋은 재질을 사용할 수 없었다. 이에 그들은 제한된 공간의 장식에 엄청난 인적 물적 자원을 쏟아 부었다. 안휘 ≪섭현지(歙縣志)≫는 이런 상황을 잘 기록하고 있다.

> 상인들은 부를 이룬 후에 고향으로 돌아와 사당을 수리하고 정원과 저택을 지었는데, 겹겹의 건물들은 크고 화려했다.[247]

[그림 231] 청대 불산(佛山) 조묘(祖廟)의 목조에 금칠하여 만든 희곡이야기

그들은 천금을 아끼지 않고 뛰어난 장인들을 불러 모아 자신들의 낙원인 전당을 치밀하게 설계하고 장식했다. 이로 각종 건축 장식이 나타났다. 이중 희곡장식은 아주 중요한 내용이었다. 이밖에도 상업경제의 발전은 상회조직의 흥성을 가져왔다. 청대 각지의 상업도시에서 많은 상업회관이 나타났다. 이들 회관의 건축 장식은 더욱 부귀하고 화려한 것을 능사로 삼았다. 이로 오늘날 우리가 보는 명·청 사택 장식과 함께 빛나는 또 다른 예술적 근원이 되었다. 건축 장식이 집중된 지역은 모두 부상들이 모여 사는 지역이거나 상업도시이다. 동남 연해안의 경제가 발달된 지역에 특히 많이 보인다. 그중 두드러진 곳은 휘주(徽州)·소주·조주 등이 있다. 이밖에 사천·산서 등도 이런 장식이 자주 보이는 지역이다.

일반적으로 이들 지역의 민간 건축과 기물, 즉 저택과 정원·회관과 누각·사당·패방(牌坊)과 정자·교량과 무덤을 비롯해서 가구와 기물·민속용품·공예품 등에 정교하고 아름답게 장식된 벽돌조각·돌조각·나무조각 작품들은 사치스럽고 화려한 모습을 보여준다. 가옥건축의 장식은 보통 문루·문조(門罩)²⁴⁸·팔자형 가림벽(八字影壁)·트러스(梁架)·대들보 받침대(梁托)·공포(斗拱)·보아지(雀替)²⁴⁹·박공(檐板)²⁵⁰·띳장(檐條)²⁵¹·문짝이 달린 창문(窓扇)·담을 막는 벽판(墻板)·난간을 막는 난판(欄板) 등에서 집중적으로 나타난다. 일상용품 중에서는 침상·옷장·병풍·장이나 합(盒)에 집중된다. 장식한 것은 길상이나 부귀를 상징하는 여의화훼(如意花卉)와 상스러운 새나 짐승 문양 같은 것이 가장 많다. 그러나 산수 인물을 그린 그림도 많은데 이중 가장 정교하고 아름다운 것은 희곡장면 장식이다.

돌조각은 재질이 세밀하고 단단하며 용도가 많고 오래 가기 때문에 사람들이 선호했다. 돌로 만든 패방·돌로 만든 누창(漏窓)·돌로 만든 난간·돌로 만든 주초와 돌로 만든 각종 가구들은 그 멋을 잘 보여주는 것들이다. 조각기법에는 선각(線刻)²⁵²·천부조(浅浮雕)²⁵³·고부조(高浮雕)·반원조(半圓雕)·누공조(鏤空雕)²⁵⁴·투조(透雕)²⁵⁵ 등이 있다. 조각 원칙은 재질에 따라 기법을 달리하고 붓 대신 칼을 사용한다. 석재의 재질에 따라 사용할 조각기법을 결정하고 아울러 숙련된 기교와 경험으로 구상하고 작업한다.

[그림 232] 청대 하곡(河曲) 미불동사(彌佛洞寺)의 벽돌에 새긴 희곡장면

　벽돌조각은 돌조각처럼 내구성이 강하지 않고 풍화되기 쉬운 단점이 있으나 조각하기
쉽다는 큰 장점이 있다. 재질도 돌을 조각하는 것만큼 까다롭지 않다. 때문에 건축 장식에서
자주 보인다. 일반적으로 벽돌조각의 제작은 굽기 전에 벽돌을 만들어 굽고 조각하는
공정을 거친다. 벽돌조각을 만드는 진흙은 보통 벽돌을 만드는 것보다 곱다. 보통 물로
세척하고 침전시킨 다음에 다시 사용한다. 이러면 순도와 접착력이 높아진다. 조각하는
수법에는 여러 가지가 있다. 평면부조(平面浮雕)[256]·반원철부조(半圓凸浮雕)[257]·고철부조(高凸
浮雕)[258]는 벽돌 면과 약간만 이어질 수 있고, 누공으로 조각할 수도 있다. 일반적으로 조각벽돌
의 재질은 석재보다 푸석푸석해서 정교하거나 아름답게 파기가 쉽고 솜털과 머리털 같은
세세한 부분도 모두 드러난다. 예인들은 이것의 이런 장점을 잘 이용하여 정교하게 조각하는
데 공력을 들였다.

[그림 233] 청대 불산 조묘의 벽돌에 조각한 ≪해공대홍포(海公大紅袍)≫

나무조각은 건축 장식에 사용되었다. 돌조각·벽돌조각과 분담을 하였다. 이들의 운용은 다른 부위에 사용되는 가옥 부재의 재질로 결정되었다. 통상적으로 벽돌과 나무 구조의 가옥건축은 벽면에 많은 돌조각과 벽돌조각이 나타나고, 나무조각은 창살·문짝·난판·박공을 따라 나타난다. 이밖에 일상가구와 장식기물은 나무조각이 더더욱 광채를 드러내는 곳이다.

(5) 그림(벽화)

전통적인 화단은 문인학사들이 지배하고 있어서 희곡내용을 표현하기 어려웠다. 그러나 명 만력 이후 희곡판화는 소규모 작업장에 간행한 극본이 쏟아지면서 크게 성행했다. 이로 많은 희곡 판화가들이 나타났다. 그중 진노련(陳老蓮) 같은 유명 판화가는 평생 많은 희곡을 그려서 불후의 명성을 남겼다. 이외에 구영(仇英: 1498?~1552) 같은 화가들도 희곡판화의 표본을 그렸다. 이런 시대적 분위기하에 소수의 이름 있는 문인화가들도 가끔 희곡판화를 언급했는데, 주로 유명한 희곡이야기나 인물들을 노래했다. 예를 들어, 구영과 문정명(文徵明)이 합작한 것으로 전해지는 ≪서상기≫ 도책의 경우, 구영이 그림을 그리고 문정명이 작은 해서체로 원대 작가 왕실보의 잡극 ≪서상기≫의 곡문(曲文)을 썼다. 그림은 총 24폭이고, 그림마다 한 쪽에 해당하는 곡문을 실으면서 각각 "불전에서 기이하게 만나다(佛殿奇逢)"·"승방에 잠시 묵다(僧房假寓)"·"담 모퉁이에서 노래하다(墻角聯吟)"·"재단에서의 만남(齋壇鬧會)"·"혜명이 편지를 전한다(惠明寄簡)"·"홍낭이 연회에 초청하다(紅娘請宴)"·"부인이 혼례를 정하다(夫人停婚)"·"영영이 거문고를 듣다(英英聽琴)"·"편지에 마음을 전하다(錦字傳情)"·"화장대에서 몰래 편지를 보다(妝臺窺簡)"·"밤에 담을 넘다(乘夜逾墻)"·"천홍이 문병하다(倩紅問病)"·"정항이 배필을 찾다(鄭恒求配)"·"작은 그림 편지의 근심(尺素緘愁)"·"달 아래 좋은 날(月下佳期)"·"당 앞에서 교묘하게 말하다(堂前巧辯)"·"장정에서 송별하다(長亭送別)"·"초교에서

[그림 234] 청나라 사람이 그린 ≪향림천납도(香林千衲圖)≫ 중의 스님들이 연극을 보는 장면

꿈에 놀라다(草橋驚夢)" · "니금이 승리를 알리다(泥金報捷)" · "금의환향하다(衣錦還鄕)"라고 썼다. 이 서화첩은 후인들의 위탁일 가능성이 있으나[259] 풍격이 차분하며 생동적이고 필법은 짜임새가 있고 세밀하여, 그린 사람의 비범한 공력과 기교가 돋보인다.

희곡은 명 · 청대 사회생활에서 큰 비중을 차지하기 때문에 명 · 청대 원화(院畵) 중에 실제생활을 그린 그림은 왕왕 희곡 연출 장면을 그려 비범함을 나타냈다. 예를 들어 남경 도성의 경관을 보여주는 그림인 명나라 사람의 ≪남중번회도(南中繁會圖)≫와 ≪남도번회경물도권(南都繁會景物圖卷)≫ · 소주성 내외의 산수와 거리 골목 경관을 나타낸 그림 · 청나라 사람 서양(徐揚)의 ≪성세자생도(盛世滋生圖)≫에는 사람들이 희대를 둘러싸고 보는 모습이 나온다. 궁중 화가들이 강희 · 건륭황제와 태후들을 위해 그린 많은 천추만수도의 경우는 더더욱 당시 경축활동에 근거해 실제로 진행된 많은 희대 공연을 그렸다.

청 황궁에 살았던 어용화가들은 신분의 제약으로 문인화가처럼 고상하지 않았다. 그들은 제왕의 기호와 구미를 따르거나 혹은 그 뜻을 받들어 많은 희곡 그림을 그렸다. 북경고궁박물관에 소장된 청나라 사람의 ≪성리정의(性理精義)≫ · ≪희출화책(戲出畵冊)≫ · ≪희출책(戲出冊)≫ 3종이 바로 이런 그림책이다. 이들 그림들은 작품의 특성상 내무부(內務府) 여의관(如意館) 화가의 손에 나왔다. 여의관의 자료에서 "저자 심진린(沈振麟)이 그린 희곡인물 그림책 18절"[260]이라는 글자가 나왔는데, "심진린"은 당시 여의관의 화가였을 것이다. 이들 희곡그림은 정교하고 세밀한데 보통 가장 흥미로운 희곡장면을 포착하여 그림을 그린다. 아울러 인물의 검보 분장 · 의상과 무대의 도구 등을 하나하나 진지하게 묘사한다. 이를 보면

[그림 235] 민국시기 북경 희화 ≪소군출색(昭君出塞)≫

눈앞에서 마치 공연하고 있는 듯한 느낌을 들게 만든다.

궁정희곡화의 제작에는 교본을 연출한다는 직접적이고 실용적인 목적이 있었다. 그러나 희곡 자체는 독립적인 미적가치가 있기 때문에 민간 화가도 이런 쪽의 일을 할 때 그들의 작품, 즉 희곡화도 민간예술품이 되었다. 청나라 말기에서 민국시기까지 사람들은 끊임없이 유사한 희곡 장면 그림을 그렸다. 이들의 그림은 지금까지도 세상에 전한다. 그 수법은 희곡 연화·궁정 희곡화에 가깝고, 내용은 현지에 유행하는 성강 극종과 성행한 극목을 표현했다. 청 도광·함풍 연간 소주의 이용(李涌)이 그린 곤곡절자희도(崑曲折子戲圖) 8폭·동치 5년(1866) 선정(宣鼎; 1832~1880)이 그린 곤곡 절자희(折子戲: 절작극) ≪분탁도영(粉鐸圖咏)≫ 36폭·청나라 말기에서 민국 초기의 북경 민간 예인들이 그린 피황희 등이 여기에 속한다. 이들 희곡화의 수법은 민간의 희곡연화와 유사하다. 이들은 서로 모방하고 흡수하며 각자 발전했다.

민간 희곡화는 늘 등화(燈畵) 형식을 사용했다. 등화는 초롱에 붙이기 위해 그린 그림으로, 매년 정월 15일 사람들이 등과 함께 감상한 것이었다. 등화는 등품의 차이에 따라 규격·모양·크기가 모두 달랐다. 등화 중에는 목판인쇄를 쓴 것도 있는데, 하북의 무강·산서 남부지역·산동 등지에는 청대 목판 희곡 등화가 보존되어있다. 또 손으로 직접 그린 것도 있다. 청나라 말기 북경의 민간 화가들이 곤곡·고강·진강을 등화로 몇 폭 그린 적이 있다.

민간 희곡화에는 또 벽화라는 중요한 갈래가 있다. 벽화는 당대 이전에 대부분 문인학사 출신의 화가가 담당했다. 송대 이후로 문인들은 두루마기·부채·서화첩에 그림을 그리기 시작하면서 사당과 전당의 벽화는 민간

[그림 236] 청대 북경 등희도 ≪나성현혼(羅成顯魂)≫

의 화공들이 제작을 맡게 되었다.

희곡장면을 그리는 사당벽화의 전통은 송·원대에 시작되었다. 명·청 이후, 희곡이 민간에 널리 보급되면서 희곡벽화는 전국 각지에 있는 사당에서 가장 흔히 볼 수 있는 내용이 되었다. 이들의 작가는 대부분 사당건축에서 벽화제작에 참여한 민간의 노동자들이었다. 이들 노동자들은 왕왕 희곡의 애호자들이었다. 그들은 불상이나 신과 그들의 세계를 그릴 때 자신 혹은 현지 사람들이 좋아했던 연극극목과 그 공연장면들을 벽화에 그렸다. 이들 무명씨의 작품들은 명·청 회화에서 엄청나게 큰 내용을 이루고 있다. 예술적 가치는 높지 않지만 민간 문화의 번성을 보여주기에 중시하지 않으면 안 된다.

[그림 237] 북경 정충묘(精忠廟) 청대 벽화 속의 희대

민간 사당의 희곡벽화는 돋보이게 하기 위한 장식화로써 보통 사당 내에 중요하지 않은 벽면에 그려졌다. 예를 들어 벽의 공포구멍이 있는 곳이나 처마 아래 벽면 등이다. 하남성 밀현(密縣) 홍산묘(洪山廟)의 청대 희곡벽화는 대전의 공포구멍이 있는 벽에 그려졌고, 사천성 면죽현(綿竹縣) 어천사(魚泉寺)의 청대 벽화는 양쪽 회랑과 빈 누각의 다리 위에 그려졌다. 전국 각지에서 이와 유사한 희곡벽화를 흔히 볼 수 있다.

사당 희곡벽화에서 한 가지 특별히 언급할 만한 것은 티베트 희곡(藏戲)[261] 벽화이다. 티베트 희곡은 한족 희곡과 다른 자신만의 고유한 역사가 있다. 전하는 바에 따르면, 15세기 때 티베트 불교의 떠돌이 고승 탕통 갈포(Thongtong Gyalpo; 1385~1464)가 돈을 모금해 다리를 놓았다. 티베트 전통의 종교의식·민간가무·서커스를 토대로 점차 염불·연기·가무·공연 등의 방식으로 석가모니의 출생이야기와 민간의 이야기를 표현하는 공연이 되었다. 연기자는 흰 산양 가면을 썼기 때문에 이 극을 흰 가면극(白面具戲)으로 불렀다. 탕통 갈포의 만년에 민간 공연에서는 또 흰 가면극의 토대에서 희극성이 더 강한 푸른 가면극(藍面具戲)이 만들어졌다. 17세기 무렵, 티베트 희곡은 5대 달라이라마의 지지를 받아 정식으로 규정화된 독립 극종이 되었다. 주요 극으로는 ≪낙상법왕(諾桑法王)≫과 ≪소길니마(蘇吉尼瑪)≫ 등이 있는데, 매년 종교적 기념일에 연출한다. 티베트 희곡과 불교는 불가분의 관계에 있기 때문에 티베트 희곡이 유행한 지역의 많은 사원 벽화에 그 흔적을 찾을 수 있다.

(6) 도자기

명·청대 경제에서는 공업비중이 나날이 높아졌고 사회에서는 일상생활용품과 장식품에 대한 수요가 나날이 증가했다. 이로 자기산업이 크게 발전했다.

명대는 청화자기(青花瓷器)가 유행했다. 자기를 특수처리하면 유약을 바른 몸체 아래에 흰 바탕에 투명한 푸른 무늬를 나타나게 할 수 있다. 이런 자기는 생산과정이 간단하고 제작하기도 쉽다. 또 재질과 무늬는 정숙하고 아담하면서 소박하고 우아해 아름다운 느낌을

준다. 게다가 이것은 생활의 아름다운 정취를 나
타내는 도안·화훼·인물이야기와 도상들을 담
을 수 있어 출시되자 각계각층에서 환영받았다.
또 일상의 음식을 비롯한 생활 기물까지도 제작에
널리 이용되었는데 명대 각 시기의 관가의 가마와
민간의 가마가 주로 생산했다. 청화자기는 명대
에 가장 많이 생산된 도자기였다. 청대에 와서도
생산량은 감소하지 않았다.

[그림 238] 명나라 말기의 청화자반(靑花瓷
盤)에 새겨진 《옥잠기(玉簪記)》의 일부

　　청화자기 공예는 희곡내용을 표현하는데 편리
함을 제공했다. 그림을 그리는 사람이 붓으로 구
워지지 않은 자기에 임의로 그림을 그린 후 화로에 넣어 구우면 되었다. 늘어난 희곡
생활과 이를 이어 나타난 희곡 판화의 발전은 청화자기에 창작원천과 기술적 본보기를
제공했다. 때문에 명대 청화자기는 희곡회화의 중요한 전달매체가 되었다. 전국 각지의
같은 유형의 제품 중에서도 많은 희곡장면이나 희곡이야기를 담고 있다.

　　명대 후기에는 채색 자기가 성행했다. 투채자기(斗彩瓷器)[262]가 먼저 나오고 후에 오채자기(五
彩瓷器)[263]가 나왔다. 이 채색자기는 점차 청화자기에 필적할 만큼 유행했다. 색채가 풍부하고
선명하며 표현내용이 확대되어 사람들의 주목을 받았다. 청 중엽에 결국 청화자기의 쇠락을
초래했다. 오채자기는 두채자기를 토대로 성행했는데 가정·만력 연간에 나타났다. 청
강희 연간에 오면 생산량은 최고조에 달한다. 그 공예는 윗 그림을 넣는 것에서 밑그림을
넣는 것으로 대체했고, 한 번에 모양을 만드는 것에서 두 번 화로에 넣는 것으로 변했다.

　　강희 연간에는 정부와 민간의 가마에서 오채자기를 생산했다. 후자는 정부의 제한을
받지 않았기 때문에 기물모양이나 도안이 더욱 다양했다. 이들은 많은 희곡 인물의 이야기를
소재로 취했다. 특징은 명말 진노련의 영향을 크게 받아 선이 간결하고 힘차며, 인물의

면부 조형은 내면을 중시하고 겉모습을 가벼이 여겼다. 그 회화법은 먼저 파란색·붉은 색 혹은 검은 색으로 인물의 면부와 의상의 윤곽을 잡은 다음 각종 산뜻하고 아름다운 색채를 바른다.

강희 이후, 궁정에서는 서양 공예의 영향을 받은 법랑채색자기[264]가 유행했다. 구워지지 않은 자기에 법랑화법으로 그림을 그리고 수입 채색 안료를 사용했다. 재질은 섬세하고, 디자인은 참신하며, 그림은 정교하다. 고상하고 선명하며 빛이 나고 색채감이 넘치는 느낌을 준다. 강희·옹정·건륭 연간에 황제가 운영한 가마에서 제작되어 궁중의 어기(御器)로 쓰인 명품이었다. 이중 건륭이 운영한 가마인 고월헌(古月軒)에서 구운 자기는 대부분 희곡소재를 표현대상으로 삼았다. 전하는 바에 의하면, 고월헌의 주인은 오현(吳縣) 사람으로, 성이 호씨(胡氏)이고, 자가 학주(學周)였다. 그는 이전에 소주에서 작은 가마를 운영했다. 그가 제작한 비연호(鼻烟壺)에 그려진 산수 인물·영양의 털·화훼는 아주 정교하고 화려했다.

[그림 239] 청대 오채자병(五彩瓷瓶)에 새겨진 ≪유비초친(劉備招親)≫의 일부

건륭 황제가 강남을 순유하다 이것을 보고 격찬했다. 건륭 황제는 그를 데리고 북경으로 돌아와 황제가 운영하는 가마를 맡겼다. 고월헌 자기는 의젓하고 화려해서 명사·중신이나 황제가 논평한 것이 많은데, 대진(戴震; 1724~1777)·유용(劉墉) 등이 직접 손으로 쓴 글씨가 자주 보인다. 민국 2년(1912), 호씨 가문의 제7대손이 대대로 전하는 고월헌 자기를 스타탈보트(Star Talbot)라는 외국인에게 팔면서 국외로 넘어갔다.

옹정 이후에는 분채자기(粉彩瓷器)가 유행했다. 이것은 오채자기의 제작법을 토대로 법랑채색제작공예의 영향을 받아 나온 윗 그림을 그리는 새로운 제품이다. 그 화법은 오채화면의 어떤 부분에 하얀 유리 가루로 밑그림을 그리고 중국 전통 회화법인 몰골법(沒骨法)[265]으로 돋보이게 해서 음양과 농담의 입체감을 두드러지게 하는 기법이다. 인물의 면부는 왕왕 엷은 홍갈색으로 윤기가 나게 한다. 풍격은 부드럽고 색채는 따뜻하여 곱고 아담한 느낌을 준다. 채색 가루는 민간의 기물을 만들 때 많이 사용되었다. 그 내용은 희곡과 아주 밀접한 관계가 있다. 오늘날 몇몇 지역에 전래된 자기로 만든 밑받침의 희곡화에서 예를 찾아볼 수 있다.

[그림 240] 삼국의 이야기를 담은 청 강희 때의 오채자병

명·청 시기에는 도자기 조소와 유리공예도 발전했다. 광동 불산(佛山)의 석만(石灣)은 남쪽의 도자기 생산 중심지로, 걸쭉한 유약을 바르고 진한 색을 쓰는 니균기(泥鈞器)로 유명하다. 청대 이후 주강(珠江) 삼각주가 개발되면서 현지의 사당·사원·고급정원들이 많이 지어졌다. 이와 더불어 석만의 도자기 산업도 발 빠르게 성장했다. 그중 대표적인 기물형상이 전당의 용마루 기와에 들어간 희곡 인물과 이야기 장식이다. 용마루 기와를 제작하고 굽는 일은 일반의 건축 도자기보다 훨씬 복잡했다. 가마의 규모가 커야 할 뿐만 아니라 상당히 섬세한 기술이 있어야 했다. 불산에 있는 조상을 모신 사당에 동시기에 설치된 용마루기와는 다른 가게들에서 제작되었는데, 그

[그림 241] 희화 《연환기》를 담은 청 강희 때의 오채자반

품질은 우열을 가릴 수 없을 정도였다. 이로 보면 도자기 산업에 전문적으로 종사한 석만의 도예와 화훼 산업이 어느 정도로 번창했는지 알 수 있다.

불산 석만의 희곡인물 도자기는 청대에 대량으로 제작되었다. 그중 월극으로 분장한 인물이 적지 않다. 모래를 함유해 잘 이겨지는 석만의 진흙으로 제작하며

힘찬 근골과 근육을 나타내는데 적합하다. 인물은 모두 월극의 생·단·정·축 배역과 그에 상응하는 몸동작에 따라 제작하였다. 의상과 장식도 월극과 일치하는데, 월극에만 보이는 "대갑(大甲)"·"복(福)"자를 가진 네모난 형태의 등에 꽂는 깃발·이마의 큰 매듭·머리의 꿩 깃 등이 이러하다.

(7) 전지(剪紙)와 자수(刺繡)

민간의 전지와 자수품은 보통 농가 부녀자의 손에서 나왔다. 중국 고대의 여인들은 전통문화에 따라 결혼하기 전가지 여자로서 해야 할 일, 즉 그림을 그리고 바느질을 하고 옷감을 짜는 일을 해야 했다. 이로 자신의 성격과 취미를 기르면서 동시에 자신의 손과 마음을 닦았다. 성인이 된 후에는 생활을 책임질 준비를 해야 했다. 전지와 자수품은 여인들의 예술적 성과이다. 이런 기풍은 민간에서 오랫동안 지켜왔다. 때문에 농가의 여인들은 늘 이런 수공예를 했다. 명·청시기 희곡은 농촌 여인들이 즐길 수 있는 유일한 오락이었기 때문에 그녀들의 생활에 대한 이해나 묘사는 자연히 상당부분 희곡에서 유래했다. 이에 그녀들은 후인들에게 많은 민간 희곡공예품을 남겼다.

전지는 가위(혹은 조각칼)와 채색 종이로 모양을 만드는 예술이고, 자수는 바늘·실·직조기가 도구로 사용된다. 유행지역은 대단히 넓어 거의 전국 각지에서 그 흔적을 찾을 수 있다. 전지의 유형은 용도에 따라 거실 창문에 붙이는 창화(窓花)·초롱에 붙이는 용선화(龍船花)·선물할 때 선물 위에 놓아두는 권분화(圈盆花)가 있다. 자수의 바탕 재료로는 옷·손수건·홑이불을 비롯한 각종 민간용품이다. 전지와 자수에는

[그림 242] 만국시기 절동의 창화전지 난탄강희(亂彈腔戲) 《영악정(榮樂亭)》

화훼도안·새·짐승·곤충·물고기·신화와 역사 속의 인물·희곡이야기 등이 들어간다. 제작법은 보통 갖고 있는 표본을 원고로 삼아 새로운 그림을 오리고 짜내거나 수를 놓는다. 표본은 늘 대대로 전해지는 것이거나 집집마다 서로 빌린 것인데, 사당의 신상만 그리는 예인에게서 나온 것도 있고, 전지나 자수를 하는 사람이 창조한 것도 있다. 손놀림이 좋고 일정한 수준에 다다른 여인들 중에는 오랜 시간의 단련으로 점차 자유자재로 그림을 만들어내는 경지에까지 다다른 사람이 있다. 그녀들이 전지와 자수 표본의 창조자이다. 예를 들어, 극을 한 편 본 후 그녀들은 기억에 의지해 극 중 가장 감동적인 장면을 그려내 샘플을 오리고 짜고 수놓아 표본을 만든다. 이후 이런 문양들은 다른 부녀자들을 통해 전해진다. 표본은 전래되는 과정에서 끊임없이 변화하면서 점차 더욱 세련되고 아름답게 된다.

희곡 전지는 개인 인물도 있고 여러 명의 인물이 한 극의 장면을 이루는 것도 있다. 후자는 한 폭(單幅)짜리와 여러 폭(多幅)짜리로 나눈다. 한 폭짜리는 왕왕 극에 따라 세트로 이루어 잘라 만든다. 절강성 금화(金華)의 영강현(永康縣)·포강현(蒲江縣) 등지는 희곡 창화가 집중적으로 만들어진 지역이다. 산서성 기현(祁縣)·신강(新絳) 등지도 전지가 유행한 곳이다. 하북성 울현(蔚縣)의 창화는 독특한 특징을 갖고 있다. 이것은 색이 하나인 채색 종이를 사용한 다른 지역의 전지와는 다르게 먼저 백지로 무늬를 오린 다음 색깔을 물들인다.[266] 보통 3~4종의 다른 색깔을 물들일 수 있다. 색깔을 물들이는 일은 사람의 수공으로 진행한다. 일반적으로 부녀자와 아동이 맡고, 사람마다 한 가지 색깔만 물들인다. 색료는 담홍색·짙은 녹색 같은 "품색(品色)"을 사용한다. 염색된 창화의 다섯 색깔은 빛이 나며 참신하고 귀엽다. 만청 때 창화만 만들어 판매하는 민간 예인이 있었다. 1947년 통계에 의하면 울현에

[그림 243] 만국시기 절동의 창화전지 난탄강희 ≪수원앙(繡鴛鴦)≫

[그림 244] 산서 자수 《목가채(穆柯寨)》

서 창화를 만든 곳은 50~60곳에 이르렀다고 한다. 그들의 작품은 멀리 산서·하남·내몽고와 동북 각지로 판매되었다. 민국 시기 울현의 민간 창화 예인들 중에 농민 출신인 왕로상(王老賞)이라는 사람은 7~8세 때 "색을 물들이는 것"을 배우기 시작해 20세 때 유명한 전지 예인이 되었다. 그의 작품은 인근 20여개 마을의 전지 예인들의 표본이 되었다. 그는 희곡을 소재로 하는 창화를 만드는 데 치중하여 수시로 희대의 인물과 장면을 유심히 관찰하고 공을 들여 오리고 다듬었다. 아울러 같은 소재를 사용한 연화를 참고하여 마침내 최고의 경치에 다다랐다. 그는 일생동안 희곡 창화 1,000폭 이상을 만들어 무수한 민간 예술품을 남겼다.

북방의 전지는 중후하면서 소박하다. 서북의 전지는 더욱 거칠면서 단순하고, 강남의 희곡창화는 부드럽고 아름다우며 구도가 완전하고 선도 변화가 많다. 인물 외에도 배경·장면도 있어 무대모습을 더욱 완전하게 보여준다.

자수공예는 아주 오래된 경험에서 시작되었다. 오랜 시간의 시행착오로 기교와 수단이 풍부해졌다. 그러나 민간 자수는 주로 수공

[그림 245] 섬서 자수 이조원(李調元)의 《춘추배(春秋配)》

단계에 머물렀다. 농가의 아가씨는 한 올 한 올 수놓아 시집갈 때의 혼수품으로 삼았다. 자수품의 종류도 시간과 장소에 따라 달랐다. 대부분이 생활용품이었는데, 그중에는 휘장·덮개(등잔이나 변기 위에 덮는 물건)·거울덮개·지갑·귀마개(신부가 신랑용으로 보내는 것)와 미래에 태어날 아기에게 줄 배두렁이·목걸이·방한모 등이 있었다. 사람들은 민간 자수의 투박하고 서툰 듯한 풍격을 좋아했다. 그중에서 특히 희곡장면이 들어간 자수가 사람들의 눈길을 사로잡았다.

4. 공연장소

(1) 당회(堂會) 공연장

당회희(堂會戱)[267] 공연장은 가장 임의적이다. 희곡공연은 허구성과 시공을 초월하기에 전문적인 배경과 무대장치가 필요가 없다. 때문에 공연장에 대해서는 특별한 요구가 없었다. 또한 희곡공연규모도 커도 되고 작아도 되며, 복잡해도 되고 간단해도 되었다. 이것이 임의적인 당회공연의 전제조건이었다. 그래서 당회희 공연장은 늘 보는 사람의 조건과 요구에 따라 안배했다. 그것은 민가의 평범한 거실이나 정원도 가능했고, 관청·술집·여관과 모든 공공장소에서도 가능했다.

당회공연에서 가장 자주 볼 수 있는 장소는 대청 안이다. 대청 가운데 양탄자를 깔고 공연장으로 삼는다. 주위에는 탁자를 두어 주인과 손님이 앉아 감상한다. 여성 가족들을 위해 발을 쳐서 공간을 나누었다. 《금병매사화》 제36회에서는 이렇게 묘사하고 있다.

> 모두 세 명의 단과 두 명의 생이 자리에서 먼저 《향낭기(香囊記)》를 불렀다. 대청 정면에 두 개의 상을 차려 채(蔡) 장원과 안(安) 진사가 위에 앉았고, 서문경(西門慶)은 아래쪽 주인 자리에 마주 앉았는데 술을 마시는 중에 한 대목을 창했다.[268]

[그림 246] [청] 손온(孫溫)이 그린 ≪전본홍루몽(全本紅樓夢)≫12책 중 네 번째(53회에 해당)인 영국부원소
야연연희도(榮國府元宵夜宴演戲圖)

　청나라 사람 초순(焦循; 1763~1820)의 ≪극설(劇說)≫(권6)은 ≪국장신화(菊莊新話)≫에서 생동적으
로 묘사한 진명지(陳明智)의 당회 공연을 인용하고 있다: 진씨가 ≪천금기(千金記)≫에서 초
패왕(覇王) 항우가 "패업을 일으키는(起覇)" 부분을 공연하는데, 양탄자 위에서 기세등등하게
이리 뛰고 저리 날았다. 또 목을 가다듬고 큰 소리로 노래하자 "대들보의 먼지가 음식에
우수수 떨어지니"[269], "자리에 있던 손님들 모두 사색이 되어 숨을 죽였다."[270] 당회 공연에서
또 흔히 볼 수 있는 장소는 대청 아래의 마당이다. ≪금병매사화≫ 제43회에서 "계단 아래에서
배우가 음악을 연주하고, 교(喬) 부인은 여러 친척들과 이병아(李甁兒)에게 잔을 들어 축수했다."[271]
라고 한 것도 이를 묘사했다. 극단은 정원에서 극을 공연했고, 극을 보는 사람들은 대청
안에 앉아 술을 마시며 즐겼다.
　명·청 이후에는 또 사합원의 전체 배치를 이용해 극장으로 삼았다. 보통 주인이 정청(正廳)
에 앉고 정청 앞쪽의 대청(對廳)의 격자 벽판(墻板)을 뜯어서 희대로 삼았다. ≪기로등(岐路燈)≫

제19회는 "상자들을 동원(東院) 앞채에 놓고, 만(滿) 상공이 칸막이를 치우라 하니 과연 즉석
무대처럼 되었다."[272]라고 했다. 어떤 경우에는 시야확보를 위해 주인이 가옥을 설계할
때 이미 공연을 고려하여 개조한 경우도 있다. 명나라 사람 장대(張岱, 1597-1684)의 ≪도암몽억(陶
庵夢憶)≫(권3) "포함소(包涵所)"는 포씨(包氏) 네가 "대청은 큰 기둥들로 받쳤는데, 가운데 네
개의 기둥을 빼내고 사자춤을 추니 참으로 시원스러웠다."[273]라고 했다. 포함소는 자신
소유의 희곡극단이 있었다. 당연히 그는 이 대청을 희곡공연용으로 설계한 것이다. 사자춤은
가끔 했을 뿐이었다. 그렇다면 공연할 때의 희대는 더 큰 공간이 있어야 했다. 대청(對廳)

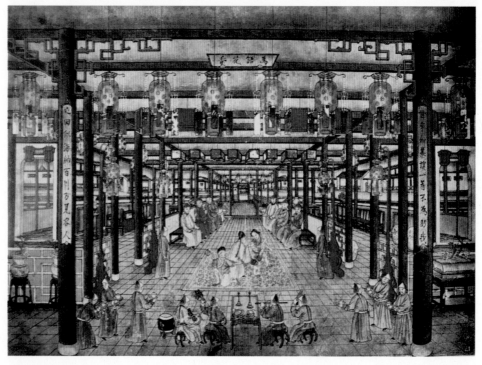

[그림 247] 청대 당화(堂會)에서 곤곡 ≪홍매기(紅梅記) · 타화고(打花鼓)≫를 공연하는 장면을 그린
연화

연출에서는 바로 대청의 일부분을 희방(戲房)[274]으로 삼을 수 있었다. 그러나 곁채도 희방으로 이용할 수 있었다. 앞에 인용한 진명지의 인용문에는 또 "공연할 집에 이르러 옷상자를 함께 들어 양쪽 곁채에 늘여놓고……잠시 뒤 여러 배우들은 곁채에서 식사를 했다"[275]라고 했는데, 이는 곁채 안에서 공연준비를 한 것이다. 공연이 끝나면 화장을 지우기도 했다: "진명지가 곁채에 이르자 모두 놀라 인사하며 세숫물로 화장을 대충 지웠다."[276] ≪금병매≫ 제42회에는 "서문경이 분부해 서쪽 곁채에 희방을 차리고 술과 식사를 대접했다."[277]라고 했다.

[그림 248] 북경의 청 공왕부(恭王府) 내의 희대

일부 거상과 부호들도 신묘 희대와 다원(茶園) 극장 양식을 따라 집 안에 당회 희대나 소극장을 지었다. 전자는 노천 정원식으로, 사합원 안에 신묘 희대 양식을 모방하여 고정 희대를 만들었다. 극을 보는 사람들은 당 안에서 보았다. 후자는 지붕이 덮인 대청식으로, 희대를 대청 안에 지은 것이다. 다원 극장을 모방해 술좌석과 2층석을 두어 손님과 부녀자 좌석을 구분해 배치했다. 이 두 유형의 공연장은 각 지역에 옛 흔적이 남아있다.

노천 정원식 희대는 보통 사합원의 정원 한쪽에 희대를 세웠다. 희대는 앞채(前廳)를 등져 희방으로 이용했다. 그리고 정정(正廳)을 바라보며 공연하고, 손님은 정청에서 관람한다. 산서성 태곡현(太谷縣) 상관항(上觀巷)에 있는 공(孔) 씨네 큰 정원의 희대가 대체로 이런 양식이다. 이 희대는 청 함풍 연간(1851~1861)에 지어졌다. 정원의 지면보다 35cm 높은 기반이 있고, 앞에는 두 개의 기둥이 있으며 지붕은 맞배지붕이다. 희대는 구조상 전실과 연결되고 중간에 세 개의 미닫이문으로 나누어져있다. 극을 공연할 때 양쪽 두 개의 미닫이문을 떼어내면 들어오고 나가는 문이 된다. 안채와 곁채의 정면은 모두 미닫이문으로 되어있는데 극을 볼 때 떼어낼 수 있어 손님들이 건물 안에 앉아서도 극을 감상할 수 있다.

지붕이 덮인 대청식 개인 극장은 보통 넓고 큰 집의 방 마루 한쪽에 희대를 세우고, 마루 가운데에 탁자나 의자를 두어 손님들이 보게 한다. 보통은 2층 석이 없다. 청대 공친왕(恭親王) 혁흔(奕訢; 1833~1898)의 왕부[278] 뒤쪽의 화원 안에 있는 소극장이 이런 양식이다. 이 극장은 장방형의 대청으로, 대청 남쪽에 희대가 있다. 면적은 7.2×6.1m, 높이는 32cm로, 삼면이 앞쪽으로 돌출되어있다. 50cm 높이의 난간이 둘러쳐져 있으며, 위에는 장식된 지붕이 있다. 청의 가운데는

[그림 249] [청] 우동(尤侗)의 《연보도시(年譜圖詩)·조천락(釣天樂)》 중의 관아에서 연극을 공연하는 삽도

비어있어 관객들이 의자에서 술을 마시며 극을 볼 수 있게 했다. 북쪽은 정문이다. 정문 안쪽 양측에는 2층으로 올라갈 수 있는 계단이 있는데 가족들이 극을 볼 수 있는 곳이다(안타깝게 도 근년에 2층은 수리할 때 해체되었다).

관부의 아문도 당회희를 한 중요한 장소였다. 관료들은 희원에 가서 극을 보기 불편했기 때문에 그들이 손님이나 친구를 대접하거나 일상적인 연회를 할 때는 대부분 아문에서 당희를 했다. ≪기로등≫ 제95회는 한 곤극 극단이 아문을 돌며 당희를 하는 장면을 상세히 묘사하고 있다.

> 그 소주 극단은 오랫동안 관가의 공연만 뛰었다. 옆쪽의 남색 휘장 안에서는 이따금씩 자수 가운을 입은 반신이 보이고, 탁자 위에는 징과 북이 나지막하게 부딪치는 소리가 들린다. 그 휘장 사이를 약간 젖히면 단을 맡은 배우가 분장을 끝낸 모습이 살짝 드러난다. 배우를 보니 하얀 분을 바른 얼굴에 검고 빛나는 눈을 하고 회장을 하는 듯했다. 재능을 펼치고자 오랫동안 기술을 쌓으며 기다려왔으나 이제껏 관아에서 공연을 뛴 적은 없었다.[279]

보통 아문의 공연은 대청 안에서 거행된다. 장소가 넓기 때문에 극단은 상황에 따라 휘장으로 희방을 가르고 귀문(鬼門)[280]을 남겨 들어오고 나가는 문으로 사용할 수도 있다. 대청 가운데는 공연용으로 양탄자를 갈아둔다.

(2) 희원(戲園)

중국 고대 정식 극장은 송·원대의 구란과 청대의 희원이다.

희원의 최초 경영방식은 주관(酒館)이었다. 이곳에서는 술과 음식을 팔면서 극을 공연했다. 주관 희원은 명나라 말기에 나타났다. 명나라 사람 기표가(祁彪佳; 1602~1645)의 ≪기충민공일기 (祁忠敏公日記)≫는 자주 모여 술을 마시며 극을 보았다는 기록이 있다. 숭정(崇禎) 5년(1632) 5월 20일자에는 이렇게 쓰여 있다.

양우원(羊羽源)과 양석후(楊錫緱)가 함께 나를 찾아와 만났다. 잠시 쉬었다가 양우원과 함께 주관에 가서 풍궁려(馮弓閭)·서제지(徐悌之)·반규초(潘葵初)·강단공(姜端公)·육생보(陸生甫)를 초청해 반반잡극(半班雜劇)[281]을 보았다."[282]

[그림 250] 내몽고 호화호특(呼和浩特) 무량사(無量寺)의 청대 ≪월명루(月明樓)≫ 희화

청대 전기 일부 대도시에서는 많은 주관들이 극을 공연했다. 북경에만도 태평원(太平園)·벽산당(碧山堂)·백운루(白雲樓)·사의원(四宜園)·사가루(査家樓)·월명루(月明樓)·금릉루(金陵樓) 등이 있었다. 월명루는 "강희 황제가 몰래 월명루를 찾다(康熙私訪月明樓)"라는 이야기로 유명하다. 이 때문에 ≪월명루≫ 고자사(鼓子詞) 창본(唱本)과 그림 한 폭이 남아있다.[283] 그림에는 주관 내부가 그려져 있다. 중간이 대청이고, 양측에는 2층이 있고, 위 아래로 통하는 계단이 있다. 위층과 아래층에는 손님들이 술과 음식을 중심으로 둘러앉아 있다. 대청 내의 네 곳에 등을 걸어 조명으로 사용했다. 대청 정면의 위층에는 한 극단이 공연하고 있다. 그림 속 대청 중간에는 탁자가 없고, 양쪽의 손님 중에 어떤 사람은 공연을 등지고 앉아있고, 대청 안 네 곳에는 사람들이 한가로이 서있다. 대청 중간에는 여러 개의 기둥이

설치되어 있는 점과 정식 희대 없이 2층의 한쪽 복도를 대신 이용한 것으로 보아, 이 주루도 공연이 주된 경영방식은 아니었음을 알 수 있다.

북경 이외의 주관 희원은 소주에서 많이 볼 수 있다. 소주에는 옹정 때(1723-1735) 주관 희원인 곽원(郭園)이 최초로 나타났고, 건륭 연간에 수 십 곳으로 늘어났다. 소주 도화오 목판연화에는 건륭 연간에 새긴 ≪경춘루(慶春樓)≫ 그림이 한 폭 있다. 이 그림에서 나타내고 있는 것이 바로 소주성 내의 주관 희원인 "경춘루"의 영업모습이다. 아밖에 희원 밖의 담장에는 다른 희원의 연극안내서인 희단(戲單)이 두 장 붙어있다. 한 장에는 "구여루(九如樓)에서 새해 정월에 전본 ≪기산(祁山)≫ 6출을 공연합니다."[284]라고 쓰여 있고, 다른 한 장에는 "태□□에서 새해 정월에 전본 ≪하서양(下西洋)≫을 공연합니다."[285]라고 쓰여 있다. 그림을 통해 건륭 연간 소주에는 경춘루·구여루·태□루 같은 몇 개의 주관 희원이 있었음을 알 수 있다. ≪경춘루≫ 그림에는 입장하는 데스크 위에

[그림 251] 청대 건륭 도화오연화 속의 주관(酒館)에서 연극을 공연하는 그림

나무 팻말을 진열하고 있다. 팻말에는 "주석(酒席)"이라는 두 글자가 쓰여 있다. 이는 이 주관이 어떤 곳인지를 나타낸다. 안에는 손님들이 테이블 둘레에 앉아 먹고 마시며 즐기는 모습을 볼 수 있다.

건륭 이후, 주관 공연은 점차 다원(茶園)으로 바뀌었다. 다원은 차를 마시는 곳으로, 술자리와 같은 떠들썩함이 없어 사람들이 희곡공연을 감상하기에 적합했다. 그래서 사람들이 선호한 공연장이 되었다. 북경에서 극을 공연하는 다원은 건륭 말기에 이름을 알 수 있는 곳은 만가루(萬家樓)를 포함해 7곳이 있었다. 도광 연간 이름을 알 수 있는 곳은 중화원(中和

園)을 포함해 10곳이 있었다. 북경의 영향으로 청나라 말기에는 동남 일대의 도시에도 다원식 극장이 지어졌다. 동치·광서 연간, 상해에서는 잇따라 10여 곳의 희원이 지어졌다.

[그림 252] 청대 ≪오우여화보(吳友如畵寶)≫에 그려진 상해(上海)의 복합원(福合園)

다원은 방형 내지 장방형의 폐쇄형 대청 구조이다. 대청 내의 한쪽에 희대가 있다. 대청의 가운데는 비어있다. 벽의 삼면이나 심지어 사면에는 발코니식의 2층 좌석을 설치했고, 위 아래로 통하는 계단이 있다. 다원의 관중석은 좌석이 구역과 안락함에 따라 몇 등급으로 나누었다. 등급에 따라 요금을 받았다. 2층의 관좌(官座)가 1등석이고, 1층의 산좌(散座)가

2등석이며, 지심좌(池心座)가 3등석이었다.

　다원의 희대는 한쪽 벽을 기대고 세워지는데, 일정한 높이의 방형 받침대가 대청 중앙으로 돌출되어 삼면에서 공연을 볼 수 있게 되어있다. 받침대 앞부분에는 두 개의 모기둥이나 네 개의 벽과 연결되지 않은 기둥이 있어, 뒤쪽 기둥과 함께 장식이 들어간 목제 천정인 조정(藻井)을 지탱하고 있다. 무대 바닥 아래에 큰 항아리를 묻어두기도 했는데, 천장에 설치된 조정과 바닥에 설치된 큰 항아리는 소리가 잘 울리기 위해 쓰였다. 희대에서 관중을 향하는 삼면에는 무늬가 조각된 낮은 난간을 설치했고, 기둥에는 연꽃 혹은 사자 머리 모양을 새겨놓았다. 무대 위쪽의 전방에는 희원의 이름이 적힌 편액이 걸려있다. 만청 이후, 보통 나무기둥의 위쪽에 쇠막대기 하나를 꿰어 연결해놓고 제비처럼 날고 박쥐처럼

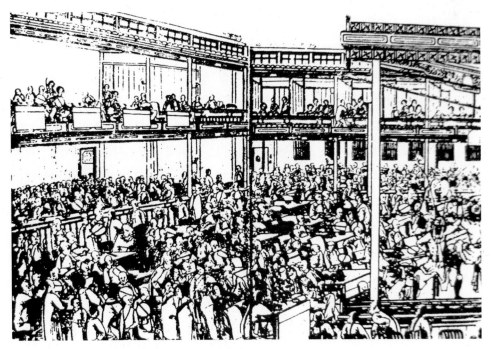

[그림 253] 청대 상해의 단계다원도(丹桂茶園圖)

매달리는 등과 같은 고난도의 무희(武戲)≪도은호(盜銀壺)≫ · ≪도갑(盜甲)≫ · ≪나화호접(拿花蝴蝶)≫ · ≪염양루(艶陽樓)≫를 공연할 때 이용했다. 전하는 바에 따르면, 이 장비는 영성괴(永盛魁) 극단의 장대사(張大四)가 창시했다고 한다. 희대 뒷벽의 기둥사이는 나무판으로 된 벽이 있는데, 미닫이나 병풍식으로, 양쪽으로 열면 들어오고 나가는 문이 되어 뒤쪽의 희방으로 통하게 되어있다.

건물의 형태상 동시기 다양한 형태를 보이는 희대와 비교했을 때 다원 희대는 어떤 특별한 곳이 없다. 그러나 다원 극장은 건축상 관중석에 특별한 의미를 두어 설치하고 배치했다는 점에서 큰 진전이 있었다. 다원 건축은 관중석과 희대를 하나의 완전한 폐쇄형 공간에 포함시켜 기후의 영향에서 벗어났다는 것이다. 이것은 신묘의 노천극장보다 발전한 점이다.

다원에서 가장 좋은 자리는 "관좌"로, 좌우 2층 희대 가까이에 설치되어있다. 모든 좌석 사이에는 병풍으로 갈라놓았다. 그것은 특별 예약석에 해당하는 포상(包廂)과 유사하다. 좌우 발코니에는 각기 3~4개의 포상이 있다. 도광 때의 관좌에는 낮은 탁자 하나만 앞쪽 난간 가까이 두었다. 탁자 뒤에는 의자를 두었고, 그 위에는 방석을 두어 주인이 앉을 수 있게 했다. 또 의자 뒤에는 하인이 앉을 수 있도록 등받이가 없는 높은 의자를 두었다. 광서 때는 관좌를 "탁자 세 개를 나란히 연결하고, 사이에 나무판자를 대어"[286] 탁자의 면적을 늘렸다. 관좌는 2층의 공간을 다 차지하지 않았다. 그래서 관좌 뒤쪽의 복도에도 여기저기 "탁자"를 두었다. 희대에 멀어질수록 요금은 싸졌다. 희대를 마주한 정루(正樓)에는 탁자를 차리지 않았는데, 이는 예인들의 전통신앙과 관련이 있었다. 과거 구란에서 희대 정면 맞은편에는 신루(神樓)를 세워 희신(戲神)을 모셨다. 정루에 탁자를 두지 않는 것은 신에 대한 존경을 나타낸 것이었다.

관좌보다 한 등급 낮은 자리를 "산좌"라 하는데, 양쪽 발코니 아래에 위치하며 보통은 탁자가 차려져 있다. 손님들은 탁자를 둘러싸고 앉는다. 산좌 뒤쪽에 벽과 붙은 곳에는 또 높은 좌석이 있었다.

[그림 254] 청나라 사람이 그린 광경다원도
(廣慶茶園圖)

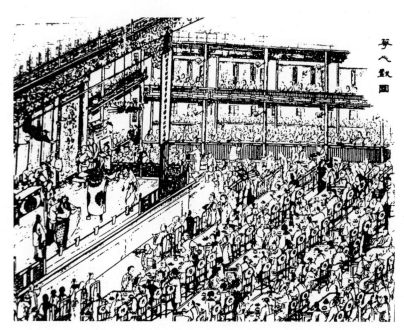

[그림 255] 오우여(吳友如)의 ≪신강승경도(申江勝景圖)≫ 중의 "화인희원(華人戱園)"

산좌보다 또 한 등급 낮은 자리면서 다원에서 가장 일반적인 자리가 "지좌"인데, 대청 중간에 위치하며 희대와 주변 2층 발코니로 둘러싸인 공간이다. 거기에는 많은 가늘고 긴 탁자들을 놓아 일반 사람들이 둘러 앉아 극을 보도록 되어 있다. 지좌는 탁자로 요금을 받지 않았다. 탁자를 미리 예약할 수 없기 때문에 사람 수대로 요금을 받았다. 희대는 돌출식이기 때문에 희대 양측에는 "조어대(釣魚臺)"라는 빈 공간이 있었다. 그곳에도 지좌처럼 가늘고 긴 탁자를 차려놓았다. 그러나 등장문에서 가까운 곳은 너무 시끄러워 사람들이 앉길 기피했다. 다원에서 가장 좋지 않은 자리라고 할 수 있다.

다원의 면적에 대해서는 믿을 만한 자료가 부족하다. 다만 일부 문헌 기록으로 추측할 수 있을 뿐이다. ≪몽화쇄부(夢華瑣部)≫는 도광 초년 집방반(集芳班)의 곤곡공연을 이렇게 기록하고 있다.

먼저 초청장을 돌려 도시의 인사들에게 알렸다. 그 인사들 역시 목 빼고 기다리지 않는 자가 없었고, 앞 다투어 빨리 보고자 했다. 공연하는 날, 자리한 손님이 항상 천 명을 넘었다.[287]

자리에 앉은 사람 1,000명은 다원이 수용할 수 있는 최대치였다. 또 청나라 사람 심태모(沈太侔)의 ≪선남령몽록(宣南零夢錄)≫는 "담흠배는 중화원(中和園)의 간판배우로, 병오년(丙午年) 가을과 겨울에 무대에 자주 오르지 않아 노래를 들으러오는 사람들이 점점 줄어 매일 2~3백석만 찼다. 11월 초 하루 이후 담흠배가 심기일전하더니, 궁궐로 불려가거나 당회로 공연하러 갈 때를 제외하고는 매일 공연을 했다. 이때부터 희원이 가득 찼다."[288]라고 했다. 손님이 200~300명이었다는 것은 다원 공연이 쇠락하는 시기의 일이다. 이 기록으로 다원 극장은 보통 1,000명 이하를 수용할 수 있음을 알 수 있다. 오늘날의 일반 극장보다 조금 적은 셈이다. 그러나 다원의 객석이 공간을 많이 차지하는 차를 마시는 탁자였다는 점을 생각한다면 다원극장의 면적은 후대의 일반 극장보다 적지는 않을 것이다.

다원 내에서는 등을 걸어 밝혔다. 다원 내부는 폐쇄된 공간이어서 날씨의 영향을 받지 않았기 때문에 등을 켜서 밝히기가 수월했다. 그래서 기름등이나 촛불로 밝혔다. 공연효과를 위해서 희대 주위에 특히 많이 걸었다. 후에 일부 다원은 위쪽에 유리창을 달아 자연광이 들어오도록 설계했다. 건축기술이 발전하면서 창문을 점점 많이 달았다. 이에 따라 극장 내부도 점점 밝아졌다. 여기에 등으로 보조함으로써 무대공연을 더욱 뚜렷하게 볼 수 있게 되었다.

[그림 256] 청대 광서연간 북경의 다원에서 연극을 공연하는 그림

다원공연은 보통 사전에 매일 공연할 극목을 정해놓고 홍색이나 황색의 극 안내서[289]를 붙여 공지한다. 관객들은 자신의 흥미에 따라 다원을 골라 표를 사서 입장했다. 극 안내서는 보통 가장 번화한 거리와 다원입구에 붙였다. 이밖에 다원 안의 희대 옆쪽에도 나무패를 걸어 공연할 극을 붙였다. 수도박물관(首都博物館)에는 광서 연간의 북경다원연희도(北京茶園演戲圖) 한 폭이 소장되어있다. 그림을 보면, 희대 옆쪽에 네 개의 나무패를 걸어 놓고 있다. 오른쪽에는 "금일 동경반(同慶班)의 아침 공연에는"[290], "≪실가정(失街亭)≫을 대신 공연합니다."[291] 라고 쓰여 있고, 왼쪽에는 "명일 동경반의 아침 공연에는"[292], "≪기원보(奇冤報)≫를

공연합니다."[293]라고 쓰여 있다.

　　다원에는 여성 손님이 원래 들어갈 수 없었다. 사람들이 다원 전체를 빌려 당회를 하는 경우에만 들어갈 수 있었다. 청나라 사람 서가(徐坷)는 《곡패(曲稗)》에서 "경사의 희원에는 줄곧 여성 좌석이 없었다. 부녀자들이 극을 보려면 당회가 열린다는 소식을 수소문해서, 여성 좌석을 따로 만들어야 볼 수 있었다."[294]라고 했다. 보통 여성 전용 좌석은 다원의 2층 우측에 차려지고, 주렴을 쳐서 사람들의 시선을 차단했다. 이런 모습은 후에 점차 개선되었다. 함풍 2년 정월 어사(御史) 장위(張煒)는 황제에게 올리는 상주문에서 당시 북경의 희원에서 "밤늦게 공연을 추가한 곳도 있고, 여성 전용 좌석을 둔 곳도 있습니다."[295]라고 언급했다. 광서 7년(1881) 공왕(恭王)의 아들 재징(載澂; 1858~1885)은 "성 내의 정자가(丁字街)나 십찰해(什刹海) 등지에 다원을 열었는데, 성 내에 이를 모방한 곳이 5~6곳으로, 모두 여성 전용 좌석을 두었다."[296]라고 했다. 이 기록으로 여성이 다원에 들어가 극을 보는 일이 점점 보편화되었음을 알 수 있다.

　　다원 극장은 아주 이상적인 공연장이었다. 이곳은 공연과 관중의 배치에 상당히 주의했다. 만청 희곡의 집대성자인 경극이 북경에서 완성된 것은 실로 다원의 역할과 관련이 있다. 백성들도 다원에서 극을 보면서 그들 나름의 습관과 감상능력을 갖게 되었다. 그러나 과학기술의 한계로 다원공연은 극장 안이 지나치게 소란스러운 점·환기시설이 좋지 않은 점·광선이 부족한 점 등의 문제점들을 갖고 있었다.

(3) 신묘 희대

　　송·원시기에 희대를 신묘건축의 구성요소로 보지 않은 것과는 달리 명·청 시기에는 신묘 안에 희대를 세우는 것이 이미 전통이 되었다. 그래서 처음 설계할 때부터 희대건축을 고려하였기에 신묘에서 빠질 수 없는 부분이 되었다. 많은 신묘가 희대를 이용해 신묘 안의 정원을 만들었다. 즉 희대·행랑·정원의 담을 연결하여 사당 내 공간을 나누었다.

그림으로 보는 중국희극사

희대는 더 이상 정원 가운데 고립적으로 존재하지 않고 다른 구성요소들과 함께 연결되었다.

가장 흔한 형식은 희대와 산문을 결합한 과로식(過路式) 희대로, 이를 산문희대복합형(山門戲臺複合型)이라고 부를 수 있다. 이 희대는 산문과 희대가 하나로 결합되어있다. 희대 아래에는 통로가 있고, 희대가 산문 입구의 통로 위를 가로 지르는 양식을 띠고

[그림 257] 청대 복건 보전(莆田) 서운조묘(瑞雲祖廟)의 명대 희대

있다. 사람들이 산문에 오면 희대 아래를 지나야 사당의 뜰로 갈 수 있다. 산문 희대는 또 다르게 설계할 수도 있다. 가장 많이 보이는 것은 당연히 희대 바닥 아래에 통로가 있는 양식이다. 이 양식은 출입하고 공연하는데 둘 다 문제가 없었다. 그러나 변통적인 상황도 있다. 예를 들어, 길을 내어 기초를 가르고 이를 반으로 나누는 것이다. 평상시에는 사람들이 길을 지나고 공연할 때는 윗면을 판자로 덮으면 양쪽의 기초가 한 덩어리로 연결된다.

변통적인 방법도 있다. 즉, 산문을 희대 옆에 열어서 사람들이 사원에 들어 올 때 희대를 통과하지 않고 희대 옆으로 돌아오게 하는 것이다. 산서성 익성현(翼城縣) 번점촌(樊點村) 관제묘(關帝廟)가 이런 예이다. 가운데의 희대는 명 홍치 8년(1495)에 창건되었고, 청 도광 11년(1831)에 중건되었다.

[그림 258] 산서 개휴(介休) 후토묘(后土廟)의 명대 희대

실질적으로 일부 희대의 구조는 아주 복잡하다. 왕왕 여러 개의 사원들이 서로 연결되어 복잡한 건축 군을 이루었다. 예를 하나 들어본다. 산서성 개휴현(介休縣)에는 후토묘(后土廟)[297] · 삼청관(三淸觀) · 여조각(呂祖閣) · 관제묘 · 화신묘(火神廟) 등의 사당들이 서로 의존하며 세워져 있다. 특히 후토묘와 삼청관은 전후로 연결되어있다. 삼청관의 정전이 바로 후토묘 희대의 후면에 해당한다. 후토묘 동쪽에는 사당 세 채가 나란히 줄지어 있다. 서쪽에서 동쪽 순으로 여조각 · 관제묘 · 화신묘이다. 각 사당의 앞에는 희대가 있어 희대 3채가 나란히 병렬하고 있다. 1년 중 각 사당에서는 신에게 기원하기 위해 끊임없이 향불을 올리며 이쪽저쪽에서 공연했으니 그 모습이 아주 떠들썩했을 것임을 짐작할 수 있다.

몇 채의 신묘가 나란히 서 있으면서 신전 맞은편에 또 몇 채의 희대가 나란히 지어져 있는 경우가 있다. 이런 모습은 민간에서 자주 보인다. 두 채가 나란히 있는 형식은 하남성 우현(禹縣) 신후진(神垕鎭) 백령옹묘(伯靈翁廟)[298]와 관제묘가 나란히 서 있는데 각 건물마다 희대 한 채가 있다. 쌍방은 담으로 나누어져 있다. 세 채가 나란히 서있는 형식은 산서성 운성시(運城市) 염지묘(鹽池廟)에서 볼 수 있다. 이 형식의 명나라 때 지어진 대전은 새 채가 나란히 서있다. 대전 맞은편의 희대도 세 채가 나란히 서있다. "품(品)"자형 희대도 있다. 즉, 희대 세 채가 서로 똑같이 겹쳐져 서 있어 "품"자 형태를 이룬다. 산서성 만영현(萬榮縣) 후토묘 희대가 여기에 해당한다.

사람들은 늘 지형을 이용해 신묘극장의 관람 공간을 만들었다. 예를 들어 산서성 하진현(河津縣) 구룡두산(九龍頭山) 정상에 있는 진무묘(眞武廟)는 정원의 낙차를 이용해 극을 볼 수 있는 3단계의 공간을 만들었다. 첫째 단계는 희대 앞쪽의 평지로, 남자들이 서서 극을 보는 장소이다. 둘째 단계는 희대와 신전 사이의 대지(臺地)로, 노인 · 어린아이 · 부녀자들이 등받이가 없는 의자를 놓고 극을 보는 곳이다. 셋째 단계는 신전이 있는 높은 대지로, 마을에서 신분이 높은 사람들이 극을 보는 곳이다. 또 호남성 장사현(長沙縣) 낭리진(朗梨鎭) 도공묘(陶公廟) 같은 경우는 너른 공터 외에도 산비탈을 따라 48단계의 돌계단을 산 정상까지 쌓아 만 명 이상을 수용할 수 있는 거대한 공간을 만들었다. 사천성 관현(灌縣) 이왕묘(二王廟)는 산비탈을 따라 지어졌는데, 이 양식도 지형을 아주 잘 이용했다.

[그림 259] 사천 관현(灌縣) 이왕묘(二王廟)의 청대 희대

　지형이나 경제적인 이유로 몇 채의 신묘가 동시에 하나의 희대를 이용한 경우도 있었다. 산서성 개휴현 판욕향(板峪鄕)의 용천묘(龍天廟)·관제묘·순양궁(純陽宮) 사이에는 희대가 하나만 있는데, 이 세 사당이 극을 공연하기 위한 용도였다. 용천묘와 관제묘는 남북을 가르는 중심선상에 있고, 중간에 희대를 기준으로 나누어져있다. 희대의 지붕은 완전히 나무기둥으로만 지탱하고, 주위에 나무판자를 끼워 넣어 임시 벽을 만들었다. 용천묘는 북쪽에 있는데 극을 공연할 때는 북쪽의 판자벽을 열어 희대 입구로 삼았다. 관제묘는 남쪽에 있는데 극을 공연할 때는 남쪽의 판자벽을 열어 희대 입구로 삼았다. 희대 아래에는

두 사당으로 통하는 벽돌로 만든 아치형의 굴로 만든 문이 있다. 순양궁은 희대 동쪽 언덕에 있는데, 극을 공연할 때는 동쪽의 판자벽을 열어 희대 입구로 삼아 신이 높은 곳에서 극을 볼 수 있도록 했다. 더욱 대단한 것은 희대 서쪽이 수로라는 점이다. 현지에서는 한때 강 건너편에 하신묘(河神廟)를 세우고, 희대 서쪽을 하신을 위한 공연에 이용하려 했다고 한다. 그러나 이루어지지 않았다. 그래서 현전하는 희대 서쪽 벽은 벽돌을 쌓아 만든 유일한 고정 벽이 되었다. 산서성 번치현(繁峙縣) 동장촌(東莊村) 삼성사(三聖寺) 희대는 정원 한 가운데에 있다. 양쪽에는 신전이 있다. 희대 가운데는 칸막이(格扇)로 남북을 나누어 놓았다. 양쪽 모두 여닫을 수 있어 희대 입구로 삼을 수 있다. 북쪽 면은 관제묘를 향하고, 남쪽 면은 성모전을 향한다. 어느 사당에서 극을 하던 다른 한쪽을 막아 희방으로 삼을 수 있다.

[그림 260] 산서 직산(稷山) 남양촌(南陽村) 법왕묘(法王廟)의 명대 희대

정리하면, 명·청시기 신묘와 희대 건축양식은 아주 다양하다. 그러나 지형을 적절하게 이용한 점과 군중의 바람과 경제력을 고려하여 어떤 건축양식으로 할 것인지를 결정한 점은 공통적이다.

희곡예술의 무대화와 그에 따른 무대화 기술의 발전으로 더 많은 공연준비를 해야 했다.

이와 관련해서 희대 건축은 무대 뒤쪽을 점차 중시했다. 원대 희대는 방형의 무대 하나뿐이었다. 이것은 건축할 때 연출의 수요만 고려했을 뿐 공연준비 같은 것은 생각하지 않는 구조였다. 명·청대의 희대는 이와 달리 전대(前臺)와 후대(後臺)로 이루어졌다. 그리고 건축 평면상에도 다양한 변화를 주었다.

희대 평면상의 변화는 후대(희방)의 다른 설치방안과 결합해 상응되게 변했다. 예를 들면 다음과 같다:

첫째, 쌍당수련식(雙幢竪聯式) 희대. 건물이 앞뒤로 연결된 이중 구조이다. 앞쪽은 희대입구이고, 뒤쪽은 희방이다. 양자가 함께 완전한 희대를 구성한다. 전형적인 양식이 산서성 진사(晉祠) 수경대(水鏡臺) 희대이다. 이 희대는 규모가 웅장하고 장식이 아름답다. 창건 연대는 확실치 않으나 건축 양식으로 보아 명대 건축양식을 띠고 있다. 희방에 무대 면을 덧붙인 구조로, 희방은 홑처마 권붕식

[그림 261] 산서 태원(太原) 진사(晉祠)의 명나라 때 지어진 수경대(水鏡臺) 희대

(單檐卷棚式)[299] 지붕이고, 희대는 겹처마 팔작지붕(重檐歇山式)[300]이다. 무대 면은 길이 17.3m, 폭이 6m로, 폭이 넓고 깊이가 얕은 희대로 바뀌었다. 수경대의 북쪽으로 수 십 미터 떨어진 곳에 수경대 희대와 유사하나 크기가 작은 관제묘 희대가 하나 있다. 수경대 희대를 모방하여 지은 것으로 추측된다.

둘째, 대구전철식(臺口前凸式) 희대. 희대 입구가 앞으로 돌출된 구조로, 쌍당수련식 희대에 약간의 변화를 준 양식이다. 앞쪽 건물의 폭을 축소한 다음 뒤쪽 건물과 연결하였다. 보통 앞부분은 정자식의 평면방형(平面方形)으로 지어 공연공간으로 이용하고, 뒷부분은 전당식 내지 가옥식의 평면장방형으로 지어 후대로 이용한다. 희대 입구가 후대보다 좁아 앞부분이 돌출된 전철식(前凸式)을 이룬다.

셋째, 삼당병련이방식(三幢幷聯耳房式) 희대. 두 동이 앞뒤로 연결된 건축을 세 동이 옆으로

[그림 262] 산서 태곡현(太谷縣) 양읍진(陽邑鎮) 정신사(淨信寺)의 청대 희대

[그림 263] 청대 간행된 ≪강남철루도신편(江南鐵淚圖新編)≫ 중의 묘대(廟臺)에서 연극을 공연하는 그림

연결된 건축으로 변형한 구조로, 보통 뒤쪽의 희방을 무대 양 옆으로 옮겨서 이런 양식이 만들어졌다.

실제에서는 다양한 양식으로 나타난다. 지리적 조건과 전·후대의 배치방식에 따라 여러 가지 변화를 줄 수 있다. 절강성 소흥현(紹興縣) 용설취(龍舌嘴) 희대는 다리 위에 걸쳐있다. 장소가 협소하여 뒤쪽 무대를 지을 수 없어 임시방편으로 희방을 희대 왼쪽 후방에 세웠다. 배우들은 사다리로 오르고 내릴 수 있다. 또 후대를 두지 않고 각종 상황에 따라 변통한 희대도 있었다. 예를 들면, 뒤쪽에 원래 누각이 있던 어떤 희대는 배우들의 분장실을 위층에 마련하고, 등퇴장문의 사다리를 통해 출입했다. 절강성 악청현(樂淸縣) 신강향(愼江鄉) 오악성제전(五岳聖帝殿) 희대와 황화향(黃華鄉) 진부(陳府)의 야전(爺殿) 희대가 모두 이러하다.

신묘에서 극을 보고 극을 공연한 모습은 어떠했을까? 관중들은 어느 곳에 있었을까? 관객배치는 어떻게 했을까? 이는 신묘에서 공연할 때 어떻게 환경을 이용했는지와 관련된다.

신묘극장이 나오자 말자 적당한 공연장이 된 것은 아니다. 신묘 극장을 처음 설계할 때는 관중

그림으로 보는 중국희극사

[그림 264] 사천 면양(綿陽) 유가향(劉家鄉) 마안사(馬鞍寺)의 청대 희대

의 배치를 생각하지 않았다. 희대는 원래 있던 노대(露臺)를 개량한 것이었다. 그 양측 행랑은 사당건축의 일부분으로만 간주되었지 희곡 공연에는 쓰이지 않았다(다만 이것이 희대에 공명효과를 주었다는 점에서는 신묘극장과 일정한 연관이 있음). 관중들은 사당 정원에서 마음대로 서있으면 그만이었다. 사당 안에서 극을 보는 데는 장소의 제한이 없었다. 정전의 섬돌 아래·돌비석가·권붕(卷棚) 근방 어디든 서 있을 수 있었다. 대부분의 사람들은 희대 주위로 몰려들었다. 희대에 가까울수록 붐볐다. 청대소설 ≪기로등≫ 제21회는 담소문(譚紹聞)이 대왕묘(大王廟)에서 극을 볼 때 "내가 나갔을 때에는 이미 반쯤 공연한 상태였다. 다만 축(丑) 하나 단(旦) 하나가 거기에 엇섞여 있는 것만 보였다. 사람이 많고 너무 붐벼 열이 나고 땀이 나서 멀리 떨어져 있었다."[301]라고 하여, 묘희 공연 때의 주위 모습을 생생하게 보여준다. 또 제79회에는 대대로 관직을 세습한 집안의 공자 성희교(盛希僑)가 극을 보는 담사야(淡師爺)를 비웃는 말은 더욱 생동적이다.

마치 네 꼬락서니는 재물로 따지면 가업이 없고, 신분으로 따지면 벼슬이 없는 것 같구나. 좋은 데서 연극을 본다는 것이 고작 성황묘 희루 귀퉁이에서 사람들 틈에 부대끼며, 두 다리로 땅을 딛고 하늘을 이고 서서는 소리쟁이나 나오면 최고라 하다니! 시큰대는 눈에 침 삼켜대며, 그저 부러워할 뿐이니.[302]

작가는 뛰어난 필치로 신묘에서 공연활동을 아주 구체적으로 그려냈다. 아울러 이런 모습들은 명·청대 많은 그림에서 볼 수 있다.

신묘 공연에는 많은 사람들이 몰리기 때문에 일부 대부호들은 가족과 여자 손님들이 극을 편안하게 보게 하기 위해 당대에 극을 보기 위해 친 천막을 사원 안으로 옮겨 희대 양쪽에 배열했다. 이로 신묘극장에 임시성의 관중석이 생겼다. 당연히 다수의 극을 보는 사람들은 희대 주위를 둘러싸고 서서 극을 보았다. 이 역시 명대 이후 일반 공연의 극장형태이다. 설사 극을 전문적으로 공연하려고 야외에 희대(여성 전용 희대 포함)를 설치하더라도 삼면에서 사람들이 서서 보았다. 여성 전용 희대인 여대(女臺)는 극장용 천막에서 발전한 것으로 여성들의 전유물이 되었다. 명나라 사람 장대의 《도암몽억》(권6) "목련희(目蓮戲)"에는 "여대"를 이렇게 언급하고 있다.

여온숙(余蘊叔)이 무장(武場)을 공연하기 위해 큰 희대를 설치하고, 휘주(徽州)에서 큰 호응을 받는 극을 골랐다. 사납고 날래며 서로 격투를 할 수 있는 사람 30~40명 정도를 선발해 목련희(目蓮戲)를 공연했다. 무릇 3일 밤낮을 공연했는데, 사방에 여대 110석이 있었다.[303]

이 110개의 여대는 각 세대들 스스로가 극을 보기 위해 만든 것으로, 공연장면을 더욱 뜨겁게 만드는 역할을 했다.

대략 명 만력 연간 이후 일부 사원은 건축구조를 개조하거나 조정하여 양측의 곁채를 중심선 가까이 붙이면서 2층식 구조로 바꾸었다. 양측의 꺾이는 곳은 각각 희방·신전과 연결하여 주위 건축들이 빙 두르며 합쳐지고, 가운데는 네모난 천정 형태가 드러나는 완전한 형태의 신묘극장이 나왔다. 이런 극장에서 극을 공연하면 관중들 중 일부는 2층에 올라가 극을 볼 수 있었다(대부분 여성과 아동). 더 많은 사람들은 중간의 정원에 서서 극을 보았다. 이것이 발전한 점은 공연 때 관중배치를 상당히 고려한 점과 닫힌 공간을 이용해 더 나은 음향효과를 만들어 극장으로써의 신묘의 성질을 크게 높였다는 것이다. 사람들은 신묘에서 주로 극을 공연하는 일을 했다(물론 신에게 보답하는 목적도 있음). 신묘건축은 정전 외에 대부분이 공연을 위해 만들어졌고, 정전보다 더 복잡하고 큰 경우도 있었다.

(4) 청대 궁정희대

청대 황제와 왕실은 대부분 연극광이었다. 특히 건륭 황제와 자희태후(慈禧太后; 1835~1908) 등이 그랬다. 그래서 자금성과 근처의 화원에는 많은 희대가 세워졌다. 청대 황제들은 또 북경 인근에 행궁을 지어 더위를 피하거나 놀이할 때 이용했다. 이에 북경 주위의 궁정 정원에도 자금성에 있는 것과 같은 양식의 궁정 희대가 세워졌다. 이들 희대 중 일부는 오늘날까지 전해져서 궁정 희대의 실제 모습을 알 수 있게 한다.

청대부터 궁정 안에 많은 고정 희대를 지어 평상시 연회나 경축일의 공연에 이용했다. 청 궁정 희대는 각각 자금성과 북경 인근의 행궁에 지어졌는데 대략 세 가지 유형으로 나눌 수 있다:

첫째, 일반적인 희대로, 규모나 양식이 민간 희대와 유사하다. 자금성 중화궁(重華宮) 수방재(漱芳齋) 정원 희대·북해(北海) 의란당(漪瀾堂) 동측의 청란화

[그림 265] 북경 고궁 수방재(漱芳齋)의 청대 희대

(晴欄花) 운원(韻院) 안의 희대·남해(南海) 중앙의 순일재(純一齋) 희대·"水座"라고도 함)·열하행궁 (熱河行宮) 여의주(如意洲)의 "일편운(一片雲)" 희대·원명원(圓明園) 안의 부춘당(敷春堂)과 무릉춘

색(武陵春色) 부근의 희대·이화원(頤和園) 안의 청리관(聽鸝館) 희대와 경성의 남부(南府: 승평서) 희대 등이 여기에 속하는데, 평시의 기념일이나 1일과 15일 등에 일상적으로 진행하는 공연용으로 이용되었다.

둘째, 특수한 구조의 3층짜리 대 희대로, 자금성 영수궁(寧壽宮) 창음각(暢音閣) 희대와 수안궁(壽安宮) 희대·열하행궁 복수원(福壽園) 청음각(淸音閣) 희

[그림 266] 북경 고궁 연수궁(寧壽宮) 창음각(暢音閣)의 청대 대 희대

대(이미 훼손됨)·원명원 안의 동악원(同樂園) 청음각(淸音閣) 희대와 수강궁(壽康宮) 희대(이미 영국과 프랑스 연합군에 의해 훼손됨)·이화원 내의 덕화원(德和園) 희대 등이 여기에 속한다. 이들

건축은 공정이 크고 규모가 웅장하며 건륭 이후 궁정 사신들이 편찬한 연대대희를 공연하는데 전문적으로 이용되었다. 또한 황제나 황후의 생일·혼례·승전을 고하는 의식·번왕들을 초청해 베푸는 연회 등과 같은 중요한 경축활동에도 사용했다.

셋째, 소 희대로, 자금성 중화궁 수방재 내의 희대·영수궁 권근재(倦勤齋) 내의 희대·영수궁 경기각(景祺閣) 희대·

[그림 267] 북경 고궁 영수궁 권근재(倦勤齋)의 실내 희대

영수궁 열시각(閱是閣)의 소 희대·장춘궁(長春宮) 이정서사(怡情書史) 내의 희대·저수궁(儲秀宮) 여경헌(麗景軒) 내의 희대·남해 춘우재(春藕齋) 희대 등이 여기에 속하는데, 황제와 후비들이 평일 음식을 먹고 소일하면서 팔각고(八角鼓)·태평가(太平歌)·여러 가지 놀이(雜要)·소장희(素裝戲)를 볼 때 사용되었다. 가끔 황제가 극 생각이 나면 이곳에서 극을 마음껏 즐기기도 했다. 예를 들어 건륭 황제는 풍아존(風雅存)에서 극을 공연한 적이 있었다.

청 궁정의 3층 대 희대는 구조와 시설이 아주 복잡하다. 특징은 무대 면이 일반 희대보다 2~3개 많다는 점이다. 공연할 때 여러 개의 희대에서 동시에 공연을 진행하여 복잡한 장면을 나타낼 수 있었다.

3층 대 희대는 3층짜리 누각으로 되어있다. 누각의 한 층이 무대 하나가 된다. 위에서 아래로 복대(福臺)·녹대(祿臺)·수대(壽臺)라고 한다. 그러나 실제로는 이외에 무대가 하나 더 있었다. 가장 저층의 수대 뒤쪽에 세운 선루(仙樓)라고 하는 2층짜리 무대가 이것인데, 이 역시 공연무대로 이용되었다. 이처럼 3층 대 희대는 실제로는 4층의 공연 공간을 갖고 있다.

4층의 무대에는 각자 들어오고 나가는 문이 있고, 각 층 사이에는 서로 연결되는 통로가 있다. 수대에서 선루까지는 "사타(砂垛)"라고 하는 밖에 노출된 네 개의 나무계단으로 연결되고, 선루에서 녹대까지도 양쪽에 노출된 나무 계단 두 개로 연결되어있다. 복대·녹대·수대 세 무대는 후대에 숨겨진 계단으로 서로 연결되어있다. 이렇게 네 개의 공간이 서로 연결되어 있어 공연 상황에 따라 편리하게 운용할 수 있다.

나무계단 외에 각 층의 무대가 통할 수 있도록 천정(天井)을 설치했다. 제3층 복대와 제2층 녹대 바닥에 천정이 있다. 평상시에는 닫아놓았다가 필요하면 열어서 사용할 수 있었다. 등장인물은 각 층의 무대 바닥에 있는 천정을 통해 위아래로 움직이면서 승천하거나 인간세상으로 내려오는 장면을 연출할 수 있었다. 제2층 녹대에서 아래로 통하는 천정은 5개가 있다. 중간에 있는 것이 가장 크고, 나머지 네 모퉁이에 있는 것은 작다. 이 가운데 앞의 작은 것 두 개와 중간의 큰 것 하나를 통해서 수대로 갈 수 있다. 뒤의 작은 것

두 개를 통해 선루로 내려갈 수 있다. 배우들이 각 무대 사이를 이동하는 것을 돕기 위한 상승 혹은 하강 장치가 운두(雲兜)·운의(雲椅)·운작(雲勺) 혹은 운판(雲板)이다. 운두와 운판을 들어 올리는 기계는 줄을 당겨 여러 개의 바퀴를 작동시키는 승강기로, 끌어올리는 힘이 컸다. 천정도 신기한 소도구들을 설치하는데 이용되었다.

수대의 바닥에는 또 다섯 개의 지정(地井)을 설치했다. 중앙의 하나는 크고, 모퉁이의 네 개는 작다. 평상시 지정의 덮개는 덮여있고, 필요할 때 열 수 있다. 지정은 배우들이 출입하는 통로로도 사용될 수 있었다. 일반적으로 지정은 요괴·지옥귀신·용궁의 물고기들이 올라오고 내려가는 통로로 이용되었다. 지정 안에는 물을 뿜어내는 설비도 설치할 수 있다. 또한 각 무대의 기계장치를 이용해 신과 귀신이 도술을 부려 변신하는 장면을 자유자재로 나타낼 수 있었다.

3층 대 희대 외에 청 궁중 안의 일반 희대들도 천정 등의 설비를 갖추었다. 수방재 희대의 천장에도 천정이 있어서 운두 같은 도구를 아래로 내려 보낼 수 있었다. 수방재 희대의 두 겹 처마 사이에는 1층짜리 누각이 있는데, 이곳에 승강 장치를 설치했다. 남부 희대에도 천정과 지정 설비가 있었다. 수방재와 남부 희대는 3층 대 희대보다 먼저 세워졌으므로, 천정과 지정 등의 설비들은 대 희대의 선하라고 할 수 있다.

건륭 연간 열하행궁의 청음각(淸音閣) 3층 대 희대에서 공연을 보고 감탄을 금치 못한 사람들이 있었다. 한 사람은 조선의 사신 박지원(朴趾源; 1737~1805)이고, 또 한 사람은 시인 조익(趙翼; 1727~1814)이었다. 이들은 각자 생동적인 필치로 공연모습과 시설들을 묘사했다. 조익의 ≪첨폭잡기(檐曝雜記)≫(권1) "대희(大戲)"는 이렇게 묘사하고 있다.

희대는 9장(丈) 넓이의 3층 무대이다. 요괴 등으로 분장하여 위에서 아래로 내려가는 자, 아래에서 갑자기 나오는 자도 있고, 심지어 양쪽 곁채 누각도 사람이 사는 곳이 되고, 낙타를 타고 말을 춤추게 할 때는 정원도 가득 찬다. 때로는 귀신들이 다 모이니, 탈만 천백인데 하나도 같은 것이 없었다. 신선이 나오기 전에, 먼저 12~13세 남짓의 도동(道童)들이 무리를 지어 등장하고, 이어서 15~16세와 17~18세 되는 사람들이 수십 명으로 무리 지어 조금도 흐트러지지 않고 줄을 지어 등장한다. 이를 보면 다른 놀이들도 어떠한지 알 수 있다. 또 원래 60갑자에 따라 수성(壽星) 60명으로 분장하는데, 후에는 120명으로 늘어났다. 또 여덟 신선이 경하하러 올 때 데려온 도동의 수는 헤아릴 수 없었다. 당나라의 현장법사가 뇌음사(雷音寺)에 경전을 가지러 가는 날, 여래(如來)가 전(殿)에 오르니 가섭(迦葉)[304]·나한(羅漢)[305]·벽지(辟支)[306]·성문(聲聞)[307]이 지위에 따라 9층으로 나뉘었는데, 수천 명이 나란히 앉아도 무대는 여유가 있었다.[308]

[그림 268] 청나라 사람이 그린 청나라 궁중에서 천붕(天棚)을 설치한 대 희대에서 생일축하기념으로 연극을 공연하는 그림

이 희대의 엄청난 규모·많은 등장인물·천상과 속세의 온갖 변화는 사람을 놀라게 한다.

청대 궁정 극장은 중국 궁정 연극의 산물이다. 이것은 중국 전통 희대를 토대로 형성된 것으로, 민간의 신묘 희대에서 유래하였으면서도 당시 도시 희원극장의 구조를 참고하고 황실연출의 필요에 따라 더 나은 수준으로 발전했다. 청대 궁정 극장은 또한 유럽 극장 구조의 영향을 많이 받았다. 특히 중국과 서양의 건축양식을 결합한 원명원(圓明園)의 대 희대가 이를 잘 보여준다.

청대 궁정희대는 중국 전통 희대예술의 최고수준을 보여준다. 이는 희곡이 완성되면서 공연수요에 부응하기 위해 형성된 것이다. 또 역으로 희곡무대예술을 정점으로 발전시키는 데 중요한 역할을 한 것이었다. 청 전기 북경에서는 곤강과 익약강이 합해진 경강(京腔)이 천하를 통일했다. 청 중엽 이후에는 피황극이 이를 이어 유행했고 아울러 점차 노래[唱]·동작 [做]·대사[念]·무술[打]을 하나로 묶은 경극으로 변했다. 여기에는 청대 궁정 희대의 공로가 없다고는 말할 수 없을 것이다. 또 경강의 뛰어난 13명의 예인 중 경극 예술의 선구자인 정장경과 담흠배는 청대 궁정 희대에서 오랫동안 공연을 했다. 그들의 공연은 궁정 희대에 깊이 반영되어있다. 청대 궁정 희대는 북경의 무대에서 활약한 희곡예술과 함께 성장 소멸한 공동 운명체라고 말할 수 있다.

(5) 임시 희대

도시와 농촌에서는 신묘 희대와 주관·다원 희대가 널리 분포했지만 민간의 폭넓은 수요를 충족시켜 줄 수는 없었다. 그래서 많은 공연들이 임시로 만들어진 희대에서 진행되었 다. 이런 희대들은 왕왕 넓은 곳을 골라 가늘고 긴 나무와 천 등의 재료를 사용해 임시로 묶어 세운 다음 각종 안료를 칠해 새롭게 장식한 것이었다. 명나라 사람 왕응규(王應奎)의 ≪희장기(戲場記)≫에서 "나무를 받쳐 희대로 삼고"[309], 다시 "천을 치고 난간을 빙 두르며 붉은 비단으로 겉을 장식한다."[310]라고 한 것이 이를 말한다. 이것의 장점은 수요와 지형에 따라 언제 어디서든 설치가 가능하고, 재료는 임시로 모은 것이거나 심지어 차용할 수 있었다는 점이다. 사용한 다음에는 해체할 수 있어 공사비를 절약할 수 있었다.

도시에서는 일반적으로 경사스런 일이 있으면 거리를 따라 임시로 희대를 세웠다. 통상적으로 부유한 사람들은 경조사가 생기면 이를 빌어 위엄을 보여주려 했다. ≪기로등≫ 제78회에서는 담씨(譚氏) 네에 아들이 태어나자 당회희를 하려고 거리에 희대 하나를 세운 것을 이렇게 말하고 있다.

문 앞의 희대에는 천으로 난간이 둘려져 있고 비단으로 된 간판이 있다. 또 정교한 현수막이 걸려있고, 푸르른 분재 화분들이 놓여있다.[311]

[그림 269] 상숙(常熟) 옹씨(翁氏)가 소장했던 명나라 사람이 그린 ≪남도번회경물도권(南都繁會景物圖卷)≫ 중의 저자거리에서 희대를 세우고 공연하는 장면

소주성에서는 여러 달 연달아서 희대를 세우고 극을 공연하여 희극의 고장다운 면모를 보여주었다. 청나라 사람 저가헌(褚稼軒)의 《견호집(堅瓠集)》은 "강희 계유년 봄, 소주성에 무대를 설치해 연극을 공연했는데 거의 발 디딜 틈이 없었다……4월에도 이 연극이 여전히 그치지 않았다. 나는 석호(石湖)에서 돌아오는 길에 채운교(彩雲橋) 북쪽에서 공연하는 것을 보고 언덕에 올라가서 구경했다."[312]라고 한 것이 이를 말한다.

도시의 거리에서 희대를 세우고 공연하는 모습은 명·청대 회화에서 볼 수 있다. 상숙(常熟) 의 옹씨(翁氏)가 옛날 소장한 명나라 사람이 그린 《남도번회경물도권(南都繁會景物圖卷)》에는 남경 거리에 임시로 희대를 세우고 공연하는 모습을 그리고 있다. 그림은 당시 성의 저자거리 에서 3월의 봄을 경축하는 행사 중의 공연모습을 생동적으로 묘사했다. 희대는 번화한 거리 정중앙에 나무와 거적자리로 만들어졌고, 벽돌 기와 구조의 홑처마 팔작지붕으로 되어있다. 희대 주위에는 난간이 둘러져 있고, 희대 뒤에는 별도로 등장하는 문과 앞쪽 무대로 통하는 희방이 세워져 있다. 희방 안에는 붉은 얼굴을 한 예인이 거울을 보면서 분장하고 있다. 이 그림에서 주의해야 할 것은 관중들이 극을 바라보는 지점이다. 거리에서 세워진 희대이기 때문에 관중들은 당연히 거리에 서서 봐야했다. 이밖에 길가에는 나무 조각과 판자를 사용해 두 채의 여대를 세웠다. 위쪽은 휘장으로 하늘을 가리었다. 무대 위에는 많은 여성들이 앉아있다(앞쪽 무대에 12명, 뒤쪽 무대에 8명). 아이를 안고 있는 여인도 있다. 뒤쪽 무대에는 한 어린아이가 무대 가장자리에 서서 무대 아래 작은 노점상 상인들이 머리에 이고 있는 바구니에서 간식거리를 사는 모습도 있다. 이외에 길가에 있는 만원호은포 (萬源號銀鋪)와 극품관대포(極品冠戴鋪) 바깥쪽의 낭하(廊下)에도 극을 보는 많은 손님들로 꽉 차있다. 그림에 나타난 거리에서 희대를 세우고 극을 공연한 모습을 통해 공연하는 장소에 따라 적절하게 관중을 배치하며 어디서든 현지의 넓은 광장과 건축을 차용하여 극장 공간을 구성한다는 사실을 알 수 있다.

[그림 270] 청나라 사람 서양(徐揚)의 ≪성세자생도(盛世滋生圖)≫ 중의 유랑극단이 공연하는 장면

　농촌에서는 농사 절기와 각종 명목과 이유에 따라 전답에서 희대를 설치해 공연했다. 봄에 소망을 기원하는 춘기희(春祈戲)가 이런 예이다. 청나라 사람 고록(顧祿)의 ≪청가록(淸嘉錄)≫ (권2) "춘대희(春臺戲)"는 이렇게 기록하고 있다.

　　2월과 3월 사이에 마을의 부호와 저자거리의 협객들이 돈을 내서 넓은 공터에 무대를 설치하고 극을 공연했다. 남녀들이 모여서 보고는 "춘대희"라고 했는데, 이것으로 농사의 풍년을 기원했다.[313]

[그림 271] 청나라 사람 유랑춘(劉閬春)이 그린 농촌의 희대에서 공연할 때 사용된 악기

[그림 272] 청나라 사람이 모사(模寫)한 《청명상하도》 중의 희대를 세우고 공연할 때 사용된 악기

수확시기에는 풍년을 경축하는 경풍희(慶豊戲)를 했다. 명나라 사람 장채(張采; 1596~1648)의 《태창주지(太倉州志)》(권5) "유습(流習)"은 "유민들은 보리와 밀이 나오는 4~5월에 사람들로부터 돈을 추렴하여 큰 길 네거리에 무대를 높게 설치하고 배우들을 모아 극을 했다. 이를 '분대희(扮臺戲)'라고 했다."[314]라고 했다. 영신새회(迎神賽會)에는 신을 즐겁게 해주는 오신희(娛神戲)가 있었다. 청나라 사람 탕빈(湯斌; 1627~1687)의 《탕자유서(湯子遺書)》(권9)의 《소송고유(蘇松告諭)》는 이렇게 기록하고 있다.

오 지방 풍습에는……영신새회가 되면 희대를 설치하여 극을 공연했다……전담 사이의 공터에 희대를 높게 설치하고 가깝거나 먼 지역의 사람들에게 요란스럽게 알려 모두 와서 보도록 했다. 이때는 온 나라가 미친 듯 성황을 이루어 모두 일손을 놓았고, 논밭의 채소와 보리들은 남김없이 짓밟혔다.[315]

신묘 공연에서는 관중들이 모이는 공간을 넓히기 위해서 아예 사원 내에 희대를 두지 않는 경우도 있고, 성대하게 치르려고 사원 안과 밖의 희대 몇 곳에서 동시에 극을 공연

하는 경우도 있고, 사원 밖에 임시 희대를 설치한 경우도 있다. 명나라 사람이 그린 ≪남중번회
도(南中繁會圖)≫에는 임시로 세운 희대에서 공연하는 모습이 있다. 그 전방에 보이는 신묘의
종류는 공연이 묘희의 성격을 지니는 것임을 보여준다. 이 희대가 바로 신묘의 문밖에
설치된 것이다. 희대를 세워 극을 공연하는 이런 양식은 많은 그림에서 나타나는데, 민간에서
아주 성행했음을 보여준다.

[그림 273] 청나라 사람이 모사한 ≪청명상하도≫ 중의 농촌에서 희대를 세우고 공연하는 그림

　　임시로 세운 희대와 관중석은 견고하지 않아서 사람들이 몰릴 경우에는 사고가 일어날
수 있었다. 청나라 사람 육문형(陸文衡)의 ≪색암수필(嗇庵隨筆)≫(권4) ≪풍속(風俗)≫은 이렇게
기록하고 있다.

나와 같은 소주 사람들은 힘이 다했으나, 풍속이 피폐한 것만은 옛날과 꼭 같았다. 매번 4월과 5월 사이가 되면 넓은 무대를 높이 설치하고 신을 모시는 연극을 벌이는데, 반드시 최고의 극단을 선정했으므로 사람들이 미치광이처럼 보려고 몰려들었다. 여인들도 예쁘게 화장하고 나들이옷을 입고 서로 손을 이끌며 모여들었다. 사람들이 앞뒤로 밀리며 무대가 기울어져 손과 다리를 부러뜨리거나 서로 치고 박아 목숨을 잃은 경우가 날마다 보고되었다. 또 무리지어 도박을 하거나 틈을 타서 간음을 하기도 했는데, 이 일들이 모두 이때 일어났다. 풍속 가운데 가장 금지해야 마땅한 것이다.[316]

나라에서는 이런 이유로 민간에서 희대를 세우고 극을 공연하는 것을 저지하려고 했다. 나라에서는 사회 치안이 나빠지고 풍속이 문란해지는 것 때문에 이런 공연을 늘 저지했다. 법령으로 공포해도 통제할 수 없었다. 이는 공자가 말한 "백 일 동안의 수고와 하루 동안의 축제(百日之勞一日之蜡)"의 함의에 부합되는 것이기 때문이었다. 그러나 밤낮없이 공연하는 것에 대해서는 계속 불허한다고 밝혔다. 옹정 13년(1735)의 율조(律條)는 "도시와 농촌에서 무대를 설치하고 등을 내걸어 밤중에 극을 공연하는 경우가 있으면 우두머리를 잡아다가 법을 어긴 죄로 곤장 백 대를 치고, 한 달 동안 목에 칼을 씌웠다."[317]라고 했고, 건륭 5년(1740)에 이를 다시 공표했다. 섬서성에서는 "일찍이 밤에 연극을 연출하는 나쁜 습속이 있었는데, 광활한 공터에 무대를 설치하고 노래를 부르는 것이 낮 시간으로도 부족하여 밤새도록 이어서 했다."[318] 건륭 10년(1745)에는 진굉모(陳宏謀; 1696~1771)에 의해 금지되었다. 가경 7년(1802) 보녕(保寧; ?~1806) 등이 편찬한 《중추정고(中樞政考)·녹영잡범(錄營雜犯)》는 이렇게 기록하고 있다.

도시와 농촌의 거리에서 무대를 설치하여 신에게 제사하는 경우 단지 낮 공연만 허락한다. 만일 심야에 등을 켜놓고 연극을 공연하면 남녀가 함께 부대끼고 서로 뒤섞여 시끄럽게 떠들기 때문에 도박·간음·절도 등이 생길까 염려하노라.[319]

이상은 아무것도 아니었다. 변방에 있던 어떤 고관은 아예 희대를 세워 극을 공연하는 것을 강력하게 금지시켰다. 옹정 3년(1725) 하남순무(河南巡撫) 전문경(田文鏡; 1662~1732)은 "높은 무대를 설치하여 시끄러운 연극을 공연하거나 혹은 분장하여 이야기를 연출하거나 음악을 울려 신을 영접하는 것"[320]을 금한다는 명을 내린 적이 있다.

　황실에서 경축활동을 할 때도 도처에 희대를 설치하고 극을 공연해 흥을 돋우었다. 청대에는 황제와 황후의 생일 때 늘 온 세상 사람들과 함께 경축하는 행사를 열었다. 이에 경성의 거리 곳곳에 희대를 세우고 극을 공연했다. 청나라 사람 조익의 ≪첨폭잡기≫(권2) "경전(慶典)"에는 이렇게 말하고 있다:

　　황태후의 생신이 11월 25일이다. 건륭 16년에 예순 살 생신을 맞으셔서 중앙과 지방의 신하들이 경사에 들어와 경축행사를 성대하게 열었다. 서화문(西華門)에서 서직문(西直門) 바깥의 고량교(高梁橋)까지 십여 리에 이르는 곳에 각각 지역을 나누어 초롱을 달고 누각을 설치했다. 천가(天街)는 본래 넓고 탁 트여 양쪽으로 상가가 보이지 않았다. 아름다운 경치 속 화려한 궁궐, 종이를 오려 꽃을 만들고 비단을 펼쳐서 집을 만들었다. 아홉 가지 색을 뿜어내는 등불, 일곱 가지 보석으로 장식한 좌석, 붉은 빛과 푸른빛이 서로 어우러지니 그 아름다움은 형용하기 어려웠다. 수십 걸음마다 희대가 하나씩 있어서 남쪽의 가락과 북조의 곡조가 울려 퍼지니 사방의 음악을 갖추었고, 진동(侲童)의 오묘한 재주, 노래할 때 펼치는 부채와 춤출 때 휘날리는 옷, 후반부는 아직 끝나지 않았는데, 벌써 다음 순서의 전반부가 시작되었다. 왼쪽을 보고 놀라는데, 오른쪽을 보고 다시금 눈을 어찔해했다. 노는 사람들은 마치 봉래산 신선이 사는 섬에 들어서서, 옥으로 장식된 집에서 ≪예상(霓裳)≫ 곡을 듣고 ≪우의(羽衣)≫ 춤을 구경하는 것 같았다. 그같이 훌륭한 경치는 교묘하게 장식을 하였으되 그리 소모적이지 않았으니……그야말로 천하의 기이한 광경이다. 이때 큰 거리에서는 오직 아낙네들의 가마 타는 소리만 들렸고, 사람들은 말 타고 지나가거나 그렇지 않으면 걸어서 갔다. 화려한 수레와 말이 종일 끊이지 않았다. 나는 두 번이나 놀러갔으니, 천년에 한 번 만나기 어려운 기회였다. 나는 직접 가서 보았으니 어찌 크나큰 행운이 아니겠는가!……신사년 황태후의 일흔 살 생신 축하의례는 약간 간소했다. 후황태후와 황상이 여든 살 되던 해에도 경사에서 거대하고 화려한 행사를 거행해 모두 신미년의 것에 뒤지지 않았다고 하는데, 나는 이미 경사에서 벗어나 있어 보지 못했다.[321]

[그림 274] 청나라 사람 왕휘(王翬)의 ≪강희남순도(康熙南巡圖)≫ 중의 희대를 세우고 공연하는 장면

　이것은 세상에서 가장 호화롭게 희대를 세워 공연한 것으로, 그 웅장함과 기백이 대단하다. 북경고궁박물관에 소장되어 있는 ≪강희어상만수도(康熙御賞萬壽圖)≫ · ≪건륭어제만수도 (乾隆御題萬壽圖)≫ 등은 당시 북경의 거리에서 희대를 세우고 극을 공연한 모습이 그려져 있다. 이들 그림에 보이는 희대는 대부분이 각 지방의 관부에서 보낸 것으로, 희대 하나하나가

호화롭지 않는 것이 없다. 각종 양식의 건축물들이 각자의 아름다움을 뽐냈는데 민간의 희대와 비할 바가 아니었다.

강희와 건륭 황제는 여러 차례 강남지방을 순시한 적이 있었다. 이때 지방의 관리들은 황제에게 잘 보이려고 경성에서 거행하는 생신축하의식을 그대로 옮겨와 길을 따라 희대를 세우고 극을 공연하였다. 이 역시 그림에 묘사되어있다.

청대 궁정에서는 비록 많은 고정 희대들이 있었지만 그래도 사용하기에 부족하여 수시로 도처에 임시 희대를 세웠다. 궁정에서 평상시에 이용하는 임시 희대로는 규모가 작고 정자처럼 생긴 "정자대(亭子臺)"가 있다. 또 넓이가 2장 4척 정도로 정자보다 큰 "행대(行臺)"가 있다. ≪청궁사훈유선록(淸宮史訓諭選錄)≫에는 건륭 11년(1746)가 황제가 내린 훈시를 이렇게 수록하고 있다.

> 8월 27일 풍택원(豊澤園)의 숭아전(崇雅殿)에서 귀족과 종실들에게 연회를 베풀 터이니, 그대들은 기한 전에 미리 준비하라. 현재 숭아전의 바닥에 설치해둔 모든 병풍을 옮기고 여닫이 창문짝도 떼어내어 바닥을 비우라. 어좌 뒤에는 부드러운 주렴을 매달고, 양쪽 회랑에는 악대를 설치하라. 숭아전 내부의 양옆에는 높은 탁자와 의자를 설치하고, 동쪽과 서쪽의 곁채에도 높은 탁자를 설치하라. 뜰에는 2장 4척이 되는 행대를 설치하고 공연을 할 것이다.[322]

오늘날 강희 황제가 극을 보는 그림은 "행대"를 이용해 공연하는 모습을 그린 것이다. 기록에 따르면, 자금성 안의 장춘궁(長春宮) · 수강궁(壽康宮) · 수성전(壽星殿) · 황극전(皇極殿) 등에 희대를 세우고 극을 공연했다.

[그림 275] 청대 건륭 때의 ≪만수성전도(萬壽盛典圖)≫ 중의 극단이 공연을 올리는 장면

(6) 수반(水畔) 희대

수반 희대는 부분 혹은 전부가 물위에 지어졌거나 물가에 지어진 희대를 말한다. 하천이 많고 땅이 좁은 강남지방 사람들은 하천의 지형을 이용해 수상 희대를 지었다. 수상 희대는 보통 희대를 전부 혹은 일부를 물 위에 건축하는 양식이다. 입구는 육지로 향한 것도 있고, 수면 쪽으로 치우친 것도 있고, 완전히 수면 쪽으로 향한 것도 있다. 이런 희대에서

공연할 때 사람들을 배를 타고 관람했는데, 오고 가기에 편리한 점도 있고 새로운 극을 보는 장소가 생겨났다는 점도 있다.

청나라 사람 초순(焦循; 1763~1820)은 ≪화부농담(花部農譚)·자서(自序)≫에서 서호(西湖)에서는 언덕을 따라 자주 극을 공연했는데 자신은 "연로하신 부인과 어린 손자들을 데리고 작은 배를 타고 호수를 따라 관람했다."[323]라고 했다. 여기의 희대 중에는 당연히 수상에 지어진 것이 있었을 것이다. 태호(太湖)의 수상 희대에서도 극이 공연되었다. 청나라 사람 대희문(戴熙芠)의 ≪오호이문록(五湖異聞

[그림 276] 청대 순치(順治) 때 간행된 이어(李漁)의 ≪비목어(比目魚)≫의 수반(水畔) 희대 삽도

錄)≫은 태호 가에서 극을 공연할 때는 "명성이 사방으로 크게 알려져, 직접 와서 보는 자가 그 수를 알기 어려울 정도였다. 골목마다 길거리마다 떠들썩함이 이미 극에 달했다."[324]라고 했다. 배위에 앉아 극을 볼 수 있으려면, 희대는 물가나 물에 세워졌을 것이다.

청나라 사람 이어(李漁)의 전기 ≪비목어(比目魚)≫에도 수상 희대를 묘사하고 있다. 제14출 "이핍(利逼)"에는 극단의 여자주인공인 유막고(劉藐姑)와 남자주인공인 담초옥(譚楚玉)이 사랑을 위해 죽을 방법을 상의한다. 두 사람은 안공묘(晏公廟)에서 공연할 때 함께 강물에 뛰어들어 죽자고 하며 이렇게 말한다.

　　저 안공묘는 마침 큰 계곡과 마주하고 있죠. 뒤쪽 절반의 희대는 비록 절벽 위에 있으나 앞쪽 절반은 물 위에 있어요. 죽음으로 절개를 지키는 연극 대목을 골라서, 실제로 연기하는 것처럼 중간에 갑자기 물속으로 뛰어들어요.[325]

순치(順治) 때 나온 전기 ≪비목어≫에는 이런 수상 희대가 부록으로 그려져 있다. 배우들은 무대에서 ≪형차기(荊釵記)·제강(祭江)≫을 공연하고 있고, 사람들은 언덕 가와 배 안에서 극을 보고 있다. 또 제18출 "교회(巧會)"는 담초옥이 장원급제 한 후 부인 유막고와 배를 타고 임지로 간다. 한때 자살을 기도했던 안공묘를 지나갈 때 두 사람은 제사를 올리려고 한다. 그런 때마침 자신들이 예전에 공연했던 극단이 극을 공연하고 있었다. 극단에서는 두 사람에게 한 대목을 지정해 공연해달고 했다. "안공에게 제사를 올리는 일이라 해도 굳이 절벽 위로 올라갈 필요까지는 없어서 배에서 흔들린 채로 절을 했다."[326] 배를 정박하고 뱃머리에서 소·돼지·양을 올려놓고 절을 한 후 배에 앉아서 극을 보았다.

[그림 277] 절강 소흥(紹興) 안동촌(東安村)의 청대 희대

절강성에는 수반 희대가 특히 많다. 소흥현 날산향(辣山鄉) 안광낭낭묘(眼光娘娘廟)의 희대는 전반부가 물속에 있고, 후반부는 언덕에 있다. 영가교(迎駕橋) 장신묘(張神廟) 희대는 전체가 물속에 세워져있다. 종언묘(鍾堰廟) 희대는 앞·뒤와 우측이 물가에 닿아있고 좌측만 언덕에 닿아있다. 온주 두부교(竇婦橋) 신묘 희대와 안공전(晏公殿) 신묘 희대는 절반은 물속에, 절반은 언덕 위에 있다. 오연(梧埏)과 백상(白象) 등지의 삼항묘(三港廟)·태음궁(太陰宮)·평수왕묘(平水王廟)·사왕묘(四王廟)·노전(老殿)·오산묘(吳山廟)·악청현(樂淸縣)의 만오묘(萬岙廟) 희대가 강물과 인접하고 있다.

강희 33년(1694) 왕휘(王翬; 1632~1717)가 그린 ≪남순도(南巡圖)≫(제9권)에는 소흥부(紹興府) 가교진(柯橋鎮)의 다리 옆에 세워진 희대가 그려져 있는데 이 역시 같은 종류이다. 희대는 사당 앞쪽 물가에 세워져있다. 사원의 정문과 마주하고 있고, 목재와 거적자리로 만들었다. 앞쪽 희대는 삼면이 돌출되어있고, 뒤쪽 희대는 거적자리로 가려서 희방을 만들었다. 지붕은 벽돌 기와건축의 홑처마 팔작지붕 양식을 본떴다. 무대 위에서는 ≪단도회(單刀會)≫가 공연되고 있고, 희대와 사원 문 사이의 광장에는 구경하는 사람들로 가득 차 있다. 앞쪽에

[그림 278] 강소 양주(揚州) 기소산장(寄嘯山莊)의 청대 희대

있는 사람들은 땅바닥 위에 서 있고, 뒤쪽에 있는 사람들은 등받이가 없는 높은 의자 위에 서있다. 심지어 옆쪽의 다리 위와 물가에 정박해있는 배 위에서 극을 보는 사람들도 있다.

수반 희대의 특수한 용도는 물의 반향을 이용하여 소리를 더욱 맑고 듣기 좋게 해준다는 점이다. 양주(揚州) 기소산장(寄嘯山莊)[327] 희대는 정원의 못 가운데에 지어졌다. 주위는 온통 물로, 굽은 모양의 다리 하나와 곁에 통하게 되어있는 회랑만이 있을 뿐이다. 이곳에서 극을 창하는 효과는 당연히 육지의 희대와 달랐다. 청의 궁궐 남해 순일재 희대도 하원(何園)과 유사한 수상 희대이다. 그 앞쪽에는 연못이 있고, 연못 주위는 긴 회랑이 둘러싸고 있다. 한때 이 희대에서 공연했던 매란방(梅蘭芳; 1894~1961)은 깊은 인상을 받았는지 다음과 같이 소감을 피력했다.

> 연기에 임하기 전에 나는 뒤쪽 무대 바깥의 회랑에 한가로이 앉아 있었다. 물 위에 비친 무대의 그림자를 보면서 무대 위의 음악연주 소리를 들었는데, 물속에서 퍼져 나오는 소리가 아주 듣기 좋았다. 나는 《홍루몽(紅樓夢)》 중에 가모(賈母)의 집에서 연회를 열어 십번(十番)으로 하여금 우향사(藕香榭)에서 연주하게 했을 때, 물의 반향 때문에 소리가 매우 아름답다고 말한 것이 생각났다. 확실히 물가의 정자식 희대는 그러한 특징이 있는 것 같다.[328]

(7) 회관(會館)과 사당 희대

명대 중기 이후 상업경제의 발달로 큰 수륙도시에서는 회관(會館)이라는 건물양식이 나타났다. 회관은 외지 상인들이 친목을 도모하고 자신들의 정치적 경제적 역량을 강화할 목적으로 만들어졌다. 회관은 통상적으로 사당과 결합되어 동향 사람끼리 신을 경배하고 복을 비는데 사용되었다. 상술한 기능으로 인해 회관에서 신에게 제사를 올리

[그림 279] 하남 개봉 산섬감회관(山陝甘會館)의 청대 희대

고 친목을 도모하려면 희대가 꼭 있어야 했다. 특히 회관 희대는 같은 고향의 극단을 초청해 자주 공연했다. 이 역할이 아주 두드러졌다. 아래의 예들은 이런 점을 생동감 있게 설명해준다.

청 가경 14년(1808) 5월 4일, 호남성 상담시(湘潭市)의 강서상인(江西商人)들이 지은 강서회관(江西會館) 만수궁(萬壽宮)에서는 강서에서 한 극단을 초청해 극을 공연했다. 그 지역 사람들이 강서 상인들과 상업적 갈등으로 회관 안에서 난동을 부렸다. 강서 사람들은 용인할 수 없어 보복할 기회를 엿보았다. 7일에 또 만수궁에서 극을 공연하는데 상담 사람들을 끌어들여 극을 봤다. 도중에 갑자기 대문을 닫고는 흉기를 들고 싸우기 시작했다. 현지 토착인 몇 십 명이 살해당했다. 상담 사람들은 이에 수륙의 요지를 지키고 강서 사람을 보는 대로 죽였다.[329] 이 예는 회관이 동향 상인들을 조직하고 연결하는 역할을 했으면서 정치적인 기지가 되었음을 보여준다.

[그림 280] 하남 낙양시(洛陽市) 노택회관(潞澤會館)의 청대 희대

명나라 말기 일부 사인들의 필기에는 회관에서 극을 공연한 모습이 기록되어있다. 기표가(祁彪佳; 1602~1645)의 ≪기충민공일기(祁忠敏公日記)≫ 숭정 5년(1632) 8월 15일은 이렇게 기록하고 있다.

나가서 종상대(鍾象臺)와 육생보(陸生甫)를 만나서 함께 동향회에 갔는데, 모두 언로(言路)에 있었다. 풍업선(馮鄴仙)이 다음에 도착하고, 강전우(姜顒愚)가 그 다음에 오고, 우리가 이어 와서 전기 ≪교자(敎子)≫를 관람하니, 나그네 시름이 다 풀렸다. 바둑 둘 사람은 바둑을 두었고, 투호(投壺)를 할 사람은 투호를 했고, 도박을 할 사람은 도박을 했다.[330]

[그림 281] 강소 소주(蘇州) 전진회관(全晉會館)에 있는 청 광서 5년(1879)의 희대

[그림 282] 산서 자공시(自貢市) 서진회관(西秦會館)의 청대 희대

6년 정월 18일은 "오후에 진정회관(眞定會館)에 나갔다. 오검육(吳儉育)·이옥완(李玉完)·왕명온(王銘韞)·수향약(水向若)·능명가(凌茗柯)·이효반(李淸磐)을 초청하여 재계하고 음복하며 ≪화연잠기(花筵賺記)≫를 관람했다."[331]라고 썼고, 22일에는 "곧 계산회관(稽山會館)에 가서 낙태화(駱太和)·마경신(馬擎臣)을 초청했는데 먼저 도착했고, 다시 반랑숙(潘朗叔)·장삼아(張三峨)·오우왕(吳于王)·손담연(孫湛然)·주집암(朱集庵)·주무집(周無執)을 초청하여 술을 마시면서 ≪서루기(西樓記)≫를 관람했다."[332]라고 썼다. 기표가가 여러 차례 각지 회관에서 극을 본 사례는 당시의 회관에서는 빈번하게 극을 공연했으며, 회관이 당시 중요한 공연장이었음을 말해준다.

[그림 283] 하남 사기현(社旗縣) 산섬회관(山陝會館)의 청대 희대

　　청대 유명한 회관 희대로는 사천성 자공시(自貢市) 자류정(自流井) 서진회관(西秦會館) 희대와 하남성 사기현(社旗縣) 산섬회관(山陝會館) 희대를 꼽을 수 있다. 이 둘은 규모가 상당하고 구조가 복잡하며 정교하고 독특한 풍격을 가진 희대이다. 전자는 건륭 원년(1736)에 창건된 과로식(過路式) 희대이다. 희대는 회관 대문 위에 세워졌고, 3층 무대로 되어있다. 처마는 하늘로 크게 치켜 올라가 비상하는 모습을 나타내고 있어 전형적인 남방건물의 특징을 보여준다. 회관 양측은 2층짜리 곁채인데, 한쪽은 희대와 연결되어있고, 다른 한쪽은 정청(正廳)과 연결되어있어, 전형적인 사합원식의 장방형 극장을 이루고 있다. 후자는 가경 원년에서 도광 원년(1796~1821) 사이에 창건된 것으로, 23년에 걸쳐 완성되었다. 희대는 고루식(高樓式)에, 세겹 처마 팔작지붕을 하고 있다. 전대 입구의 두 기둥 위에 홑처마 팔작지붕을 올려놓아

함께 복잡하고 장엄한 구조를 이루고 있다. 지붕은 하늘로 서서히 치켜 올라가는데 화려하고 중후해 보이는 것이 전형적인 북방건물의 특징을 보여준다. 희대 양측에는 같은 양식의 겹처마 팔작지붕의 종고루(鍾鼓樓)가 나란히 세워져 있어 건물이 무리를 이루고 있는 느낌을 준다. 무대 앞은 극을 볼 수 있는 넓은 빈 공간이다.

  회관안의 극장도 다른 극장처럼 계속 발전했다. 이 변화는 중국 고대 극장의 전체적인 변화와 궤를 같이 한다. 처음에 회관 안의 극을 보는 장소는 신묘 희대식 건축이었다. 회관 중앙 정전 앞쪽에 희대를 설치하여 정전 안에 설치된 신상을 마주하고 공연했는데, 신묘에서 신을 마주하고 극을 하는 것과 유사한 기능이다. 후에 점차 양쪽의 곁채를 2층 관람석으로 바꾸었다. 이 2층 관람석은 발전하여 폐쇄된 공간의 노천극장이라고 할 수 있는 사합식이 만들어졌다. 후에는 위에 지붕을 덮어 다원식의 대청상루극장(大廳廂樓劇場)으

[그림 284] 천진 광동회관(廣東會館)의 청나라 말기의 희원

그림으로 보는 중국희극사

로 발전했다.

명대 이후 사회에서는 농촌의 사대부와 백성들이 조상의 사당을 짓는 것이 허락되었다. 이에 각지에서 많은 종사(宗祠)가 세워졌다. 종사는 성씨가 같은 가족들이 조상에게 제사를 지내면서 모여 의사를 토론하는 곳으로, 회관처럼 중앙에 희대를 세워 제사와 오락용도로 사용하였다. ≪기충민공일기≫ 숭정 11년(1638) 12월 21일에는 이렇게 기록되어있다.

> 종사에서 돈을 내서 노모(老母)가 신에게 감사하는 연극을 바치게 하니, 공사를 감독하다 여가에 ≪백매기(白梅記)≫를 관람했다.[333]

이는 명나라 사람이 종사에서 극을 본 기록이다. 또 건륭 18년(1753) 절강 수징(水澄) ≪유씨족보(劉氏族譜)≫ "종약잡계(宗約雜戒)"는 이렇게 기록하고 있다.

> 숭정 갑술(甲戌)의 구규(舊規): 큰 경사를 만나게 되면 가묘에서 연회를 열었는데 모인 사람이 70~80명이 되었다. 정식배우는 아니었으나 왁자지껄한 것을 금하지 않았고 저속한 민간의 풍속도 금지하지 않았다.[334]

이는 종사, 즉 가묘에서 성대하게 제사를 치를 때는 사람들이 많기 때문에 극으로 엄숙한 분위기를 유지하고 사람들을 만족시켜주었어야 했음을 말한다. 청대 종사에서는 줄곧 극을 공연했다. 광서 19년(1893) 절강 소산(蕭山)의 ≪장항심씨속수종보(長巷沈氏續修宗譜)≫(권34) "종약(宗約)"은 건륭 6년(1741)의 일을 이렇게 기록하고 있다.

> 가을 제사 때 종사에서 연극 두 편을 공연했다.[335]

또 민국 10년(1921) 절강 소흥(紹興)의 ≪의문진씨종보(義門陳氏宗譜)≫(권3)의 ≪석혜산위본생조선설립사산비기(釋慧山爲本生祖先設立祀産碑記)≫(가경 원년, 즉 1796에 세움)에도 다음과 같은 구절이 있다.

[그림 285] 하남 주구시(周口市) 산섬회관(山陝會館)의 청대 희대

동지에는 대 종사 앞의 무대에서 극을 한 차례 공연했다.[336]

종사제도는 양자강 이남의 여러 성(省)에서 많이 행해졌다. 그래서 건륭 초기 강서순검(江西巡檢) 진굉모(陳宏謀; 1696~1771)는 "다만 성 중에서 오직 민중(閩中)·강서·호남은 종족끼리 모여서 거주하므로, 종족마다 종사가 있다."[337]라고 말한 적이 있다. 또 ≪인화탕씨의전기(仁和湯氏義田記)≫는 "오(吳)·초(楚)·민(閩)·월(粤) 지방에 종족끼리 모여 사는 이들이 늘 수천 수백 명에 달했다"[338]라고 했다. 지금도 종사 희대는 강서·절강·호남·광동·복건 등지의 여러 성에 많이 보존되어있다.

종사 희대의 건축양식은 회관의 희대와 유사하다. 통상적으로 사합원 내에 하나의 무대를 받쳐서 극을 공연하는데 이용되고, 정방·곁채·정원은 극을 보는데 이용했다. 다만 그 규모가 회관 희대보다 작다.

그림으로 보는 중국희극사

1 [옮긴이] 각 지역의 극들이 가진 고유의 소리와 가락.

2 [옮긴이] 곤산(崑山)에 유래했으며, 소리가 우아하고 곡절적임. 반주악기로는 피리·비파 등을 사용함.

3 [옮긴이] 원 잡극의 북곡 계통의 희곡성강.

4 [옮긴이] 방자(梆子)라는 딱딱한 나무막대기로 반주하며 노래하는 극들의 총칭.

5 명·장대(張岱)《낭현문집(瑯嬛文集)》(권5)《자작묘지명(自作墓志銘)》: "好精舍, 好美婢, 好孌童, 好駿馬, 好華燈, 好烟火, 好梨園, 好鼓吹."

6 명·심덕부(沈德符)《고곡잡언(顧曲雜言)·담화기(曇花記)》: "每劇場, 輒闌入群優中作技."

7 명·탕현조(湯顯祖)《칠석취답군동이수(七夕醉答君東二首)》(2) (《탕현조시문집(湯顯祖詩文集)》下冊, 上海古籍出版社, 1982년, 제735쪽): "自招檀痕教小伶."

8 "門外呼周解元聲百沸, 周若弗聞, 歌竟, 下場始歸."

9 청·명량(明亮) 등이 편찬한《중추정고(中樞政考)》(권13) "금령(禁令)": "聞近年各省督撫兩司署內教演優人之事……俱不許自養戲班."

10 "近日訪得不肖州縣, 竟有参養戲班以圖自娛者."

11 "余觀世之小人, 未有不好歌唱看戲者."

12 "京中閨門初識者, 聽詞能誦《鸞鳳記》."

13 "郭外各村, 於二、八月間, 遞相演唱, 農樵漁夫, 聚以爲歡, 由來久矣."

14 [옮긴이] 절강성(浙江省)·강소(江蘇) 남부·안휘(安徽) 남부·상해(上海) 등지에 사용하는 언어로, 중국 7대 방언의 하나. 사용 인구는 약 1억명 정도임.

15 [옮긴이] 절강(浙江) 여요(餘姚)에서 형성되었으며, 명대 남희 4대 성강의 하나이다. 민가를 흡수하여 문사가 통속적임.

16 [옮긴이] 절강 해염(海鹽)에서 형성되었고, 곤강(崑腔)이 나오기 전까지 가장 오랜 역사를 갖고 있었음. 우아하고 조용한 특징을 갖고 있음.

17 [옮긴이] 익강(弋腔)이라고도 하며, 강서(江西) 익양(弋陽) 일대에서 형성되었음. 창법은 "독창(獨唱)"과 "방창(幫唱)"(무대 뒤에서 일제히 합창하는 창법)을 하며, 타악기로만 반주를 함. 익양강은 강서성·북경·남경·안휘성(安徽省)·귀주(貴州)·운남성(雲南省)·사천성(四川省)·광동성(廣東省) 등지에서 민간 곡조들과 결합하여 무수한 익양강 계통의 극종들을 만들어냄.

18 [옮긴이] "곤강(崑腔)" 또는 "곤곡(崑曲)"이라고도 하며, 강소(江蘇) 곤산(崑山) 일대에서 형성됨. 명대 가정(嘉靖) 연간 위량보(魏良輔)가 개량하고 이를 토대로 양진어(梁辰魚)가 《완사기(浣紗記)》를 창작하여 공연하면서 유행함.

19 [옮긴이] 절강 항주(杭州) 일대에서 유행했으며, 남희 초기의 성강.

20 [옮긴이] 익양강에서 발전되어 형성된 성강. 명 가정 연간 강서 동북부 지방에서 유행함.

21 [옮긴이] 휘주(徽州)[지금의 안휘성 섭현(歙縣)]에서 형성되었음. 명 가정 연간 휘주에 전래된 익양강에서 발전되어 형성됨.

22 [옮긴이] 안휘 청양에서 형성된 성강. 청양은 옛날 지주(池州)에 속했기 때문에 "지주조(池州調)"라고도 함. 명 가정 연간 익양강이 청양에 전래되자 현지의 민간 곡조와 결합해 형성되었음.

23 [옮긴이] 안휘 태평에서 명 중엽에 형성된 성강.

24 [옮긴이] 절강 금화(金華)와 의오(義烏)에서 형성되어, 명 융경(隆慶)·만력(萬曆) 연간에 유행함.

25 [옮긴이] 조주(潮州) 방언을 가락으로 삼는 광동 동부와 복건 남부지역에서 유행했음.

26 [옮긴이] 천주(泉州) 방언을 가락으로 삼는 민남(閩南) 방언권역에서 유행했음.

27 [옮긴이] 형성된 곳이 명확하지 않음. 대략 명 중엽에 형성되어, 명 만력 연간에 유행했음.

28 [옮긴이] 익양강에서 발전되었고, 명 중엽에 유행함.

29 [옮긴이] "소흥고강(紹興高腔)" 혹은 "신창조강(新昌調腔)"이라고도 함. 기원에 대해서는 여러 가지 설이 있는데, 여요강의 유음(遺音)이라는 설과 익양강이나 청양강에서 나온 것이라는 설이 있다. 명나라 말기에 성행했음.

30 [옮긴이] 극을 공연할 때 후대(後臺)에서 악사나 등장인물이 노래하여 배우의 창을 돋보이게 해주고 무대분위기를 띄워주는 역할을 함.

31 [옮긴이] 명대 익양강(弋陽腔)과 청양강(靑陽腔) 등의 극종에서 전기 극본을 통속화시키는 수단. 곡사의 앞뒤 혹은 중간에 구어에 가까운 운문이나 낭송하기 편리한 단문을 넣어 곡사를 알기 쉽게 해주는 것을 말함.

32 [옮긴이] 원본(院本)이 변해 형성된 북방의 여러 소리들.

33 [옮긴이] 현색강(弦索腔) 내지 하남조(河南調)라고 하며, 청 중엽 하남 일대에서 유행했음.

34 [옮긴이] 명 만력 연간에 이미 연출본이 있었고, 청대 산동지방에서 성행함. 반주악기로 태평소를 사용하고, 소리는 완곡하고 애절하다.

35 [옮긴이] 현자강(弦子腔)이라고도 하며, 청 중엽에 유행했음. 일설에는 명대 소곡(小曲)〔산파양(山坡羊)〕·〔쇄남지(鎖南枝)〕·〔황앵아(黃鶯兒)〕·〔주운비(駐雲飛)〕·

〔유자(柳子)〕 등에서 발전되어 형성되었다고 함. 삼현(三弦)·생황·피리를 반주악기로 사용함.

36 [옮긴이] 청 강희(康熙) 연간에 호북(湖北)·강서(江西) 지역에서 유행했음. 일설에는 익양 강에서 발전되었다고 함. 소리는 경쾌하고 발랄하여 민간가곡에 가까움.

37 [옮긴이] 명말청초 섬서(陝西)와 감숙(甘肅) 일대에서 유행함. 청 건륭 연간에 북경에서도 유행한 적이 있음. 일설에는 진강(秦腔)이라고도 함.

38 [옮긴이] 휘극(徽劇)의 주요 성강의 하나. 명말청초 휘조(徽調)의 초기 성강인 곤익강(崑弋 腔)이 서진강(西秦腔)의 영향을 받아 종양(樅陽)·석패(石牌) 일대에 형성된 새로운 성강.

39 [옮긴이] 석패강(石牌腔)이라고도 하며, 안휘(安徽) 종양(樅陽)에서 유행했음. 현색강에서 발전된 성강.

40 [옮긴이] 호광강(湖廣腔)이라고도 하며, 양양(襄陽)에서 형성되어 호북과 호남 일대에서 유행했음. 현색강에서 발전된 성강.

41 [옮긴이] 곤익강(崑弋腔) 내지 방자강(梆子腔)이라고도 함. 일설에는 방자강과 익양강이 결합한 후에 형성된 성강이라고도 함.

42 [옮긴이] 방자강의 다른 이름. 이 때문에 방자강의 주요 극종인 진강(秦腔)을 가리키기도 함.

43 [옮긴이] 청 건륭 연간에 형성되어 남방의 각 성에서 유행하였음. 주요 성강으로는 취강 (吹腔)·사평강(四平腔)·발자(撥子)·이황(二黃) 등이 있음. 역사 이야기를 제재로 한 극 이 많고 음악 곡조와 연기기교가 아주 풍부함.

44 [옮긴이] 호남성 장사(長沙)와 상담(湘潭) 일대에서 유행. 중주운(中州韻)을 사용하고 향토 색이 짙음.

45 [옮긴이] 광서장족자치구(廣西壯族自治區) 동부와 서부 및 호남성 남부에서 유행.

46 [옮긴이] 호북 무한(武漢) 일대에 형성된 성강으로, 청 중엽에 유행했음.

47 [옮긴이] 명대 익양강에서 기원했으며, 강서성 동북부에 유행. 총 아홉 개의 각색이 있으 며 음악은 간단함.

48 [옮긴이] 감숙조(甘肅調) 내지 서진강(西秦腔)이라고도 함. 피리와 생황을 사용하지 않고 호금(胡琴)과 월금(月琴)을 반주악기로 사용함.

49 [옮긴이] "소흥난탄(紹興亂彈)"이라고도 하며, 절강 소흥(紹興)·영파(寧波)·항주(杭州) 일 대에서 유행. 소리는 거칠고 소박함.

50 [옮긴이] 절강 금화(金華)·여수(麗水) 일대에서 유행. 주요 성강으로는 고강(高腔)·곤곡 (崑曲)·난탄(亂彈)·휘희(徽戲)·탄황(灘簧)·시조(時調)가 있음.

51 [옮긴이] 복주희(福州戲)라고도 하며, 복건성(福建省) 중부와 동부 연해지역에서 기원하여

복건성 중부 · 동부 · 북부에서 유행.

52 [옮긴이] 운남성(雲南省) 전역과 사천성(四川省) · 귀주(貴州) 일부지역에서 유행. 태평소와 피리를 반주악기로 사용하며 2,000여종의 극목을 보유함.

53 [옮긴이] 사천성 전역과 운남성 · 귀주 일부 지역에서 유행. 생활정취가 농후하고 유머가 풍부함.

54 [옮긴이] 방자강(梆子腔)의 다른 이름. 이 때문에 방자강 계통에서 가장 큰 극종인 진강(秦腔)을 이르기도 함.

55 [옮긴이] 소극(紹劇)의 옛 이름. 주) 49참조.

56 [옮긴이] 구극(甌劇)이라고도 하며, 절강 온주 일대에서 유행.

57 [옮긴이] 절강 포강(浦江) · 임안(臨安) · 건덕(建德) · 동려(桐廬) 일대에서 유행. 곤곡과 고강의 영향을 받아 청나라 말기에 형성됨. 피리 · 태평소 · 피리 등을 반주악기로 사용함.

58 [옮긴이] 명말청초에 기원했으며, 절강 황암(黃巖) · 온령(溫嶺) 등지에서 유행. 신해혁명(辛亥革命) 전후로 한때 성행했음.

59 [옮긴이] 절강 여수(麗水) 일대에서 유행. 여수는 옛 처주(處州)에 속했기 때문에 "처주난탄"이라고 함. 휘극(徽劇)의 영향을 받았음.

60 [옮긴이] 이황조(二簧調) 내지 황강(黃腔)이라고 하며, 청 중엽에 유행했음. 소리는 처량하고 침울함.

61 [옮긴이] 피황강(皮黃腔)의 일종. 선율의 변화가 크고, 소리가 막힘이 없고 높고 웅장함. 이황강(二黃腔)과 결합되어 피황강으로 불림.

62 [옮긴이] 청 건륭 연간 안휘성 봉양(鳳陽) 연등사(燃燈寺)에서 기원하여 호북 · 호남 · 강서 · 안휘에서 유행. 한 명은 북을 치고, 한 명은 징을 치며 합창하는 형식.

63 [옮긴이] 운남 · 귀주 · 사천 · 호남 등지의 한족(漢族) · 묘족(苗族) · 동족(侗族) 사이에서 유행. 손에 등을 들고 부채를 상하로 움직이면서 노래하거나 춤을 추는 형식.

64 [옮긴이] 중국 남부의 차 생산 지역에서 유행. 일남일녀나 일남이녀의 형태로 공연하며, 반주악기는 이호(二胡) · 피리 · 태평소 · 징 · 북 등이 사용됨.

65 [옮긴이] 창 위주의 곡예로 "어고(魚鼓)"와 "간판(簡板)"으로 반주함. 원래는 도사들이 강창한 도교 고사의 곡으로, 후에 민간의 이야기를 소재로 삼음.

66 인민문학출판사, 1959년판을 참고.

67 작가출판사, 1958년판을 참고.

68 중화서국, 1961년판을 참고.

69 맥망관본(脈望館本)은 통계에 넣지 않았음.

70 《남사서록》: "以時文爲南曲."

71 《이랑신산투(二郎神散套)》: "寧使人不鑒賞, 無使人撓喉捩嗓."

72 명·여천성(呂天成) 《곡품(曲品)》: "彼惡知曲意哉!"

73 명·왕기덕(王驥德) 《곡률(曲律)·잡론(雜論)》: "婉麗妖冶, 語動刺骨."

74 명·심제비(沈際飛) 《제한단몽(題邯鄲夢)》(《탕현조시문집(湯顯祖詩文集)》下冊, 上海古籍出版社, 1982년, 제1542쪽): "臨川之筆夢花."

75 풍몽룡(馮夢龍) 《고금소설(古今小說)》(권27)에 보임.

76 《연자전(燕子箋)》·《춘등미(春燈謎)》·《모니합(牟尼合)》·《쌍금방(雙金榜)》을 포함.

77 "作者眼光出牛背上, 拾一二村豎語, 便命爲傳奇."

78 "是迂腐老鄕塾而强自命爲顧曲周郞者."

79 인민문학출판사, 1981년판.

80 [옮긴이] 명말청초 강소(江蘇) 소주(蘇州)와 그 인근지역에서 강렬한 현실성과 시대성을 가진 전기 작품을 지은 작가들을 말함. 대표적인 작가들로는 이옥(李玉)·주좌조(朱佐朝)·섭치비(葉稚斐) 등이 있음.

81 "家家收拾起, 戶戶不提防." 여기서 "수습기(收拾起)"는 《정충보》에 나오는 곡문이고, "불제방(不提防)"은 홍승의 《장생전(長生殿)》에 나오는 곡문. 두 곡은 흥망의 슬픔으로 충만해서 당시 민간에서 널리 불려졌음.

82 《장생전(長生殿)·예언(例言)》: "三易其稿"

83 양소임(梁紹壬) 《양반추우암수필(兩般秋雨庵隨筆)》: "可憐一出《長生殿》, 斷送功名到白頭."

84 《음풍각잡극(吟風閣雜劇)》 32편이 있음.

85 《장원구종곡(藏園九種曲)》이 있음.

86 [옮긴이] 청대 북경에서 공연된 《삼국지》·《안문관(雁門關)》 같은 완전한 극을 말하는 것으로, 매일 한 두 출(出)을 공연하여 여러 날에 걸쳐 공연을 함. 스토리가 이어지고 통속적이며 각종 장치들이 설치되어있어 관중들의 호응을 받았음.

87 [옮긴이] 한 편의 완전한 극을 이르는 말.

88 [옮긴이] 청 건륭 연간 곤강(崑腔) 외의 각지의 지방 극을 이르는 말. 당시 곤강이 쇠퇴하자 통속적인 익양강(弋陽腔)·방자강(梆子腔)·이황조(二簧調) 등의 지방 극이 발달하는데, 북경·양주(揚州) 등지의 사대부들은 곤강을 "아부(雅部)"라 하고, 곤강 외의 다른 극종들을 폄하하여 "화부(花部)" 혹은 "난탄(亂彈)"이라고 했음.

89 중국희극출판사, 1963년.

90 섬서인민출판사, 1961년.

91 주(周) 문왕(文王)을 말함.

92 "姜太公釣魚, 願者上鉤."

93 [옮긴이] 송 진종(眞宗) 때인 1004년 9월 요나라가 20만 대군을 이끌고 황하 북쪽을 침공
     하였다. 당시 재상 구준(寇準)이 황제 진종을 모시고 직접 전투에 참가하자 사기가 오른
     송나라 군은 요의 선봉장 소달람(蕭達覽)을 활로 쏘아 죽이고 대승을 거둔다. 구준은 기
     세를 몰아 진격할 것을 주장했으나 진종은 단연(澶淵)에서 해마다 은 10만냥과 비단 20만
     필을 주는 조건으로 요나라와 강화를 맺음.

94 [옮긴이] 공연을 시작할 때 극의 내용을 소개하는 배역.

95 [옮긴이] 중년 혹은 연로한 남성을 연기하며, 주인공으로 등장하는 경우가 많음.

96 [옮긴이] 희곡저작들마다 다른 의견이 있음. 일반적으로 "노생(老生)"의 비슷한 역할을 연
     기하는 것으로 알려져 있음.

97 [옮긴이] 연로한 남자를 연기하는 배역으로, 얼굴에 흰 수염을 달고 나옴.

98 [옮긴이] "대화면(大花面)"의 줄임말로, "정(淨)" 배역 중에서 신분이 높은 인물을 연기함.

99 [옮긴이] 중정(中淨) · 이화검(二花臉) · 가자화검(架子花臉)이라고도 하며, "정" 배역 중에
     성격이 호탕하고 과격한 인물을 연기함.

100 [옮긴이] 축(丑)의 다른 이름. 축은 각종 익살스런 말이나 동작을 연기함.

101 [옮긴이] 노년의 부인을 연기함.

102 [옮긴이] "청의(靑衣)"라고도 하며, 의젓한 젊은 여성이나 중후한 중년의 부인을 연기함.

103 [옮긴이] 규문단(閨門旦)이라고도 하며, 천진하고 발랄한 젊은 아가씨를 연기함.

104 [옮긴이] 풍월단(風月旦) · 작단(作旦) · 무소단(武小旦)이라고도 하며, 극에서 여자주인공
     다음으로 중요한 여성 배역을 연기함.

105 [옮긴이] 중요하지 않거나 이름 없는 인물을 연기함.

106 청 · 이두(李斗)의 《양주화방록(揚州畵舫錄)》(권5)에 보임.

107 [옮긴이] 창을 주로 하는 안공노생(安工老生) · 동작을 주로 하는 쇠파노생(衰派老生) · 무
     술을 주로 하는 고파노생(靠把老生)으로 나눔.

108 [옮긴이] 장군의 풍모를 가지고 길고 큰 무기를 사용하는 장고무생(長靠武生) · 짧고 작은
     무기로 민첩한 무술동작을 선보이는 단타무생(短打武生)으로 나눔.

109 [옮긴이] 손에 부채를 들고 고상한 공자나 서생인 선자생(扇子生) · 머리에 꿩 꽁지깃을 꽂
     은 치미생(雉尾生) · 득의하지 못한 서생인 궁생(窮生) · 젊고 기개가 있는 인물인 무소생
     (武小生)으로 나눔.

110 [옮긴이] 여자주인공 역인 "정단(正旦)"의 다른 이름.

111 [옮긴이] 규문단(閨門旦)으로, 천진하고 발랄한 젊은 아가씨를 연기함.

112 [옮긴이] 무예가 뛰어난 젊은 여성을 연기함.

113 [옮긴이] 용맹하고 무예가 뛰어난 여성을 연기하며, 대부분 신화 속의 선녀나 요괴를 연기함.

114 [옮긴이] 임금이 내린 동추(銅鎚)를 들고 등장하여 창하는 배역과 얼굴을 검게 칠하고[黑頭] 등장하여 창하는 배역으로 나눔.

115 [옮긴이] "부정(副淨)"의 다른 이름으로, "가자화검(架子花臉)"·"이화검(二花臉)"이라고도 함. 보통 성격이 호탕하고 과격한 인물을 연기함.

116 [옮긴이] 서로 치고 박고 싸우는 연기를 함.

117 [옮긴이] "무이화(武二花)"의 다른 이름.

118 [옮긴이] 무술 하는 사람 외에 각종 해학적인 인물들을 연기함. 우스꽝스럽고 간사한 여성을 연기하는 채단(彩旦)을 겸함

119 [옮긴이] 무술에 뛰어나면서 민첩하고 유모감각이 뛰어난 인물을 연기함

120 "淨扮盧杞藍臉上."

121 [옮긴이] 얼굴 전체를 한 가지 색으로 칠한 뒤에 그 위에 오관을 다시 그림. 붉은색·흰색·검은색이 주된 색이며 그 위에 눈·눈썹·코·입·귀 등의 오관과 세밀한 얼굴결·근육을 그려 인물의 표정과 기개를 표현함. 검은색으로 오관을 그리면 젊은 사람을 나타내고, 회색으로 그리면 연로한 인물을 의미함.

122 [옮긴이] 얼굴 전체를 한 가지 색으로 그리지만, 주로 검은색으로 눈썹·눈·코를 넓고 길게 그려 전체 얼굴을 두 뺨과 이마 세 부분으로 나눔. 이렇게 나뉜 모양이 마치 기와조각 세 편을 얼굴에 새겨 넣은 것 같다고 하여 붙인 명칭.

123 [옮긴이] 이마 위에서 미간을 지나 코끝까지 한 선으로 이어지고 두 눈과 연결되어 미간 사이의 중간부분에 십자형 모양이 만들어지는 얼굴을 말함.

124 [옮긴이] 얼굴 구도가 "육(六)"자 같거나 이마를 제외한 얼굴전체를 분장한 주된 색이 얼굴 전체의 60%를 차지하는 얼굴을 말함. 인품이 훌륭하고 공훈이 높은 중신과 노장이 대부분이 이 얼굴을 하기 때문에 노검(老臉)이라고도 함.

125 [옮긴이] "세 조각 기와형 얼굴"에 여러 가지 색깔로 다양한 무늬를 그려 넣은 얼굴. 지위가 낮은 군관이가 강호의 호걸 등이 이런 얼굴을 함.

126 [옮긴이] 두루마기에는 망포(蟒袍)·습자(褶子)·피(帔)·개창(開氅)이 있다. 망포는 "망

(蟒)"이라고도 하며, 황제·재상·황후·비빈·공주 등이 입는 예복. 소매는 넓고 자락은 바닥까지 내려오며 깃은 둥글다. 습자는 도포에 해당. 피는 황제·재상·고급관리와 그의 가족들이 입는 평상복. 개창은 장수가 군중에서 입는 일상적인 복장이자 재상 등이 낙향할 때 입는 의상.

127 "本傳逐出繪像, 以便照扮冠服."

128 전하는 바에 따르면, 일본 아사노 도서관(淺野圖書館)도 일부분만 소장하고 있다고 함.

129 《북경화보(北京畵報)》(1931년, 1월·2월·3월)에 보임.

130 [옮긴이] 청대 궁정 희곡을 관장하던 기구이름으로, 남부(南府)라고도 함.

131 "十二月八日, 諺曰: '臘鼓鳴, 春草生.' 村人幷擊細腰鼓, 戴胡公頭及作金剛力士以逐除."

132 "老少姸陋, 無一相似者."

133 [옮긴이] 귀주·안순(安順)·혜수(惠水) 등지에서 유행. 명·청대 귀주에 들어온 군대에서 전래되었다고 함. 들판에서 공연하며 음악은 거침.

134 "戲具謂之行頭, 行頭分衣、盔、雜、把四箱."

135 박판(拍板)을 함께 다룸.

136 운라(雲鑼)·태평소·대요(大饒)를 함께 다룸.

137 소빌(小鈸)을 함께 다룸.

138 태평소를 함께 다룸.

139 규상자(叫顙子)와 무대보조를 겸함.

140 청·이등제(李登齊) 《상담총록(常談叢錄)》: "每登場, 聲曲臻妙, 而神情逼眞, 輒傾倒其坐. 遠近無不知有米喜子者, 卽高麗、琉球諸國之來朝貢或就學者, 亦皆知而求識之."

141 청·양무건(楊懋建) 《몽화쇄부(夢華瑣簿)》: "刻意求精, 家設等身大鏡, 日夕對影徘徊, 自習容止. 積勞成疾, 往往吐血."

142 《군영회(群英會)》의 노숙(魯肅) 역의 노생을 연기함.

143 《일봉설(一捧雪)》의 막성(莫成) 역의 노생을 연기함.

144 《전북원(戰北原)》 혹은 《공성계(空城計)》의 제갈량 역의 노생을 연기함.

145 《군영회》의 주유(周瑜) 역의 소생을 연기함.

146 《안문관(眼門關)》의 소태후(蕭太后) 역의 단을 연기함.

147 《오호촌(惡虎村)》의 황천패(黃天覇) 역의 무생을 연기함.

148 《상원회(桑園會)》의 나부(羅敷) 역의 청의를 연기함.

149 《채루기(彩樓配)》의 왕보천(王寶釧) 역의 단을 연기함.

150 《옥잠기(玉簪記)》의 지묘상(陳妙常) 역의 단을 연기함.

151 《행로훈자(行路訓子)》의 강씨(康氏) 역의 노단을 연기함.

152 《탐친가(探親家)》의 향하마마(鄉下媽媽) 역의 축을 연기함.

153 곤곡(崑曲)《사지성(思志城)》의 명천량(明天亮) 역의 축을 연기함.

154 《사랑탐모(四郎探母)》의 양연휘(楊延輝) 역의 수생(鬚生)을 연기함.

155 [옮긴이] 연극의 막(幕)에 해당.

156 [옮긴이] 중국 전통음악과 희곡에서 매 소절에서 가장 강한 박자를 이르는 말.

157 [옮긴이] 중국전통음악에서 음계를 표시하는 방법이다. 음계를 보통 상(上)·척(尺)·공(工)·범(凡)·육(六)·오(五)·을(乙)로 표시하는데 이는 현재의 도·레·미·파·솔·라·시에 해당한다. 그리고 이렇게 음계를 표시한 것을 공척보(工尺譜)라고 하는데 중국 희곡음악에서 많이 사용되었다.

158 [옮긴이] "공척"은 미주 155 참고. "판"은 박자의 의미이고, "안"은 박자와 박자 사이의 빈 간격을 말한다. "판"과 "안"이 결합되어야 리듬이 비로소 결정되기 때문에 "판안"이라고 함.

159 "嘗見元劇本, 有於卷首列所用部色名目, 幷署其冠服·器械曰: 某人冠某服, 服某衣, 執某器, 最詳. 然其所謂冠服·其器械名色, 今皆不可復識矣"

160 [옮긴이] 원·명 잡극 극본에서 부록으로 배우들의 의상·관·신발·수염 등의 규정을 기록해놓은 부분.

161 《예기·잡기하》(권43): "一國之人皆若狂."

162 "時逢稔歲, 歲遇上元, 在城內鼓樓下作一個元宵社會. 數日前出了花招告示. 俺這社會, 端的有馳名的散樂, 善舞的歌工, 做幾段笑樂院本, 搬演些節義戲文. 更有那魚躍於淵的筋斗, 驚眼驚心的百戲."

163 "凡神所栖舍, 具威儀、簫鼓、雜戲迎之. 日會優伶伎樂、粉墨綺縞、角抵魚龍之屬, 繽粉陸離, 未不畢陳."

164 [옮긴이] 깃발이 달린 무겁고 큰 깃대를 드는 기예.

165 [옮긴이] 상자 같이 생긴 찬합(饌榼)을 두 사람이 들고 다양한 걸음걸이로 움직임을 보여주는 기예.

166 [옮긴이] 공연형태가 분명치 않으나 관리들로 분장하여 공연하는 기예로 추측됨.

167 [옮긴이] 6~9인이 공연하며 사람마다 막대를 갖고 두 파로 나누어 대결하는 기예.

168 [옮긴이] 길고 둥근 작은 북을 허리에 차고 길을 가면서 각종 북소리를 내는 기예.

169 [옮긴이] 북과 동발(銅鈸; 심벌즈)의 연주를 반주삼아 춤을 추는 기예.

170 [옮긴이] 긴 목발 둘을 양쪽 다리에 하나씩 묶어서 걸어 다니며 공연하는 기예.

171 [옮긴이] 농촌지방에서 모내기 할 때 부르는 노래. 포크댄스처럼 춤을 추며 노래하는 기예.

172 [옮긴이] 몇 사람이 간단하게 분장하고 대나무 판을 치면서 노래하는 통속적인 가곡에서 발전한 기예. 징·북·심벌즈 등의 타악기로 반주하며 각종 인물을 공연함.

173 [옮긴이] 단지를 놀리는 기예.

174 "過會者, 乃京師游手, 扮作開路、中幡、扛箱、官兒、五虎棍、跨鼓、花鈸、高蹻、秧歌、什不閒、耍壇子、耍獅子之類, 如遇城隍出巡及各廟會等, 隨地演唱, 觀者如堵."

175 [옮긴이] 태사(太獅)와 소사(少獅)를 합친 말. 태사는 앞뒤 두 사람이 하나가 되어 움직이는 사자춤. 소사는 한 사람이 머리에 사자탈을 쓰고 움직이는 춤.

176 "四月初一至十五日, 京西妙峰山娘娘廟, 男女答賽拈香者, 一路不斷……城市諸般歌舞之會, 必於此月登山酬賽, 謂之朝香進頂, 如開路、秧歌、太少獅、五虎棍、杠箱等會."

177 "咸豊二年壬子正月辛巳上諭: 內閣御史倫惠奏, 京西妙峰山廟宇, 每於夏秋二季燒香人衆, 有無賴之徒裝演雜劇, 名曰走會, 請勅嚴禁等語. 鄉民春秋報賽, 謁廟燒香, 原爲例所不禁. 若如所奏, 匪徒以走會爲名, 裝演雜劇, 以致男女混淆, 於風化殊有關係. 著步軍統領衙門、順天府及西北城各御史, 先期出示曉諭, 如有前項匪徒, 卽行拿究懲办."

178 이곳의 묘회는 속칭 황회(皇會)라고도 함.

179 "二月八日爲桐川張王生辰, 霍山行宮朝拜極盛, 百戲競集, 如緋綠社雜劇, 齊雲社蹴球, 遏雲社唱賺, 同文社耍詞, 角抵社相撲, 清音社清樂, 錦標社射弋, 錦體社花繡, 英略社使棒, 雄辯社小說, 翠錦社行院, 繪革社影戲, 淨發社梳剃, 律華社吟叫, 雲機社撮弄."

180 "廟市, 俗呼廟會. 舊京廟宇櫛比, 設市者居其牛, 有年一開市者……年開一市者, 多有香會, 如秧歌、少林、五虎、開路、太獅、少獅、高蹻、杠子、小車、中幡等是."

181 "會行, 必有手博者數十輩爲之前驅. 凡豪家之阻折, 暴市之侵凌, 悉出是輩與之角勝爭雄, 酣鬥猛擊."

182 [옮긴이] 갈고리처럼 생긴 무기를 놀리는 기예. 수 미터 높이의 공중에 던졌다가 받기도 하고 신체 각 부위를 이용해 돌리기도 함.

183 "以木床鐵擎爲仙佛鬼神之類, 駕空飛動, 謂之臺閣. 雜劇百戲諸藝之外, 又爲漁父習閒、竹馬出獵、八仙故事."

184 "又夸僞者爲臺閣. 鐵杆數丈, 曲折成勢, 飾樓閣崖木雲烟形, 層置四五兒嬰, 扮如劇演. 其法: 環鐵約兒腰, 平承兒尻, 衣彩掩其外, 杆暗從衣物錯亂中傳下. 所見雲梢烟縷處, 空坐一兒, 或兒跨象馬, 蹬空飄飄. 道旁動色危歎, 而兒坐實無少苦."

185 "叫了一起偶戲, 在大卷棚內擺設酒席伴宿. 提演的是《孫榮孫華殺狗勸夫》戲文. 堂客都在靈旁
廳內, 圍着帷屏, 放下簾來, 擺放桌席, 朝外觀看."

186 "大金所一民婦懷孕彌月, 家中偶抹傀儡, 演《五顯傳奇》."

187 "鳳陽人圍布作房, 支以一木, 以五指運三寸傀儡, 金鼓喧闐, 詞白則用叫顙子, 均一人爲之, 謂之
肩擔戲."

188 《도성기승 · 와사중기(瓦舍衆伎)》: "以小兒後生輩爲之."

189 허지산(許地山)의 《범극체례급기재한극상적점점적적(梵劇體例及其在漢劇上的點點滴滴)》
(《소설월보(小說月報)》, 제17권 號外)에 보임.

190 "茍利子, 卽傀儡子, 乃一人在布帷之中, 頭頂小臺, 演唱《打虎》、《跑馬》諸雜劇."

191 "耍傀儡子, 一人挑擔鳴鑼, 前囊後籠. 耍時以肩杖支起前囊, 上有木雕小臺閣, 下垂藍布, 人籠皆
在其中. 籠內作偶人鳴鑼銜哨, 連耍帶唱. 有八大出之名:《香山還願》、《鍘美案》、《高老莊》、
《五鬼捉劉氏》、《武大郎乍尸》、《賣豆腐》、《王小兒打虎》、《李翠蓮》."

192 "傀儡排場有數般, 居然優孟具衣冠. 絲牽板託竿頭戳, 弄影還從紙上看."

193 "傀儡之戲不一, 有從上以長絲牽引者爲提偶, 有以板託平移者爲推偶, 有置於竿首自下持之運動
者爲戳偶."

194 "託偶卽傀儡子, 又名大臺宮戲."

195 "乾道同光之間, 盛行於時……今則漸歸淘汰. 碩果僅存者, 曰金鱗班, 懸牌於護國寺等街口, 營
業亦殊蕭瑟……."

196 "淸代制宮戲之巧工曰戴文魁. 其木偶則長三尺, 臺周回障以藍色布, 高逾人頂. 其上則設置戲場,
朱欄繡幀, 華麗通皇. 每一木偶以一人擧而弄之, 動作身段與眞者無異. 後方圍書畫屛集, 內行
弦板列座, 念唱與場上神情相合."

197 [옮긴이] 북경 · 천진(天津) · 내몽고자치구와 화북 · 동북의 각 성에서 유행. 청나라 말기에
경극 · 하북방자(河北梆子)와 피영(皮影) · 대고(大鼓) 등의 음악과 연출기교를 받아들여
형성됨.

198 [옮긴이] 중로방자(中路梆子)라고도 하며, 산서 중부와 내몽고 · 하북 · 섬서 일부지역에서
유행. 산서지역의 민가 · 앙가(秧歌) 등의 민간예술을 받아들여 형성됨.

199 [옮긴이] 하남방자(河南梆子)라고도 하며, 하남과 섬서 · 감숙 · 산서 · 하북 · 산동 등의 일부
지역에서 유행. 명나라 말기 진강(秦腔)과 포주방자(蒲州梆子)가 하남에 전래된 후에 현지
의 민가와 결합하여 형성되었다는 설과 북곡 현색조(弦索調)에서 형성되었다는 설이 있음.

200 [옮긴이] 호북과 하남 · 섬서 · 호남 · 광동 · 복건 등의 일부지역에서 유행. 이전에는 "초조
(楚調)"라고 했다가 신해혁명 전후로 한극으로 이름을 바꿈. 서피(西皮)와 이황(二黃)을

주요 성강으로 삼음.

201 [옮긴이] 광동어(廣東語) 권역의 광동·광서지역과 홍콩·마카오 등지에서 유행. 방자와 피황을 기초로 광동의 민간 음악과 유행 곡조를 받아들여 형성됨.

202 청·유염(兪琰) 편선(編選)의 《영물시선(詠物詩選)》에서 구우(瞿祐)의 《영희(影戲)》시를 인용한 것에 보임.

203 명·전여성(田汝成) 《서호유람지여(西湖遊覽志餘)》(권20): "南瓦新開影戲場, 滿堂明燭照興亡. 看看弄到烏江渡, 猶把英雄說霸王."

204 서위의 《서문장일고(徐文長逸稿)》(권24): "做得好, 又要遮得好. 一般也號子弟兵, 有何面目見江東父老."

205 "那男子取過一張桌子, 對着席前, 放上一個白紙棚子, 點起兩支畫燭. 婦人取過一個小篾箱子, 拿出些紙人來, 都是紙骨子剪成的人物, 糊上各樣顏色紗絹, 手脚皆活動一般, 也有別趣. 手下人幷戲子都擠來看……直做至更深戲才完."

206 "機關牽引未分明, 綠綺窗前透夜熒. 半面才通君莫問, 前身原是楮先生."

207 "剪紙爲之, 透機械於小窗上, 夜演一劇, 亦有生致."

208 "弄影還從紙上看."

209 "剪紙象形, 張隔素紙, 搬弄於後, 以觀其影者, 是爲影戲."

210 "通街張燈、演劇, 或影戲、彊戲之類, 觀者達曙."

211 "舊有傀儡懸絲、燈影巧線等戲."

212 "影戲或謂昉漢武帝時李夫人事. 吾州長安鎮多此戲. 查嚴門《古監官曲》: '艷說長安佳子弟, 熏衣高唱弋陽腔.' 蓋緣繪革爲之, 熏以辟蠹也."

213 "衣冠優孟本無眞, 片紙糊成面目新. 千古榮枯泡影里, 眼中都是幻中人."

214 "提着影戲人子上場兒—好歹別戳破這層紙兒."

215 [옮긴이] 숙어의 일종으로 대부분이 해학적이고 형상적인 어구로 되어있음. 원칙상 앞뒤 두 부분으로 나누어지는데, 앞부분은 수수께끼 문제처럼 비유하고, 뒷부분은 수수께끼 답안처럼 그 비유를 설명하는 형식으로 되어있음.

216 "燈影原宜趁夜光, 如何白晝卽鋪張. 弋陽腔調雜鉦鼓, 及至燈明已散場."

217 "潮郡紙影戲亦佳, 眉目畢現."

218 "潮郡城厢紙影戲歌唱徹曉, 聲達遐迩, 深爲觀察李方赤璋煜之所厭."

219 "趁着漆黑關城的時候, 兩個混入城中, 在街上閒看些紙影戲文. 府城此戲極多, 隨處皆有, 若遇神誕, 走不多遠, 又見一臺, 到處熱鬧. 有雇本地戲班者, 有京班蘇班者. 鹽分司衙門, 時常開演,人脚雖少, 價却便宜."

220 청대 소흥사야전초비본(紹興師爺傳抄秘本) 《시유집록(示諭集錄)》: "近聞關廂內外, 有種好事之徒, 沿門苛派, 勒索錢文, 黑夜招搖扮演影戲, 此街彼巷, 徹夜不休."

221 이탈진(李脫塵)의 《난주영희소사(灤州影戲小史)》에 보임.

222 일설에는 섬서(陝西)라고도 함.

223 "又有影戲一種, 以紙糊大方窓爲戲臺, 劇人以皮片剪成, 染以各色, 以人擧之舞. 所唱分數種, 有灤州調、涿州調及弋腔. 晝夜臺內懸燈映影, 以火彩幻術諸戲爲美, 故謂之影戲."

224 《대청선종성황제성훈(大淸宣宗成皇帝聖訓)》(권60) "엄법기일(嚴法紀一)"에 보임.

225 "從前各王公府多好影戲, 如怡王、肅王、禮王、莊王、車王等府, 皆有影戲箱及吃錢粮之演員, 尤以肅王介弟善二爲最, 府中有抄本子者二人, 雕彩人者四人, 皆係長年雇用."

226 호는 노련(老蓮)임.

227 [옮긴이] 17세기에서 20세기에 유행한 일본의 목판화와 그림을 가리키는 말. 주로 정물・경물・연극 등의 내용을 소재로 묘사함. 뚜렷한 도안과 대담한 구도를 가지며 그림자의 표현이 없는 것이 특징임.

228 [옮긴이] 수성 안료만을 이용하는 중국전통의 판화 인쇄술.

229 전지(全紙)를 사용하는 양식.

230 종이 한 장을 3번 잘라 사용하는 양식.

231 종이 두 장을 나누어 그린 후 이어 붙여 하나로 만드는 양식.

232 [옮긴이] 네 폭으로 된 폭이 좁고 긴 족자.

233 [옮긴이] 여덟 면으로 된 병풍.

234 [옮긴이] 대청의 정중앙에 거는 폭이 넓고 긴 족자.

235 [옮긴이] 가로 폭 서화.

236 [옮긴이] 실내의 벽에 그리는 장식화.

237 《동경몽화록》(권10) "십이월(十二月)"에 보임.

238 "山東六府半邊天, 比不上四川半個川. 都說天津人烟密, 比不上武强一南關. 每天唱上千臺戲, 找不到戲臺在哪邊."

239 [옮긴이] 정원이나 실내의 문에 붙여 액을 막는 그림.

240 [옮긴이] 원래는 20~50cm 길이의 네모난 서화나 시화첩을 가리키는 말이나 이런 규격으로 만든 연화도 "두공"이라 함.

241 [옮긴이] 두 폭 이상으로 된 폭이 좁고 긴 족자.

242 이름은 난정(蘭亭)임.

243 이름은 생관(生觀)임.

244 《대공보(大公報)》 1936년 3월 24일자: "卽以臺上脚色, 權當模特兒, 端詳相貌, 別取特征, 於
人不知鬼不覺中, 袖中暗地摹捏, 一出未終而伶工像成, 歸而敷粉塗色, 衬以衣冠, 卽能絲毫不
爽."

245 "城西張姓名長林, 字明山, 以捏塑世其家. 向所捏戱劇人物, 各班角色形象逼眞, 早已遠近馳名.
西洋人曾以重價購之, 置諸博物館中, 供人玩賞. 而爲人做小照, 尤其長技也."

246 서로삼(徐老三)을 말함.

247 "商人致富後, 卽回家修祠堂、建園第、重樓宏麗."

248 [옮긴이] 대문 상부 벽에 물갈기한 벽돌로 돌출되는 장식을 하고 위에 기와를 이은 처마
를 만든 부분.

249 [옮긴이] 기둥상단 보와 기둥 또는 도리와 기둥의 접점에 설치되어 기둥과 함께 상부의
하중을 받는 부재. 이 부재는 보·도리의 지지점 사이 간격을 감소시켜 보와 도리의 휨
모멘트를 줄여주는 역할을 함.

250 [옮긴이] "人"자 형태로 밖으로 노출된 서까래를 가려주는 판재.

251 [옮긴이] 박공 뒤쪽에 대는 얇은 각재.

252 [옮긴이] 선으로 모양을 새기는 기법.

253 [옮긴이] 선각(線刻)을 토대로 얕게 사면(斜面)을 증가시켜 입체감을 나타내는 조각기법.

254 [옮긴이] 부조(浮雕)를 한 상태에서 끌이나 정으로 기물을 파서 입체적으로 드러내는 조
각기법.

255 [옮긴이] 재료를 도려내서 모양을 나타내는 조각기법.

256 [옮긴이] 평면에서 재료를 도려내서 모양을 나타내는 조각기법.

257 [옮긴이] 음각하되 180도의 면을 파서 입체적으로 위로 띄워 조각하는 기법

258 [옮긴이] 깊게 음각하여 대상을 입체적으로 위로 높게 띄워 조각하는 기법.

259 책 끝에 "가정계유(嘉靖癸酉)"라는 낙관이 있는데 시기가 맞지 않는다.

260 "著沈振麟畵戱出人物冊頁十八開"

261 [옮긴이] 14세기에 형성되어 티베트에 유행했으며, 티베트어로 공연함. 고승 탕동 갈포가
한 해의 무사평안을 비는 도신(跳神)의식에서 발전한 것으로 불경이야기·민간전설을 공
연함. 17세기 무렵에 도신의식에서 완전히 분리되어 독립된 희곡체계를 갖춤.

262 [옮긴이] "투채"란 성형된 태토위에 청화 문양의 윤곽선을 그린 뒤 시유(施釉)하여 1350도

의 고온 소성을 하면 윤곽선만 청화로 그려진 청화백자가 된다. 그 다음 유약 아래 청화로 그려진 문양의 윤곽선 범위 안에 각종 저온 색료를 사용하여 채회(彩繪) 한 뒤 800-900도의 온도로 2차 저온 소성을 하는 방식이다. 유약 아래의 청화와 유약 위 채색된 색상이 서로 다투듯 아름다움을 뽐낸다는 의미에서 투채(鬪彩)라 칭했다는 설과 경덕진 지방의 방언에서 유래되었다 하는 설이 있다.

263 [옮긴이] 고온으로 소성된 백자 유약위에 녹·황·홍·흑 색상 위주로 문양을 그리고 800-900도에서 2차 저온 소성한 채색 자기를 말한다. 문양을 그릴 때에는 윤곽선을 그리지 않아 문양이 자유롭고 회화성이 아주 강하다. 오채 자기는 명나라 가정(嘉靖)시기와 만력(萬曆)시기에 크게 유행했으며 청나라에서는 강희(康熙)시기가 가장 절정기였다.

264 [옮긴이] "법랑(琺瑯)"은 프랑스를 의미하는 중국어 발음. 이 도자기는 프랑스에서 들여온 안료를 사용한 채색 도자기를 뜻한다.

265 [옮긴이] 윤곽선을 그리지 않고 먹이나 채색으로 직접 그리는 기법.

266 이를 "점색(點色)"이라고 함.

267 [옮긴이] 개인이나 종족의 관혼상제 또는 연회에서 행해지는 실내공연.

268 "共三個旦、兩個生, 在席上先唱《香囊記》. 大廳正面設兩席, 蔡狀元、安進士居上, 西門慶下邊主位相陪, 飮酒中間, 唱了一折下來."

269 "梁上塵土簌簌墮看饌中."

270 "座客皆屏息, 顔如灰."

271 "階下戲子鼓樂響罷, 喬太太與衆親戚又親與李瓶兒把盞祝壽."

272 "把箱筒擡在東院對廳, 滿相公叫把格子去了, 果然祇像現成戲臺."

273 "大廳以拱斗擡梁, 偸其中間四柱, 對舞獅子甚暢."

274 [옮긴이] 극장의 후대(後臺)로, 배우들이 분장을 하거나 대기하는 곳.

275 "至演劇家, 則衣笥俱舁列兩廂……少頃, 群優飯於廂."

276 "陳至廂, 衆方驚謝, 忽以鹽水去粉墨."

277 "西門慶分付, 西廂房傲戲房, 管待酒飯."

278 전해서가(前海西街)에 있음.

279 "那蘇班是久伺候過官場上戲的, 在旁邊藍布帳內, 偶爾露個半身刻絲袍, 桌子上微響鑼鼓磕碰之聲, 那帳縫兒撩開半寸寬, 微現旦脚妝扮已就, 粉白臉兒, 黑明眼兒, 一瞧卽回光景. 這個懷藝欲試之意, 蓄技久待之情, 向來官場伺候不曾有過."

280 [옮긴이] 배우들이 등장하고 퇴장하는 문.

281 [옮긴이] 청대 강서(江西) 중부 영풍현(永豊縣)에서 유래된 지금의 호남(湖南) 화고희(花鼓

戱)로, 온반(溫班) 잡극과 상대되는 개념으로서 반반(半班)이라 불렀다.

282 "羊羽源及楊君錫綏皆候予晤, 晤後小憩, 同羊至酒館, 邀馮弓閭、徐悌之、潘葵初、姜端公、陸生甫觀半班雜劇."

283 이 그림은 내몽고자치구 호흐호트의 무량사(無量寺; 지금의 大召寺)의 공중(公中) 정창(正倉)의 정청(正廳)에 걸려있음.

284 "九如樓新正月演全本六出《祁山》."

285 "太□□新正月演全本《下西洋》."

286 청·심태모(沈太侔)《선남령몽록(宣南零夢錄)》: "平連三桌, 間以木板."

287 "先期遍張帖子, 告都人士. 都人士亦莫不延頸翹首, 爭先聽睹爲快. 登場之日, 座上客常以千計."

288 "譚伶爲中和園臺柱, 丙午秋冬間常不等臺, 以致顧曲者日少, 每日有上二三百座之時. 十一月初一後, 譚伶忽然振刷精神, 除傳差及堂會外, 無日不演, 自是座爲之滿."

289 당시에는 "보조(報條)"라고 했음.

290 "今日同慶班早演."

291 "代演《失街亭》."

292 "明日同慶班早演."

293 "煩演《奇寃報》."

294 "京師戲園, 向無女座. 婦女欲聽戲者, 必探得堂會時, 另搭女桌, 始可一往."

295 《대청문종현황제실록(大淸文宗顯皇帝實錄)》(권51): "或添夜唱, 或列女座."

296 청·이자명(李慈銘)《순학재일기(荀學齋日記)》병집상(丙集上): "內城字街、什刹海等處開設戲園, 內城效之者五六處, 皆設女座."

297 진무묘(眞武廟)와 삼궁사(三官祠) 포함.

298 자기를 굽는 가마의 신 손빈(孫臏)을 제사지냄.

299 [옮긴이] 용마루가 없고 한 층으로 된 지붕양식.

300 [옮긴이] 팔작지붕이 두 개의 층으로 이루어진 지붕양식.

301 "我去時, 已唱了半截. 祇見一丑一旦在那里打雜. 人多, 擠的慌, 又熱又汗氣, 也隔哩遠."

302 "像你這個光景, 論富, 你家里沒産業; 論富, 你身上沒功名. 卽在貴處看我, 不過隍廟中戲樓角, 擠在人空里面, 雙脚踏地, 一面朝天, 出來個唱挑的, 就是盡好. 你也不過眼內發酸, 喉中咽唾, 羨慕羨慕就罷了."

303 "余蘊叔演武場搭一大臺, 選徽州旌陽戲子, 剽輕精悍、能相撲跌打者三四十人, 搬演目蓮, 凡三日三夜. 四圍女臺百什座."

304　[옮긴이] 부처님의 10대 제자 중의 한 명.

305　[옮긴이] 불제자 중에서 번뇌를 끊어서 인간과 하늘의 중생들로부터 공양을 받을 만한 덕
　　을 갖춘 사람을 이르는 말.

306　[옮긴이] 부처님의 가르침에 의지 않고 고요와 고독을 즐기며 스스로 깨치고자 하는 수행자.

307　[옮긴이] 부처님의 음성을 들은 사람이란 의미로, 불교의 교리를 듣고 스스로의 해탈을
　　위해 정진하는 출가 수행자.

308　"戲臺闊九筵, 凡三層. 所扮妖魅, 有自上而下者, 自下突出者, 甚至兩廂樓亦作化人居, 而跨駝舞
　　馬, 則庭中亦滿焉. 有時神鬼畢集, 面具千百, 無一相肖者. 神仙將出, 先有道童十二三歲者作隊
　　出場, 繼有十五六歲、十七八歲, 每隊各數十人, 長短一律, 無分寸參差, 舉此則其他可知也. 又
　　按六十甲子扮壽星六十人, 後增至一百二十人. 又有八仙來慶賀, 携帶道童不計其數. 至唐玄奘僧
　　雷音寺取經之日, 如來上殿, 迦葉、羅漢、辟支聲聞, 高下分九層, 列坐幾千人, 而臺仍綽有餘
　　地."

309　명·왕응규(王應奎)《유남문초(柳南文抄)·희장기(戲場記)》(권4): "架木爲臺."

310　같은 책: "幔以布, 環以欄, 顔以丹臒."

311　"門前一座戲臺, 布欄干, 錦牌坊, 懸掛奇巧幃幔, 排列葱翠盆景."

312　"康熙癸酉春, 蘇城搭臺演戲, 幾無隙地……至四月猶未止. 予從石湖歸, 見彩雲橋北演戲, 登岸
　　往觀."

313　"二三月間, 里豪市俠, 搭臺曠野, 醵錢演劇, 男婦聚觀, 謂之'春臺戲', 以祈農祥."

314　"遊民四五月間, 二麥登場時, 醵人金錢, 卽通衢設高臺, 集優人演劇, 曰'扮臺戲.'"

315　"吳下風俗……如遇迎神賽會, 搭臺演戲……於田間空曠之地, 高搭戲臺, 哄動遠近男婦, 群聚往
　　觀, 舉國若狂, 廢時失業, 田疇菜麥, 蹂躪無遺."

316　"我蘇民力竭矣, 而俗弊如故. 每至四五月間, 高搭廠臺, 迎神演劇, 必妙選梨園, 聚觀者通國若
　　狂. 婦女亦靚妝衒服, 相携而集, 前擠後擁, 臺傾壓折手足, 又毆鬪致命者日見告, 更有成群賭博,
　　乘間姦淫, 俱在此時. 風俗之最宜禁戢者."

317　《대청회전사례(大淸會典事例)》(권829)의《형부형률잡범(刑部刑律雜犯)》: "城市鄉村, 如有
　　當街搭臺懸燈唱演夜戲者, 將爲首之人, 照違制律杖一百, 枷號一月."

318　《배원당우존고문격(培遠堂偶存稿文檄)》(권19): "向有夜戲惡習, 於廣闊之地, 搭臺演唱, 日唱
　　不足, 繼以徹夜."

319　"城市鄉村, 於當街搭臺酬神者, 止許白晝演戲. 如深夜懸燈唱戲, 男女擁擠, 混雜喧嘩, 恐致生
　　鬪毆、賭博、姦竊之事."

320 《무예선화록고시(撫豫宣化錄告示)》(권4)의 《엄금영신새회이정풍속사(嚴禁迎神賽會以正風俗事)》: "扎搭高臺, 演唱囉戲, 或裝扮故事, 鼓樂迎神."

321 "皇太后壽辰在十一月二十五日. 乾隆十六年屆六十慈壽, 中外臣僚紛集京師, 擧行大慶. 自西華門至西直門外之高梁橋, 十餘里中, 各有分地, 張設燈彩, 結撰樓閣. 天街本廣闊, 兩旁遂不見市塵. 錦繡山河, 金銀宮闕, 剪彩爲花, 鋪錦爲屋, 九華之燈, 七寶之座, 丹碧相映, 不可名狀. 每數十步間一戲臺, 南腔北調, 備四方之樂, 侲童妙伎, 歌扇舞衫, 後部未歇, 前部已迎, 左顧方驚, 右盼復眩, 遊行如入蓬萊仙島, 在瓊樓玉宇中, 聽《霓裳》曲, 觀《羽衣》舞也. 其景物之工, 亦有巧於點綴而不甚費者……眞天下之奇觀也. 時街衢惟聽婦女乘輿, 士民則騎而過, 否則步行. 繡轂雕鞍, 塡溢終日. 余凡兩遊焉. 此等勝會, 千百年不可一遇, 而余得親身見之, 豈非厚幸哉!……辛巳歲皇太后七十萬歲儀物稍減, 後皇太后八十萬歲、皇上八十萬歲, 聞京師巨典繁盛, 均不減辛未, 而余已出京不及見矣."

322 "八月二十七日在豐澤園崇雅殿賜王公宗室筵宴, 爾等先期預備, 將崇雅殿現在所有陳設地平屛風移開, 摘去窗扇, 安設地平, 御座後懸掛軟簾, 兩廊下設樂, 殿內兩旁저俱設高桌椅座, 東西廂亦設高桌, 院內張二丈四尺行臺演戲."

323 "携老婦幼孫, 乘駕小船, 沿湖觀覽."

324 "四方馳名, 來睹者不計其數, 塡港塞路, 熱鬧已極."

325 "那晏公的殿宇恰好對着大溪, 後半個戲臺水在岸上, 前半個却在水里. 不如揀一出死節的戲, 認眞做將來, 做到其間忽然跳下水去."

326 "連祭奠晏公都不肯上岸, 祇在舟中遙拜."

327 지금은 하원(何園)이라고 함.

328 《매란방무대생활사십년(梅蘭芳舞臺生活四十年)》(중국희극출판사, 1981년, 제3집, 221쪽): "在沒扮戲之前我在後臺外面遊廊上閒坐, 看着樓臺倒影, 聽着場上的吹打, 借着水音很悅耳. 我想到《紅樓夢》里賈母家宴時叫十番在藕香榭演奏, 說借着水音好聽, 的確水榭式的戲臺是有他的特點."

329 광서(光緒) 《상담현지(湘潭縣志)》 "화식(貨殖)"(11)과 "열전(列傳)"(32)에 보임.

330 "出晤鍾象臺、陸生甫, 卽赴同鄕公會, 皆言路諸君子也. 馮鄴仙次至, 姜頵愚再至, 余俱先後至, 觀《敎子》傳奇, 客情俱暢. 奕者奕, 投壺者投壺, 雙陸者雙陸."

331 "午後出於眞定會館, 邀吳儉育、李玉完、王銘韞、水向若、凌茗柯、李淯磬齋飮, 觀《花筵賺記》."

332 "卽赴稽山會館, 邀駱太和、馬擎臣則先至矣, 再邀潘朗叔、張三峨、吳于王、孫湛然、朱集庵、周無執飮, 觀《西樓記》."

333 "於宗祠給贍族銀, 老母演戲謝神, 督工之暇, 觀《白梅記》."

334 "崇禎甲戌 舊規: 遇大慶, 宴會於家廟. 聚客七八十人. 非梨園, 不鎭囂壓俗."

335 "於秋祭日, 宗祠前演戲兩臺."

336 "冬至節, 在大宗祠前演戲一臺."

337 "直省惟閩中、江西、湖南皆聚族而居, 族皆有祠."

338 《황조경세문편(皇朝經世文編)》: "吳、楚、閩、粤山澤鄕邑之間, 族聚者常千百人."

참고문헌

《回鶻文〈彌勒會見記〉》, 伊斯拉菲爾·王素甫 等 丁吏, 烏魯木齊, 新疆人民出版社, 1988.

《敦煌變文集》, 王重民 等 編, 北京, 人民文學出版社, 1984.

《西廂記諸宮調》, 北京, 文學古籍刊行社, 1955.

《劉知遠諸宮調》, 北京, 文物出版社, 1958.

《新校元刊雜劇三十種》, 徐沁君 校, 北京, 中華書局, 1980.

《永樂大典戲文三種校注》, 錢南揚 校注, 中華書局, 1979.

《元曲選》, [明] 臧懋循 編, 北京, 中華書局, 1958.

《元曲選外編》, 隋樹森 編, 北京, 中華書局, 1959.

《全元散曲》, 隋樹森 編, 北京, 中華書局, 1964.

《六十種曲》, 北京, 中華書局, 1982.

《古本戲曲叢刊》(1~4), 鄭振鐸 編, 北京, 中華書局, 1954·1955·1957·1958

《中國古典戲曲論著集成》(1~10), 中國戲曲研究院 編, 北京, 中國戲劇出版社, 1980.

《善本戲曲叢刊》(1~6), 王秋桂 編, 臺北, 學生書局, 1984·1987.

《明本潮州戲文五種》, 廣州, 廣東人民出版社, 1985.

《明刊閩南戲曲弦管選本三種》, [法] Piet van de Long 輯, 臺北, 南天書局, 1992.

《海外孤本晚明戲劇選集三種》, [俄] 李福清, [中國] 李平 編, 上海, 上海古籍出版社, 1993.

《中國古典戲曲序跋彙編》(1~4), 蔡毅 編, 濟南, 齊魯書社, 1989.

《東京夢華錄》, [宋] 孟元老 著, 鄧之誠 注, 北京, 中華書局, 1982.

《都城紀勝》, [宋] 灌圃 耐得翁 著, 《南宋古迹考》附本, 杭州, 浙江人民出版社, 1983.

《繁盛錄》, [宋] 西湖老人 著, 《南宋古迹考》附本, 杭州, 浙江人民出版社, 1983.

《夢粱錄》, [宋] 吳自牧 著, 杭州, 浙江人民出版社, 1980.

≪武林舊事≫, [宋] 周密 著, 杭州, 西湖書社, 1981.

≪南村輟耕錄≫, [元] 陶宗儀 著, 北京, 中華書局, 1959.

≪金瓶梅詞話≫, [明] 蘭陵笑笑生 著, 北京, 人民文學出版社, 1985.

≪陶庵夢憶≫, [明] 張岱 著, 上海, 上海古籍出版社, 1982.

≪檮杌閑評≫, [淸] 明珠緣 著, 成都, 成都古籍書店, 1981.

≪岐路燈≫, [淸] 李祿園 著, 欒星校注本, 鄭州, 中州書畫社, 1980.

≪揚州畫舫錄≫, [淸] 李斗 著, 北京, 中華書局, 1960.

≪淸代燕都梨園史料≫(上·下冊), 張次溪 編, 北京, 中國戲劇出版社, 1988.

≪元明淸三代禁毁小說戲曲史料≫, 王利器 輯, 上海, 上海古籍出版社, 1981.

≪傀儡戲考原≫, 孫楷第 著, 上海, 上雜出版社, 1925.

≪中國近世戲曲史≫, [日本] 靑木正兒 著, 王古魯 譯, 上海, 商務印書館, 1935.

≪中國劇場史≫, 周貽白 著, 上海, 商務印書館, 1936.

≪中國戲曲史長編≫, 周貽白 著, 北京, 人民文學出版社, 1960.

≪中國古代劇場史≫, 王遐擧 著, 中國藝術硏究院戲曲硏究所 油印稿.

≪中國戲曲通史≫(上·中·下冊), 張更·郭漢城 主編, 北京, 中國戲劇出版社, 1980·1981.

≪古典戲曲存目彙考≫(上·中·下冊), 莊一拂 著, 上海, 上海古籍出版社, 1982.

≪周貽白戲劇論文選≫, 長沙, 湖南人民出版社, 1982.

≪唐戲弄≫(上·下冊), 任二北 著, 上海, 上海古籍出版社, 1984.

≪戲曲文物叢考≫, 劉念玆 著, 北京, 中國戲劇出版社, 1986.

≪京劇劇目詞典≫, 曾白融 主編, 北京, 中國戲劇出版社, 1989.

≪宋元戲曲文物與敏速≫, 寥奔 著, 北京, 文化藝術出版社, 1989.

≪中國戲劇的蟬蛻≫, 劉彦君·寥奔 著, 北京, 文化藝術出版社, 1989.

≪中國梆子劇目大詞典≫, 太原, 山西人民出版社, 1991.

≪中國影戲≫, 疆玉祥 著, 成都, 四川人民出版社, 1992.

≪中國戲曲聲腔源流史≫, 寥奔 著, 臺北, 貫雅文化事業有限出版公司, 1992.

≪中國古代劇場史≫, 寥奔 著, 鄭州, 中州古籍出版社, 1996.

≪中華文化通志·戲曲志≫, 寥奔 編, 上海, 人民出版社, 1996.

≪中國戲曲志≫, 北京, 文化藝術出版社·中國ISBN中心出版, 1990~1994.

≪王老賞的窓花藝術≫, 傅揚 著, 北京, 人民美術出版社, 1954.

≪浙東戲曲窓花≫, 蔣風 編, 北京, 朝花美術出版社, 1954.

≪浙江民間剪紙集≫, 浙江省文化局美術組 編, 上海, 浙東人民美術出版社, 1954.

≪山西民間剪紙集≫, 山西省文化局美術工作室 編選, 太原, 山西人民出版社, 1955.

《金華民間剪紙選》, 蔣風 編, 上海, 上海出版公司, 1955.

《泥人張作品選》, 北京, 人民美術出版社, 1954.

《江加走木偶雕刻》, 上海, 人民美術出版社, 1958.

《中國版畫史》, 王伯敏 著, 上海, 人民美術出版社, 1961.

《桃花塢木板年華》, 劉汝禮 等著, 上海, 人民美術出版社, 1961.

《中國版畫史略》, 郭味蕖 著, 北京, 朝花美術出版社, 1962.

《山東民間年畫》, 北京, 人民美術出版社, 1979.

《中國古代建築史》, 劉敦楨 主編, 北京, 中國建築工業出版社, 1981.

《中國古典文學版畫選》(上·下册), 傅惜華 編, 上海, 上海人民美術出版社, 1981.

《中國古代裝飾畫研究》, 龐薰琴 著, 上海, 人民美術出版社, 1982.

《中國古代版畫百圖》, 周蕪 編, 北京, 人民美術出版社, 1982.

《楊柳青年畫》, 天津市藝術博物館 編, 北京, 文物出版社, 1984.

《中國古本戲曲插圖選》, 周蕪 編, 天津, 人民美術出版社, 1985.

《雲南滄源巖畫的發現與研究》, 王寧生 著, 北京, 文物出版社, 1985.

《徽州木雕藝術》, 合肥, 安徽省美術出版社, 1988.

《徽州石雕藝術》, 合肥, 安徽省美術出版社, 1988.

《貴州儺面具藝術》, 上海, 人民美術出版社, 1989.

《徽州磚雕藝術》, 合肥, 安徽省美術出版社, 1990.

《綿竹年畫》, 高文 等, 北京, 文物出版社, 1990.

《中國銅鏡圖典》, 孔祥星 等, 北京, 文物出版社, 1992.

《中國木偶藝術》, 劉霽 等, 北京, 中國世界語出版社, 1993.

《佛山祖廟》, 北京, 文物出版社, 1994.

《中國民間藝術全集》, 王朝聞 主編, 濟南, 山東美術出版社·山東友誼出版社, 1993·1994.

The Marvellous Book, Star Talbot, Shanghai, S.Talbot and Sons, 1930.

The Chinese Drama, L.C.Arlington, Shanghai, Kelly and Walsh Limited, 1930.

그림목록

그림으로 보는 중국희극사

그림으로 보는 중국희극사

찾아보기

서명

그림으로 보는 중국희극사

그림으로 보는 중국희극사

그림으로 보는 중국희극사

저자소개

라오번 廖奔

1953년 개봉(開封)에서 출생하여 정주(鄭州)에서 성장. 13세 때 "문화대혁명(文化大革命)"을 맞이했고, 17세 때 황하(黃河) 가에서 "낙향하여 노동에 종사함." 독서할 수 없는 상황에서 대학에서 교편을 잡고 있던 부친의 책들을 몰래 읽어 나감. 25세 때 하남대학(河南大學) 중문과를 졸업하고, 북경의 중국예술연구원(中國藝術研究院)에서 중국희곡을 전공으로 석사학위를 취득했으며, 중국사회과학원(中國社會科學院)에서 고전문학으로 박사학위를 취득함. 오랫동안 희곡연구소(戲曲研究所)·중국희극가협회(中國戲劇家協會)·중국작가협회(中國作家協會)에서 근무하면서 중국희곡연구와 인연을 맺음. 저서로는 ≪중국희곡발전사(中國戲曲發展史)≫를 포함해 20여 편의 저서가 있음.

역자소개

권용호

중국 남경대학교 중문과 문학박사. 현재 한동대학교 객원교수로 중국문학과 철학분야의 연구 및 번역에 힘을 쏟고 있다. 번역한 책으로는 ≪중국역대곡률논선≫(학고방, 2005), ≪송원희곡사≫(학고방, 2007), ≪중국고대의 잡기≫(공역, 울산대출판부, 2010), ≪측천무후≫(학고방, 2011), ≪6년교육≫(에쎄, 2014), ≪장자내편역주≫(근간) 등이 있다.

책소개

≪그림으로 보는 중국연극사≫(원제 ≪中國戲劇圖史≫, 2012)는 연극유물로 중국연극사를 새롭게 써온 라오번(廖奔)의 또 다른 역작이다. 본서는 선진(先秦)시기부터 명·청시기까지 중국 연극사의 전체 발전과정을 조망하고 있다. 특히 기존의 문헌연구에 실제 발굴된 연극유물로 중국연극사의 발전과정을 서술한 것은 중국연극연구의 새로운 길을 연 것이라고 하겠다. 또한 본서에는 시기별 공연장소와 무대, 연극관련 분장·의상·가면, 각종 민간의 기예를 서술하면서 285장에 이르는 사진이 들어가 있어 독자들이 중국연극사를 이해하는데 큰 도움을 준다.

그림으로 보는 중국연극사

초판 인쇄 2015년 5월 15일
초판 발행 2015년 5월 30일

저   자 | 랴오번
역   자 | 권용호
펴 낸 이 | 하운근
펴 낸 곳 | 學古房

주   소 | 서울시 은평구 대조동 213-5 우편번호 122-843
전   화 | (02)353-9907 편집부(02)353-9908
팩   스 | (02)386-8308
홈페이지 | http://hakgobang.co.kr/
전자우편 | hakgobang@naver.com,   hakgobang@chol.com
등록번호 | 제311-1994-000001호

ISBN   978-89-6071-513-4   93820

값 : 25,000원

이 도서의 국립중앙도서관 출판시도서목록(CIP)은 서지정보유통지원시스템 홈페이지
(http://seoji.nl.go.kr)와 국가자료공동목록시스템(http://www.nl.go.kr/kolisnet)에서 이용하실 수
있습니다.(CIP제어번호: CIP2015013354)